Unicorn

独角兽书系

百变王牌

♥♦♣♠

双人纸牌

WILD CARDS

【美】乔治·R.R.马丁 /编

王 隽/ 译

GEORGE R.R. MARTIN

重庆出版集团 重庆出版社

版贸核渝字(2017)第142号

图书在版编目(CIP)数据

百变王牌. 双人纸牌 / (美)乔治·R.R. 马丁编;王隽译. —重庆:重庆出版社,2022.11
书名原文: Double Solitaire (Wild Cards #10)
ISBN 978-7-229-15901-6

Ⅰ. ①百… Ⅱ. ①乔… ②王… Ⅲ. ①长篇小说—美国—现代 Ⅳ. ①I712.45

中国版本图书馆CIP数据核字(2022)第063790号

百变王牌 · 双人纸牌
BAIBIAN WANGPAI · SHUANGREN ZHIPAI
[美] 乔治·R.R.马丁 编
王 隽 译

责任编辑:邹 禾 唐弋淄 唐 凌
装帧设计:冰糖珠子
封面图案设计:罗 烜
责任校对:刘 刚

重庆出版集团
重 庆 出 版 社 出版

重庆市南岸区南滨路162号1幢 邮政编码:400061 http://www.cqph.com
重庆出版社艺术设计有限公司 制版
重庆市鹏程印务有限公司 印刷
重庆出版集团图书发行有限公司 发行
E-MAIL:fxchu@cqph.com 邮购电话:023-61520646
全国新华书店经销

开本:890mm × 1230mm 1/32 印张:14.125 字数:370千
2022年11月第1版 2022年11月第1次印刷
ISBN 978-7-229-15901-6
定价:72.80元

目录
Contents

谨以此书献给维克·米兰，感谢他的帮助，本书妙趣横生。

同时献给我的编辑兼挚友——乔治·R.R.马丁，

感谢他的帮助、支持与鼓励，本书得以问世。

编者的话

《百变王牌》这部作品完全架构在一个虚构的世界中，它的历史与现实历史完全平行。《百变王牌》中呈现的所有姓名、角色、地点和事件纯属虚构，或当虚构使用。任何与真实事件、场所及在世或已死亡的真实人物的相似之处，纯属巧合。例如，本选集中的论文和文章以及其他相关文献都是虚构之作，本书完全无意于描述或暗示任何真实存在的作者或诸如此类的人物曾经确实写过、出版过或对本书中的论文、文章及其他相关文献作出过贡献。

乔治·R.R.马丁

序

“超级英雄”的文学之旅

对我来说，长久以来，古代、太空歌剧或幻想的第二世界都是我的兴趣点，凡是现当代的通俗文化产品，我更希望是描写自己熟悉的生活场景，显而易见，这样更能引起共鸣，也更能获得享受，而不是非得去一大堆自己完全陌生的地点、食物、玩笑、音乐等中间刨梳和理解。因此我把《百变王牌》自然而然地划归“美国都市社区传说”一类。

作为乔治·马丁的译者、研究者和狂热爱好者，在相当长一段时间内，我疯狂地寻找和阅读了乔治·马丁所有出版过的文字，但对占用他创作时间第二位（除《冰与火之歌》之外）的《百变王牌》系列，却一直束之高阁（部分原因也是该系列篇幅太长）。直到最近几年，随着阅读眼界的不断拓展，观看这套书的理由不断累积，我才说服自己拿起书本来试一试。好奇我的理由吗？具体而言，打动我的有如下几个方面：

其一，我终于明确了一点——其实这一点原本就非常明确，无奈提到超级英雄，总不免第一时间想到漫画——《百变王牌》是文字小说系列，在这个领域，它能直接发挥乔治·马丁作为作家的特长，也能让熟悉和景仰马丁的我较为轻松地进入。《百变王牌》的确脱胎于美国超级英雄漫画的文化，乔治·马丁也的确从几岁起就是超级英雄漫画的粉丝……但它的基础载体是小说，它是文学宇宙，不同于DC或漫威的漫画宇宙乃至电影宇宙。

从基本介绍中即可得知，《百变王牌》先后有超过四十位作家参与，而乔治·马丁作为总编辑和作者是其灵魂人物。该系列小说不但均由他过目和整合，而且他自己还实际参与了其中若干中短篇的写作。《百变王牌》至今（截至2018年底）已出版了二十七部小说，大致可分为三类：

A类，同一故事背景下不同作者创作的中篇小说合集；

B类，单一作者的长篇小说；

C类，“马赛克小说”，即长篇小说的各部分由不同作者写就，最后经马丁本人发挥“导演”和“乐队指挥”的功能，将其融为一体。其中最后一类是马丁的得意之作，最能彰显他的创作成就。

其二，《百变王牌》源自桌面角色扮演游戏。虽然我对超级英雄漫画说不上知根知底，对美国文化背景更显陌生，但作为游戏迷和奇幻迷，对角色扮演游戏却是熟悉和喜爱的，尤其是《龙与地下城》及其衍生和改编的各类电子游戏。

整理和翻译《梦歌——乔治·马丁作品回顾集》的时候，我就清楚乔治·马丁对角色扮演游戏的狂热。他于1980年搬家到新墨西哥州圣塔菲市（至今依然定居于此），不久便加入了当地的角色扮演游戏聚会（聚会成员一半以上是作家），起初玩的是“克苏鲁的召唤”，1983 年开始玩“超人世界”，从此一发不可收拾。乔治·马丁喜欢游戏主持人（GM）的角色，在游戏过程中创造了数以百计的 NPC 和反派（据说其中许多人物至今还没捞到在《百变王牌》小说里的出场机会!），也创造出《百变王牌》的基础设定。很大程度上，《百变王牌》的创作过程就是我们自身“跑团”经历的翻版（跟《龙枪》的诞生过程非常相似），这大大拉近了我跟它的心理距离。

其三，《百变王牌》虽根植于美国文化，与我们中国人的日常生活环境相距颇远，但乔治·马丁的指导理念是一脉相承的现实主义。《百变王牌》与其他超级英雄作品在立意上的最大不同，在于它的创作者是一群思想活络的作家（而非单纯的漫画从业者），他们从最初的游戏过程开始就彼此“争奇斗艳”，试图把笔下人物当成活生生的“人”来考察。它并不像许多超级英雄作品一样追求肤浅的“合家欢”，回避现实中怯于提及的问题，它不但着重考察了超级英雄（即《百变王牌》中的“王牌”）对人类社会方方面面的影响，还把力量对超级英雄自身的影响作为重点。

此外，《百变王牌》横跨二战以后的整个时空，故事背景从上世纪 40—50 年代种族主义和麦卡锡主义泛滥的美国一直到当前的网络社会。它的视野并不若我最初以为的那样局限于“乡土美国”和“都市美国”，真实的历史人物和历史事件在小说中频频出现，从西方到东方，从总统选举到世界和谈，光怪陆离的多元化犹如《冰与火之歌》中神秘莫测的魔法一样吸引着我。

基于这三点，我从最初的排斥到逐步试探，展开了对《百变王牌》系列的了解和阅读。根据乔治·马丁及其同伴作家们的说法，他们当年并不甘心自娱自乐，舍不得告别自己创造的精彩人物，于是在一年多酣畅淋漓的游戏之后，萌生了将游戏的设定和故事进行商业化、推向市场的念头，由此诞生出《百变王牌》。梳理从上世纪80年代中叶商业化至今的全部作品，这个IP（一度号称世界上延续时间最长的共用世界系列）大致可分为如下几个发展阶段：

第一阶段，黄金时期。乔治·马丁等人最初寻找的合作者是著名的巴兰亭出版社，于1987年到1993年间一共推出了十二部小说（包括上面提到的中篇合集、长篇小说和“马赛克小说”这三种形式）。作为巴兰亭出版社重点栽培的书籍，《百变王牌》系列不负所望地一炮走红，并在评论界获得极大赞誉，1988年即进入雨果奖决选，只是惜败给阿兰·莫尔那本极其出色的《守望者》。它也迅速被改编为漫画、桌面角色扮演游戏，并卖出电影版权，培养了大批至今仍支持着它的忠实读者。

顺带一提，重庆出版社简体中文版《百变王牌》最初出版的七本小说全部来自这个时期，它们是“元祖三部曲”的《百变王牌》《王牌云巅》和《疯狂鬼牌》，“木偶师四部曲”的《王牌旅途》《深入污秽》《最后王牌》和《亡者之手》。

通过这些最经典的著作，读者可迅速进入《百变王牌》的世界。

第二阶段，沉沦时期。随着《百变王牌》在巴兰亭出版社的销量缓慢走低，马丁等人为了眼前利益，轻率地将出版权转交给较小的巴恩出版社。1993 年到 1995 年间该出版社出版的《百变王牌》第十三到第十五部小说在商业上迎来惨败，此后便是长达七年的空白期。2001 年，马丁等人寻到新出版商 IBOOKS，然而到 2006 年为止，勉强推出《百变王牌》的第十六和第十七部小说（及再版了以前的部分小说）之后，该出版商宣告破产。

不过，乔治·马丁的《冰与火之歌》系列前三卷就出版于《百变王牌》的七年空白期之内，并让他的作家生涯更上一层楼。真可谓塞翁失马焉知非福，或者说失之东隅收之桑榆——如果《百变王牌》不遭遇滑铁卢，说不定读者们还看不到《冰与火之歌》呢！

第三阶段，复兴时期。2007 年 IBOOKS 破产以后，美国最大的幻想文学出版社托尔出版社趁机将《百变王牌》纳入帐下。此后伴随乔治·马丁声誉的节节高升，也得益于市场大环境的变化（如超级英雄题材在电影领域的极大成功），《百变王牌》逐渐恢复了过去的辉煌。2008 年到 2018 年这十一年间，托尔出版社一共出版了十部《百变王牌》的新小说，再版了以前的大部分小说，还在网站上发表了近二十篇中篇小说，《百变王牌》也再度被改编为漫画和桌面角色扮演游戏。

更激动人心的消息来自 2018 年底，HULU 电视台宣布将与马丁合作开发两个《百变王牌》的电视剧。在这个眼球经济的时代，这无疑是该系列顺利延续和发展的最大利好。

那“百变王牌”究竟是什么?《百变王牌》系列又在说什么呢？本着不剧透的态度，我可以简单地回答，“百变王牌”是与地球人高度相似的塔基斯星人研究出来的一种改写基因的外来病毒，其研究的最初目的是制造超能力，却发生了可怕的意外。它于1946年被释放在美国的纽约市（当即造成近两万人的死亡），随后又经携带扩散到世界各大城市。

事实证明，“百变王牌”病毒是可怕的，它对所有人一视同仁，没有免疫可能；但它同时又像神奇的阿拉丁神灯，透过人类的潜意识诱发变异，经由人类的欲望、个性和恐惧而产生神奇的力量。“百变王牌”的基因还可以在人体内潜伏下去，并以百分之五十的概率传递给后代，所以该系列的宇宙里，至今仍有人会突然激发自己的能力，由新时代的欲望而产生新的英雄（或怪物）。

成为英雄的条件非常苛刻，也非常不公平。一百个人中，九十个人会抽到“黑桃皇后”（变异失败，迅速死亡)，九个人抽到“鬼牌”（变成怪物，甚至宁愿自己去死)，只有唯一的一人能抽到“王牌”(激发潜在能力，成为超级英雄)。

《百变王牌》讲述的，就是这百分之一的英雄的故事。

屈畅

第一章

“宝宝”离开了。

眼前一片虚无，只有紫色和琥珀色的光斑，黏在视网膜上，久久不散，最后当飞船转为幽灵驾驶时，爆成了一团彩色炫光。灵识飞船上载着塔基扬的孙子布拉斯，“莫拉克”杀手杜尔格，以及——塔基扬的身体。他们现在离地球还有几百万英里？塔基扬想着，心中百味杂陈，愤怒、恐惧、失落，纷乱如惊鸟，在脑袋里拼命扑腾，还有深切的悲伤，如此强烈，她的头不禁剧痛起来。

龟壳上排着一列屏幕，显示出群星的影像，在高空大气天鹅绒般的蓝黑天幕上，宝石般熠熠闪烁。

龟壳里一片静默，恰如他们的生存境况。塔基扬感到“灵龟”汤米正注视着她，却没有勇气迎向他的目光。从仓皇的逃亡中安定下来后，她现在惊恐地发现，龟壳内的空间太过逼仄，她不得不坐在汤米的腿上，腰上环着他的双手，臀部还传来他大腿的暖意和压迫。像是要躲开他的男性气息似的，她赶紧站起身，挤进控制台之间。心脏剧烈跳动，同时一阵晕眩袭来。

她呻吟一声，弯下腰去，抚着高高隆起的肚子，喃喃道：“不。”

“该死！我们飞到地球轨道上了。”汤米突然开口，他不停地晃动脑袋，目光在屏幕间来回穿梭。几乎所有的屏幕里，都是漆黑一片的太空，只有装在龟壳底部的摄像仪，显示出了地球的轮廓，在离他们很远很远的下方。

龟壳越来越倾斜，他们难受得几欲呕吐。最后它翻转了过来，飞到了稀薄的大气边缘，开始坠落。汤米含混不清地惊叫了一声，塔基扬也没心思顾及身体的强烈不适，现在稍有不慎，他们就有坠毁的危险。

灵龟汤米是个王牌，可以靠意念飞行，通过拖拽自己想象出来的隐形绳索，借此飞起来。就在十几秒前，他还用想象出来的“手指”抓住了塔基扬的灵识飞船，直到它转为幽灵驾驶。但现在，宝宝已经远远飞到了已知宇宙区域的最边缘，这意味着，现下没有任何“真实”的东西，可以让汤米的意念抓扣攀附。

龟壳下坠的速度越来越快，像一只巨大的铁锤，直直往下栽去，摆在他们面前的，似乎只有一个结果：“壳”毁人亡。

*不，在它撞毁之前，我们就已经死了！*塔基扬想。她逼着自己冷静下来，尝试从学术角度对汤米解释道：“我们现在遇到的情况，在宇航里叫作‘大气层再入’，极其危险，你必须降低我们下坠的速度，否则龟壳会爆炸，或者落到东海岸，把地表撞出一个大坑。”

汤米把脸埋进双手，嗫嚅道：“我做不到，我现在什么也做不了。”

“地球就在我们下方，得想办法安全降落！”塔基扬喊道，恐惧在身体里迅速蔓延，声音也颤抖起来。她抬起手，准备拭去渗出的冷汗，但举到中途就僵住了，她惊恐地喊道：“汤米！我们快没时间了！”

“我不知道，我不知道怎么办。”

“你是打败过‘布罗特之墙’的人，一定有办法！”

焊牢密闭的舱内，重力越来越大，开口说话也变得十分费力。

腹内的宝宝疑惑地探出思绪，试图感知母亲的想法，塔基扬制止了她，不希望自己越来越强烈的恐惧影响到她。

“该死的，如果我的孩子死了，我绝不原谅你！”她冲汤米大喊。

她瞥向屏幕，大部分都被舱壁越来越高的温度烧坏了，黑洞洞的，什么也看不见。只有两台显示出了火焰——外壳已经有一部分开始燃烧。塔基扬拉开灵龟汤米的双手，揪住他的下巴，逼迫他抬起头看向四周。

“你看看!”

灵龟发出恐惧绝望的呻吟，胎儿似的紧紧蜷缩在舱壁椅子上。

“真是糟透了。”塔基扬收回手，肘端碰到金属控制台，皮肤立刻被高温烫伤。此时塑料也开始熔化蒸发，刺鼻的气味犹如硫酸，灼烧着他们的喉咙。塑料释放出高浓度毒性物质，没等烧死，我们可能早就窒息而死了。她想着，双手狠命拍打汤米的脸颊，汤米尖叫着抬起头来。

“你靠什么飞行？告诉我，你是怎么飞起来的?”

“我……”汤米回答，“我想象有只大……大手或者别的什么。”

塔基扬用力抓住汤米胸前的T恤，衣服上渗出的汗液沾满她的手指，她喊道：“那就这么做！想象你有一对大大的、美丽的翅膀，像‘游隼’那样伸展开，减缓我们的速度。”汤米闭上双眼，缩紧肥厚的下巴，开始聚精会神地冥想，“我们正在滑翔。”塔基扬绞尽脑汁，继续用比喻启发汤米。“想象龟壳上有一顶降落伞，巨大的降落伞。”

龟壳猛地晃了一下，塔基扬站立不稳，手肘把屏幕撞得粉碎，鲜血很快涌了出来。

“该死！你还好吗?”汤米问道。

“你成功了！汤米！你成功了!”塔基扬顾不上手肘的伤势，无比欢欣地看向汤米充满担忧的棕色眼睛。

“你在流血。”

“没什么大不了。”

“现在我们该怎么做?”

塔基扬看着仅剩的一台屏幕，只见北部的地平线上，蜿蜒着一道道线条，璀璨如晶，沉郁如钢，犹如大地的脊梁，那是纽约。一瞬间，疲倦充满了四肢百骸，似乎有只沉重的沙袋，拖着她的身体往下沉。“带我回家，”她喃喃道，“汤米，带我回家。”

曼哈顿。

他们抵达时已是日落时分，高耸的建筑在龟壳外一闪而过，仿若一根根石矛，刺向血红的天空，很快，他们就来到了怪异的鬼牌镇上空。这场飞行险象环生，在仅剩一台摄像仪的情况下，他们几乎是盲目飞行。塔基扬呆滞地瞪着唯一的监视器，心中一片茫然，丝毫没有回家的喜悦，只有深入骨髓的疲惫。她已经失去了希望，失去了一切。她想回到自己真正的家，重回自己真正的躯体，然而这些都成了泡影。

诊所出现在监视器上，接着门前台阶两旁的石狮一掠而过，最后他们终于到了诊所上方，轻轻降落在楼顶上。

八月的夕阳仍在下沉，柏油楼顶在余晖里呈现出凝胶的质感。灵龟打开舱门，让塔基扬钻出来。对现在的她而言，要爬上龟壳拱形的舱壁十分困难，而网球鞋又粘在了柏油上，行动就更艰难了。

汤米钻出龟壳，塔基扬立即喊住他：“汤米，快来帮帮我。”

汤米没吭声，只是温柔地托住她的腰，将她举到龟壳背上。他们互相注视了好一会儿，然后汤米开口了：“我很抱歉。”

“抱歉什么?”

“弄丢了你。”

街道变得嘈杂不堪，医生护士纷纷从诊所涌出，病人敲打着诊所的窗户，交通陷入了瘫痪。灵龟回到鬼牌镇的消息迅速散开，各种传言甚嚣尘上。于是汤米放出消息，说塔基扬根本没死，而是回到了塔基斯，最终死在了那里，现在他带回来的是塔基斯的公主，也是塔基扬的遗孀，还怀着他们未出世的孩子。

诊所唯一的鬼牌医生“马人”布莱德利·芬恩听到消息后，大步奔来，蹄子咯噔咯噔地敲击地面，像拙劣的弗拉明戈剧团在跳热身舞。诊所的保安队长“巨魔”伸出手掌，抚了抚马人的肩胛，他的手大如铁锹，长满角刺，只见马人奶油色的皮肤立刻泛起一阵战栗，顿时就安静了下来。

塔基扬坐在龟壳顶端，端详着她的下属。忽然，医生科迪·哈维罗穿过诊所大门，冲了进来。看到她，塔基扬的心一阵紧缩，似有无数冰爪紧紧攫住她的心脏。很久以前，还在上一个身体里时，自己非常喜爱这个女人，可现在，她心里仅有羞愧。

“这是塔基扬医生。”灵龟调大了喇叭的音量，声音在大楼的砖石间回荡，“这就是塔基扬，他被‘传心’了，一直囚禁在火箭堡。事实上，她知道如何帮助我降落，就已经能证明身份了。如果你们还有怀疑的话，就拿出只有塔基扬知道的秘密，来测试她。总之，她就是塔基扬。”

人群一片安静，只有城市里熙熙攘攘的声音不断传来。过了一会儿，远处响起了警笛声，越来越近，警察正在赶来。对警察来说，鬼牌镇里的任何集会都有可能引发骚乱。塔基扬明白，必须在警察到来之前疏散人群，让他们重新投入工作。于是她伸出腿，从龟壳顶部爬下，站在楼顶上。

科迪第一个冲到她身边，塔基扬抬头迅速看了她一眼，却发现自己无法与她的深色独眼平视。于是她转过身，背对着这个现在比她年长的女人，朝芬恩和巨魔走去。

“带我去办公室，告诉我‘传心者’在我的地盘都干了些什么，然后带我回家。”

科迪抱着双臂，说：“你没有家了。我们以为你死了，于是任由他们夺走了你的公寓。”她满不在乎地耸耸肩，但塔基扬还是听出了她深藏的痛苦。

芬恩走过来，对科迪轻声说道："温柔点儿，不是坏事。"他的眼光不时瞟向塔基扬隆起的小腹，然后逃避似的赶快躲开了。塔基扬觉得骨头一阵麻痒难忍，突然涌起股想杀人砸东西的冲动。

"你最好把所有事情都交代清楚。"科迪固执地说。

"那样有什么好处？"塔基扬问。

科迪的独眼盯着她，眼中流露出绝望，犹如一头濒死的兽。"我什么也帮不了你。他们关了我好几个月，克里斯都以为我死了。他们找到了我孩子的寄养家庭，然后杀死了他。"

塔基扬不知道科迪是想寻求安慰，还是在漫无目的地牢骚抱怨，只听她接着说道："然后布拉斯告诉我他杀了你，我信以为真了，我不是存心放弃你的。"

"我不能命令你做什么，你的存在、你的话语我都不能掌控，随便你怎么处置我的诊所，也随便你用什么办法消除痛苦，但你别来打扰我。"塔基扬回应道，语调低沉平板，毫无起伏，说完不再看她一眼，也没去理会这番话对她的打击有多大。

科迪僵在原地，努力装出骄傲的模样，走回了诊所。

巨魔和芬恩注视着塔基扬，不发一言。

塔基扬平静地说："她的遭遇的确十分不幸，我知道，我应该对她好点儿……但我做不到，我没办法面对她，我帮不了她，就像她也帮不了我一样。"说到这，她突然停住，回头看向灵龟，把脸贴在龟壳的钢板上。

"我很害怕。"

汤米说道："如果需要我，我会随时出现来帮你，你知道怎么找到我。"

塔基扬点点头，转身走向她的员工。

“科迪消失了……哦不，失踪了……我们以为她死了。而你……呃，好吧，我们以为那是你……”巨魔努力挑选最合适的字眼，“你躲进了一个瓶子里，最后从诊所辞职了，我们都一筹莫展，突然科迪回来了，说你死了，然后那个假塔基扬就不见了，我想过要去埃利斯岛，找你……”

“不过那时它还叫作火箭堡，没人到得了那儿。”芬恩突然说道。

“不，你们能到那儿。”塔基扬轻轻地说道。她想起了那个孤独的男孩，战战兢兢，却心怀梦想，统治着整个鬼牌王国，现在占领了埃利斯岛。“它有点儿像永无岛……”她的声音越来越低。

“但现在也去不了了，那里该死的砌了一栋城堡。‘膨胀’向美国政府递交了陈述，声称他和所有鬼牌都将退出美国。你知道，上一次出现这样的破事是什么时候吗？是美国内战！”芬恩叫道。

“我对政治勾当没兴趣，我只想知道塔基扬身上发生了什么。”巨魔追问，“我的意思是，布拉斯绑架你之后，究竟发生了什么？”

塔基扬一动不动地坐着，一声不吭，最后芬恩不安地打破了沉默：“这其实，很明显了，不是么？”但巨魔却不买账，咆哮起来。显然，现在的伦斯勒诊所里，员工的关系剑拔弩张，气氛紧张不安。

长达七个月的地狱生活，伴随着恶心的解脱感，在塔基扬的脑海里一一掠过：绑架，布拉斯，与一名十六岁少女的灵魂交换，强暴，在暗无天日的地下囚牢度过了几周，又一次强暴，怀孕，逃脱未遂，再一次强暴，最后终于得救。然而现在面临的，依然是绝望。

“孩子的父亲是谁？”芬恩问道。

塔基扬站起来。“我那迷人的精神病孙子，布拉斯。”看着所有人脸上的震惊嫌恶，她微微地笑了，“别这么惊讶，在塔基斯，这是一项古老而备受尊崇的传统。”

“房间可能不是太好，不过你总算有个家了。”芬恩转动大门上的钥匙，说道。

“这只是间阁楼。”塔基扬并不认同。

“好吧，就算它不够格，称它为家还是好听点儿。”

塔基扬跟着芬恩走进客厅，只听他继续说道：“我是个鬼牌，我爸认识个有钱的好莱坞制片人，意思是，我可以跑跑龙套赚点钱。”

房间十分宽敞，摆满了大抱枕，还有张沙发。

“对那些两脚兽做了点妥协。”芬恩继续说道，然后顺着她的目光看了看房间。

塔基扬好奇地打量着厨房，里面设施齐全，不过橱柜案台比正常的矮了一截。她回到客厅，发现房里还有个酒水间。自己被囚禁以来一直饥肠辘辘，现在看到这满柜的酒，她不禁贪婪地注视着一瓶拿破仑干邑。

“不不，头儿，”芬恩在身后说道，“还是喝这个吧。”她转过身，看到了他手里的牛奶。

“不了，谢谢。”

“还是喝了吧。”芬恩把牛奶塞进她手里。

“真烦。”塔基扬嚷道，“你总是小题大做，总是逼我照顾自己，这让我觉得……”她抗议似的指了指小腹。“这个比我更重要。”

“不，我关心的是你。”

塔基扬静静地看着芬恩，抬起手摸了摸脸颊，然后轻轻捋了捋头发，最后极其轻柔地摸了摸隆起的小腹。“不，布莱德利，这不是我。”她的声音绷紧了。

芬恩带着她走到沙发前，按着她坐下去。“头儿，我想说，这就是你，我指的不是你肚子里的孩子，而是你已成为女性的事实。布拉斯离开了，你原来的身体也没有了，这是无可挽回的，你的余生可能都要……”

门铃突然响起来，打断了芬恩委婉、理智、逻辑严密的讲话，他小跑过去开门，没留心塔基扬的身体微微发起抖来。牛奶瓶从手中滑落，牛奶洒到了腿上，她双手抱头，大口大口地喘气，湿黏的汗液从发间渗出，唇上也涌出了细密的汗珠，眼前似乎只剩下一条隧道，无边无际的黑暗，望不到头。这时，冰凉的手指抓住了她的手腕，搭上她的脉搏。

塔基扬猛地睁眼，看到了科迪慈和的脸庞。她不由窘迫万分，赶紧移开眼，但还是瞥到了科迪乌木般的发髻里，夹杂的几缕银丝，而且她的独眼也更加凹陷了。看来，在过去的几个月里，不只是她饱经磨难，他们所有人都遭受了太多的痛苦悲伤，需要遗忘。

当塔基扬还是“他”的时候，疯狂地想与眼前这个女人缠绵。现在，这份情感、这种冲动依然存在，自己却没了男性器官，来实现渴望。

“不要碰我!”塔基扬尖叫起来，疯狂地挣扎，试图站起身，可笨重的身子毫不配合。她无计可施，只得苦闷地咒骂起来。

“焦虑发作。”科迪平静地说，回头对芬恩喊道，“把我的包拿来。”芬恩把包递过来，她从包里摸出皮下注射器，然后用公事公办的口吻对塔基扬说：“现在我要给你注射少量镇静剂，对于你这样的妊娠期女性，我通常不主张这么做……”

“滚开！你在羞辱我！这是对我的极大侮辱！我绝不会像这样活着的！绝不!”

科迪的一只眼睛失去了眼球，眼眶上罩着黑色眼罩。现在她站起身来，理了理眼罩，叹道：“塔基扬，接受我的帮助吧，别再把我推开。”与塔基扬尖利的小女孩声音截然不同，她的声音平静，充满磁性，显示出成熟女性的魅力。她推满注射器。“并且，你现在没什么选择余地。”说着，她把针头扎进塔基扬的小臂，将药水注射了进去。

“所以我最好躺着，然后享受这一切?”

“该死的，你知道我不是这个意思，对于你遭受的苦难，我很难过，我们大家都很难过。但变成一个女人并不是什么不得了的悲剧，现在你有机会好好了解一下女性的处境，说不定你还会想做做笔记。”

“你什么意思？你说我对女性漠不关心？”

“没错，你的衣着光鲜亮丽，对情感的宣泄也十分随意，人们看你的外表，都会以为你是个懦夫，要么就是个所谓的娘娘腔，而事实上，你是个纯爷们，有时甚至是个难缠的刺头。女人对你来说，不过是追逐的猎物，性伴侣，玩浪漫的理想对象，孩子的母亲，可能会成为妻子的追求目标，用来交配的母马，但，绝不可能是个独立完整的人。”

塔基扬喉咙发干，艰难地咽了咽口水。“人们，我害怕。我不能这样活着，我做不到。”

芬恩抱着她，安抚道：“我知道，亲爱的，我知道。”

自从被强暴后，塔基扬再也容忍不了与男性的身体接触。于是她努力挥退心头的恐惧，轻轻推开芬恩的手臂，站在那看着科迪，科迪赶紧伸出手扶住了她。镇静剂的药效发作，加上白日里那些劳神费力的事，她觉得困顿不堪，脚步变得轻飘飘的。

“去睡觉吧。”科迪温柔地说，把她轻轻推给芬恩。

芬恩带她走到客房，问道：“需要我留下来吗？我可以找人暂时代理我的工作。”

“不，去工作吧，打理好我的诊所，我，我想一个人待着。”

芬恩走出去，关上门，声音在黑暗中显得格外响。她盯着床，想起了之前与情人们共度的那些狂野夜晚，她们的名字已经想不起来了，但她们的身体……愤怒和失落又一次席卷了全身。

她从噩梦中醒来，布拉斯仍然侵占了她的思绪，对她施加的精神强暴和肉体强暴，成了永不愈合的创伤。极度的恐惧下，她的心脏剧烈跳动，每一次狂跳都让她的胃翻江倒海，几欲呕吐。现在她彻底清醒了，发现自己已经走出了卧室，站在客厅里瑟瑟发抖。

现在夜晚的恐惧又要加一条了——梦游。她想着，走到芬恩的酒柜前想喝点什么压惊。尽管芬恩对酒的认识非常粗浅，但酒柜里还是有不少上好的白兰地、威士忌和伏特加。

镇静剂的药效还残留在身体里，她觉得脑子里仿佛塞满了棉花，四肢也不听使唤。她开了一瓶白兰地，尽管知道不应该，但多年来早已习惯靠酒精来摆脱痛苦，而且眼下她只想快点把痛苦从脑子里赶出去。

她喝掉了一大瓶酒，托着沉甸甸的肚子走到浴室。浴室里有个传统式样的马桶，但地板上还凿了个大洞，砌成法式茅坑的模样。

芬恩会怎么管理诊所呢？站在他的马厩里，竖起尾巴，希望自己做出的决定是对的？她想道。

浴缸被改造过，深深陷在地板里，上面安了扇霜花玻璃拉门，塔基扬终于意识到芬恩必须面对的诸多不便，而自己此前从未关注过，她不禁愧疚起来，心情也愈发沉重低落。

泡完澡休息了一会儿后，她站在镜子前审视自己日渐臃肿的身躯，心想：我现在也是一个鬼牌了，一个畸形的身躯里住着个陌生的灵魂。她把T恤掀起，试着摸了摸圆滚滚的肚皮，调整了腹内宝宝艾尔娜的头部位置。作为一个训练有素的医生，这对她来说不是什么难事。

你是一次野蛮强暴的产物，一个越来越沉重的负担，你的血管里流淌着疯子杀手的血液，我要怎么对你解释这一切？如果你问起你的父亲，我该如何回答你？编造一个动人的小故事？说他是一个被流放的孤独王子，很久以前就去世了？

塔基扬想着，不禁大笑起来，笑着笑着就变成了痛苦的喊叫。你是个意外。布拉斯在鲜血中出生，成了我的孙子；我在血淋淋的强暴中受孕，有了你；不久，你还将在血流不止的分娩中诞生。我该怎么做，才能避免你成为一个怪物？避免你像布拉斯那样吞噬我，摧毁我？而你已经开始这么做了。

在药物、酒精和疲倦的三重作用下，尽管医生的本能在脑海里发出警报，告诫她赶紧驱散绝望，可情绪还是越来越低落。在以往的苦痛岁月里，塔基扬总是在对苦难作出疲惫的投降后，重拾信心，继续反击。可这一次，她不想再抵抗。艾尔娜感受到了母亲的痛苦，与之相呼应似的，她的情绪也开始疯狂地起伏，塔基扬似乎觉得自己怀着个濒死的生物。

我们一起死吧，孩子。塔基扬想着，在药品柜里狂乱地翻找。

布莱德利·芬恩是个作风老派的男孩，他的剃刀手柄上包着贝母，在灯光下闪着柔润的光泽。塔基扬笨拙地抽出刀片，用力割在虎口上，但皮肤并未割开。于是她拧开了水龙头，自己则坐在马桶上，看着热水一点点灌满浴缸。

你会理解我吗，孩子？她在心里问道，仔细看了看剃刀和浴缸，继续在心里对艾尔娜说：我希望死去，我必须这么做，我实在太累了，我撑不下去了。

浴缸逐渐装满了水。她脱掉T恤，跨入水中，浸在热水里的脚趾传来轻微的刺痛。她慢慢躺倒，把一只胳膊伸出水面，用刀片在手腕上划下。一阵冰冷的压迫感过后，痛楚袭来，鲜血从手腕喷涌而出，十分温暖，还有些黏糊糊的。她又换了只手拿刀片，割开了另一边的手腕。她两只手都可以割腕，因为她是医生，能动手术的医生。

割掉我的生命吧，她迷迷糊糊地想着，把头靠在浴缸边缘。

温暖，非常温暖。鲜血从手腕上淌下，流入水里，再随着水流冲走。夕阳在海面一点点下沉；花瓣飞舞着落入山涧，逐波漂远。意识越来越沉重，眼前的灯光越来越细，最后，完全堕入黑暗。

♥♦♣♠

第二章

“我重新考虑了一下你的计划。”

杜尔格闻言抬起头来，看到布拉斯深暗的眼睛正盯着他。尽管还不到两百岁，阅历还不足以看透疯狂，他依然从布拉斯黑色的眼睛深处，看到了潜藏的恐惧。作为一名莫拉克，杜尔格不仅在搏击上训练有素，也深谙周旋之道。他露出关切和蔼的神色，问道：“能告诉我原因吗，大人?”

布拉斯焦虑地瞥了一眼控制舱，控制舱是个圆形房间，弧形的舱壁泛着珍珠般的光泽，杜尔格就坐在舱壁伸出的长椅上。布拉斯走过去，拉起他的胳膊，拽着他走到房中央。

仿佛害怕“伊沙布柯卡布[①]”会偷听似的，布拉斯压低了声音，偏头指了指凯丽。“他迟早会醒来的。”凯丽正摊开四肢躺在四柱床上，对四周一无所觉。“他一醒来，宝宝就会知道船上的不是塔基扬，然后会立刻飞回地球。”布拉斯继续说道。

“您的意思是……”

“我们为何不现在就控制局面？掉转方向，飞回地球……”

“那接下来去哪?”

“塔西提，或者西藏……不一定非得去塔基斯。”

“地球上您能到达的地方，您的祖父也可以。更何况还有膨胀，

① Ishab’kaukab，伊沙布柯卡布，指塔基斯的灵识飞船。

这个怪物可以扭曲空间，几千英里的距离他都能轻易弯折。”

布拉斯的眼睛蓦地瞪大了，显然这番话切中了要害。他的身体微微发抖，流露出更多恐惧。杜尔格接着说：“那些鬼牌非常爱戴您的祖父，而您的祖父在复仇成功之前，绝不会善罢甘休。”他适时地停了几秒，然后非常轻柔地说，“并且我想，你很希望成为一名王子。”

布拉斯跳起来。“没错！如果我还在火箭堡，统治我的辖区，管理‘传心者’，这当然是个不错的主意。但昨天我思考了很久，想起了一些祖父提过的细节，被你小心回避的细节。”

“比如?”

“在塔基斯，我是个神憎鬼厌的人，是个私生子，我的存在就是最深的罪孽，只要我一踏上塔基斯的土地，就会被处死。”

杜尔格伸出胳膊，小心翼翼地环住布拉斯的肩头，见他没有推开，心道：“他今天不过是发发小孩子脾气罢了。”于是搂着他回到长凳，让他坐下，劝慰他。“你忽略了三件事，其中一件你不知道，另外两件你忘了。其一，在荣誉、血脉和动人的誓言下，所有塔基斯人的本性都极其现实。我们是彻头彻尾的现实主义者，而你，将为旺雅旺德宗族献上一份大礼，那就是——”他回头指指趴着的塔基扬身体，“他们最大敌对宗族的继承人。除此之外，你还拥有非凡的能力。我从小就接受抵御思想控制的训练，但你仍能控制我，所以我们要好好利用你的能力。相信我，不管你的血统多么肮脏，他们都不会浪费你的天赋。最初那几个小时至关重要，如果我们能挺过去，你一定能成为一个伟大的统治者。”

布拉斯猛地环住莫拉克壮硕的腰，把头埋进他宽厚的胸膛。“你不会留下我一个人的，对吗?”

“我对你立下了血誓，除非你赶我走，或者我死了，否则我将一直任你差遣。”杜尔格答道，妖精般俊美的脸上露出一丝微笑，“我们莫拉克不仅仅是国王的杀手，还是他们的顾问。”

布拉斯抬起头。“克劳德叔叔教过我怎么发动革命。”他的声音还十分稚嫩。

杜尔格抚着他剪成板寸的头顶红发。“那么，我将教你如何当一名王子。”

它真不像一艘宇宙飞船，首先它的名字……哪有宇宙飞船叫宝宝的？并且，它看起来也不像飞船，舱壁是弧形的，而且遍布凹槽，还有珍珠一样的光泽，这些都让凯丽觉得，自己正待在一只大海贝里，并且控制舱的中央是一张四柱床，没有舰长座椅，没有操纵盘，也没有一排排闪烁的计算机，只有一张床。最诡异的是，这艘飞船说话唱歌，有时还会哭泣，而且只有凯丽能听见。这些悲伤的声音成天萦绕在她的耳朵里，就连睡觉做梦也不放过他。从声音判断，凯丽觉得它是个女性。

宝宝体贴地翻转地板和舱壁，露出一面屏幕。布拉斯盯着屏幕说道：“对，就这个。”尽管他的口吻努力装得平淡，好奇仍然不可抑制地飘了出来。

凯丽也想上前去瞧瞧，可头重得像把铁锤，脑海里压着几百万种思想，凝成了一把铁钳，紧紧钳住她的思绪。

当她终于找回意识，想起了经历的一切，不禁觉得自己简直是从地狱归来。刚一苏醒，宝宝就察觉到他是顶着塔基扬皮囊的冒牌，并非自己的主人，立刻调转航线，往地球飞去。

布拉斯用意念控制住凯丽，将她困在床上。凯丽瑟瑟发抖，眼睁睁地看着布拉斯一步步逼近。他周身散发出危险的气息，黑眼睛里燃烧着疯狂的火光，边走边大声对飞船解释事情的来龙去脉：绑架、“传心”以及强暴。

暴戾因子在体内叫嚣，他无法自已地跳到凯丽身上，扼住他的咽喉。凯丽尖叫起来，可叫声很快就被掐断，只余破碎的咯吱声。

"看到了吗，'宝宝'？如果你不按我说的去做，我就杀了这个小可怜，那时我的祖父可就被永远困住，再也回不来了，而这都是你的错。"

宝宝屈服了，她开始不停地哭泣，哭声钻进凯丽脑海里，简直要把她一点点逼疯。

杜尔格抱臂站着，像一尊有了生命的复活节岛石像，惊悚可怖。他的身躯巨大方正，肌肉如石头般坚硬，可壮硕的肩膀上偏偏顶了颗精致美丽的头颅，让他看起来更加怪异。

"最好控制她。"他低声道，"否则出于本能，她会马上飞到伊卡赞宗族的起飞台去，那样我们就完了。"

布拉斯犹疑地问道："都过去五十年了，该死的她还能记得？"

"她是伊沙布柯卡布，绝不会忘记的。"

布拉斯点点头，眼神变得涣散，开始用意念控制飞船。宝宝悲伤的泣语突然停住，凯丽可以感觉到，布拉斯的意念犹如渗出毒液的触手，密密麻麻地裹住了飞船的灵魂，不留一丝缝隙，没有丝毫摆脱余地。

凯丽非常熟悉这种感觉。她在俄克拉荷马州的小镇长大，这样的情绪无时无刻不在压迫她，压得她喘不过气来。那个乡巴佬天堂，就算现在她也这么认为，只有三千来个居民和一家电影院，还有四家饭馆，可以在那买几副油污的扑克牌，小饼干和火腿汁什么的。燠热的夏夜里，臭虫爬过光秃秃的灯泡，投下它们的影子，而凯丽就在灯光下读她的爱情小说，想象牡蛎的滋味。

她在高中遇到的每个人，都说她漂亮得可以当模特，当演员。可家里总是脏兮兮的，到处都是臭虫，还有做不完的家务，父母也从来看不到她的与众不同，她总是和他们吵架，矛盾重重。终于有一天，她偷了卖鸡蛋的钱，买了一张大巴票，去了纽约。

去往曼哈顿的途中，她一路上都在自我安慰，满怀憧憬，遐想自己的模特事业，想象着华服金钱，借此忽略空空荡荡的胃。但大部分时间里，她都在幻想衣锦还乡时的情景：妈妈满含热泪，爸爸羞愧不已，后悔竟然没发现，他们那建在光秃秃小山上的木板房里，竟然走出了这样一位明星，而尤金·佩尔兹一定后悔极了，自己当初为什么没有带她参加高中毕业舞会，尽管她那时还只是在上高一。

然而，现实的曼哈顿与她想象中的天差地别。摩天大楼鳞次栉比，隔断稀薄的阳光，造就了一个阴暗的世界，充斥着脏污、灰尘和城市垃圾。对她那听惯了虫鸣蛙唱、鸟啼牛叫的耳朵来说，城市的噪声堪比尖刀，简直要刺聋她。公交车吐出一车接一车的乘客，仿佛钢铁巨鲸喷出了一拨又一拨的鱼虾。凯丽还注意到，街头走着许多年轻的金发女郎，个个美貌惊人，而那些接近她们的男人，简直就像嗜血的鲨鱼。其中一个男人走过来，说愿意收留她，他的每个毛孔都散发出恶心和猥琐。凯丽用手提箱狠狠撞向他的膝盖，然后飞奔着逃远了。接下来的日子，她漫无目的地在街头游荡，被拥挤的人群推搡，风餐露宿，数次遇袭，有时不得不行乞，讨点钱从小贩那买根热狗充饥。玻璃、合金和石头组成了高楼大厦的外壳，好似一张张脸，嘲弄讥讽着她。这些脸庞的背后，是一个属于权势、金钱和名利的世界，却吝于对她——一个来自俄克拉荷马州阿托卡县的十五岁女孩，敞开大门，尽管她是那么美丽。有一次她打电话回家，可父亲拒接了这个接听付费的电话，凯丽终于忍不住在电话亭里抽泣起来。纽约街头人来人往，却没有一个人注意到她。

后来她遇到了大卫，大卫带她见了传心者家族的中心成员，并且承诺很快就帮她开始自己的事业。凯丽对这个魅力四射的男孩充满了崇拜和爱意，不禁期待起与他一享鱼水之欢，但她的希望永远落空了。传心者家族不缺豪华轿车、金银财宝，但与之相伴的，是掠夺、谋杀和恐惧。后来大卫死了，再也没有了豪华轿车，只剩下无尽的恐惧，而她还只是一个二流的学徒传心者，并且失去了自己的保护人。

接着布拉斯出现了，他像是大卫的升级版：英俊、迷人、无畏、危险，还拥有王牌的能力，而且能力并非来自百变王牌的感染，比百变王牌更为奇异。他是一个外星人，至少有四分之一的外星血统，他的祖父是著名的塔基扬，那个光彩照人的医生。凯丽想成为他的女友，而他似乎也有点意思。然而，直到八个月前，她才终于明白自己在他心中的真正地位：玩物、工具、武器。他绑架了塔基扬，逼迫凯丽进行一场怪异的“三级跳”，之后凯丽就与塔基扬互换了身体，她的灵魂和思想住到了塔基扬的外星身体里，而塔基扬的则到了她的身体里。

现在她的身躯已经远在二十三光年以外，而且即将经历女性生命最重要的时刻：凯丽的身躯已经怀孕，意味着塔基扬即将分娩。

*而凯丽正在一点点疯掉。*当布拉斯聚集意念，击打她的思想时，凯丽最后这样想道。

♥ ♦ ♣ ♠

第三章

脚下的沙粒漆黑细腻，空气严酷干燥，寒风不停地呼啸，沙粒纷纷扬扬地飞起，遮住铅灰色的天空，远处的地平线刀劈斧削般冷酷锋利，没有一丝柔和的起伏。这是一片彻底的荒芜之地。

“你的生命，”布拉斯的声音犹如耳语，从四面八方侵来，“马上就会变成这样，而且永远会是这样。”寒风一阵抽动，似乎也在尖厉冷酷地大笑。

塔基扬呜咽着堵住耳朵。“不！你已经走了，再也伤害不了我了！”

“我当然能，我在扭曲你的梦境，我就藏在你灵魂深处的黑暗角落。”

“离开我！”

“当然可以，反正现在谁也帮不了你。”

塔基扬艰难地开口：“我有朋友。”

“是吗？那他们为什么告诉你，你永远失去了自己，你必须放弃自己的身体？换句话说，他们就是想告诉你：闭嘴吧，塔基扬，别再抱怨，别再来打扰我们的生活，我们受够了你和你那些破事。”

“他们没那么说。”

“但他们就是这样想的。”布拉斯反驳道。

“不是，我知道，不是！”

“你什么都不知道！你不是读心者，你不过是读心者中一个蹩脚的残次品！”

“芬恩！”塔基扬绝望地大叫起来，“他是我的朋友！”

“你离开的话，他会很高兴的，对他来说，这是最后得以证明自己能力的机会。再说了，鬼牌镇的诊所由一个鬼牌来管理，再合适不过了，而你，不过是个刚愎自用的傻子，你的继子女受到诅咒，变成了畸形，你就在私底下唾弃他们，鄙夷他们！”

“不要再说了，求求你，不要再说了。”塔基扬跪倒在地，颓然垂倒，碰到隆起的腹部，又不得不直起身来。

“看看你自己，你现在多么可笑，一个男人，困在女人的躯体里，还怀着孕，肚子鼓得像个球，多么丑陋，没人爱你，也没人爱你的孩子，多么尴尬啊！只要孩子一生下来，她就会比我更厉害，因为她是布拉斯疯狂的杂种。”布拉斯的声音犹如鬼魅，每个字都浸透了讥笑。

寒意一点点侵占了塔基扬的四肢百骸。突然，她看到一星亮光，犹如一簇燃起的火焰，勇敢地与寒冷相抗。那是音乐，是女孩阳光般灿烂的发丝散发的芬芳，是丝绸柔滑的触感，是生命。

“艾尔娜。”塔基扬喃喃道。

她大步走来，所过之处，漆黑的沙粒在脚下变得绚烂如彩虹。她闪亮的红发恣意飞扬，拂在灵动耀眼的脸上。她的嘴唇像她的母亲，笑起来像一只可爱的海豚，而轮廓像塔基扬，棱角分明，下巴尖翘。

她弯下身，牵着塔基扬站起来，说：“不，妈妈爸爸，这不公平。”

夏克兰飘过来，抱着塔基扬。“伊卡赞没有懦夫。”说完，就和艾尔娜旋转着消失在欢快的音乐中。

“不！”塔基扬大叫起来，这下彻底清醒了。

浴缸里的水已经凉透，变成了深红色。她抓住浴缸边缘，试图站起来。瓷砖冷得像块冰，沾满了血水，滑不唧溜。她绷紧肌肉，深吸一口气，可还是失败了，重新跌回水里。

她艰难地挪动膝盖，在芬恩这个陷在地下的浴缸里移动。头发在身后如海藻般漂动，她努力让口鼻浮出水面。使劲，再使劲，终于伸出了头，把脸贴在湿冷的瓷砖上。头发像触手般缠绕着手臂脖颈，身体绝大部分已麻木不堪，只有臀部还残留一丁点知觉，感受到水流的拍打。

疑惑，爱，恐惧，爱，疑惑？

塔基扬感知到艾尔娜的情绪，她不再是刚才死亡梦境里那个镇静的女孩，现在她蜷在塔基扬的腹内，满心都是恐惧不安。*我的孩子吓坏了*，塔基扬想，努力支起身子，爬出水面，艰难地扯下一条毛巾，笨拙地在一边手腕上打了个止血结。

她紧抓着门柱，挪动颤巍巍的双腿，摇摇晃晃地走向电话，这几步漫长得犹如几千里的跋涉。途中她经过了一面等身镜，镜中的自己血水横流，小腹膨胀巨大，模样着实吓人。最后她终于走到电话旁，跌坐到床上，拨通了科迪的号码。

似乎响了很久很久，她听到科迪的声音从电话那头传来。“最好别是什么坏事。”科迪语调尖锐，但此刻在她耳中犹如天籁。

“科迪，我……受伤了，伤得很严重，救救我。”

“你是谁?”

“塔基扬。”

“我来了。”

电话挂断了，听筒里只剩下嘟嘟声，塔基扬躺倒在床上，努力保持清醒。

“这是我第二次看到你怀着七个月身孕的样子，两次你都搞砸了我的心情。”

塔基扬虚弱地挤出个笑。“一次我像个混蛋，另一次我像个朱丽叶。”

“你这句话的意思，就跟现在不知该用‘他’还是‘她’来称呼你一样，让人困惑。”

弯曲的缝合针像一尾兴奋的鱼，灵巧地在伤口间穿梭，苍白的皮肤逐渐靠拢，一点点盖住皮下湿润的红色肌肉和毛细血管，整个过程赏心悦目。

“你是我见过的缝合技术最出色的人。”

科迪露出一个微笑。“切割也同样出色。”

“是啊。”塔基扬叹道，抬头看了看注射的血浆袋，又低头看了看自己失血过多的伤口。科迪给她打了麻醉剂，她觉得前臂麻木得好像一截木头。“看来我也很擅长切割，真不敢相信我居然做了这种事。”

“每个人都有崩溃的时候。”

塔基扬看着科迪给她的手腕绑上绷带，说：“一看到这个伤口，别人就会知道我自杀过。”

“你确实这么干了。”

“但我不希望别人以为我很脆弱。”

科迪修长的手指抚过手术器具，把它们一件件放到天鹅绒衬里的手术箱里，问她：“这是你第一次自杀吗？”

“是的。”

“你在地球上生活的四十多年里，伤透了你爱过的女人们的心，她们自我放逐，日日买醉，用酒精来麻醉自己，许多次都差点了结了自己的生命。如果这次——”科迪比画着塔基扬的身体，“这次真的是你第一次自杀的话，我只能说你可真是铁石心肠。如果还想听更多劝解，你就自我安慰好了：好歹最后关头你还是阻止了自己。”

塔基扬抚着小腹。“是艾尔娜阻止了我。”

“艾尔娜？”科迪笑道，“很美的名字。”

“以我那改嫁了八次的外婆的名字命名的。”基扬答道。

科迪双腿交叠，坐到塔基扬脚边的地毯上。塔基扬心头忽然涌起一股冲动，她朝科迪伸出手。“我请求你的原谅，我对你的行为真是不可饶恕。”

“你今天积压了太多愤怒，是针对我的吗？”科迪的独眼严肃地盯着她，塔基扬移开了目光。她觉得十分烦闷，只好不住地打量房间，把一缕头发缠在手指上，不停地绕来绕去。“看到你，我就想起我不再拥有的身体器官。”

现在轮到科迪移开目光了，她大笑起来，但笑声犹如哭泣，嘶哑苦涩。“该死的！去年我真应该把你睡了。”

塔基扬把头发拨到耳后，说：“你们人类，还有你们人类的禁忌。”

科迪站起来，在房间里一圈圈地来回踱步，最后不安地坐到沙发上，紧挨着塔基扬。

她开口道：“你……你……你还想要我吗？”

“不想。且不说我已经怀孕，性欲大大降低，我体内还有讨厌的荷尔蒙在作祟，雌激素，黄体酮，你已经激不起我的欲望了。”

“那男人呢？”科迪轻柔地问。

塔基扬点点自己的嘴唇和下巴。“这具身体的确想。”

“那你的思想呢？”

“我是塔基扬。”话音刚落，她的脑海里突然闪过一幅死气沉沉的画面：破败朽烂的老房间，发出霉烂气味的枕席，布拉斯。痛苦的回忆卷土重来，她闭上眼，眉心皱成了一团。

“怎么了？”科迪柔声问道。

“没什么。”

“我是你的朋友，也许我无法感同身受，但拜托，我可以倾听，可以关心你。”

塔基扬双手交握，微微抽搐起来，科迪伸出手，覆在她的手上。

“我现在自由了，可为什么还是这么不安?”塔基扬喘着气，声音里满是恐惧。

“这就是性侵急难事故中心以及咨询帮助组织存在的必要性，强暴是所有暴行中最令人发指的，最卑劣龌龊的。”科迪温柔地说。

塔基扬猛烈摇头，头发疯狂地甩动。“我……我应该……能摆脱……阴影的。”

“为什么?”

她大口呼吸，努力把空气吸入受伤的肺里。“我……我是个……男人。”

“所以，你就要更坚强?你见过男性强暴受害者吗?我见过，他们的心灵创伤跟你一样严重，你们都一样，感到耻辱、愤怒、愧疚、无休止的恐惧和绝望。”科迪说着，情绪变得激动起来。她垂下眼，看看塔基扬腕上的绷带，然后摘下手术手套，拔出静脉注射针头，关上手术箱，问:“需要我留下来吗?”

“嗯。”

科迪的手臂环在她的腰上，她觉得很安心。在科迪的帮助下，她走进卧室。尴尬了一瞬后，她们都注意到了床单上的血迹。

“不要紧，我会换张新床单的。”她俩同时说道。

像是要摆脱尴尬似的，她们一起换床单，不过依然觉得十分不自在。她们把床单盖上，床单帐篷样高高鼓起，她们再把床单摊平，然后把四角掖好。突然，科迪问道:“经历了这些，你哭过吗?”

“因为什么哭?”

“你想说什么就说什么吧。”

塔基扬低低地答道:“第一次强暴后，我哭了很久，接着他又来了第二次，那时我的眼泪早就流干了。”

“哭泣是你的释放方式。”

“我还是以前的塔基扬时，我经常……这样逃避……”

科迪把被子扔到床上。“不要硬撑。”

“我没有。”塔基扬脱掉衣服，“我并没有逼着自己不哭，只是哭不出来，所有的痛苦都积压在某处，可是我无法发泄。”

她们钻进被子，在被窝下蜷成一团。塔基扬觉得一阵睡意袭来，但科迪温柔的声音又将她拉了回来。“没想到我第一次跟你同床共枕居然是这样。”

塔基扬用一只胳膊支起身，轻轻吻了吻科迪的脸颊。“我真的爱你。”

她们伸出手臂，紧紧抱住了对方。

“你接下来打算怎么做?”

“追踪布拉斯。”

♥♦♣♠

第四章

修道院犹如一颗圆润的珍珠，栖息在苍翠的群山间。山风带来阵阵松涛，松树伸向淡蓝的天空，姿态酷似日本艺伎，身经痛楚却依然仪态万方。塔基扬沿着山路朝修道院前门走去，道旁有条小瀑布，微风拂过，带起四溅的水花，吹到她的脸上。但很快，八月的酷热重新袭来，她的头脑昏昏沉沉，树上草丛里的蟋蟀叫个不停，更是催人入睡。塔基扬努力支撑起打架的眼皮，不禁懊恼自己为什么选了这个时候，福尔图纳托一定不会介意她睡个午觉再来的。

一名僧人已经候在大门前，似乎陷入了冥想。他穿着深色的僧袍，站在一棵巨大的松树下，远看还以为是松树的树根。他突然站起来，把塔基扬给吓了一跳。

僧人掉光牙齿的嘴，弯出一个欢迎的笑容，但很快又消失了，取而代之的是一脸疑惑。

“我来见福尔图纳托。”塔基扬缓缓开口，指了指自己的胸脯，“我就是塔基扬。”

僧人听到她的名字时，脸色稍霁，但随即用日语忧心忡忡地嘟囔了几句。这个小个子老头长了一对大耳朵，活像两片蘑菇，支在光头两侧，用力摇头时，耳朵晃个不停，似乎也在宣告她不能进去。

“我知道你以为会见到个男人，但我保证，我就是塔基扬，你没有弄错。”可僧人还在摇头，塔基扬的耐心犹如绷紧的吉他弦，她不耐烦地说，“我挨过了极其难熬的四天，本来两天前就可以到的，但汤姆林的白痴硬不让我上飞机，因为我的护照有些小问题。”想到当时的难堪，她抬起手飞速地遮了遮眼睛，继续说道。“比如性别错误。但我现在告诉你，对一个孕妇来说，在飞机上待了四天，简直堪比酷刑。”但老僧人依旧不为所动。

“你是听不懂我的话吗？如果我这样告诉你，你可能就明白了——要是你不放我进去，我就……”她突然停下，心里有了主意。

她双手捧着肚子，命令道：“带我去见福尔图纳托！”

老僧人的眉毛跟耳朵一起，抖个不停，脸上神情变幻，最后一脸的痛心疾首，指了指塔基扬的肚子，见塔基扬点头，他打开了大门，示意她踏上一条铺着白色细沙的小径。塔基扬沿着小径，很快走到一座小桥前。小桥横跨在洁白的山涧溪流上，设计十分危险，在中央部位急剧弯折，形成一个九十度角，然后继续延伸。塔基扬在桥中央停了下来，她紧抓着栏杆，瞪着桥下湍急的水流。水声清越，与阵阵松涛相和，好似婉转的叹息。她把头靠在手背上，静静地听了好一会儿。这是个好地方，她想，可是不能再耽搁了，不管这里的风景多么优美，这一刻多么惬意，她也不能待在这，福尔图纳托有这个奢侈的资本，可她没有。于是她坚定地抬起头，挺起肩膀，尽量保持步履平稳，走下桥，一直来到禅院中央。

禅院中央有座小塔，塔前精巧地摆了张石椅，福尔图纳托正坐在石椅上等着她。塔基扬走上前去，沙砾在脚下窸窣作响，可王牌仍旧一动不动，专心致志地看书。塔基扬端详着他那张平静的长脸，生出一丝怒气，爬虫般盘绕在心头。他的嘴十分窄小，略带苦相，东方式的眼睛狭长斜飞，眼周和嘴角皱纹丛生，深褐色的头发也有些花白，看来时间在他的脸上刻下了永久的印记。

“你好，福尔图纳托。”听到塔基扬柔和的女声，他像匹受惊的马，猛地抬起头来，“好久不见。”塔基扬说。

他们打量着对方，灰色与黑色的眼睛互相胶着，任谁也能看出他们之间火光四射。

“塔基扬。”福尔图纳托开口了，语气十分愉悦。

“你是第一个认出我的人，用了读心术？”

“我早就放弃我的能力了。”

塔基扬一脸不信。“不可能。”

“是真的。”王牌把书放到一旁，“我是从眼神认出你的。”

“好吧，不过我可不认为这是对我的恭维。”

“你的感知还是这么敏锐，我真欣慰。”

塔基扬不吭声。

“看样子你遇到麻烦。”

“是的。”塔基扬承认。

一阵沉默，他们互相僵持着，只有蟋蟀在啾啾鸣叫。尽管十分不愿让步，塔基扬还是不得不先开了口：“我能坐下吗？我的背……”

“当然，坐下好好休息吧，毕竟你背了这么重的负担。”

福尔图纳托的皱纹变得更深了，他在努力忍笑，可还是情不自禁地咧开了嘴，白牙映着他黝黑的皮肤，闪闪发光，他先是微笑，最后忍不住哈哈哈地大笑了三声。塔基扬牙关紧咬，下颌一阵刺痛，连带着头也痛起来。“能让你这么开心，我很高兴，但对我来说很过分。”

“这太有趣了，你希望我说些什么？”

“起码表示点关心。”

“为什么？你还是个外星来的基佬时，我就不喜欢你。现在你成了布朗克斯区的待产小母马，我为什么要喜欢你？”

“你说出这种毫无人性又龌龊下流的话，真是令人难以置信。‘游隼’怀着你的孩子时，你就是这么看她的吧？你眼里根本没有她这个人，只看得到她那隆起的肚腹。你满脑子只有性，连你的孩子也看不到，不是吗？”

福尔图纳托没有回答，算是默认了。

“你这番女权言论真是给我上了一课，你什么时候变得这么敏感了？”

“我从不惺惺作态，也不会不认我的孩子。不过也奇怪，我竟然以为你会有所改变。‘灵神[①]’赋予了你强大的能力，但你永远不明白，能力越大责任也越大。你抛弃了每个有求于你的人，你的母亲、妻子、孩子……这不是一个伟大领主该有的行为。”

“对，我不是，我是黑人和日本人的杂种，我必须自己争取我应得的一切，而我该死的也不需要别人的喜欢。”

看着他那愤怒的黑眼睛，塔基扬忽然醒悟，尽管这醒悟来得有些迟。要想得到他人的喜爱，就不应该摆出一副趾高气扬的架势。她抚平衣服上的褶皱，强压下自己的骄傲，僵硬地说：“对不起，我不该对你说教。”

“你总算说对了一句话。”

他们又盯着彼此看了好一会儿。现在这副身躯的激素有了些变化，塔基扬觉得情绪汹涌澎湃，一时狂怒，一时绝望，但尽管怀孕带来的不适十分强烈，她的眼底依然有如冰封，一滴泪也没有。不过她干涩的眼里有什么触动了福尔图纳托，他不安地问道：“你现在想要大哭大喊吗？每次我见到你，你都在假哭，至少现在你是个女人，可以尽情地哭了。”但塔基扬只是瞪着他。又是一阵长久的沉默，福尔图纳托接着问道：“你来这儿究竟要干什么？看到你，我就想到我已经抛弃的所有不堪。”

“你倒是解脱了，但我们却还在受折磨。”

艾尔娜蹬了一下，塔基扬本能地抚了抚肚子。她闭上眼睛，感受

---

① Ideal，灵神，对塔基斯精神精粹的描述。不仅仅用来形容心灵或肉体的强大，而是指塔基斯人在各个方面都臻于完美。Virtu，德力，对德力的追寻促进灵神的进化。仅凭成功，不足以确定已获取德力或灵神，一场轰轰烈烈的失败比简单的接管更重要。

宝宝的思绪，她们的情感犹如绚丽的彩带，彼此缠绕，交织融合。她再度睁开眼，温柔地微笑着说："真是个罕见的所在，这里唯一的情感就是爱。"

福尔图纳托干巴巴地回应她："我知道还有个地方也是。"

"不，性要复杂多了，它是战争、债务、博弈和考验。"

福尔图纳托皱起眉头，瞪着她。塔基扬挺起身子，直视他。"我来寻求你的帮助。"

"我不帮人流产。"

他存心给她难堪，但塔基扬毫不介怀。"我的身体被人偷走了，我确信偷走它的贼会带着它躲到我老家——塔基斯去，我必须追踪他，所以我来请求你的帮助。"

福尔图纳托还是皱着眉头，咄咄逼人。他的发际线往后移了不少，额头看起来更宽了，皱眉的时候皱纹和拧结也格外多。"我不明白你的意思，据我所知，你是唯一一个用飞船代替狗的人。"

"你以为他们靠什么逃离地球？"

福尔图纳托的眼眸深处闪了一下，塔基扬还没来得及分辨那是什么情绪，它就消失了。"你真是个混蛋。"

塔基扬垂下眼。"你会帮我吗？"

"我不知道我能做些什么。"

"四十四年前，你们摧毁'喷气机小子'在曼哈顿的图谋时，我见过你们所有人，而且给你们大部分人治过病。你是目前为止最强的王牌，我想你有足够的能力，跨越光年，把我的信息带给我在塔基斯的家族。"她比自己以为的要更加慷慨激昂，同时绝望之情也翻滚起伏，再差一点就要决堤而出了。

"我没有任何能力了，我决定待在这里时，就已经放弃了所有的能力。"

"你的能力完好无缺，它写在你的 DNA 里，你当然可以自我欺骗，但你是一个王牌，就算你死，也依然是。”

“你见过我怎么使用能力。”福尔图纳托伸出手臂，指指这片宁静的禅院，“也知道我是怎么唤醒能量的。”

塔基扬艰涩地吐出几个词：“知道……用我吧。”

“去你的，你真是走投无路了。”

“你永远不会明白。”塔基扬答道。王牌身子微倾，静静地听她讲话，他的身体散发出清新的柑橘香味，但塔基扬却一阵恶心。

来之前她祈祷千万别发生这样的情况，她也害怕如此。跟大多数王牌一样，福尔图纳托依靠某种心灵力量，来运用自己的百变王牌能力。游隼曾以为没了翅膀，自己就飞不起来了，而事实上有没有翅膀都一样，她靠的是意念飞翔。而灵龟如果不是安全待在龟壳里的话，他的遥控意念力也就派不上用场了。至于福尔图纳托，如果不发生性行为，他那惊人的读心术也发挥不了，这曾是鬼牌镇最大的笑话。“需要我为你充电吗?”曾被他们当作性交的委婉说辞和取笑。

塔基扬尽量作出轻松的姿态，简略地告诉福尔图纳托，她被强暴过。不过，他可能以为她只是发发牢骚，他的心里不会有一丝同情，只会有鄙夷。

“站起来。”塔基扬吓了一跳，站起身来，“现在，转过身去。”福尔图纳托的瘦长手指在空中比画着。

塔基扬缓缓转过去。他的注视似有形质，她的脸不禁有些发烧，接着裸露的手臂也烧了起来，前额亚麻色的发丝似乎也根根直立了。

“到你的头发了。”

“做什么?”她一头金色秀发浓密闪耀，编成了法式长辫。她抬手摸了摸发辫，问道。

“放下来。”

她伸出颤抖的手指，却一时解不开自己的发辫，她以为福尔图纳托会来帮她，可他只是坐着，双手环在胸前，伸直了两条长腿，和服敞开了一道缝隙。塔基扬终于拆散了发辫，她捋顺发丝，秀发像斗篷一样披散在肩头和胸前。

“现在脱掉衬衫。”

“为什么要这样对我？”塔基扬问道，无助得有如一头待宰的羔羊，布拉斯的影子又从意识深处闪现，惊惧的火星迅速蔓延，迅速蔓延成燎原大火，吞没了她。

“我想知道要跟我上床的是什么样的女人，每个跟我发生关系的女孩我都面试过。你很优雅，动作很悦目，只是稍微有点……笨拙。”

“那是因为我害怕！”塔基扬吼了回去，怒火击退了恐惧。

“你害怕？”福尔图纳托重复了这个字眼，似乎这是什么新词，代表了某种他不了解的情绪。

“是的。”塔基扬干脆地说。

“为什么？”

“我不会告诉你的。”

“你很快就要对我献出自己了，为什么还这么骄傲？”

“我只是利用你。”羔羊向狼发出了愤怒的警告。

“谢谢，这就是我想要的……一点坦诚，这很难得，……很不错……”

“我卑躬屈膝，前来寻求你的帮助，如果请求还不够的话，看在灵神的分上，我会求你。”

“那求我吧，我等着。”

“该死！你只不过是举手之劳，帮我点小忙，你还要我怎么低声下气？”

“我已经抛弃了我的力量。”

“我将把它们重新带给你！你反正在心里已经践踏了我无数次，还不如快点付诸现实！”

她的叫骂在山谷间回荡，蟋蟀也安静了下来。福尔图纳托眯起眼睛，评估似的仔细打量她，然后慢慢摇了摇头。“不，我并不想那么做。”

“混蛋!”塔基扬气得声音发抖，手也颤抖个不停。她哆嗦着扣上衬衫，不慎扯断了一颗纽扣，“除了你自己，你对谁都冷漠无情。不仅是我，你对其他人也一样。布拉斯就要回到塔基斯了，我的人民马上就要灾祸临头，很可能会死去，而你，还在袖手旁观。”

“外星人。”福尔图纳托冷冰冰地说。

塔基扬停住了，她蹒跚了几步，喘着气，问道：“你说什么?”

“外星人，我根本不关心你们这些外星人的死活，你们把百变王牌带到地球，还记得百变王牌日死了多少人吗？六万多？就让布拉斯毁了你们吧。”福尔图纳托对她的背影说道。负罪感紧紧攫住了塔基扬的咽喉，似乎要把它捏碎。这时脑海里响起艾尔娜的啜泣，她在努力吸收、理解并缓和母亲激烈的情绪。一幅幅画面蒙太奇般在眼前闪现，宁静的禅院变成了中央公园，无数畸变、濒死的人群痛苦地哀号，满地都是排泄呕吐物，臭气熏天。那是百变王牌日：1946 年 9 月 15 日。

“喂，塔基扬!”

她继续往前走。

“我只能告诉你这么多了，海象朱比并不是一个鬼牌，事实上，他都不是地球人类。”

塔基扬猛地停住脚步，回头盯着他。“你疯了。”

“没有，记得吗？我是世界上最强的王牌。”

“就算他不是人类，那又有什么用?”塔基扬走回石椅，瞪着他。

福尔图纳托站起来，理了理和服的褶皱，俯视着塔基扬愁苦的脸，耸耸肩道：“你怎么样不关我的事，我又没责任照顾你。”

“也没责任照顾任何人。”塔基扬从牙缝里挤出这句话。

“我想你现在总算明白了吧。”

“是的，没错，现在你受着这个吧!”

保持平衡很不容易，不过塔基扬还是做到了，她非常满意自己的鞋尖不偏不倚地踢中了福尔图纳托的裆部。福尔图纳托捂住下身，跪倒在地，痛苦地呻吟呕吐，声音夹杂在黄昏的鸟鸣中，分外不协调。塔基扬冷冷地看着他呕出唾沫，打湿了草丛。

“起码有上千个女人想这么干，”她愉快地说，“很高兴我做到了。”

当她再次经过小桥时，还在回味这一幕，觉得解气极了。

“你在日本待了一天?”海关官员问。他是个体毛旺盛的家伙，估计前一天下午刚刮过胡楂，可现在胡须又长了满脸，眉毛粗黑打结，活像两只鸟巢。“没有行李?”

“没有，没有行李。”

塔基扬身后的队伍有些躁动，日本人排队回家时或许很有耐心，但要飞去纽约就不耐烦了。他们巴不得立即飞到曼哈顿的豪华餐厅，跟漂亮的金发小妞打情骂俏，而不愿耽搁在机场里，游行似的排长队。尽管身怀六甲，塔基扬在挤过拥堵的队伍时，还是被揩了五次油，而她则回敬了五个乌青的眼圈给这五个骚扰者。

塔基扬捺下性子，耐心解释道：“我到日本只是来开会，我的护照上有肯尼迪议员的亲笔信，很清楚地说明了一切。”

科迪应该已经等在海关大楼外了。马上就要到家，偏偏被堵在这接受盘问，塔基扬觉得十分焦躁。

正在这时，她的身边突然出现两个男人，穿着黑西装白衬衫，衣服的每根纤维都表明，他们是联邦警察。

“塔基扬医生，麻烦跟我们走一趟。”

被带走前，她最后充满渴望地看了一眼门外。滑动门不停地开开关关，一拨接一拨的人群走了出去，走向自由。左边的男人抓紧了她的胳膊，灼烫的恐惧蔓延，她的抵抗之情瞬间就消失得无影无踪。

♥♦♣♠

第五章

全世界的审讯室都一个模样，气味也大同小异。塔基扬在法国、德国和西班牙的审讯室都待过，记忆最深刻的，当属60年代初在纽约审讯室度过的日子，那时他因酒精中毒而噩梦连连。所以，尽管面前的扎帕将军一脸微笑，声称只是做点“任务报告”，她却十分清楚，一场拉锯战又要开始了。

只有执掌权柄的人，才有资格成为美国政府的人权代表。她又瞥了一眼菲利普·冯·海泽哈根充血的脸庞，努力克制心头升起的恐惧。这位奎尔副总统的特别助理身躯肥胖，皮肤泛红，像颗巨大的夹心软糖。他刚走进审讯室时，满脸堆笑，和蔼可亲，当看到塔基扬对他的到来无动于衷时，认定她是故意不配合，态度立即来了个一百八十度的大转弯。

塔基扬的目光在房里转来转去，想从煤渣砖墙上找些灵感。火箭堡的地下室也是煤渣砖墙，她想道。这时扎帕越过伤痕累累的木桌，在她对面坐下。椅子刮擦水泥地板发出了刺耳噪声，她立即收回思绪，重新将目光投到面前的审讯者身上。

冯·海泽哈根穿过房间，猛地拉开百叶窗，窗外膨胀的城堡在天幕下显得巨大无比。

“怎么有人能造出这玩意？”

塔基扬耸耸肩道：“我知道的不比你多，他们叫‘百变王牌’。”

“这种生物是美国面临的最大威胁，他们的能力……”

塔基扬双手撑在桌上，接过他的话说道："与希特勒和波尔普特比起来，根本微不足道。我们正在谈论的这个人，只是个走投无路的男孩，只想保护他的人民，如果你们愿意停止出兵，与他谈判……"

"我们绝不和恐怖分子谈判！"

"什么时候鬼牌等同于恐怖分子了？"塔基扬吼道。

扎帕赶紧出来打圆场："或许'传心'可以看作恐怖行为。"

"这是两个完全不同的组织，你却把它们混为一谈。布罗特·泰迪是鬼牌的代表，并保护他们，灵神知道，他们在你们手上吃了多少苦头。"

"那个岛上有多少鬼牌？"

"还要跟你说多少次？我不知道。"

"该死的，你怎么可能不知道！你在那待了七个月！"

他的语气，硬邦邦的木头椅子，还有整个难忍的气氛都激怒了塔基扬。"前面五个月我都被关在地下室，剩下两个月关在阁楼上，没人带我参观呐！"

"你估计有多少？"扎帕温和地说。

"很多，大概几千个吧。"

"你在撒谎！"冯·海泽哈根的脸突然凑近她，她的心脏剧烈跳起来，不由得感到一阵恶心，"埃利斯岛上的船都积压了足足一英里！"

他的手靠近塔基扬的手腕，她再也忍不住，猛地往左边一躲，不小心连人带椅摔倒在地。

"上帝啊！"扎帕的声音自上方远远传来。

两个男人赶紧跑过来，跪在她身旁，男性的热量一波波传来，她都可以闻到冯·海泽哈根呼出的酸腐烟味。他抓住塔基扬的肩膀，她大叫起来，尖厉得几乎可以震碎墙砖。

"不要伤害我！天啊！不要伤害我！"

“那就把我想知道的都告诉我。”冯·海泽哈根说。

“该死的，菲利普，”扎帕打断他，“他……哦不，她，都吓得半死了。”

“告诉我!”

“有很多洞穴……绵延好几英里……都是洞穴。”塔基扬啜泣着，蜷成一团，双手环在小腹前，护住里面的艾尔娜。

扎帕抓住塔基扬的手腕时，推动了她的衣袖，指尖碰到了她腕上的绷带，于是他立即说道：“菲利普，现在让她休息一会儿，行吗?”

回应他的只有响亮的摔门声。

这里的收容所比火箭堡的好一点，但仍是个囚牢。透过窗户能看到埃利斯岛，她不禁怀疑这是有意为之。无事可做，她只好盯着窗外的军用飞机，看着它们划过纽约港的上空。

落日西沉，城堡在余晖中闪闪发光，宛如群星透过乌云，熠熠生辉。一架 A－10 呼啸而过，惊起一群飞鸟，它们纷纷从城堡垛口飞起，犹如被风撕开的硝烟。

即将来临的战争里，哪一方会获胜呢？塔基扬出神地想：*超能力，还是高科技？啊，泰迪，他们就要来摧毁你，和你那可怜的童话王国了。*

她怀着微弱的希望，期待得到他的回复。一连几个月，她和这位鬼牌首领起初在梦中交流，后来开始了真正的意念沟通。他爱她，并向她求婚，最后终于找到了办法帮她逃跑。但自由仅仅持续了五天，而且牺牲了太多人。

塔基扬聚集起微弱的意念力，尝试搜索泰迪，可发出去的意念信号似乎又弹回来了。布罗特是个十九岁的男孩，身躯巨大得像座肉山。随着力量与日俱增，他的心灵和他的王国都对她关闭了。而且这一次，从现实角度来看，即使想帮她，他也爱莫能助。

塔基扬叹了口气，不再欣赏窗外的景色，回到了床边。虽然他们囚禁了她，好歹还是提供了充足的书和报刊，还有一台电视，但烦恼的是，这些都提醒着她，日子在不断流逝。她看着书，直到眼皮沉重，然后在灯下一头栽进了黑甜乡。睡去之前，她模糊地希望，一觉醒来，经历的种种都已忘得一干二净。

门锁传来几声响动，她猛地坐直了身子，苦涩的胆汁涌上喉底，眼前又出现了那幅画面：月光照在士兵的皮带扣上，他们来了，布拉斯，强暴……

一道黑影背着什么，闪电般掠过了守卫。塔基扬绝望地尖叫起来，镁光灯的亮光在眼前爆开，紧接着视网膜上飘满了红色光点。

“该死，闭嘴，塔基扬！否则他们会捏碎我的蛋蛋的！”一个低语厉声说道。声音很熟悉，她想，是挖掘者唐斯，低俗八卦杂志《王牌!》的庸俗记者。

塔基扬伸出发抖的双手，把头发拢到脑后，直起身。空气一点一滴地重新流入肺里，她努力克制住身体的颤抖。挖掘者赶紧又拍了张照片。

“上帝啊，这太劲爆了！你能再侧个身吗?”羞辱的感觉一点点侵遍全身，塔基扬觉得自己像头狂乱的兽，很想杀掉什么来泄愤，“孩子的父亲是谁？我想大家都很好奇。”挖掘者冲她咧嘴笑着，看到她紧握的拳头后，笑得更欢了。“怎么？现在不能强迫我往自己头上倒白兰地了？塔基扬，这滋味如何?”

塔基扬惊怒交加，尽管大腹便便，她还是迅速闪到一旁，灵巧地抓住了铁座椅。

“你个混蛋!”她快速上前三步，举起椅子，摇晃着，“混蛋!”她把椅子结结实实地砸在唐斯头上。

“啊啊啊啊——!”挖掘者的相机飞了出去，但他的顽强连塔基扬也不得不佩服，只见他手脚并用，跪在地上快速爬动，接住了相机。“该死的!”塔基扬又一次举起椅子，朝他的后背击下。

她不停地砸，边砸边斥骂。“你本可以帮助我，但你却狠狠地羞辱我，给我难堪!”

挖掘者成功地接住了相机，笨拙地站起来，向门口跑去，塔基扬跟在身后艰难地追打他。吵嚷声惊动了守卫，他冲进门来，衬衫口袋里羞答答地探出一叠钞票，不过数量还不足以控告他受贿。守卫伸出手狠狠推了塔基扬一把，手掌重重地击在她的胸口，把她推倒在地。她仰天倒下，双腿大张，高高隆起的腹部挑衅似的指向天花板，挖掘者赶紧拍了最后一张照片。

“简直比特写还妙!”他喜道。

门又重重地关上了。

“我是美国公民，你们无权永久监禁我，我要求释放。”可她发现，这番僵硬的陈述，由自己尖细的少女嗓音说出，实在没有丝毫威慑力。

办公室里的摆设是些东拼西凑的物什，一台铁桌子，三架文件柜颜色各不相同，执行官的皮靠椅倒是精美得很。看样子军队总部正在搬迁，塔基扬想。

冯·海泽哈根对她的话无动于衷，只是摁灭了手中的烟头，桌上烟灰缸里的烟灰已经快要溢出来了。他把靠椅转了个边，面朝文件柜，开始一通乱翻。扎帕在一旁发话了，他对塔基扬说：“可你是这场危机的重要消息来源。”

“什么来源？我没有任何力量可以帮助你们，我已经告诉了你火箭堡的方位，你必须释放我。”回应她的是一阵沉默，于是她接着说，“美国有法律，而你们，正在犯法。”

这时，冯·海泽哈根满意地叫了声，调转椅子，面向塔基扬和扎帕，手里举着一张电脑打印纸。他啪的一下把它展开，然后把这张长长的纸递给塔基扬。

标题上写着：凯丽·安·詹金斯，下面是一长串触目惊心的控告——武装抢劫从犯、暗杀斗殴从犯、谋杀从犯，看来她真是前科累累。

塔基扬轻蔑地挥手，把那张纸丢回桌上。“这又如何？跟我有什么关系？”

“你是凯丽·安·詹金斯。”冯·海泽哈根答道。

“真是好笑，我在这里的原因，难道不是因为，我是塔基扬医生吗？”

“你的指纹是凯丽·安·詹金斯。”冯·海泽哈根咧出个笑，露出一排牙齿，“我想你没有任何资格提要求，医生，还是乖乖的吧，说不定我们不会把你丢进乡下的监狱里去，那里的囚犯对‘传心者’的态度不是太友好，你在那可受不到跟这一样的待遇，而且那些看守们对尖叫的反应总是慢半拍。”

塔基扬瞪着他那张圆胖的红脸，只觉得关押她的牢笼更加逼仄。

♥♦♣♠

第六章

法式长辫看着不简单，编起来更是繁复。为了消磨时间，塔基扬开始练习这门秘技，可惜折腾到现在还是没有学会。她十分烦躁，自己是个外科医生，还是个小提琴家，却对头上这堆死蛋白质一筹莫展。

她瞪着镜子，突然，一道闪光照彻了整个房间，反射在玻璃上，几乎要把眼睛刺瞎。

爆炸，大爆炸！刹那间，她的脑海里闪过这个念头，下意识地想赶快找个地方躲起来，下一瞬就看到“他”——正盘旋在装了防护栏的铁窗外。

“‘星光’!”塔基扬叫起来，朝他奔过去。星光穿着黄色紧身衣，绿色的泳裤和靴子，戴着绿色手套，巨大的胸膛上闪着阳光。

他愤怒的绿眼睛看着她，嘴里说着：“我认为对一个记者来说，用点小伎俩来揭发名人丑闻是对的，但他为什么要把手段用来哗众取宠呢……”

走廊里响起脚步声，还有呼喊命令的声音。塔基扬顾不上倾听星光的抱怨，伸出颤抖的双手，喊道：“如果你是来救我的话，可以救我救到底吗?”

“先躲起来。”

塔基扬在床边飞速绕了一圈，最后缩在墙壁和床之间。星光的掌中发出炫目亮光，日光般金黄耀眼。塔基扬冒着被闪瞎的危险，瞥了一眼，然后赶紧伸出双手护住头脸。大楼的外墙碎了，碎砖灰尘争先恐后地冲入房间，四处飞扬，塔基扬剧烈地咳了几声，擦去糊了一头一脸的粉尘，跌跌撞撞地避开飞向她的砖块。很快枪声四起，眼前的场景变得更加混乱嘈杂。呼啸的子弹撞上星光的能量场，纷纷哀鸣着掉落。

王牌轻巧地落到房里，降下能量场，扶起塔基扬，把她圈在怀中。塔基扬抬头看着他，他的脸庞十分英俊，下巴方正，拂动的金发更为他平添了几分灵动。塔基扬想，*就算只看外形，星光对身陷苦难的少女来说，也是完美的拯救者了。*可惜她在他的触碰下，只感到一阵反胃，喉头又涌上苦涩的胆汁。

“医生，我希望目前你身处的严峻困境，能让你最终认识到，没有监管的科学研究是多么危险。”

门被大力撞开。“那持枪守卫的危险又有多大?”塔基扬尖叫道。

星光轻蔑地抬高能量场，从墙上的大洞里射了出去。塔基扬抬起头，发现两架阿帕奇直升机正朝这边飞来，试图拦截他们。星光飞得更快了，于是塔基扬在他怀里靠得更紧了，他们飞快地与直升机擦肩而过。

“你要带我去哪儿?”

“我本以为，会有不少人为你出谋划策。”

新泽西海岸上到处都是库房，他们把这些当作视觉和雷达瞄准的参照，开始急剧下降。“我像一个绅士那样，对你彬彬有礼，把你当作一个完全拥有自我意识的女性，有足够的能力自己做决定。”

“我又不是女人。”

星光低下头，鄙夷地瞥了她一眼。“真是顽固。这是个好机会，能让你感受女性坚韧积极的生命力，你居然不乐意。为了这个主题，我特意写了一首诗。”他深吸一口气，张开了嘴。

塔基扬赶紧打断他。“在你朗诵自己的大作之前，能否把我们带到贝永的虎克路？就在纽约港的右边，那里有座废弃的垃圾场，到那我们就安全了。”

“真是难以置信，我很想知道这个行为反映了怎样的心理，居然把你的女性状态比作垃圾场？”

“飞吧。”塔基扬有气无力地说，实在精疲力尽，任由星光在耳旁朗诵他的新作。

托马斯·托特伯里四十余岁，身材极其肥胖，此刻塔基扬和星光就站在他的厨房里。人们都以为他死了，但另一个他——强大的灵龟却活了下来，因此，他的秘密藏身之所只有塔基扬和乔伊·德安吉利斯知道。所以现在看到眼前的两个人，他既愤怒又惊慌。星光双手环胸，用一种奥林匹斯山神祇似的目光打量着他，脸上难掩嫌恶。塔基扬知道这也是托马斯愤怒的原因之一，百变王牌并未带给他神话少年般的俊美容颜。

“上帝啊，塔基扬，你到这来干什么？”

“假使你受到了惊吓，那我可以告诉你，大可不必惊慌，我们并未追踪你，”星光说，“我只是碰巧看到了。”

“你个混蛋……”托马斯怒了。

塔基扬赶紧插话：“我还能去哪？他们会监视诊所，还有我的朋友，汤米，他们会把我关起来的，我再也不想被关起来了！”她尖细的声音急促地说道。

托马斯跌坐在椅子里。“上帝啊，你才刚从一个危险里逃脱，又落入了另一个。”他搓搓脸颊，推出几瓶啤酒，“要来点吗？”

“你这有毕雷矿泉水吗？”

托马斯转转眼珠，抓着她的手腕，带她走进房间。

塔基扬赶紧说：“他只会，呃，再存留二十分钟。”

“他反正要离开，那就现在走吧。”

“他不得不变成另外一个人，虽然我更希望是真正的他……”

托马斯止住她急促的步伐，扶着她的肩，问道：“你没事吧?”

“没事，哦不，我必须去一趟曼哈顿，拜托了，汤米，就让马克留在这吧，我保证一回来就跟他一起离开，那时你又可以舒舒服服地一个人待着了。”

汤米又搓了搓脸，叹道：“需要谁陪你一起去吗?”

“不，我一个人去更好。”

“你不是去诊所，对吗?”

“不去，我要闯入一个人的房间，而且需要杰伊·阿克罗伊德的帮助。”

“一位女士走进我的房间，尽管步伐不稳，但还是气焰嚣张，于是我立刻明白，她是个大麻烦。我等着，看她要对我说什么，她会用怀孕女子屡试不爽的手段吗? 痛哭流涕? 说自己早产……”

塔基扬预感，杰伊·阿克罗伊德令人厌烦的讲话会没完没了，于是端起咖啡，泼在他大腿上。顿时，滔滔不绝的蹩脚散文朗诵变成了滔滔不绝的谩骂，阿克罗伊德飞快地从桌上抽出纸巾，忙不迭地擦拭裤裆。

“该死的，我才刚从洗衣工那把它拿来。”杰伊抬起头，委屈地说，“你还不如把我的小弟弟烧了。”

“一点小损失罢了。”塔基扬说着，小心翼翼地坐到椅子上。一行醒目的标题跃入眼帘：

塔基扬之苦：谁是孩子的父亲?

《王牌!》杂志的封面就是她的照片，难怪杰伊对她的出现毫不惊讶。桌上还堆了五份报纸，其中一份的头条赫然印着“内战?”，另一份则印着“海湾之战?”。塔基扬身体微微颤抖，她移开目光，看向别处。

“你到这来有什么原因吗？还是迫切需要一个帮得上忙的人，助你摆脱困境？”

“我想雇你。”

“首先，我要问个问题：你是怎么离开总督岛的？”

“我逃掉的。”塔基扬答道。

“真了不起。”杰伊转动椅子，透过百叶窗窥视下方的街道，“有没有什么军队或者打手之类的跟踪你？”

“没有，我很小心。”

“那你找我做什么？帮你寻找那个溜掉的孩子父亲？”

要不是知道对杰伊·阿克罗伊德来说，损人就跟呼吸一样自然，她早就切断他的喉咙了。即使明知能减少很多痛苦，这个私家侦探还是忍不住刻薄地唠叨个不停，他的“长篇大论”最后往往以一记老拳告终，即便如此，还是秉性不改。他并不特别勇敢，但也不是特别愚蠢，所以塔基扬一时不确定找他是否正确。

“我想让你把我瞬移到朱比的公寓里。”

“趁他不在家的时候？”

“当然是趁他不在家的时候。”塔基扬恼怒地打断他，“如果他在家，我就要踹门进去了。”

“那你为什么不那样做？”

“当着主人的面搜他的屋子，未免太过粗暴。”

阿克罗伊德猛地站起来，在小小的办公室里不安地转了一圈。“可我从没去过朱比的公寓，对于我没去过的地方，我无法瞬移。”

“撒谎。”塔基扬干脆利落地揭穿他，“你可没少对芬恩和达顿挖苦朱比那些奇奇怪怪的雕塑。”

“上帝啊！这个糟糕透顶的镇里还有隐私吗？”

“没有，现在可以按我的吩咐去做吗？”

“这个要求太过分了，至少你得给我个理由，我还挺喜欢朱比的。”

塔基扬无意识地用掌心按摩小腹，随着肚子一天天变大，她也越来越适应。直到杰伊投来惊奇的目光，她才意识到自己在做什么，不禁羞赧万分，赶紧撤开手，放在大腿上，紧紧交握在一起。

“我十分确信，朱比不是个鬼牌。”

阿克罗伊德转了转眼珠子，瞪着她。“你的意思是？”

“呃，如果他既不是鬼牌，也不是‘守护神’，你是侦探，你认为这意味着什么？”

“外星人？”

塔基扬点点头。

“这太疯狂了，外星人不可能长那样。”

“那你怎么断言不可能呢？”塔基扬指出他的逻辑漏洞。

“如果他是外星人，你应该知道的。”

“但宇宙如此浩瀚。”

杰伊捋了捋头发，有些心不在焉。

“帮帮我，好吗？”塔基扬不再强行克制自己流露出的无助，“朱比可能是我最后的希望了。”

“真是麻烦，好吧！”

房间里充斥着冲天的腐肉臭气，塔基扬捂住嘴，箭步冲进卫生间，吐了个昏天暗地。吐完后，她从箱子里抽出几张纸巾，掩住口鼻，小心翼翼地再度走进卧室。

地板上只铺了张席子，墙角的浴缸里塞满了冰。窗式空调装得很高，看样子已经开了好一阵了，房间里冷得跟北极似的。

她快速呼吸几下，走进这间地下公寓的客厅。客厅里有张破烂的牌桌，桌上摆了个盘子，装满了牛排，都长满了绿色霉斑，臭气就是从这发出的。但所有这一切，比起客厅中央那个奇怪的装置来，都不足为奇了。

杰伊把它描绘成一座雕塑，某个疯狂艺术家的艺术作品。而实际上，它是一台超前的高科技装置，出自一位创造力非凡的外星人之手。塔基扬好奇地打量着它，超光子发射机颤动着，爬过一阵电光。

现在，她有了主意，知道自己该去找什么了。

二十分钟过去，她还是没有找到。

在某些地方，“网络”瓦库[①]设了监视台，用来监视这个毫不设防的小世界，也用来准备合约，奴役地球人。

塔基扬检视着衣橱，朝里面大喊了一声：“不！这是我的世界，我将守护它！”她的话饱含感情，然而里面十几件夏威夷花衬衫却无动于衷。

突然，前厅油亮的门闩“咔哒”了一声，对塔基扬来说，不啻于落下的断头台的铡刀。她慌忙躲进衣橱，蜷缩在一堆肥大的黑裤子间，努力平息剧烈的心跳。胃酸涌上喉头，腹中的艾尔娜抱怨起来。

不要抱怨了，宝宝，塔基扬想，这的确不是个好地方。

很可能他不会发现她，可能他看看报纸就睡了，或者听听电话留言，然后出去和朋友们共进晚餐。但是，幸运之神似乎并不青睐她这个伊卡赞继承人，只听朱比沉重的脚步声在房里响起，越来越近，他打了个嗝，她顿时联想到了汽车回火。

衣橱门被大大拉开，现在插翅也难飞了，只能希望朱比近视到快瞎的地步了。

“这是搞什么玩意儿?!”

最后一点希望之火也熄灭了，塔基扬努力表现得体面尊贵，盛气凌人，就好像自己是个裹着白貂皮的女王。朱比箭步冲到门边，一手抓着腐烂牛排，一手抓着夏威夷花衬衫，又宽又黑的胸膛上排着六颗

---

① vacu，瓦库，一种肮脏恶心的生物，常用来骂人、给人起外号。

乳头，像是黄色的青春痘，塔基扬瞪着它们，不发一语。朱比扔下衬衫，伸出长了三根手指的胖手，紧紧抓住她的手腕，粗鲁地把她拽出衣橱。

“真是个典型的塔基斯人啊!”朱比说，不过语气一点也不像恭维。

“你也不愧是个‘网络’瓦库。”塔基扬反击道，“我至少是光明正大地接近地球人，而你，却鬼鬼祟祟地混在他们中间，等待合适时机。在交易中你赚了多少？灵魂买手？”

“你怎么发现的？”朱比问。他逼近塔基扬，威胁似的露出长长的獠牙。“就凭你自己，不可能猜得出来。我蒙混了你二十年，只是突然换了个身体，难道你的智商也提高了？”

塔基扬只觉一股热辣辣的灼烧，从脖子一路蔓延到发尖，羞辱的难堪排山倒海般袭来，她张张嘴，准备说些什么，此时一阵急促的敲门声响起。

“滚!”朱比大喊。

“该死的，把门打开。”杰伊·阿克罗伊德的声音传来，“我的客户在你这，他……哦不她，还没给钱呢。”

朱比又恶狠狠地瞪了塔基扬一眼，似乎她把王牌牵扯进来简直罪大恶极，然后不情不愿地走到门边，生硬地拉开门，杰伊笨拙地挤了进来。

“你太过分了，杰伊!”朱比怒冲冲地看着他，责备道，“我对你款待有加，你是怎么回报我的？偷偷摸摸地把她弄到我房里？”

“真抱歉，她冒出个疯念头，认定你是个外星人……”

“我是。”朱比平静地说。可杰伊光顾着自己喋喋不休。“我早该想到的，她这是发疯，或是受了别的什么刺激……”

塔基扬喊道：“你没听到他说话吗？顺便提醒你，我没发疯。”

“你现在怀着孕，”杰伊断言，“当然有点疯狂，我也被你影响了，哦对了，你刚才说什么？”

“我是外星人。”朱比重复道。

杰伊把手插进口袋，猛地转过身去。“我的天啊，这下玩大了。”

塔基扬非常理解他此刻的心情：被人背叛的滋味。“如果你真是个鬼牌，情况还不这么糟糕，但一直以来，你总是嘲笑他们。”她十分难过，说话也有些哽咽。

而朱比似乎也很痛苦，下巴紧绷，不住地颤抖。他悲伤地说：“不是这样的，我知道。在这个世界，我就是个鬼牌。”

“不，你不明白。无论他们怎样谩骂你，侮辱你，甚至虐待你，你都毫不在意，因为你心里十分清楚，你是正常的，而且据我所知，在你的世界里，你这个样子是非常美丽的，你根本不了解畸形的痛苦。”

“那你又了解多少呢，小公主？”朱比挖苦道，把牛排啪的一声丢回盘子里。

“好吧，我们能谈正事了吗？”塔基扬让步。

“你私自闯入我的房间，无非就为了一件事：发送一条信息。”

塔基扬垂下眼帘，透过浓密的睫毛看着眼前的鬼牌，哦不，网络操作员，她在心里纠正自己。“你愿意发这个消息？”

“当然。”

塔基扬一时反应不过来，正想说点什么，只听朱比又开口了，他迎着她的目光，说道：“但有代价，凡事都有代价。”

“最重要的是，你得向我证明，你是‘网络’。”

阿克罗伊德插话道：“请匀出一分钟时间，告诉我——一个友好善良的地球人，你们该死的到底在说什么？”

塔基扬没理他，继续问朱比：“你是什么？”

“格莱布人。”朱比的发音很奇怪，就像扁桃体裂开了一样。

“祝你健康。”杰伊说，“你到底为什么会在这？”

“‘网络’把他带来的。”塔基扬说。

“什么？再说一次。”

“是‘他们’。”朱比纠正道，语气里充满自豪，“有一百三十七个成员不知疲倦地工作……”

“就为了控制和压迫。他们的合同毫无人道，条件苛刻，被束缚的人们只能彻底地臣服。”塔基扬说。

她的评价有其渊源。八千年前，塔基斯人在繁重不堪的债务下挣扎拼搏，那时，他们刚摸索出如何建造宇宙飞船，而“网络”只热衷于卖掉飞船，却不知如何修理它们，更别提自己建造了，所以在合同里设下重重圈套。后来，塔基斯人发现了伊沙布柯卡布，并培育他们收为己用。而“网络”对市场损失怀恨在心，发动了一场邪恶的战争。最终，“网络”战败离开，但塔基斯人绝不会忘记，他们在战争里付出的生命和财力，更不会忘记曾被债务奴役的岁月。

“现在，杰伊，听完了这位尖刻的塔基斯人的宇宙观后，愿不愿意听听我的话？”朱比说。杰伊耸耸肩，示意他接着讲下去。“没错，我们是商人，我们的条件相当苛刻，但这是因为，我们的最高法则就是契约，而不像他们。”朱比指了指塔基扬，继续说道：“任何种族都有机会加入‘网络’，我们根本不在乎你的个人癖好是什么。”

塔基扬忍不住了：“他们毫无荣誉感，也没有是非观，驱策他们的只有利益。八千年来，他们一直企图重新控制塔基斯，不过都失败了。”

“伙计们，呃，两位外星人，没人给我钱让我掺和这件事。”他看了看塔基扬，补充道，“你雇我把你送到他屋子里来，看看他到底是不是外星人，现在证实了他的确是，那我可以走了，而你们，接下来一整个下午，可以尽情地交换对彼此的侮辱。”

“你的世界正在任人宰割，难道你毫不在意吗？”

“我现在只看到，一个穿着俗气夏威夷花衬衫的胖子，没看到什么侵略苗头。”

“你真是个白痴。”塔基扬转过身，双手交叠，放在隆起的小腹上。

“拜拜喽。”杰伊对两个外星人挥挥手，准备离开。

“等等。”

杰伊疑惑地转过头。

“你得严肃地向我保证，绝不会泄露我半点秘密。”

“我不用非得喝血或吃下什么别的东西，对吧?”

朱比眉头紧皱，一脸困惑，而塔基扬苦恼地咬着嘴唇。

“不需要。”最后，格莱布人开口了。

杰伊若有所思地点点头。“要是我不答应呢?”

“那我不会跟她做任何交易。”

杰伊和塔基扬交换了一下眼神，塔基扬勉强点了点尖尖的小脑袋，表示同意。

“我保证绝不说出去。”

塔基扬逼着自己从牙缝里挤出一句话：“以我之骨血起誓，我绝不泄露你的秘密。”

然后杰伊离开了。

朱比拿起遥控器，摇摇晃晃地走进卧室，塔基扬也蹒跚着跟在他身后，看着他在遥控器上按下了一串复杂数字。当按完最后一个数字时，公寓光溜溜的砖石后壁似乎溶解了。六十年前，这里还是一个地下煤窖，现在却成了邪恶侵略势力的桥头堡。塔基扬压下自己的厌恶，强打起精神。

后壁托举出一个巨大的全息方块，上面有个马蹄铁形状的控制台，中央有把椅子，为朱比矮胖的体型量身打造。墙上出现了更多机器，有的她认识，但大部分都不知道是什么。

朱比越过她，咕哝一声，坐到椅子上，转头询问似的看了看塔基扬。塔基扬的内心激烈交战，身体都发起抖来。

是的，现在已到了绝境，但为了自己原本那具一百二十磅的男性躯体，就可以置塔基斯于危险之中吗？

“你还要继续吗？”朱比的声音传来，击退了她的思绪，她无声地点点头。

控制台尚有空间供塔基扬坐下，但不怎么舒服，而朱比似乎也无意让出他的椅子，只见他伸出香肠般的手指，摸了摸键盘，然后抬眼看着塔基扬。跟大部分人一样，他的目光也不时瞟向她隆起的小腹。塔基扬想，那个问题又要来了，于是努力摆出平静的姿态。但出乎意料的是，他并没问“怀孕的感觉如何”之类的蠢问题，而是羡慕地说道：“我还没有孩子呢，可能永远不会有了，这就是为‘网络’服务的代价之一。”

“是的，我想在二十光年以内，都不会有一个格莱布女性。”

朱比在键盘上按个不停。“我可以自我受孕，”他看着塔基扬瞪大的双眼，笑道：“我们格莱布人是雌雄同体。不过我要是怀孕的话，用百变王牌来解释也说不通，即使像你这样容易轻信的人，也会怀疑。”

“这就是你对我的印象？容易轻信？”

全息方块中闪烁着一个表格，上面的语言塔基扬从没见过，但据多年经验判断，她知道这是一份合同。绝望突然散布全身，她觉得自己正站在欺诈的冰崖上。

“这是你的成长过程对你的影响，你们塔基斯人总是用你们的文化传统评价所有事物。你本可以变得残暴卑劣，但毕竟你出身一个正直的种族，对荣誉、誓言、血脉和诸如此类的东西，看得极为重要。”

塔基扬审视着全息方块，朱比继续说道：“一直以来，我都认为契约对贸易大师来说是神圣的，如果你不认同的话，我们也没什么好交易的了。”

他晃了晃肥大的脑袋，像在盘算着什么。“不，你不用担心，我们会遵守法律的，只是偶尔钻钻空子罢了。”塔基扬听到他的话音里似有一丝悔意，好似夏日的闷雷，若有若无。“你们塔基斯人不惜跨越宇宙，也要兑现诺言，我们可以找个新法子，免得彼此长途跋涉。”

塔基扬看到了自己的名字，既有她的塔基斯名字，也有她的人类名字——戴高乐，出现在外星文书上，就像金鱼池塘里出现的冰山，格格不入，触目惊心。

朱比把手搭在腿上，抬起长着肿眼泡的小眼睛，看着塔基扬。

“好了，你具体想要什么？”

“我明确问吧，我要付出什么代价？”

“我认为我们最好订一个开放性合同，支付可以以后再进行。”

她愤怒地尖叫起来：“我可没那么蠢，跟你签一份盲约。”

朱比摩挲着上唇，沉吟道：“要怎么跟你说呢？念在我们过去的交情，我不会取走你想要的。”

塔基扬狐疑地盯着他。“那你怎么获利？”

“我会想办法的。现在你要我卖给你什么？”

“给塔基斯发条信息。”

朱比又摇了摇头，像一尊醒来的雕像。“我做不到，我不是舰长，而且我所拥有的，只有一些偷工减料的超光子发射机。”

“所以，你的意思是，我必须先跟你讨价还价，确定信息必须付出的代价，再去跟一些贪婪的舰长讨价还价，请求他们帮我捎带这条信息？”

“没错，我就是这个意思。”

“你真是最恶心的吸血虫。”

“要不要交易，你自己决定，反正又不是我的肚子一天比一天大。”

“很好。”塔基扬竖起一根指头，“我的诊所不会给你。”

“我也不会要。”朱比嘀咕着，开始敲键盘。

“我在塔基斯拥有的一切也不会给你。”

“好。”

“别指望要我的孩子。”

“但她也不属于你。”朱比说，这个逻辑让塔基扬有些恼怒。

她尽量摆出端庄体面的姿态，盯着自己的鼻子，说：“还有，我希望……你发信息，越快越好。”

“还有别的吗？”

“我的银行账户、投资、个人财产，统统别想拿走。”

朱比轻蔑地说：“这些对贸易大师来说，根本不值一提。”

他的眼里闪烁着什么，十分危险，犹如逼近海岸的飓风前缘。塔基扬心中顿时警铃大作，说话也结巴起来，她赶紧补充道：“还有我，不管是这具躯体，还是另一具，你都不能夺走。”朱比点点头，把这些加在条款上，“还有身体的部件，我的大脑绝不能终结在你外屋的采煤场里。”她绞尽脑汁地思索，试图弄清楚“网络”的真正意图，前额下方刺痛起来，顽固地折磨她，久久不褪。

“还有我的知识、工作、对百变王牌以及所有与基因有关的研究。”她急匆匆地又加上几条，“而且我绝不会参加任何实验，来探寻我们意念沟通的源头。”

“一句话，你的身体、灵魂和思想，我们都不能拿走。”

“没错，不管是这具身体，还是我真正的身体。”

朱比歪着头，好奇地打量她。“你为什么这么保护这具身体？可以说，你只不过是暂时租用它罢了。”

“我觉得……我有义务。”塔基扬缓缓地说，“我必须守护她的躯体，守护她的未来，并且……并且这个身体里，还有……我们的孩子。”她垂下眼，注视自己的双手。“我只希望，她能跟我一样，小心地保护我的身体。”

“还有别的吗?”

“什么?”塔基扬茫然地抬起眼，强迫自己的意识回到现在黑暗的世界，这个充满悔恨、恐惧和无数可能的世界。

“合同。”朱比温和快速地说，“还有什么要写进排除条款的?”

塔基扬疲倦地摇摇头。朱比志得意满地伸出小指，在键盘上敲了一下，接着从另一台不知名装置的嘴里，吐出了一张银色的纸，像玻璃纸那样蜷成一卷，触感冰冷光滑，犹如固态的水银。文字已转换成英文，刻在纸上，鲜红的字衬着银白的纸，格外惊心。

“这个配色真是有趣。”塔基扬干巴巴地说，“我也要用血签字吗?”

“别这么兴奋。”朱比嘟囔道，“颜色没什么稀奇的，这是‘迈卡’，几乎什么东西也毁不了它，只是读起来有点费劲，用红色能看得清楚点儿。”

“还能提高注意力。”塔基扬说着，仔细地研究起这份合同。

它包含了常见的合同条款，以及甲方乙方，塔基扬真是不想当这个乙方。她接着往下看，合同后面的条款剥下了法律伪装，露出了狰狞的真面目，上面写着：格莱布的朱本①，即“网络”的代表，将发出信息，召唤一艘宇宙飞船迅速来到地球。塔基扬，即伊卡赞宗族的王子缇西安，将为这项服务支付报酬或提供服务，报酬数额待定，服务具体内容及日期待定。

塔基扬简直要疯了，她犹豫着究竟要不要签署它。

最后，她还是签了合同，自己还有别的选择吗?

“你会发信息吗?”她问。

“会。”

“什么时候?”

---

① 朱本，海象朱比的名字。

“你一走出我的公寓，就发。”朱比的耐心快用完了。

“你不信任我？”

“是的。”朱比干脆地答道，伸出一只手，托住塔基扬的胳膊，扶着她走下控制台，“海象朱比和塔基扬医生彼此信任，但，缇西安王子和‘网络’的朱本——”

“是永远对立的死敌。”

♥♦♣♠

第七章

“我们的消息传出去后，朱比会来找你帮忙的。”

“太好了。”杰伊靠在椅子上，双脚搭上桌子，啜着咖啡，“现在我的业务又加上了两条：帮助教唆重罪犯，勾结偷渡外星人，该死的国际信息网一定很感激我。”

塔基扬不理会他的牢骚。“离飞船抵达地球，至少还要一周，但为保险起见，我会每天跟你核查一次。”

“你打算住哪？”

“新泽西，我只会告诉你这么多了。”

“那你怎么到这来？”

杰伊的表情越发和颜悦色，于是塔基扬疑惑地问：“怎么了？你听到了什么？你知道什么？”

“纽约被封锁了。”

“这不是什么大问题。”塔基扬尖刻地回应，“我想你应该去过新泽西吧？”

“去过，但我对泽西城最清楚的印象，只有那里的夜总会。”

“那就行了。”

于是杰伊把右手做出枪的样子，指了指塔基扬。

夜总会的老板非常愤怒，他以为塔基扬是睡在这里的客人，没付房费就打算逃之夭夭，要么就是个醉鬼。而事实上，塔基扬只是在克服瞬移带来的不适。她挺着肚子，打量着夜总会，这里阴沉安静，庸俗肮脏，典型的新泽西和……杰伊的风格。

“我去叫警察。”

“去吧，我在卫生与公共安全部门工作，我们正在进行卧底扫荡，告诉你，一整晚我都在检查你的厨房和卫生间……”

老板的脸色发白。

塔基扬朝前门走去。“好吧，就让他们来处理吧。”

“别别，凡事好商量。”老板哀求道。

最后，她在夜总会找到了一台付费电话，拨通了垃圾场。

塔基扬靠在躺椅上，背后垫了个小枕头，双腿抬高，舒缓肿胀的脚踝，大脑飞速运转，不停地思考。最后，她终于感受到了注视的压力，抬起头，正迎上两道目光：汤姆·托特伯里担忧的注视和马克·梅多斯若有所思的眼神。

“怎么了？”她问。

“呃，看到你这个样子真是有点奇怪，有时你盯着远处，目光平静，好像在对这个世界说：‘我怀孕了，你，还有那些破事儿都滚开。’但有时我盯着你的眼睛时，又看到了真正的塔基扬。”

她盯着马克，他现在换了副模样，变回了“远行队长”，身材瘦长，身高超过一米九，沙发根本容不下他，两只大得吓人的脚挂在外面，不停地摇晃，就好像板条箱突然有了生命，穿上了网球鞋。乱蓬蓬的头发长到了衣领，曾经一度还长过了肩。

塔基扬叹口气，不再想过去那些事。“灵神啊，我迷失了自我。”

“我们是什么样，很大程度上是由我们的生物形态决定的。”马克提醒她。

“真是沮丧。”塔基扬静静地坐了一会儿，然后问道，“我很奇怪，你怎么知道要来救我的？”

“在新墨西哥的陶斯，从报上看到的消息，我加入了一个社团……”

“现在还有社团?”汤米说出了几个小时来的第一句话。

“是的，还有一些，我们去镇上的杂货店，我看到了《王牌!》的头条，所以就赶来了。”

汤米的脸微微扭曲，浮现出奇怪的神色，交错着内疚和悔恨。*是后悔他没有来救我吗?*塔基扬想，于是她大声说道：“你不该来的，马克，太危险了。”

“别担心，我很擅长这个，我知道怎么买假身份证，怎么追踪线索……大部分时间我都这么过的。”他答道，浅蓝色的眼睛在酒瓶底般的镜片后快速眨了一下，有那么一瞬间，似乎以前的那个他又回来了。

“我怀念我可爱的马克了，那个天真单纯的马克。”塔基扬轻柔地说。

“他消失了，因为布什先生对百变王牌们的卑劣手段和残暴态度。”他故作轻松，用开玩笑的口吻说道。

一连串的离奇怪事，逼得这位曾经的嬉皮士成了逃犯，东躲西藏，逃避联邦法院的追捕。他的前妻消失数年后，又回来起诉，要求夺回他们智障女儿斯普劳特·金伯莉的监护权，理由是马克作为一名百变王牌，没资格为人父，法院同意了，但发现前梅多斯夫人同样不适合当监护人，于是把斯普劳特送到了纽约的青少年寄养中心。经过一番激烈抗争后，马克在“朋友们”的帮助下，闯入寄养中心，带走了女儿，从此成了一名逃犯。*这是一个疯狂的世界。*塔基扬在心里下了论断。

“不管怎么说，我来了，我想帮助你。告诉我你想要什么吧。”马克说道。

塔基扬大笑，然后冷静地说：“首先，我想认祖归宗。”说完，重新陷入安静的沉思。

“继续说。”汤米打破沉默。

“我几乎有五十年没有回家了，我将在极端不利的情况下回去。现在我毫无力量，必须先证明我是谁，夺回我的领地，然后再考虑怎么处置布拉斯和我的身体。我要怎么做，才能迫使布拉斯把我的身体换回来？要是他为了阻止我，把我的身体毁掉呢？要是他已经把我的身体毁掉了呢？”

“第一个问题，你为什么认定布拉斯会去塔基斯？”汤米问。

“从他带去的人和东西，就能判断出来，他带走了我的飞船，我的身体，还有……杜尔格。”

对马克来说，这个消息比扇了他一巴掌还难受，他的手指猛地抓紧沙发背，整个人都弹了起来，坐直了身体。

“杜尔格？我把他留在了路旁，K. C. 死了，布拉斯的动向我们掌握得很清楚，而且还有起码五百个警察在追他。我并不希望杜尔格卷入麻烦，我想保护他。”

“你最大的失误，就是留下了他，他是个莫拉克，培养莫拉克的目的只有两个：杀人和效忠。一个莫拉克不可能没有主人。”塔基扬叹道。

马克的手微不可察地颤抖。“是我导致了这一切。”

塔基扬站到他跟前，快速地握了握他的手。“不，别这么想，马克。事已至此，再把责任揽到自己身上，一点用都没有，况且最根本的责任在我，是我把他带到了血与火的世界里。”

“他并不知道是你杀了他的监护人。”汤米说。

“有些事，或许，通过灵魂能感知到。”

汤米把啤酒推到一旁，手肘撑在膝盖上，指尖相抵，看着塔基扬，问道：“你打算寻求帮助吗？”

塔基扬生硬地答道：“我不会勉强别人，而且我自己应付得来。”

“真是冥顽不灵的塔基斯人，你这是把自己的头套进绞索里，还强撑着告诉别人这是条漂亮的项链。”

“为什么？”她牙关紧咬，仰起脸，瞪着他。

“从你透露的意思来看，你打算回到那个既奢华又恶毒的环境，所以你需要贴身守卫。”

“汤米，我不能再要求你帮我了。”

“你错了，我很想帮你。”

“哦，汤米。”塔基扬还从未在银幕外见过这样的场面，一时不知说什么好。这时马克突然一拍前额，嚷道：“我真笨，我知道你是谁了，你是灵龟!”

“是的，我就是灵龟，那个总是红着脸窘迫不安的灵龟，我才应该是那个把她带出总督岛的人。”

“不不，兄弟，你是个……英雄，你没有违法，而我……”马克耸耸肩，“在联邦法院看来，我已经是个逃犯了，再多加一条又有什么大不了的?”

汤米的脸庞变得阴云密布，他想起上次跟马克·梅多斯，确切地说，是跟马克·梅多斯的“朋友们”对阵的情景，“跃闪”杰克和“绅士”结结实实地踢了灵龟全副武装的屁股。马克显然也想到了这一幕，他快速地吸了一口气，说道：“呃，呃，对跃闪的所作所为，我很抱歉，但我不得不救出我的孩子。”

“过去的事就让它过去吧。”汤米挥挥手。

塔基扬又开口了：“绅士们，对你们的无私帮助，我很感激，但这件事……”

“对，说得好极了，我和我的‘朋友们’非常乐意陪你一起去，而灵龟，留给他充足的支援，让他当我们的强大后援。”

塔基扬咬着食指，透过睫毛审视着他俩：两个中年男子，站在一起非常不协调，就像默特和杰夫①，啊，灵神，她爱他们，而且……

① Mutt and Jeff，默特和杰夫，美国1900年一部连载漫画中的卡通人物，默特又高又瘦，杰夫则又矮又胖。

他们的用处很大。

她缓缓地说："相对于保护我，王牌的用处大得多，如果我带着你俩回去，我的地位也大大提升了。"她一本正经地笑了笑，"在塔基斯，外表比客观事实更重要。"

听到这话，汤米猛地站起来，在客厅里转了一圈，胖胖的脸颊兴奋得变成了粉红色，棕色的眼睛闪闪发亮。

"去别的星球！除了纽约，我几乎还没到过别的州，我总是等在这儿。还是个小孩时，我整日站在窗前，注视着船只经过，夜色里只看得到它们的影子和灯光，我那时总是想，能去别的地方真是太棒了，我多希望我就是那些船。"

塔基扬朝他伸出一只手。"现在你有机会了。"

朱比和塔基扬坐在贝永的一间小饭馆里。朱比是杰伊瞬移过来的，所以毫无疑问，他们会面的地方充分显示了杰伊的低级趣味。在这个地方，朱比的花衬衫看上去就像幅扎眼的印象画，挂在破烂的红色塑料摊位前。

"已经安排好了，'白沙号'将在三天内到达。"

塔基扬突然觉得嘴唇发干，她喝了一大口香草奶昔。"多么……讽刺啊！"四十七年前，自己正是乘坐"白沙号"抵达地球的，"跟1946年相比，这里的防守严密了很多，你确定这可行？"

"这是'网络'的飞船，没有什么能探查得到它。"

"未免夸大其词了，你们一直试图运行塔基斯的传感器网，可是失败了，或许我可以说，大规模失败。"

朱比伸出长着三根手指的宽手掌，重重拍在桌上，玻璃瓶、盐罐、胡椒罐全都震个不停，塔基扬几乎跳了起来。朱比说："我从来没有侵略，或渗透什么，也从未感染过塔基斯。我来到地球，只是为了研究最令人钦佩的一群外星人，而他们都被你耍弄得团团转。"

塔基扬不禁羞惭万分，不安地拨弄发辫散开的发丝。

“对不起，朱比，宿仇毁了我们的友谊，我们并不是各自文明的代表，不是吗？”她不安又热切地看着朱比。

朱比握着她的手，柔声说：“我这么说，你可能感到安慰点儿，我不是谈判家，而是科学家，人类学家，而且，我是真的爱他们……至少，程度不比你低。”

塔基扬点点头，千言万语涌上心头，却什么也说不出来。朱比的话让她想起了自己抛诸脑后的一切，她不禁胆怯起来，自己是在逃避责任。城市的封锁只意味着一件事：对火箭堡的进攻已是一触即发。她不知道这一次，膨胀还能不能活下来。她应该留在这帮他的，可飞船马上就要来了，而这是她唯一的机会。她在心里盘算，如果灵神眷顾她，两个月之内，就可以夺回身体回到地球，不知道泰迪能否撑到那个时候？

“‘白沙号’三日后到达，好的，我去做计划。”她一口气喝光了奶昔，走出小摊。

“塔基扬。”朱比在身后唤道，她停住脚步，回头看着他，“如果那个总是拿鬼牌打趣，说些糟糕笑话的老家伙还留在你的心里，那么我希望你记住，别把我想得太坏。”朱比说。

说完，他掏出一样东西，放在桌上。那是一卷电线，顶端装了块黄绿色的水晶。看到它，塔基扬的眼睛瞪大了。

“谢谢你，朱比，这太有用了。”

“太棒了。”远行队长惊叹道。这时沉重的门推开了，门边露出了灵龟的龟壳。

“你确定不会有事？”塔基扬不安地问。

汤米点头：“当然，我带了三明治。”他掂了掂柳条篮，“还有很多酒。”

“别带太多。”马克严肃地说，“我敢打赌，龟壳也是公共场所，法律不允许在这喝酒。”说完，他嘴角泛起笑纹，促狭地笑了笑，塔基扬瞪着瘦高的马克，跟着大笑起来。

“多么强大的队伍啊！”汤米说，“塔基扬，你的亲戚看来要好好祷告一番了。”

“他们之前就抵挡不了我们。”塔基扬答道。她走过去，飞快地拥抱了他。汤米也抱了抱她，然后局促地收回手。

“兄弟，我们一路平安。”远行马克说，对汤米做了个平安的手势，然后热情地握了握这个矮小男人的手。

汤米钻进龟壳，远行队长和塔基扬退后几步，注视着它。巨大的龟壳全副武装，平静地在夜空中滑行。它向上飞去，在他们的视线里越变越小，最后变成了一个小黑影，飞速掠过月亮，消失了。

“真是令人惊叹。”马克叹了口气。

杰伊和马克坐在街角的小摊前，等着塔基扬。夜总会九点的时候上演了一场难看至极的萨尔萨舞，想在那谈话是不能的，因为尽管表演非常可怕，主顾们依然十分捧场，在场的三百多号人热情地欢呼起哄，与台上歌手的号叫相得益彰。

“怎么样了？”马克问。灯光在他脸上闪个不停，似乎每三秒就变形一次，看起来晕眩难受得很。

“不是太好。”塔基扬说，一想到科迪的眼泪，她就心如刀绞，“她想跟我一起，但这是不可能的，她还有孩子要照料，不可能让她跟我去犯险。”她坐到桌旁，双手掩面。“我爱她，但我带给她的，只有痛苦。”

过了一会儿，她抬起头，把头发拢到脑后，转头问杰伊：“我们的行程你都安排好了吗？”

“当然。”杰伊从桌子那端推过来三张票。

塔基扬瞪着它们，眨了眨眼睛，再次看了看，它们还是那样，她没看错。最后，她终于开口：“大巴……票?”

杰伊举起手。“嘿，他们监视了机场，而我们要去的地方，火车又不到……”

“我以为你会租架飞机或者别的什么。”

“用什么租?”杰伊反问，“你没钱，我也没钱，而这家伙，”他竖起大拇指，指了指马克。“当然也不可能有钱。”

“但是，坐大巴？我还怀着孕。我上一次坐巴士都是1943年了，从里斯本坐到阿姆斯特丹，难受得要死。”

杰伊只是耸耸肩。马克伸手搭在塔基扬肩上，以示安慰，但感到她全身都变得僵硬，立即抽回了手。“医生，没关系的，大巴现在舒服多了。”

“这儿有三张票。”塔基扬依然充满怀疑地看着杰伊。

“我跟你们一起去，我得确保你安全到达。”

“确定这不是你的诡计，借此让我多付你钱?”

“混蛋啊混蛋！小人之心！你真是败坏人们对‘母亲’的好印象。”杰伊看了看表，“我们最好现在就动身，大巴十点就开了。”

几个小时后，她靠在窗上，头枕在马克卷起的夹克衫上，看着窗外飞掠的夜色。杰伊在座位上鼾声如雷，马克一动不动，犹如一尊雕像，但塔基扬知道他还醒着。

只听他轻声问道：“害怕了，亲爱的?”

“是的，我现在什么也不是，无家可归，无处可去，我希望有人能重新找回我。”

“会有的，就是你自己。”

♥♦♣♠

第八章

议政室的门在身后关上，杜尔格不禁疑心自己是不是说错了话，犯了什么忌讳。十二岁时他被人偷走，一百九十六年后，又回到了这里。他的靴跟在地板上敲击出一串和谐的音符，犹如一支混响曲，慢慢地靠近前方的大书桌。

杜尔格知道，自己的注意力应当集中在勒古拉——旺雅旺德宗族的"瑞伊斯"[1] 身上。他在十二岁被绑架带走时，旺雅旺德有三个统治者。而眼下最让人好奇也最让人恐惧的，却是紧靠在瑞伊斯左边身后的那名莫拉克。她站得笔直，一动不动，刚才射出的箭犹在颤动不休。她全神戒备，准备随时战斗，杀人。她蜜色的长发打着精致的卷儿，一直垂到膝盖，真是美得惊人。

她比男性莫拉克轻盈，但仍比她的主人庞大许多。勒古拉身材瘦小，皮肤苍白，脸颊和眉毛下方嵌着蓝色和绿色的宝石，面无表情，看着杜尔格一步步走近。

看来他对自己的莫拉克很有信心，因为他把所有的守卫都留在了门外，杜尔格想着，差点没来得及躲开女莫拉克的猛烈攻击。这个走道对人类生物来说都太长了，尤其对一个没有任何武器的客人，他想。

杜尔格卷成一团，避开了攻向咽喉的一击，滚向对方的小腿。女

① Raiyis，瑞伊斯，塔基斯宗族的最高掌权者。

莫拉克反应奇快，轻巧地跳起越过他，给了他后腰一记猛击。杜尔格忍着痛，回身抓住她的脚踝，把她远远地扔到墙上，可刚一站稳，她的下一轮袭击就已攻到。杜尔格心里有了盘算，他忍住两下重击，欹近她身边，踩住她的脚背，右肘狠狠撞向她的咽喉，同时左手抽出她悬在腰侧剑鞘里的礼剑，借力打力，把她绊倒在地，然后飞速跑到勒古拉面前，双膝跪倒，呈上礼剑，同时低下头，任由自己的后颈毫无防备地暴露。

“玛莉卡，够了！”

听到主人的命令，女莫拉克在离他后背几英寸的地方停下，接着跳开了。杜尔格肩胛上的疼痛逐渐消退，变成了麻痒。

勒古拉站起身，把剑丢回给他的莫拉克。

“看起来，让他活着，用处不小。”

“但他是个叛徒，他有污点。”玛莉卡答道。

“真是有意思。一个变节的莫拉克，偷了一艘伊卡赞的飞船，带着伊卡赞的贵族和私生子一起逃回来。”勒古拉又坐回椅子里，“如果你的故事够有趣，我会留着你的命，让你讲完的。”

杜尔格没有任何遗漏，全盘托出：在一次扎博王子领导的突击中，自己被偷走，此后为伊卡赞宗族效力，接着奉命前往地球，考察伊卡赞“强能”实验的成果，但接到密令，要去找到并杀死伊卡赞的缇西安王子，却败在了一个女人手里，这个女人在塔基斯强能因子的影响下得到了进化。最后他讲述了自己被抛弃后在地球上的日子，以及如何受到灵神的恩典，获得了一件强大的武器。

“事实上，有两个武器。”杜尔格纠正道，“所以我意识到，我有足够的资本，能重回我出生的宗族，我血统所属的宗族。”

勒古拉不发一言，摩挲着嘴唇，若有所思。玛莉卡不能打扰自己的主人，于是上前一步，质问杜尔格：“为什么等到现在？过了这么多年，为什么到现在才决定回来？”

“因为我想繁育后代，而你是个不错的人选。”

玛莉卡愤怒地吼起来，勒古拉却大笑着问道：“莫拉克杜尔格，是布……”他探询地挑起眉毛。

“布拉斯。”杜尔格说出自己主人的名字。

“布……布拉斯。你是个最不寻常的莫拉克，有污点，但的确有点意思，现在，说吧，说你有什么资本，对我有什么用处。”

“如果有用的话，能否让我重回自己的宗族？”

“如果的确有用的话。”

“那伊卡赞宗族的继承人对你有用吗？”

勒古拉往后靠了靠，看着天花板。“如果你真的抓到了缇西安的话。”他的身子猛地前倾，紧盯着杜尔格，“可惜你抓到的只是他的身体，身体里的意识，只是个爬地人小女孩。”

“没错，但伊卡赞并不知道。”

“要是真正的缇西安王子回来，证实了我们在说谎呢？”

“不可能。那些地球人，也就是爬地人，直到最近几年才登上月球，然后就对宇宙航行失去了兴致，他们没有任何飞船能飞越荒芜的宇宙。唯一一艘就是缇西安的飞船，也被我们夺来了，她没有任何机会离开地球。”

勒古拉叹道：“我对基因财富什么的没有任何兴趣，我只想打败伊卡赞。”

“我们也是。我们并不建议干些绑架、扣押人质之类的事，我的主人建议说，如果缇西安・布兰特・萨拉是自愿对您效忠的话，对您来说更有利。”

“那是不可能的。”玛莉卡说。

杜尔格转头看了看她。“你知道这样的叛变会产生多大影响吗？”

“但没人会相信。”勒古拉说。

“他们会的，他们会听从我年轻的主人，他的话很有分量。”

“那样的话，不能让他活太久，他是私生子，会带来恐慌。”

“您又说对了，那让他活个几天还是可行的，对吗？”

“你在跟我讨价还价，莫拉克，你确定你不属于爬地人，也不属于‘网络’瓦库？”

“问题是……您愿意出价吗？”

勒古拉盯着他看了很久。杜尔格很清楚，他现在一定后悔极了，对莫拉克进行的基因改造，就连最强大的意念读取也毫无作用。当你确定了自己宠物的忠诚时，一切都好办，如果不能……杜尔格在心里笑了，不过面上不露分毫。

“给你的私生子主人三天时间。”

“足够了，三天，足以展现他的能力。”

“期限不会有任何延长。”勒古拉警告说。

“谨遵您的吩咐，‘至纯者’大人。”

杜尔格低头鞠躬，退出了议政室。

“时间很紧。”杜尔格温和地对布拉斯说。

“快点！”布拉斯命令道，于是凯丽闭上眼，与宝宝联系。

飞船吞掉了旺雅旺德的值班守卫，直到宗族班机到来。杜尔格花了一点时间，仔细衡量了飞船与假塔基扬之间突然建立起来的交流，并后悔没有阻止她们，不过好在现在他们的目的已经实现，可以过后再把凯丽和飞船隔离开。

“我为你争取了三天时间，但别真的以为有三天。食言在塔基斯毫不稀奇，他们会在最后期限之前就杀掉你，然后把凯丽据为己用。”

“那我干脆把那个叫勒古拉的家伙给‘传心’了——”

“不！我们有机会！”

“那我要怎么确信，这家伙不会骗我？”布拉斯紧张地在房里走了几步，然后叫道，“我就知道不该来这儿。”

“你是个遗腹子，还是个私生子，是他们眼中最卑下的存在，这也意味着，他们会低估你，我将挑选目标，然后你来实施精神控制，趁他们掉以轻心的时候打倒他们，在最短的时间内把他们杀了。”

杜尔格已经选好了目标——玛莉卡，那个莫拉克守卫。也许只是个巧合，但布拉斯的疯狂加上他那怪异的精神控制能力，的确可以进入莫拉克的思想。第一次相遇时，尽管杜尔格努力排斥他的精神攻击，但思维还是被逼到了边缘。经过几个月的练习，布拉斯已完全掌握了运用能力的诀窍。现在的关键在于，他是否能操控除了杜尔格以外的莫拉克。

布拉斯的尖叫打断了杜尔格的沉思，他叫道：“他们会杀了我的！”

“也许会，也许不会，你有勇气赌一把吗？”

布拉斯盯着杜尔格，杜尔格看到了他眼眸深处的恐惧，突然意识到，眼前的年轻人还只有十六岁，不过坦德宗族当初也是由一个这般大的“男孩”创立的。但很快，布拉斯的唇边浮起了令人毛骨悚然的微笑，杜尔格的脊椎不由泛起一阵寒战。

“管他的，我一直都很走运。”

“旺雅旺德面临的最大困境就是，随着一次次进攻、一次次爆炸，大众的革命热情逐渐消退。作为行动委员会的创始人，我们的任务除了团结他们，还要把他们训练成最强大的军力，有了这样巨大的力量做支撑，我们将所向披靡，不仅可以一统旺雅旺德，还将征服整个星球。”

“至纯者”和“塔以基”[①] 坐在那，听得如痴如醉，凯丽却强忍

---

① Tarhiji，塔以基，没有意念能力，无法读取思想的“盲灵者”，占塔基斯人口的大多数。

住想打哈欠的冲动。她已经弄明白，塔以基指的是“盲灵者”，占塔基斯人口的大多数。一个侍从想要欢呼，可强行忍住了，于是呼声变成了一个轻微的打嗝，周围人群都发出嘘声，示意他保持安静，但泽卡尔却跳起来，朝着布拉斯挥舞酒瓶，大喊：“太棒了！太……好了！太……太……”

“但这有什么意义呢?”

一个轻柔的、懒洋洋的声音响起，声音的主人年岁极高，身份极其尊崇，他的名字叫拜塔姆。他频频造访布拉斯他们，可目标并不是布拉斯，其实这还是他第一次跟布拉斯说话。事实上，他是冲着凯丽而来，确切地说，是垂涎凯丽现在的肉体，这让凯丽更加恼怒。

布拉斯垂下眼，看着拜塔姆松弛下垂、皱纹密布的脸，轻轻地重复道：“有什么意义?”他扫了一眼餐桌，贵族们鸦雀无声，“这意味着，我能让你们成为旺雅旺德的统治者，以及，塔基斯的征服者。”说完，他用男中音唱起歌来。

拜塔姆忧郁地问道：“怎么做?”可他的声音被歌声淹没。

“起来吧，旺雅旺德的囚徒！起来吧，塔基斯的可怜虫！为了正义，为了创造更美好的世界，起来吧！再没有传统的枷锁禁锢你们，再没有条条框框奴役你们！塔基斯将迎来新生！我们过去一无所有，但很快我们将拥有全世界!”

歌词简单有力，曲调激情高亢，好几个贵族和一些塔以基仆人都加入了合唱。杜尔格爬下桌子，把酒杯倒满。拜塔姆举起酒杯，紧盯着眼前的莫拉克。“我希望你主人的战斗力，和他的口才一样出色。”

杜尔格慢慢地眨眼，过了半晌，他答道：“他不需要战斗，这场战争，我们已经赢了。”

♥♦♣♠

第九章

洁白的石膏砂纷纷扬扬下个不停，似乎发生了一场微型雪崩，于是他们知道，马克回来了。

“没有军队的踪迹。”马克用力拍着大腿，石膏屑仿佛受惊的跳蚤，四处逃窜。

“总算松了口气！”杰伊说，“我真是担心极了，生怕一群接一群的吉普、坦克、直升机什么的，鬼鬼祟祟地跟踪我们。”

马克的脸皱成了一团。

“花花杰伊。”灵龟的声音从龟壳的通话装置里传来，隆隆作响，“如果你就是个胆小鬼，为什么不爬回租来的那辆车，赶快离开呢？”

“因为我想看飞船，还有，不准叫我花花杰伊，混蛋！”

“这些飞船都是金属的，远不如我们的美丽。”塔基扬喃喃道，像是在自言自语。

马克跪下来，在行李中乱翻一气。所带物品真是少得可怜，于是当杰伊跑去租车时，他们在新墨西哥州买了几件换洗衣服，塔基扬还添了一副扑克牌和一套拼字游戏。马克和汤米对这次旅途兴奋不已，塔基扬都不忍心告诉他们，太空航行是多么的无聊无趣，乏味透顶。

拉锁响了一声，在一片黑暗寂静中，显得格外响亮。马克掏出袖珍手电筒，再一次查看了他收藏的药粉。

“你四个小时前才检查过一次，它们一点也没变。”杰伊说。

马克蹲在地上，直起上身。“我知道，我只是希望我能有更多，我给每个‘朋友’都准备了四瓶。”

“马克，我的星球上有药品的。”塔基扬提醒他。

“但要找到成分类似的药物，还是挺费事的，要是事情不顺利的话，就更难办了。”他摇摇头，关上箱子。

“我们姑且希望‘网络’的行李搬送员没在汤姆林国际受过训，”杰伊说，“否则你的药品都得玩儿完。”

马克咧开嘴，笑道：“我想这些应该算得上随身物品。”

塔基扬心不在焉地听着他们的交谈，大部分心神都凝注在灿烂的银河上。她看到一颗星星离开了同伴，从天空坠落，划出一道弧线，往地球飞来。

“快看，阿克罗伊德先生，这是你的飞船。”

杰伊皱着眉，顺着她的手臂所指看去。“啊哈，流星。”

“飞船。”

星星还在下落，杰伊咬了咬嘴唇。“好吧，过会儿它就变成飞机了。”

“天哪，阿克罗伊德。”灵龟的声音响起，“你的语气就像个 UFO 解密员，如果你不相信有飞船过来，我们为什么要坐在荒漠里，挨饿受冻?”

“我不知道你这趟一天能赚多少，至于我嘛，待一天能赚个两百美元呢。”

塔基扬抬起手，看了看秒针。没错，这不是幻觉，“网络”飞船的宇航员正在以惊人的速度飞来，很快，灵龟和花花杰伊的吵嘴声就被巨大的音波淹没了。

“啊，天哪!”杰伊倒吸一口气，所有人都顺着他的目光看去，“给《星战》剧组投资两百个亿，他们都不一定造得出这个。”

一艘飞船沐浴着月光，缓缓降落，它的形状呈三角形，顶端笼罩在一团穹隆形的光晕里，那里有个银色装置，里面放了块月光石。飞船鸣叫一声，宣告它的到来，除此以外别无声息，但很明显有某种制动力在起作用，因为地上的石膏砂纷纷飞起，围着飞船转个不休，打着旋儿飞舞盘绕，犹如一根根手指，想把飞船拥入怀中。砂粒敲击着灵龟的钢铁外壳，叮叮咚咚响个不停，杰伊、塔基扬和马克都闭上眼睛，背过身去，躲开这场疯狂的沙暴。

飞船停稳后，三架巨大的着陆架伸出来，扎进沙地里，咯吱咯吱地响了几下，这是外星飞船的第一道声响，宣示了它的着陆。塔基扬注意到，现在荒漠里夜间活动的鸟也安静了下来，只有断断续续的几声鸣叫，划破黑暗的寂静。突然，一束强烈至极的聚光灯打了过来，罩住了他们，把他们四个像针尖上的蚂蚁似的，钉在原地，一动不动。

“你确定布拉斯去了塔基斯?”杰伊轻声问道。

“这是最可能出现的情况。”塔基扬答道。

“我可不想仅仅凭你的猜测，就爬上这么一艘玩意儿。”

“你不来，只会是好事。”灵龟的声音透过通话装置，隆隆地响起。

塔基扬不停地打量着飞船，估量它的内部功用，但得出的结论不太理想，这艘光滑的小飞饼速度很快，但太小了，显然只是艘搜查舰。她突然觉得，灵龟在她身边像个庞然大物。

随着一阵轻柔的嗡嗡声，飞船的一侧像吐出了一条舌头，伸出一道斜梯，啪的一下，轻轻地落到沙地里，接着响起了鞋跟敲击金属的声音。鸟叫声陡然停了下来，塔基扬听到身旁的马克猛吸了口气，屏住了呼吸。

他们马上要看到外星人了，塔基扬想，当然有点害怕。

“网络”的联络员已经走到了斜梯底端，但仍笼罩在飞船的阴影中，所以塔基扬无法分辨“他”的种类。他慢慢走来，月光投在他白金色的发尖上，像是给他斜飞的眼睛打上了眼影。他低头看着塔基扬，微笑起来。

塔基扬两眼一黑，陷入了黑暗。

♥♦♣♠

第十章

“该死！现在出什么问题了？”

这是塔基扬恢复意识后，听到的第一句话。

马克拍拍她的手，又拍拍她的脸，最后又拍了拍她的手。她的头枕在杰伊的大腿上，他身上廉价的须后水味几乎要把她淹没。

“我总是能让女人为我倾倒。”一个慢吞吞的声音响起，很明显不属于她的同伴，却惊人地熟悉。

口音很轻，语调抑扬顿挫，像是瑞典人与罗马尼亚人的混血儿在说话。如果塔基扬带口音的话，也跟这差不多，只有一个种族才会用这种韵律说英语。想到这，塔基扬鼓起勇气，朝声音的来源瞥了一眼。什么也没变，他仍是个塔基斯人，塔基扬邪恶的表兄——扎博。

“闭嘴！”灵龟咆哮起来。

扎博掉头仔细看了看庞大的龟壳，过了好一会儿他开口了：“你不要告诉我，你还培育了另外一个这样丑陋可怕的怪物？我给了你一个完美的机会，让你可以重新设计的。”

五年前，伊卡赞宗族派出一艘迟来的飞船，前往地球评估他们失败的试验后果，除此之外还有个任务，就是找到宗族继承人，并确定他的状况。扎博就是这艘飞船的舰长，他一直在寻找塔基扬，试图杀了他，但都被汤姆·托特伯里阻止，所以他总想趁乱毁了汤米的龟壳。显然，汤米没有忘记这些，他飞到离地几英尺高的地方，塔基扬赶紧叫道：“扶我起来！灵龟，别冲动！”

“就是嘛，大蘑菇，坐下去。”扎博用命令的口吻说道，哈哈大笑起来。

马克托着她的手肘，她努力地想站起来。这时，一双指甲修剪整齐的手环住她的腰，把她抬了起来，轻轻地帮助她站在地上。

紧接着，扎博的意念侵入了脑海，锋锐如玻璃，冷酷似冰山。塔基扬抬起头，看着表兄笑容满面的俊美脸庞。

哦，你的变化可真大啊！一个带笑的声音在脑海里响起，折磨着她。

塔基扬赶紧竖起灵盾，不仅为了保护自己的秘密不被窥视，更多的是为了屏蔽他那张狂的大笑。扎博单膝跪地，抬起她的手，仰起脸，充满期待地看着她，塔基扬愤怒地抽回了手。

走开！

为什么？就因为我以前对你不好？扎博温柔地问，站起身来。

因为你这是羞辱我，请用正确的方式问候我。

眼见即真实，你不会真的要求我以男子之礼问候你吧。

你知道我就是男人。

我当然知道，但你现在是什么模样，星星都看得很清楚。

他又抬起手，这次开口说话了：“缇西安，你这次把自己折腾得多有趣啊。”

“我以为你对这很熟悉。”杰伊说，“我本来打算看 E. T. 的，没想到看了一出塔基斯喜剧，太酷了。”

扎博挑起一边眉毛，转头看着大呼小叫的杰伊，问道：“这个……人是谁?”

“我的保护人之一。”塔基扬叫道，尖锐的语调泄露了她的紧张不安，她恼怒地咬了咬嘴唇。

“我什么时候有了这身份?”杰伊悄悄问道，塔基扬真想扇他一巴掌。

扎博扭头看着梅多斯，尽管没有皱眉，但还是傲慢地扬起了眉毛。

“平静，朋友，平静。”杰伊做了个手势，可惜自己的语调和肩膀动作，一点儿也不平静。

“真高兴再次见到你。”

“这是搞什么？难道宇宙就只有新泽西这么点大？每个人都互相认识？”杰伊又怪叫起来。

“几年前，他从我的飞船和我身边逃掉时，马克追踪了他，并由此得到了很多启发。”

“别太狂妄，缇西安。”扎博竖起大拇指，朝身后指了指，“这是我的飞船，没有我的命令，任何人休想启动她。而你，需要我……”他垂下眼，看了看塔基扬隆起的小腹。“很明显。”

杰伊打断他们越来越剑拔弩张的“客套”，催促道：“能不能快点谈正事，我还得去厄尔巴索赶八点四十的飞机。”

扎博掏出袖珍计算机，开始输入数据。“听说你想去塔基斯？”

“如果你乐意的话。”塔基扬说。

“只有你？”

“还有另外两个。”塔基扬用头示意马克和汤米。

扎博玩味地瞥了她一眼。“你总是能让他们对你忠心耿耿，不管是……狗还是随从。”

“那是因为我值得信任。”

“你为什么想回家了？”

“这跟你没关系。”

扎博啪的一下关上电脑。“好了，我会带你回去。”

“什么条件？”

“我在地球上跟你之间发生的事情，一个字都不准提。”

“本纳弗萨‘基布尔[1]’死了，哈利死了，你的飞船也丢了，而且现在你还加入了‘网络’，我想我们宗族自有定论。”

“只要你不说出真相就行。”

“哪一部分？”塔基扬问，倦意越来越浓。

“‘异群’袭来时，我英勇地击退了它们，但付出了惨重的代价，我的飞船和船员都没了，飞船失去了意识，跌进了深层太空，在那儿‘网络’找到了我，救了我，然后……”他耸耸肩，“我能怎么办？那帮吸血的混蛋坚持让我付出回报，这些，你都不许说出来。”

塔基扬疑惑不已，她甩甩头，似乎这样能清醒点儿。“为什么，扎博？你永远不可能回去了，他们怎么想你又有什么关系？”

扎博的脸上阴云密布。“我会死在一个自己根本不熟悉的星球上，但如果能让我的先祖安心，我也就心满意足了。”

塔基扬撇撇嘴，把发辫拨到肩头，漫不经心地拨弄着松散的发尾，注视着她的表兄。说辞很高尚，语调很真诚，他那灰色的眼眸深处也的确深藏了痛苦，但是——她绝不可能相信他。扎博读出了她的想法，回报了一个嘲弄的微笑。

“在航程中，我有的是时间让你相信我。”扎博抬起冷冰冰的灰色眼睛，审视着灵龟，“我说，你这个小矮人，能不能从你的壳里爬出来？”

“什么？”汤米问。

“这是搜查舰，空间不多，还要放物品，我只会带血肉身躯上船，其他的一律不带。”

龟壳仿佛变成了比夜色还深的黑洞，四周的空气都似乎安静了下来。塔基扬的心重重地沉了下去，在她骄傲地说自己不需要帮助后，灵龟仍义无反顾地跟在了她身旁，她心里十分感动。现在，她察觉到

① Kib’r，基布尔，用来称呼出七服的亲戚。

了他的犹豫，试图说点什么，挽留他的尊严。

“呃，医生，能挪出一分钟，我跟你说个事吗?”远行队长问道，“单独说。”

扎博双手抱胸，嘴角噙着笑，掩在垂下的短须里。

“有这么好笑吗?”杰伊问。

“你们……你们所有人，我都可以读出你们的想法。”

塔基扬咧开嘴笑了，把手伸进口袋，充满感激地握紧了朱比给她的装置，然后把它拿出来，摊开手。那个事物犹如一朵鲜花，在她掌中盛放，扎博的脸色顿时变得十分难看。

塔基扬朝远行队长和杰伊做了个手势，他俩退到一旁。灵龟还蹲在沙地里，远行队长在他身后疑惑地看着他。

“灵龟?”马克唤道。龟壳似乎颤动了几下，往前滑行了几尺，跟他们站到一起。

塔基扬用指甲弹了弹宝石，装置嗡嗡地响了起来，电光滋滋地在电线上窜动。突然，像是有钳子钳住了太阳穴似的，她的头一阵剧痛。

“这是什么玩意儿?”杰伊问。

水晶不停颤动，在他们身周投下三尺见方的霉绿色光圈，龟壳的大部分都在保护光圈之外，显得不堪一击。

*我为什么要自以为是，认为他可以与我同行，帮到我呢?*塔基扬想着，然后强迫自己收回思绪，回答杰伊的问题。

“意念屏蔽锁。有段时期，‘网络’试图通过控制盲灵者来吞并塔基斯，直到最近，我们发现还是占了一点上风，因为塔基斯人战斗时勇猛无比，所以他们即使取得了胜利，也要付出惨重代价，对贸易大师来说，这是不划算的，况且赢的还是我们，因为我们都是读心者。于是‘黎巴赫’发明了这个小玩意儿，让我们的能力无从发挥。”她闭上眼，深吸了一口气，“这当然有用，因为它们造成的伤害就像魔鬼，但只要心智足够坚定，读心者依然可以穿过它。”

“那扎博可以吗?”杰伊问。

“不能。”

她的回答犹如发令枪，一得到肯定的答案，远行队长的话顿时争先恐后地从嘴里跑出来，尽情抒发他的匆忙和忧虑。

“这太疯狂了，医生，五年前这家伙就想杀了你，他生命的全部目标就是杀了你，你绝不能登上他的飞船，而且一待就是好几个星期，也别指望他能带你安然无恙地回到塔基斯，帮你重回你自己的身体。”

“不管是真情还是假意，扎博都希望在‘阿杰伊兹[1]’那里证明自己无罪。在这场交易里，在我成功夺回自己身体之前，他都不会杀了我。”

“那在塔基斯呢?”马克问。

“他不会去塔基斯，他跟‘网络’签了劳务合同，‘网络’把合同看得很严肃，一旦违背，就会追到死。扎博会履行合同义务，把我们送到塔基斯的。”

“别生气，医生，我还是觉得你太天真了。”

“那我还有别的办法吗?!”塔基扬大喊，愤怒和绝望一齐袭来，她的话变得尖刻如剃刀。

“等待下一艘。”

“你到底明不明白我在说什么?这是‘网络’，每件事都要付出代价，每件事都有额外标价，如果拒绝了这一艘，我就得重新谈判，付出新的代价，我都怀疑我已经出卖了我的灵魂。”

“代价是什么?”远行队长问。

“这是个开放合同，酬金以后支付。”

---

① Ajayiz，阿杰伊兹，塔基斯宗族的治理议会。

“我无话可说。”杰伊给出了自己唯一的评判。

“我还能做什么呢?”塔基扬按住太阳穴，“见鬼，这个东西伤害性太大了。”她转过身，在银白色的沙地上呕吐起来，把肚子里的东西吐了个一干二净。

远行队长敲了敲屏障，伸手扶住她的肩。杰伊递过一条手帕，她感激地接过去擦干净了嘴。

“好吧，就这么办。”远行队长摇摇头，“我们一定得万分小心。”

塔基扬看着身周投来的严肃目光，重重地点点头，转身向扎博走去。

“塔基!”汤米压抑的声音传来，粗哑得像被砂纸打磨过，“我不能……没有……壳。”说到最后一个字时，他已哽咽得说不下去。

塔基扬喉头发苦，她走过去，把脸贴在冰冷的钢铁龟壳上。“汤米。”她努力开口唤道。

马克也走过去，抚摸着龟壳，就像安慰一只受伤的小动物，而此刻的汤米的确就是。“嘿，没事的，朋友，你太依赖它了，还记得我们那天晚上的聊天吗?我们聊了《摄影师》这部剧集，史密斯博士写的，还聊到了里面的伯勒斯和克拉克……”

“我必须得有壳，我……出门在外……不能没有壳。”

“真是活见鬼了，强力而伟大的灵龟竟然跟小熊维尼似的……”杰伊嘟哝道。

“不要理他，汤米。”塔基扬赶紧说道。

“我不是害怕!”汤米咆哮起来，“而是，没有壳，我的力量根本无从发挥!如果拼尽全力，兴许能移动支铅笔，或者一小块石头什么的，但这该死的又有什么用?!”他转向塔基扬，语调立刻变得温柔。“我一点忙也帮不上，塔基。”

“我明白，汤米，我都明白。”

一阵长久的沉默后，灵龟再次大喊：“但我真的很想去!”龟壳飞了起来，飘出去好几英尺，他悲伤至极，把一座高高的沙丘瞬间夷平。

马克低下头，严肃地看着塔基扬。“这下有麻烦了，有时我得睡觉，一定得有两个人陪你前去。”

话音刚落，他俩同时有了主意，一齐把头缓缓地转向杰伊。

“不，不。”杰伊忙不迭地挥手，像是要把他们赶开似的，同时退后了好几步。

“这是件很有意义的事。”马克劝道。

“滚你的意义，你让我登上一艘宇宙飞船，飞到另一个星球，在那里你可以把我当成你得奖赢来的鳟鱼，展示给他的……哦不她的，亲戚们看，这些亲戚个个都想杀了她，别指望我能阻止他们。”

“没错。”塔基扬干脆地说，“总结得很好。”

“你们疯了。”杰伊同样干脆地回敬她。

“你可以让她失望，很多人都让她失望过，但也请你想想，医生一直在帮助我们。现在她即将身处险境，不得不面对杀戮和暴力，所以我请求你帮她，你愿意吗?”远行队长问道。

“真是烦躁，就算那些疯狂的塔基斯人不杀了我，这些人称代词也会要了我的命的。”杰伊打开保温杯，喝了一大口水，然后盖上盖子塞回口袋，走到塔基扬跟前，“好吧，不过去另外一个星球，我的收费加倍。”

塔基扬彻底无语，找不出一个完整的句子、一个词甚至一个字来痛骂杰伊。于是她调转身，走向灵龟，把脸贴上他冰冷的金属龟壳，柔声说：“再见，汤米。”

“一定要回来。”灵龟的话从通话装置里传来，声音有些扭曲，但塔基扬还是听出了他的痛苦，喉头也因难过而疼痛起来。

“我保证。”说完，她在厚厚的沙地上蹒跚着小跑起来，一直跑到扎博跟前，与他面对面，“我接受你的条件，船长商人。”她极其正式地说。这副模样提醒了扎博自己目前的身份，他并未丢掉自己的礼仪，但只是用普通的礼节指了指斜坡。

“那我们就启程吧。”

他们来到斜梯下方，扎博让塔基扬他们先上去，可四个人都固执地表示反对。

塔基扬对扎博怒目而视。“这样不好，你得待在我的视线范围内。”

扎博弯下腰鞠了一躬。“我也想，但您的尊臀实在太诱人。”看着塔基扬阴郁的表情，他耸耸肩，笑了起来，“迟来的快乐才是真正的快乐啊！”

飞船敞开的舱口倾泻出耀眼的光芒，扎博疾走几步，消失在那片亮光里。塔基扬深吸口气，挺起了胸膛。马克突然回身，仿佛自己是登上邮轮去度假，朝灵龟欢快地挥手致意，而杰伊则用手捂住了头。

就这样，在两名怎么看都不搭调的“圣骑士”的守护下，塔基扬走进了敌人的飞船。

♥♦♣♠

第十一章

他们说，莫拉克没有灵能，但当大脑内部开始嗡鸣，每条神经都开始颤抖时，就意味着死亡马上要发生。杜尔格现在的感觉正是这样，他对布拉斯发出暗示，可惜除了瞳孔瞪大了点儿外，没有任何迹象表明布拉斯明白了他的意思。杜尔格忍不住祈祷，希望布拉斯能快点领悟他微妙的含义。

布拉斯非凡的演讲才能，将他们带入了险境。他在讲述自己征服伊卡赞宗族的计划，慷慨激昂，似乎此刻就站在塔以基的礼堂里发表演讲，甚至连灵主们都深受感染。现在的布拉斯就意味着危险，而发动叛乱的时机，也终于来临。

勒古拉坐在桌子后，身旁还有三名“扎尔玛伊尔戈①”，玛莉卡站在他的身后。布拉斯在他的对面坐了下来，凯丽和杜尔格分别坐在两旁。

“你那爬地人的一套有点意思，但我们更喜欢用塔基斯的方式来解决。”勒古拉说。

杜尔格打了个响指，指了指玛莉卡，向长老们请求拿她做试验。只见玛莉卡突然恐惧地瞪大眼，猛地调转刀片，深深地扎进腹部，向上划去。

但布拉斯突然放过了她，朝其他人扑过去。本来他们的防卫极其

---

① Zal'hma at'Irg，扎尔玛伊尔戈，意指灵主，塔基斯的“至纯者”。

严密，布拉斯根本毫无机会，但现在他们在巨大的震撼下，都呆住了——他竟然能控制莫拉克！很快，有三名贵族倒下了，在地上抽搐着，渐渐停止了呼吸。杜尔格快速跃到玛莉卡身旁，夺过她的手枪，投给布拉斯。布拉斯在空中接住它，一手抓过凯丽，横在腿前，另一只手举着枪，抵住勒古拉的太阳穴，枪管还缠绕着他的卷发。

议政室的贵族们一个个张皇失措，惊恐的叫声此起彼伏。勒古拉却只是冷眼瞧着他们，仿佛他们是已被钓上的鱼。玛莉卡切开的身体里流出暗红色的血，漫延到地板上，一直流到勒古拉的鞋边，他不动声色地挪开了脚，杜尔格也不禁佩服起他的冷静来。

“这个够不够证明我的价值？还是你依然认为我只是条可怜的爬泥虫？”

布拉斯扔下凯丽，在他身上踹了几脚，让他爬远点。凯丽抬起头，鼻尖几乎与一个死人的鼻尖碰到了一起，忍不住哭叫着赶紧躲开。

勒古拉双手交握在脸前，食指相抵，说道：“够了，培育他们不易，就这样杀了未免太浪费。”

“是吗？他们对我一点用处都没有，你尽管拿去好了。”说着，布拉斯从他的意念杀戮里放开了三个人，其中一个挣扎得太激烈，绝望地把镶嵌在脸颊上的装饰珠宝都抠了下来，满脸是血，既可怖又恶心。

“欢迎来到我的宗族，布拉斯·布兰特·吉赛尔。我想，你一定能证明你是最出类拔萃的。”

杜尔格自己都不知道什么时候屏住了呼吸，此时终于松了口气。大局已定，他想，终于回家了。

“去死！”

一声大叫将塔基扬从连连噩梦中惊醒，她在狭窄的床铺上翻了个身，无意识地扒拉着，想把自己轻薄温暖的黑色织物抓过来，充当床单、被子或是围巾什么的。她的双眼渐渐聚焦，眼前的景象犹如卡顿的幻灯片，缓慢地闪过。终于，她清醒了，搞清楚了目前的状况。

眼前是一堵墙，“康迪基工人”的头和喉咙机械地晃悠着，一簇簇小眼睛也随之转动，寻找四周声音的来源。内嵌式顶灯照在这个生物的身上，它那黑绿色的外壳在灯光下闪闪发亮。

杰伊的背紧紧靠着折叠桌，手做成枪状，充当扳机的手指正准备扣动。

“不要！”塔基扬大叫，同时把毯子扔过去，罩住了杰伊的手臂。随着一声轻响，毯子不见了，但很不幸，康迪基还在原地。

“它属于这儿。”塔基扬喊道。

“但别出现在我的卧室里！”杰伊也喊起来。

康迪基分节的身体像小孩玩具似的，扭动着爬到墙上。“你看，它只是来换灯管的。”

杰伊顺着塔基扬的手指看去，瞅了瞅烧坏的仪表板。

他突然觉得双腿发软，跌坐在地上，咒骂了一声，伸出手背擦了擦汗。塔基扬挪过去，快速抱了抱他的肩，然后退开了。

“对不起，我早该告诉你的。”

“我不跟你开玩笑。”杰伊张大了嘴，深吸口气，“外星秘密间谍，UFO，现在还冒出条巨型甲虫，我受够了，我现在退出回家还来得及吗？”

“来不及了。”

门打开了，远行队长走了进来，停在门边，眨着眼瞧了瞧倒成一团的桌子，然后仰起头，双手撑在臀后，咧开嘴，兴致勃勃地看着康迪基，它正忙着换灯管，弹性十足的嘴不停地抖动。

“酷不酷？走廊尽头还有几千只呢，比这只个头小点儿。”

杰伊用手指梳着头发。“不要告诉我这些，我不想听，还有，我不想看见它们。”

“你把我的毯子送哪儿去了？”塔基扬严肃地问道。

杰伊一脸的楚楚可怜。“如果我一时没想好目的地的话，通常都送到洋基体育场的记分板那了。”

塔基扬瞪着他，怒气越来越盛。“你打算把康迪基工人送到洋基体育场？”

“嘿，体育场在布朗克斯，那里的人对大个头蟑螂早就见怪不怪了。”

“杰伊，你是与我共患难的朋友。”塔基扬抓住马克伸过来的手，站起来，“你不能这么草率地使用你的能力。”

“草率?！一只这么大的甲虫跑到我的房里，我草率?！我不知道你这么小题大做干什么。我们现在离地球多远了？”

“好几光年吧，我也不太确定。”

“从洛杉矶到纽约，我可以很容易瞬移，好几光年……我怀疑这只甲虫根本到不了那么远。”

“首先，它不是甲虫，而是有情感的生物，你居然想把它丢到太空，任其自生自灭，这让我很恼火。第二，你低估了你的能力，我想你只不过暂时受到‘时空连续体’定律的阻碍罢了。”她抬起头，沉思了几秒，然后说道，“不过，我也不想检验我的猜测是不是对的。”她走到自己的铺位前，坐下来。“如果你俩都休息够了，那就开始吧，我给你们一些指导和训练。”

“训练什么？为什么训练？”杰伊问，牙关打起颤来。

“语言，习俗，还有最重要的，礼仪。”

马克把塔基扬推倒在床上，听到她惊叫一声后，迅速退后几步，伸出手示意她平静。“别慌，要不要来点足部按摩？”

“好啊。”塔基扬疑惑地答道。马克坐下来，把她的脚放在膝头，脱掉鞋子，开始搓揉她的足心，塔基扬不禁舒适地哼唧起来。

“好了，开始你的授课吧。”杰伊说道。

“太好了，从哪开始呢?”

塔基扬咬着唇，寻思着怎么开讲，突然房间里的灯暗了两下，他们的皮肤也随之掠过一阵古怪的刺痛。

“天哪，这是怎么了?”杰伊大叫。门外的声音陡然停下，只剩下喘息。

塔基扬跟他一样惶恐，这样的现象又重复了几次。马克眉心打结，沉吟道：“我猜，这……是门铃?”

“该死的谁要来拜会我们?”

“我们可以打开门来看看。”马克说。

杰伊冲到门边，按了按密码键盘。门滑开了，一位身量极高的女人出现在他们眼前。称她为“女人”似乎并不十分确切，她双腿直立，很明显属于哺乳动物，因为她胸前的衣服弯曲，显出一对乳房的形状。她没有眼睛，头上的感知器官互相纠结，塔基扬第一眼还误以为是头发。她是塔基扬见过的最白的生物，衣着极其简单，只穿了件淡蓝色的长袍和一双凉鞋，唯一的装饰就是一条精美的皮带，镶嵌了珠宝和金属拉丝花纹，托着一只小袋，外壳嵌满珠宝，垂在她的左侧。

她用磕磕巴巴的英语说道：“欢……迎……来到……我……我的，呃，飞船，我叫馁丝珐。”

“很高兴认识你，我叫杰伊·阿克罗伊德。”杰伊伸出手，同时用就义般的眼神不安地瞥了塔基扬一眼。塔基扬惊讶万分地看到，馁丝珐分毫不差地握住了杰伊的手。

“哦，太好了，你也是‘网络’的一员吗?”马克说，“我叫马克·梅多斯。”

“很高兴……面到……哦不，视到你……哦，也不对。”

“见到你。”马克微笑着纠正她。

“我从我的舰长……那里……学了……一丁点……你们的……语言。”

“扎博?”塔基扬问道。

“是的。”她回头“看”着马克,“我们属于‘网络’,不过……还很新。”

“你是新加入的?”杰伊问。

“是的,我们‘维安德’寻找新的……地方……生存,于是……买了……艘……飞船。”

“但你们不知道怎么操纵她?”塔基扬问。

“是的。”馁丝珐答道。

“果然。”塔基扬苦涩地说。

“我是来……打招呼的,无意……打扰你们,你们……就把飞船当作……自己的好了。”

馁丝珐又微笑起来,笑容温暖美丽,他们几乎都忘了她没有眼睛,也报之以微笑。当然,他们有过类似的经验,在水晶宫买醉时,他们都跟酒吧侍者萨沙打过交道,她也没有眼睛。

“拜拜。”馁丝珐说道,然后离开了。

“伙计们,我们得多出去走走。”杰伊兴致盎然,“这个洋娃娃多可爱啊!”

马克和塔基扬交换了一个眼神,然后大笑起来。

“怎么了?怎么了?”

“你看样子还想当个大使呢。”马克说。

“前提是所有的外星人都得是女性。”塔基扬补充道。

杰伊没搭话,瞪着已经关上的门。

“杰伊,晚点你可以去追求你的真命天女,现在,让我们重新开始吧。”

“好吧。”

塔基扬看起来有些茫然，马克提醒她："你说你要讲讲你们家族的习俗。"

"哦，是的是的，先快速介绍下背景吧。一共有七大宗族：伊卡赞、旺雅旺德、艾拉、萨昂、坦德、哲邦以及罗达厄。接下来是十五个较小的宗族，再往下是些零散的权势家族，大概有三十个，有时因为战争和贸易，数字有所变动。

"当你走进我的宗族宫邸，或者任意一座宗族宫邸时，你会觉得自己仿佛走进了小说，眼前所见无比光鲜，无比亮丽，而实际上，我们统治盲灵者，也就是塔以基，有时手段非常残暴。塔以基们创造的各种奢侈享受，我们是最主要的消费者，同时也是他们最基本的娱乐来源，也许这也是原因之一，为什么我们总是像意大利歌剧院的演员那样，过着极尽奢靡浮夸的生活。"塔基扬皱皱眉，端详着眼前二人难以形容的脸色，继续说道，"要想在塔基斯的社会取得成功，必须野心勃勃。杰伊，很不幸你看起来太普通了，但你的好口才足以弥补。"

"哦？真是抱歉，早知道我就去给鼻子整容。"

塔基扬驳斥他："你可能需要全身整形。"

"好了好了就此打住吧。"杰伊埋怨道。

"马克的问题差不多，他无论如何都称不上英俊，但他惊人的身高很引人注目，只要不被看作畸形或者怪物什么的。"

"这可真有点麻烦，你们整个社会都这么肤浅吗？"马克问。

他的指责十分尖锐，塔基扬羞愧万分，脸上热辣辣的，但马克说的的确是事实，她也不得不承认。停了一会，她叹道："可以这么说，但也不完全对。我们的出身就写在脸上和体态里，所以我们都是尽力使自己成长得越来越美，而且，塔基斯人都非常敏锐，仅仅通过外表，就能看出你的身世。"她沉吟道，"也许这么说过于简单，在塔基斯，外表就是一切。即使不是国王，但如果外表展现出的力量和

‘德力’，配当国王，那么你也能跟真的一样，轻而易举就登上高位。”

“这不叫敏锐，叫轻听盲信。”杰伊说。

“不，是谨慎。”塔基扬纠正道，“有的人夸夸其谈，很可能只不过是个跳梁小丑，但也可能，他真的如同自己宣称的那样危险强大，而你不去攻击他，则永远无法确定。这就是为什么，杰伊，你必须隐藏实力，但同时要四处炫耀，时不时丢些暗示，让他们对你的能力略知一二，总之，让他们觉得，你强大又可怕，而且你的能力是精神上的。”

“远行队长可以胜任这个任务。他可以说些他的‘朋友’，甚至透露出，还有一大批‘朋友’正等着赶过来。但对我来说太难了，会送了小命的，他们会在一秒钟之内把我的思想打开，很快就知道，我这个王牌的能力跟精神控制毫不相干。”

“你在听我说话吗？”塔基扬打断他，“在确定你的能力和你的盟友前，他们不会冒险的。”

“据我所知，我们唯一的盟友就在这房间里。”

“直到五年前，我的舅舅塔伊还效忠于我这一支血脉，现在或许还有别的追随者。”

杰伊继续争论道：“那你怎么证明，你就是自己宣称的那个人？”

“可以探查我的思想。”

“真是棒极了。”杰伊挖苦道，“这还真是隐藏实力。”

“杰伊，如果我现在突然跟你说我的人生经历，说得很快，而且没什么逻辑章法，你能听进去多少？”杰伊的头发都长到了衣领，他把手插进乱糟糟的头发里，开始认真思考起这个问题。

“无论是地球人的记忆，还是塔基斯人的，都藏在各种各样神经突触的化学编码里，并且大量重复，也没有什么特定顺序。”塔基扬转向马克，“还记得我怎么强迫拉布丹打开思想的吗？”马克抖了一下，她接着说道。“我必须一层层剥开他的思想，把他的记忆完全暴露在我眼前，在这个过程中摧毁他的精神，而这，不是一两分钟就能解决的事。”

“你当时花了七个小时。”马克说，“到最后，你几乎失去了意识。”

“如果你要读取思想，从哪下手?”杰伊问。

“首先，遇到的是表层思想，它们十分混乱，充满了意义不明的胡言乱语，我们都受过训练，知道如何将它们打散，按语法规则重组成意义清晰的话语。深层记忆比较难读，必须挖得更深一点儿，就好像搜寻百科全书，查找合适的文献。打比方，我现在来搜寻你的记忆，看你是怎么恐吓挖掘者唐斯的，我可能需要把你所有深藏的记忆整个儿翻个遍，有点像从一个一年级小女生那里偷来枚一角钱硬币，等她毕业舞会跟你约会时再把它丢出去……”

“喂!”杰伊喊起来，马克忍不住笑了。

“所以读心并不像看起来的那么简单，尤其在面对训练有素的精神抵御者时。他们有自己的警报系统，一旦有入侵者，就会发出警告，甚至如果他们够强大，还会设下陷阱圈套，毁掉警惕性不够强或者力量弱小的读心者。”

“但扎博很快就读出了你的心思。”马克说。

“那是因为他对我十分熟悉。如果留心的话，你会发现，每个思想都有自己的印记和味道，每个思想都是独一无二的。”

“那就是说，你的老朋友和亲戚，能很快相信你是真的塔基扬?”杰伊说。

“要是情况太不乐观，他们一个都没剩下的话，我会找来一个相关的陌生人，向他展示我丰富的知识，这是任何冒充我的骗子都无法拥有的。”

“然后?”杰伊问。

“然后，找到布拉斯，重回我的身体。”

“听起来很简单。”马克说。

“一点也不简单。”杰伊说，“一个星球这么大，我们要上哪去找两个人?”

远行队长沉思起来，想到了与布拉斯的交手，这场交手导致了一个女人的死亡，还差点毁了他的女儿。他叹道：“如果布拉斯在塔基斯，我确信，他会显示他的存在的。”

♥♦♣♠

第十二章

在俄克拉荷马州的老家，他们养了一只猫，身体瘦长，皮毛呈橘色，尾巴弯折——那是与邻居家的拉布拉多打架留下的后遗症，还有一双迷茫阴郁的金色眼睛。六年里，它总是在房间里悄无声息地游荡，抓取面前的食物，其余大部分时间里，没人搭理它，也没人在意它。而现在，凯丽在旺雅旺德的处境，就如同这只猫。

有时候，他想，塔基斯人除了会读心术，也会隐形就好了，那样他就能把自己藏起来。好几次，他都把自己当成一颗小石头，处在激流中央，任人群旋涡惊涛般从身周流过。但现在顶着这具皮囊，他不得不像一片含羞草，把自己蜷缩起来。旺雅旺德的贵族贵妇们都对他避之不及，仿佛他身上爬满了虱子，他想去接近仆人，可惜仆人也都势利得很。

现在，他来到了一间食堂或者是家庭自助餐厅的地方，像往常一样，打算快速填饱肚子，然后赶快离开。他挑了厨房门边的一张桌子，仆人不停地在那走来走去，吵吵嚷嚷，每次厨房门砰地打开时，油烟就罩了满桌，所以这里无人问津，自视甚高的塔基斯人当然不愿意纡尊降贵，坐到这里来吃饭。

只有卑贱的假塔基斯人才会坐在这，凯丽悲伤地想，小心翼翼地端起一碟汤，尽量不发出任何声音。

仆人看向他的眼神或许充满嫌恶，但行为却出奇地恭谨，这得归功于他现在顶着的这张脸。尽管是个冒牌，但这张脸充分显示出强大的力量和危险的气息。在这个星球上，绝大部分盲灵者与他们能意念沟通的统治者差别并不大，他们的发色都很浅，凯丽见过的最深发色也是一种貂皮棕色，而且十分少见，但塔以基略显丰满，血统纯正的贵族灵主们则极为精致，美得摄人心魄，配上古老深邃的眼神，简直不可逼视。不过每一次他们的眼神投到凯丽身上时，他都觉得冰寒彻骨。

*我跟你如此相似！*凯丽在心里喊道，瞪着朝他鞠躬的年轻仆人的头顶，内心继续呐喊：*我跟你们一样，也对他们害怕得不得了，你跟我说话啊！*

在他借来的头脑里，灵能安静又危险地蛰伏着，他对这种能力的运用时灵时不灵，而这一次显然奏效了，因为面前的仆人好像一只触电的青蛙，快速跳到了一旁，抬起浅棕色的眼睛，迎向凯丽的注视，然后伸出手堵住耳朵，摇了摇头。

“为什么?”凯丽大声问道。

尽管极不情愿开口，但仆人还是用刺耳的低语说道：“您是个麻烦，大麻烦。”

说完，他走了，消失在厨房的嘈杂和油烟蒸气里。

“不，我是惹上了麻烦，大麻烦。”凯丽望着仆人离去后的空气，喃喃自语，然后叹了口气，举起勺子准备吃饭。

正门传来一阵大动静，四名守卫用身体围成一个方阵，仿佛某种有生命的保护装置，守护中心的珍贵宝石——一名盛装华服的塔基斯人，凯丽认出了他，旺雅旺德的国防部长，柯厄拉。凯丽不由自主地盯着他们行进，在这个奇怪的上流社会，他的读心术总是不受控制，时常能感应到塔基斯人的思想，犹如跃动的彩虹，在他脑海里盘旋飞舞，可现在，彩虹边缘的晕彩似乎受到了风暴阴沉呼啸的侵袭，凯丽摇摇头，想驱散这奇怪的感受。

随即，他反应过来：布拉斯！布拉斯就在这个房间里，有人被

“传心”了。

一名守卫突然踌躇不前，皱着眉看了眼后方的守卫，但危险的感知来得太迟，只见重型手枪已从枪套里抽出，枪管抵在了柯厄拉的后脑勺，下一瞬，他的脸就出现了一个洞，迸射出飞溅的脑浆和浓稠的血液。

没等反应过来之前，凯丽已经下意识地低下了头，弯着腰跑过厨房门上的摄像头，靠在一名侍者的小腿上稍作休息。侍者不停地蹦跶，但无济于事。食物全部掀翻在地，蔬菜暴雨般砸下，紧接着是震耳欲聋的瓷器碎裂声，几乎盖过了尖叫、咒骂和枪炮武器的交火声。自保依旧是凯丽最重要的本能，他连滚带爬地跑过吓得半死的仆人，真正的凯丽·安·詹金斯在体内挣扎，他最终屈从了这股冲动，像个青春期小女孩那样尖叫了起来，而事实上，他也的确还是个小女孩。发泄一通后，凯丽把早已断了的右臂残肢抓在胸前，冲了出去。

整座大厅一团糟，人群犹如热锅上的蚂蚁，四处逃窜。凯丽终于跌跌撞撞地跑过布拉斯和安静玩牌的杜尔格，冲进了自己的卧室，在他狂乱的意识里，刚才那短短一瞬，比好几个小时还要漫长，现在总算安定下来。

凯丽绝望地抓过枕头，抵在绞痛的胃部。震惊恐惧带来巨大的痛苦，让他在床上翻来覆去，坐卧不宁。布拉斯漫不经心地晃了进来，周身都散发出满意的餍足气息。他来到床边，坐下来，柔声问道：“怎么了？”

“该死的别装不知道！你杀了柯厄拉，现在门外还在不停杀人。”凯丽抽噎着说。

“这不能怪我，塔基斯人总是自相残杀。”

凯丽恨不能扇掉他脸上虚伪的笑。“我感受到了你。”

布拉斯拨开凯丽额前被汗浸透的发丝，说道：“但你谁也不会告诉的，对吗？”

“对。”

“那就什么事都没有了，对任何人来说，我们都构不成威胁，不过是不起眼的小人物罢了。”

说完，他站起身，床铺因为他的离开弹了一下。布拉斯居高临下地看着凯丽，笑了笑，出去了。凯丽忽然想起，自己曾经是怎样短暂地爱过他。

♥♦♣♠

第十三章

杰伊觉得自己变得十分暴躁，航行了数天后，有一件事他非常确定，那就是，太空航行实在痛苦乏味，无聊至极。飞机上好歹还能遇上气流颠簸什么的，而银河实在太绅士，他们既不需要避让小行星，也无需躲开什么怪异空间，更别提太空大盗之类的能让他们一展身手。

他向塔基扬大吐苦水，后者的表情交织着厌恶、惊愕和沉思，然后她开口了：“小行星带？我们现在离最近的星系也有好几光年，你对宇宙有多大能有点基本常识吗？至于太空大盗……我们现在的航行装备，算是跟他们唯一相像的地方了。”

“我还想去营救落难的公主，比起我现在守护的毫无幽默感的泼妇，她们肯定对我充满感激。”

“那我希望馁丝珐品位更好点。”塔基扬回击道。

“在宇宙飞船里还有件头疼事儿，上洗手间时都没法关门。”杰伊不满地自言自语，心想，该死的塔基斯人，她到底能不能听出我在故意嘲讽？然后，他溜了出去，继续四处闲逛。

出于对扎博的提防，以及对馁丝珐和她手下族人的警惕，塔基扬一直待在舱内。扎博不出现的时候格外让人提心吊胆，所以远行队长坚持得有人时刻陪在塔基扬身旁，可杰伊一门心思只想着怎么取悦馁丝珐，于是大部分责任都落在了远行队长肩上。杰伊想到自己在玩忽职守，心情就更不好受了。

按着自己的计划，杰伊朝馁丝珐跑去，她正急匆匆地走在过道上，手里端着一盆植物，看起来像是一株纤细的竹子，不过是奇怪的紫色。“我正在装扮休息室，你要不过来帮个忙吧。”

“没问题。”

这个房间杰伊还没来过，里面摆着低矮的沙发，明亮的桌子，散布着五颜六色的灯管，杰伊不知道它们是“网络”的熔岩灯，还是些电子游戏。接着，他发现了最让他兴奋的东西：一扇舱门。

“棒极了，观光车！”他舒了口气，大笑起来，那一点自己也未察觉的幽闭恐惧现在也烟消云散。

“我们怎么观光?”

馁丝珐眉头紧锁，探出“头发”在墙上扫描了一番，然后在某个地方扭按了几下。接着，门边的黑色褪去，出现了一排灰色条纹，不断滚动，好像被风暴撕碎的脏羊毛毯。杰伊皱着眉看着这一切，叫起来：“见鬼了，这是什么？没有星星吗?”他觉得受到了莫大的欺骗。

“当然没有星星。”塔基扬打断他的话，站在门口，说道，“我们现在所处的环境，不是你所知道的‘真实’。”她像是陷入了某种情绪，嘴角耷拉，灰色的眼睛里深藏着隐秘的痛苦。

当塔基扬还是个男人时，杰伊最讨厌听他说教。但现在，这番话由一个柔和的女性声音说来，他不禁想到了爱唠叨的妈妈和姐姐，似乎也不那么难以接受了。

“哈！真遗憾，你最后还是决定爬出你的老巢了。”

“你……要吵架?”馁丝珐犹疑地问道。真烦人，她学得太快，一下子就分辨出了人类情绪的细微差别。

马克急忙走进来。“但是，医生，当我们在宝宝上时，是可以看到星星的。”

“那是因为我们没用光速飞行，马克。”

“为什么塔基扬对我说话时，总是尖酸刻薄。”杰伊心里埋怨，“跟马克说话时，就这么温柔。”

塔基扬继续解释道：“那时我们不过是稍微提高了点速度，绕着太阳系追赶罢了。”

“要不是我的船员与‘异群’搏斗时受了重创，你根本赢不了我。”扎博出现在另一个门道，用交谈的口吻说道。

马克把手伸进口袋，杰伊此刻多么希望他的枪也在口袋，但扎博似乎没有任何意愿要迈进这个房间。杰伊觉得自己颈后竖起的头发又服帖了，他发现扎博看向塔基扬时，目光里充满了掠夺。现在他相信，梅多斯并不是得了被害妄想症，这个时常挂着微笑的扎博的确是想杀了塔基扬。

“请原谅我作为主人的失职，毕竟我还要运行飞船。”

扎博说完，用一种未知语言跟馁丝珐交谈起来，馁丝珐也叽里咕噜地说着什么。扎博走到她身旁，伸出一只手，轻轻地抚摸她的腰带，温柔地托起她臀后的小袋。他的动作非常亲昵，杰伊恨不得打他一顿。

“我不稀罕你的组织，扎博，你现在就是个车夫。”塔基扬答道，带着恰到好处的骄傲，只不过与她年轻的脸庞并不相称。

扎博大笑。“哦，我的表妹，你做得很好，但是，你是在指责我吗？指责我变成体力劳动者，而你却救死扶伤，把人们从污秽中解救出来？”他靠着墙，看着杰伊和马克，“在我的世界，根本没有什么圣人，只有疯子才会干些对自己没啥好处的事，所以我想，我的表弟已经疯了，要么就是无可救药地被玷污了，毕竟，他现在已经变成了一个地球女人。”说完，又是一阵大笑。

“我们还是回房吧。”马克说道。

杰伊也认为这是个好主意，但看着眼前总是微笑、目空一切的混蛋，一想到不得不屈从于他，他的理智就抛诸脑后了，从心底里感到抵触。

“好主意，不过我的女性亲戚得留下，我们还有点私事要谈。”扎博说。

“你给我的印象不是愚蠢，”杰伊也用交谈的口吻对塔基扬说道，“而是傲慢。你总是抬着下巴，指挥别人，你的大部分作战策略也有这个毛病，但你绝不蠢。你以为我们几个聚在一起做什么？当然不会是为了欣赏美景，享受豪华套间。”

然后他看向扎博。“我们不会让医生跟你单独会面的。”

杰伊的话没有华丽的辞藻，也不够睿智，但一针见血。

扎博故意重重地叹口气，装出被崇高行为感动的模样，说道：“你们活得真累啊。”然后看向塔基扬，“表妹，你害怕吗？”

杰伊闭着眼，心里祈祷着，怀疑塔基扬能否控制自己，不去理会扎博的挑衅。

“怕你？”

啊，果然！杰伊在心里叹道，差点喊出声来。

“当然了。”杰伊猛地睁大眼，注视着眼前的身影，她身材娇小，肚腹隆起，却带着女王般的气势。

“我的朋友和你的话都对我有影响，不过，我信任我的朋友，而你的话嘛……”塔基扬故意拖长了尾音，最后耸耸肩，意味不言而喻。

扎博的反击落空，脸上腾起羞恼的神色，站直身，走了出去。他刚一离开，塔基扬就瘫了下去。

“我根本不应该出来，不应该给他机会攻击我。”

“是的，这就是我一直提醒你的，走吧，我扶你回房。”马克温柔地说，“杰伊？”

“我？呃……我想留下来，帮馁丝玹布置盆栽。”

马克酒瓶底般的镜片后，眼睛里闪烁着了然的神情。杰伊涨红了脸，琢磨着是不是每个人都看出了自己越来越高涨的性欲。

“好了，现在就我们两个了。”

馁丝珐从竹子前抬起头。“对。”

“那，你结婚了吗?”

“什么?”

“结婚。就是，你有丈夫，或者伴侣吗?”

但馁丝珐似乎还是不太明白，她问道：“我……不是很懂你的意思。”

杰伊决定直接付诸行动，他弯下腰，轻轻地碰了碰馁丝珐的嘴唇。馁丝珐的脸庞顿时明亮了。“啊，你要交换吗?”

“呃，是的，是的。”天啊，我干了什么蠢事? 杰伊在心里懊恼。

馁丝珐站起来，带着杰伊走到沙发旁，气氛一下子变得旖旎迷人了。她环住杰伊的腰，困惑地皱眉道：“你的……（杰伊没听清她说的什么）在哪?”

杰伊抛了个媚眼。“再低一点儿。”说着，他拉开拉链。哦，该死，她学得可真快，一秒钟不到，就掏出了他的下体，抚摸起来。

杰伊开始吻她，她的气息很奇特，混合着胡椒和柠檬的味道。馁丝珐似乎很喜欢亲吻，他当然也乐在其中。她的“头发”缠绕着他的头，挠着他的脸颊。杰伊突然觉得手臂上有个湿乎乎的东西，睁开眼，看到嵌满珠宝的小袋里，钻出一条蠕虫样的东西，缠在他的手臂上，正在向上爬动，鱼雷状的脑袋还在不停地滴血。

杰伊撕心裂肺地大叫一声，猛地弹到沙发另一端。馁丝珐像一袋被遗弃的衣服，呆呆地坐在那，可爱的脸上一片茫然。蠕虫发着抖，把头围成一圈，寻找着杰伊。

然后，它蠕动着钻回口袋里。杰伊跳下沙发，双手紧紧抓住馁丝珐的长袍顶端，扯开一条缝隙，长袍犹如破碎的海带，从手里滑落，挂回沉重的腰带上。他看见袍子的小袋上有道缝隙，露出了馁丝珐身上的洞，蠕虫已经把头缩回了洞里。她的脸庞现在又恢复了光芒和活力。“杰伊，怎么了？你不想交换吗？”

杰伊垂下头，瞥了一眼软绵绵的下体，突然想到了另一种寄生虫：“恶意”。他打了个寒噤，忙不迭地摆着双手，赶紧套上裤子，飞也似的逃走了。

♥♦♣♠

第十四章

“只有我一个人理解不了吗？这些人身体里全是该死的吸血虫！”

马克伸出骨节分明的长食指，划过拼字游戏字母块。“我估计在他们眼里，我们身体里满是粪便。外星人跟我们不一样，杰伊，他们是外星人。”

“你这话的口吻有点像塔基扬，不过她会说得更难听。”

杰伊转过头，闷闷不乐地瞪着他那一堆字母块。突然，塔基扬发出了一声惊恐的尖叫，杰伊赶紧站起来，跑到床边看她出了什么事。尖叫变成低泣，然后渐渐止住。杰伊离开床边，回到自己的座位，看着熟睡的塔基扬，说道：“现在没事了。”

“她的噩梦应该结束了。”马克说。

“你这就是做梦了。”

“我是抱着希望。”马克低头看着自己的字母块，游戏的难度提升了，拼成什么词他毫无头绪。

杰伊盯着药品包，问道：“你的锦囊里有没有什么能帮到他？”

“没有……他现在怀着孕。”

“好吧。”杰伊皱着眉，瞪着字母块，“*titillate* 怎么拼来着？”马克告诉了他，杰伊又嘟囔道。“啊，我少了一个 l。”

杰伊拼出了 *tit*，马克仔细记下了他得的三分。

T、*R*、*Y* 三个字母块诱人地躺在拼字板的左侧，马克很快选出了他所需的字母块，拼出了 *tryptophan*。

“这是什么玩意儿?”杰伊叫道。

“一种氨基酸。”马克已经三连胜了，尤其在 y 上斩获了双倍分数，现在领先杰伊一百八十分。

杰伊拿过两枚字母块，斜靠在椅子上，双手环胸，看着马克，问:“在火箭堡发生了什么?”

马克耸耸肩。“他被‘传心’了。”

“被谁？又是跟谁‘传心’的?”

“她没告诉你吗?”

杰伊摇摇头。“这……似乎……是很隐私的问题，你知道，所以我不好意思开口……”

他接着说道：“我是来工作的，梅多斯，多告诉我点信息很有帮助。”见马克还是不吭声，他又说，“她每次睡着了都做噩梦，我可不认为她现在这副模样，仅仅是出于塔基斯人猫一样的好奇心，想感受一下不同性别的滋味。”

“不是。”马克嗫嚅道。

“再联想到每次我们碰到她时的反应，我猜她被强暴了。”马克还是瞪着拼字游戏，一言不发，但杰伊接下来的话打破了他僵硬的面具。

“是布拉斯，对不对?”马克试图控制自己的反应，但不由自主地猛地抬起了头，杰伊狡猾地笑了，“拼字游戏我玩不过你，但你永远别指望赌博上能赢得了我。”

“好吧，那你现在都知道了。”

杰伊摇摇头。“这太恶心了。”

“这不是医生的错!”

“是吗？她很可能不这么认为，我也一样。”

马克愤怒不已，甚至觉得怒气化为了实体，在敲击他的牙关。“哦？为什么?”他尽量让口吻显得随意，克制自己不大吼大叫。

“一年前，塔基扬让我去寻找布拉斯的下落，因为她怕那个小混蛋怕得要死。经过调查后，我知道了原因。”杰伊又瞥了一眼塔基扬的床，“只是我没想到，塔基扬这么适合当一个母亲……哦不……父亲……也不对，该死，好吧，父母亲。他一定被布拉斯折磨惨了。”

马克心不在焉地拈起一枚字母块，在手里转动。“布拉斯是个疯子，临床诊断他是疯的，医生一直试图给他营造一个稳定正常的家庭环境，他一直怀着爱，想治愈布拉斯患了十二年的疯病，但是失败了。不过不管怎么说，他还是尽力了。”

“他应该从别人那寻求有力的帮助，可惜他该死的太自负……我猜他准以为自己能当儿童心理医生。”

“这不公平！”马克大叫起来，“你坐在这，随意评判指责他，朝他扔石头，当然很容易，但今天的局面，有一部分责任在你。”杰伊像被扇了一巴掌似的，脸迅速变红了。字母块在马克的手指间突然断裂，他俩一齐跳了起来，马克回过神，扔掉了手里的碎瓷片。

“亚特兰大的事，你怎么知道的?”杰伊艰难地问道。

马克低下头，说：“医生告诉我的。把一个十三岁的孩子带去玩侦探游戏，实在不怎么明智，因为你没有预料到，‘恶意’会控制布拉斯，然后利用布拉斯的精神控制能力杀了那个可怜的鬼牌，不过，也有可能布拉斯本身就享受杀人的快感。正如医生所预料的那样，他的溺爱会毁了那孩子，你们都想爱护他，却只是加剧了他的疯狂。”

杰伊什么也没说，只是安静地坐在那，低着头。终于，他开口了：“梅多斯，我道歉，我太过分了。”

马克清了清喉咙。“嘿，我不是在指责你，只是，他是我最好的朋友……而且我个人认为，医生会是一个很好的家长，她一向很喜欢孩子。”

“那是肯定的，否则她也不会任由肚里的孩子长这么大。”杰伊说着，摇摇头，“你确定她能适应？要是我突然换了性别和身体……

还有孩子在我体内生长……”

“我认为塔基斯人不像我们这样过于关注性别。孩了有点像家庭的财富，再说，他们之间心灵互通。如果你和你的孩子心灵相连，你忍心杀了她吗？”

“当然不会。”

马克艰难地咽了咽口水，虽然难以开口，他还是问了出来。

“嘿，兄弟，我不想惹你心烦，但还是想问你。”杰伊点点头，但十分警觉。

“你为什么要加入这次航程？”

“因为我的脑子得好好检查检查。”

“不，你认真回答我。”

杰伊沉默地坐着，表情木然，像戴了一层面具，持续了很久，马克正愁怎么打破僵局时，他叹了叹，马克顿时松了口气。

“我不知道。”杰伊说道，严肃的语气从他嘴里说来十分怪异，“和你不一样，不是为了友情，但也别误解我，我十分喜爱塔基扬，但是……”他耸耸肩，接着吐出所有心声。“专制独裁的沙文主义也许有其有趣的一面，但这么多年来，他们一直入侵我们，操控我们，监视我们，而现在，我们来了，把这些还给他们。”

杰伊盯着自己的手背，然后翻过来，瞪着手掌，像是惊讶于自己的动作，又像是要从手上的褶子里寻找意义。马克想透过他那貌不惊人的外表，审视他的内心，却失败了。

“那么你呢？”

杰伊问道。马克回过神，拾起碎瓷片，紧紧握在手里，手指来回刮弄着锋利的边缘。

“我看过所有科幻大师的作品，克拉克、阿西莫夫还有‘博士’史密斯。我的父亲，尽管对宇航员来说，他已经太老了，但他依然驾驶着世界上最先进的飞机。可我什么都做错了，我目无纪律，藐视学院规定，他们恨不得生吞活剥了我。我的父亲创立了太空司令部，可他的儿子连航空学院的评估都过不了。这……或许让他很伤心……我也不知道……我们……不怎么说话……没怎么交谈……”

马克停下，眼前又浮现出最后一次见到父亲的情形：那个身板笔直、头发铁丝般坚毅的身影，双手搭在孙女的肩上，让他的儿子远远逃离，逃离政府的追捕。他是个将军，而这个政府，正是他这位将军发誓效忠的。是的，自己和父亲之间没有交流，但父亲如此懂他。

马克轻轻地继续说道：“现在我正在航空飞行，我终于有事情可以与他分享了。”

“所以你加入这次航行，为了所有人，独独不为你自己？”

“不，”马克摇摇头，“我在寻找……”

“寻找什么？”杰伊有些愤怒，声音也变得尖锐，他的确不是个有耐心进行灵魂探索的人。

“我不知道。”

她知道自己在一点点把他们逼疯，甚至马克都开始不满了，好几次他的嘴唇绷得紧紧的，有时在她纠正发音时还恼怒地抽气。但没办法，除非他们想一到塔基斯就被关起来。于是她接着教，然后纠正，像父母亲教五岁小孩那样，仔细地教他们一些简单的句子。

她抱着一团衣服，跟他们一起坐在桌子旁边，杰伊叹了口气，念道：“Benaji，sala’um，wai’r’sum…”

“不。”塔基扬打断他，用英语说道，“今天我们要学点新东西。你已经学过了‘沙马尔①’，不准确地翻译过来，就是工业语言。现在你得学‘伊卡扎尔’②，得知道在公共场合怎么说话。”

---

① Sham’al，沙马尔，塔基斯的通用语言，有时被称为工业语言。

② Ilkzal，伊卡扎尔，伊卡赞宗族的通俗语言，既可用于意念沟通，也可用于口头交流。

“时间到了。”杰伊比了个手势。

没等杰伊继续说话，马克插嘴道：“医生，我们没时间学习塔基斯的所有语言。”

“我也没打算让你们都学会，但你们得学会通用语。除了商业用语和与底层阶级打交道的语言，还有一种外交语言‘埃姆拉斯[①]’，只在家族之间使用。每个家族都有自己的语言，既有私密语言也有公共语言。你们不需要学习私密语言，因为你们在塔基斯没有妻儿。但我想你们可能需要学习‘埃姆拉斯’，不然怎么代表伊卡赞与敌对宗族谈判？但如果你们连最基本的‘伊卡扎尔’都不会，就只会被当作仆人或者外星人，被人忽视。”

“但我们就是外星人。”马克说。

“外星人有很多，但我希望你们被看作有飞船的那一类，能说‘沙马尔’，还会一点‘伊卡扎尔’。”

“所以我们一点英语也不能说吗？”杰伊问道，觉得十分困惑。

“也不是，就跟飞船一样，你们可以有自己的语言……”

“我们不会还要学习飞船语言吧？”马克急忙问道。

塔基扬明确告诉他：“当然不用，那对于地球人来说太难以理解，那是基于复杂数学上的意念互通，如果将之分解并转化成能听到的声音，它们更像是音乐。”

马克顿时欢畅地笑了，平平无奇的脸庞也被笑容点亮，容光焕发。“太棒了，这是天籁之音，说不定老托马斯爵士也就在这附近呢。”

塔基扬不禁失笑，这是她数周以来第一次由衷地笑，眼前不由自主地浮现出这样的画面：跟宝宝一样的飞船飘浮在空中，温柔地对着英国诗人托马斯·莫尔吟唱，着实令人忍俊不禁。

---

① Amlas，埃姆拉斯，一种外交语言，用于宗族之间谈判。

这时杰伊开口了，打断了她的遐想。“我就直说吧，作为外星人，必须有自己的飞船，是这样吗？”

“对。”

“‘网络’现在共包括一百三十七个种族。”杰伊摇摇头，“我想我们入错了联盟。”

“你还没加入任何联盟，”塔基扬说，“你们还只是低级战队。”

“所以还不确定谁会来召集我们，对吗？”马克问。

塔基扬点点头，她还从未写过有关塔基斯语言的论文。这时舱门打开了，扎博走了进来。塔基扬吓了一跳，心情迅速变得低落，应战本能在体内咆哮，身体也相应地作出反应，用双手护住了小腹。幸运的是，马克和杰伊已经训练有素，他们快速变换了位置，马克站在她的身前，用身体挡住了她，而杰伊站到了她的左侧。

“坐下，猎狗们。”扎博悠闲地在空中拍了两下，“我不是来伤害我的表妹的，而是来邀请——”他突然停下，唇边勾起一缕微笑。五十年前，正是这样的笑让塔基扬知道了什么叫怨恨，什么叫不可信任。“亲爱的缇西，我应该怎么称呼你？英语真是一门原始又笨重的语言，你到底是‘他’，还是‘她’，或者是‘它’？代词，真是狡猾的东西。”

“比不上你的一半狡猾。”塔基扬尖刻地说道。

塔基扬已经接受了性别改变的事实，也能平静地接受来自朋友和敌人的瞥视，直到扎博的出现。在他面前，她感到羞辱，如今处于这样的荒唐境地，她觉得怒火在吞噬着她，心口都疼痛起来。艾尔娜感受到她的情绪，连忙发出意念信号，祈求母亲平静下来。

塔基扬想起了自己的责任和义务，她压下愤怒，朝腹内的宝宝传去一波爱和安抚，消除她的难过不安，直到她重新回到宁静的美梦，在子宫里沉沉睡去。

太好了，我的宝宝在出世前，就与我互相依靠了。

她欣慰地想着，忽然意识到一个从未想过的有趣问题：在孩子出生前，能心灵沟通的母亲就能影响他们，但自己的思维是个男性，究竟艾尔娜会吸收什么样的行为和思维方式呢？

“嘿，缇西，你要跟我们一起吗？”塔基扬猛地抬头，审视着扎博，“你要跟我们一起出去走走吗？不带他们。我有些私事必须跟你谈谈。”

他的话音刚落，立即响起一阵反对和抗议。见状，扎博修剪整齐、形状优雅的胡须下，嘴唇微不可察地抿紧了。

“别像个傻子，扎博。我俩的生活从来都是围满了守卫，那会儿你怎么不觉得碍手碍脚？除非，你是在害怕我现在身边的特殊‘守卫’。”

“见鬼吧！你以为你有什么值得我害怕的？如果我这样说还不够的话，把他们带上好了。”

塔基扬注视着他，从第一句话里听出了他的虚张声势，却从第二句话里听出了痛苦。*我们之间的关系多么奇特啊，她想，在“水晶之夜”里，你教我骑马，带我滑雪。我们生死决斗时，我躲开了你的刺杀，却仍能感到你的刀锋，而每一次我都骗过了你，你是我钦佩的对手。*

“你们留在这吧。”她听见自己说道，“我出去和我的表兄走走。”

“你疯了吗？”杰伊叫道。

“或许吧……但我想我应该不会丢了性命的。”塔基扬回身看着杰伊和马克，微笑道，“如果我判断错误，他的话毫无诚信，我相信你们一定会杀了他为我报仇。”

“你是怎样想的我不知道，但我是真的讨厌那个家伙。”门关上了，杰伊对马克说道，“而我居然就这么让他把塔基扬带走了，我们得跟过去偷偷瞅两眼。”

“我跟你一起去。”梅多斯答道，头也不抬地在行李箱里翻找。

“梅多斯，我是个侦探，但如果带着你，就跟带着信号灯似的……”

杰伊没看清马克吃了哪一瓶药粉，但房间里突然刮起了一阵龙卷风，毯子像受惊的小鸡，疯狂地旋转起来，围成一个茧，茧中央出现了一个曼妙身影，挣脱了毯子的束缚。杰伊看着这一切，下巴都快掉了。

眼前的女子乌发如瀑，披散在肩头，黑色的紧身衣勾勒出美好的线条，胸前的阴阳鱼图案更凸显她完美的胸部，紧紧锁住人们的目光。

“你是马克·梅多斯的分身之一？噢，天哪，我得变得礼貌点了。”

“就在我们说话的时候，猎物已经走远了。”她的声音温柔悦耳，尽管语带责备，双眼却柔顺地低垂着。

“呃，是是。你到底是谁？”杰伊直白地问道，与她一起走到门边。

“伊希斯·月……月光女侠[1]。”

一来到走廊，月光女侠便调暗了灯光，墙上浮现出许多影子，她走进其中一个，然后消失了。杰伊在心里琢磨着，她究竟要怎么跟自己分头行事？好几次都差点与她失联，但每一次她的小手都从影子里伸出来，轻柔地碰碰他的手腕，示意他往前走。

走到左边的过道时，他们听到了两个声音：扎博清朗的男高音和塔基扬银铃般的女声。杰伊紧贴在墙上，伸长了脖子，往门缝里窥去。这个房间看起来像是个军械库，墙上的架子摆满了各式各样的武

① Moonchild 这个名字来自韩国一支摇滚乐队，现役乐队 M. C the Max 的前身。考虑到人物性别等因素，故译为“月光女侠”。

器，挂钩上还挂着好几件宇航服。

塔基扬拨弄着一件宇航服的衣袖，叹了口气，甩开了它，转向她的表兄。“你还想着王位吗？好吧，我这么说，你可能觉得好受点儿，我并不想要它。”她摇摇头，“但是扎博，结束了，不管我想不想要王位，你都不可能再得到它。”

“哦？”

“我们都做出了各自的选择。五十年前，我追踪安沙塔和病毒，力图阻止那场大屠杀，那个时候我就已经作出了我的选择。而你，自从五年前你背叛了你的宗族，把自己卖给‘网络’时，你的人生轨迹也改变不了了。塔基斯或许是我俩的过站，但永远不可能再成为我们的归宿。”

“你这个自以为是的恶心瓦库！”扎博愤怒地反驳道，“你自己与‘网络’做交易时，就装出一副迫不得已的样子，好像完全是为了保护塔基斯不得不做的牺牲。去你的吧！你就是彻头彻尾的利己主义者！你为什么不承认，你所有为他人着想的借口幌子，都是为了掩盖你那可怜的虚荣心？

“按真正的塔基斯标准来看，你根本不值一提。你既没有统领全局的才能，也没有征战的雄才大略，就连你的科学也不过如此。你只是一个合成者，并不是发明者，‘强能’项目也不是你发明的，你只是在别人的基础上取得了一丁点儿成就。

“所有跟你有关的东西，都被你毁了。可怜的安沙塔带着病毒前往地球，如果你放手让他完成任务，那些地球爬地虫的死亡人数和受苦人数会大大减少，但你非要横加干预，展现你崇高宽厚的领主形象。

“而你自己的世界呢？因为你的故作高尚，我们的家族几乎毁于一旦，你留下我与敌人对抗。”扎博猛地扯开外袍，露出身体的左侧，那儿有条长长的扭曲疤痕。塔基扬伸出手，但又收回去了。

到目前为止，杰伊可以确定扎博没有伤害塔基扬。但塔基扬突然双手掩面，发出一声尖叫，整个人崩溃似的瘫倒在地。

♥♦♣♠

第十五章

“我赢了……能猜到吗？你输了！”布拉斯的语调兴奋不已，每次杜尔格听到他这样说话，都觉得骨头发痒，想扇他一巴掌。

但不知旺雅旺德的瑞伊斯是何感受，勒古拉依然冷静自持。过去几周的折磨清楚地写在他的脸上，他的脸本就瘦削，现在更是瘦得皮包骨。但杜尔格还是十分钦佩他的坚韧，即使听到宣判了他的死刑，也依然身姿笔挺，从容平静。

逃跑是毫无希望的，勒古拉非常清楚。最忠于他的人，不是被“传心”了，就是被杀了，要么就投靠了布拉斯。而那些观望局势的守卫，当然不会为了他这头负伤的孤狼犯险赴死。

作为旺雅旺德的瑞伊斯，对布拉斯的能力一无所知，甚至从未疑心过，这点无可指摘。但他犯了个致命错误，不该让布拉斯发挥他的演讲才能。他应该挑选一个塔基斯论坛，这样塔基斯土著有可能获胜，可他却允许布拉斯——被杜尔格精心训练过的布拉斯进行公开辩论，煽动群众，把王位作为战利品。

群众煽动家，杜尔格想着，这个词在塔基斯语里没有对等词，布拉斯用他的外星能力，劝诱鼓动，震慑了旺雅旺德家族的成员，直到他们高喊出对布拉斯的支持。他们喊着狂热的话语，幻想自己当上旺雅旺德的主人，他们的决定很简单——拥戴布拉斯带领他们建立新的秩序。但要将这一切变为现实，还得倚仗杜尔格。

“你的存在，极佳地体现了规划生育项目的明智。”勒古拉平淡地说，语气仿佛只是在谈天。

布拉斯涨红了脸，杜尔格也屏住了呼吸。显然，布拉斯的内心在激烈地交战，最终理智战胜了愤怒，他耸耸肩，说："我亲爱的祖父说过，一个健康的杂交后代胜过一千个纯种傻瓜，在这一点上，他还是说对了。"

贵族们围在桌前，勒古拉的目光一一扫过他们。"你们都做好决定了？"

艾利丹点点头，勒古拉叹了口气，靠在椅背上。"你不会有任何痛苦的。"艾利丹说。

"不，我宁愿惨烈点儿。"勒古拉锐利的灰眼睛看向布拉斯，"你必须清理干净这把椅子。"

说完，他伸出食指，迅速在手肘和椅子之间的缝隙里弹了一下。杜尔格还来不及上前，椅子后背就爆炸了。勒古拉的头炸开了，身体碎片、内脏残渣四下飞溅，像密集的雨点，砸在在场众人脸上，还带着余温，脏污恶心。他的身体碎裂坍塌，破碎的头颅挂在桌子边缘，不停地滴血。

布拉斯扭过头，示意杜尔格去清理。杜尔格走上前，拎起尸体，丢到一旁。布拉斯摇了摇椅子，坐了上去，任由血和脑浆沾染他深红色的头发。贵族们看着这一切，既惊恐又好奇。

"真是令人佩服，混血儿。但你要是以为我会任由一个像你这样的杂种来统治旺雅旺德，你就大错特错了。"艾利丹说道。

"我从不以为任何事，艾利丹。"布拉斯答道。

短短的时间内，发生了太多事。布拉斯深深地陷进椅子，似乎失去了意识。艾利丹抓过桌上的水晶酒杯，砸成几片。杜尔格赶紧朝守卫们打了个手势，早在前几日，他就已经用金钱收买了他们。守卫与杜尔格一道，举起枪指着其他贵族。艾利丹却用酒杯碎片割开了自己的喉咙。

布拉斯起初大叫道：“不！他要杀我！祖先啊，救救我！”

等看到艾利丹切断自己的气管，他又瘫坐了下去，紧紧抓住椅子扶手，竭力止住自己颤抖的双手，注视着艾利丹倒在身前的地板上，咳喘着，嘴里喷出血沫。几秒钟后，一切都结束了。旺雅旺德的贵族们震撼不已，愣愣地看着由他们自己一手创造出来的统治者，然后，泽卡尔朝布拉斯弯下了腰。

“瑞伊斯。”

布拉斯接受了他们的行礼，也报之以适当的礼节。杜尔格松了口气，他本以为这个小魔鬼会得意忘形。接着，其他人默默地退了出去，布拉斯朝杜尔格伸出手，在他的搀扶下站了起来。

“我不得不忍受痛苦，集中意念在短时间内‘往返传心’，这是最难受的。”布拉斯说着，伸出足尖，把艾利丹的尸体翻了过来。他脖子上的伤口像没牙的嘴，咧出狰狞的笑。

布拉斯突然拉高兜帽，用怪异的黑眼睛紧盯着杜尔格，目光似有千斤重压。“我亲爱的‘宠物’。”他开口了，用的是旺雅旺德快要消失的语言，专门与莫拉克交谈时使用，“你还没有对我表达足够的顺从呢。”

杜尔格吓了一跳，他一心一意，只想着如何将布拉斯送上旺雅旺德的瑞伊斯宝座，现在大局已定，却没料到布拉斯竟会如此严肃地看待表面礼节。*要想成为幕僚，缺乏对局势的正确估量是大忌*，他想着，此时布拉斯的意念控制袭来，鞭笞般飞快地抽了他一下。

杜尔格赶忙跪地，原本满腔的胜利喜悦已全数化为酸楚。

♥♦♣♠

第十六章

“他对你做了什么?”

塔基扬只是瞪着墙，杰伊又大声重复了一遍。月光女侠突然出现在他们中间，犹如一片轻云笼住日光。她伸出指尖，将杰伊的手从塔基扬的手臂上拂开。“阿克罗伊德先生，您这样是不恰当的。请退开吧，您吓坏她了。”

杰伊仿佛被蜇了一下，赶紧退到一旁。只见月光女侠把一头长长的黑发甩到身后，走到床边，在塔基扬身旁坐下来，伸出双手拥住了她。杰伊本以为塔基扬会像往常一样躲开，但她没有，而是叹着气，安心地靠在这个苗条的韩国女人怀里。杰伊明白了，尽管明知这就是马克，但眼前的娇躯散发着檀香和茉莉的芬芳，指尖的碰触又是那么温柔，带给塔基扬的只有轻松舒心，全无痛苦。杰伊突然替塔基扬后悔，为何不带上科迪一同前来。

“医生，您必须告诉我。”月光女侠开口，“您崩溃的时候我就在场，但我并未看到我们的船长对您有过身体攻击，所以我推断，他对您进行了精神攻击?”

塔基扬把头发拂到耳后，亚麻色的发丝与月光女侠的黑发彼此纠缠。杰伊想，自己从未见过如此美丽的强烈对比，一个乌黑，一个银白，简直就是两个活生生的象棋皇后。脑子里的绮念让他扭捏起来，只好把手插进宽大裤子的口袋，掩饰自己的窘迫。

“他举起一面镜子。”塔基扬的声音极低，月光女侠不得不弯下腰来倾听。

“我不明白，您说的是什么意思？”

“这是我们那儿的一个寓言，说是有个人，背信弃义，邪恶无比，于是祖先们聚集起来，诅咒他每一次照镜子时，看到的都是自己的灵魂，最后他疯了，仆人们在一堆镜子碎片中发现了他的尸体。扎博带着我进行了时空穿梭，我牵绊在过去和未来里，深深地为自己的自私感到羞愧，无法自拔。然后我意识到，我就是这个故事里的人。”

杰伊觉得自己的怒火又压不住了，说道：“扎博知道他没法碰触你的身体，要是你不给他可乘之机，他也不可能在情感和精神上伤害你。我们没时间任由你自怨自艾，你已经把梅多斯和我拖下水，银河系我们都已经飞了一半，你已经欠了我们人情。我们守护你，你也应该守护我们，把那些愚蠢的语言全教给我们，别让我们还要总担心你的精神世界。为了保护你现在迷人的小屁股，还要帮你找回原本瘦骨伶仃的屁股，已经够操心的了。”

“我父亲受伤的时候，扎博就在场，他把记忆注入了我的脑海。”塔基扬瞪着杰伊，“我仿佛能闻到他伤口流出的血液的腥甜，被高能激光武器灼伤的皮肉焦味，能听到那些尖叫，还能看到激光束在空中肆虐，到处都是爆炸，高楼大厦全部倒塌。”她眼神空茫，似乎注视着好几千里以外，杰伊不禁有些发毛。只听她接着说道：“当旺雅旺德的军队聚集到城下时，夏克兰带领伊卡赞的战士，从城墙爬下，进行反击。一个莫拉克勇士旋转着掉了下去，屁股都着火了。激光削开了我父亲的头骨，烤焦了他的脑浆。屋顶坍塌了，往下掉，掉了好久好久。到处都是尖叫。”她的声音似乎从很远的地方传来。

“你背负了太多，我知道。”杰伊说，“但我们得按轻重缓急一件件来，你现在为了已经发生的事懊恼悲痛，又有什么用呢？”

“我们只是陌生人，是过客。”月光女侠说，“我们对你们的文化一无所知，外交这一块只能靠你，而这需要你运用智慧。你要找到自己的重心，我们的任务是显示力量，我们能帮你打败敌人，但我们无法掌控你。”

月光女侠的冷静理智感染到了杰伊，而她那抚慰的拥抱也让颤抖不已的塔基扬渐渐恢复了平静。显然，现在塔基扬需要的不是粗暴的关爱。

“不要离开我。”塔基扬低声道。

月光女侠点点头，温柔地扶着她躺下来，双手依旧环绕着她，让她把头靠在自己肩上，黑发像张毯子盖住了她俩。杰伊觉得自己像个外人，于是退到一旁的桌子前，留给两位女士属于她们自己的空间。终于，塔基扬沉沉睡去，迎接新一轮的噩梦纠缠，月光女侠悄悄抽出手，离开了床边。

随后，月光女侠消失了，马克回来了。他凝视着塔基扬，摇了摇头。“1967 年，披头士推出了‘爱之夏季’，那一年就成了我们所有嬉皮士的‘爱之夏’，而那一年最后的日子里，我听说了很多类似的事例。毒品泛滥，到处都是催泪瓦斯和暴动，太沉重了，我能理解医生的感受，四十四年的痛苦折磨，太难以忍受。”他叹了口气，“我宁愿她哭出来，大哭一场发泄一通对她是好事。”

杰伊洗着扑克牌，答道：“我不知道，也许这是发泄的一种方式吧，反正塔基扬总是哭。”

“你认为这些都不值得掬一把同情泪吗？”马克指了指熟睡的女孩，她还是少女纤细的身形，肚腹却高高隆起，沉重不堪。她突然抽泣了一声，杰伊顿时觉得自己真是个蠢货。

梅多斯走到桌前坐下来，骨节分明的长手指托住下巴，严肃地看着杰伊。“情况只会更糟。”他轻轻地说。

“你以为我不知道吗？”杰伊嘟囔道。

马克又摇了摇头。“这不仅仅是什么宫廷阴谋、外星勇士，塔基扬的思想试图集中精神处理问题，但凯丽的身体却不堪重负。医生最终还是要靠他自己……呃，她自己，投入战斗。”

杰伊恼怒地瞪着他。“梅多斯，如果我有一天遇到了人生最低谷，你就想办法把我骂醒。”

“对于我们的来访，我想你应该很高兴，缇西安公主。”扎博说道，头也不回。

“把这些客套塞进你的屁眼里吧！”塔基扬回敬道。

杰伊惊得几乎要跌跟头，他从未想过塔基扬嘴里会吐出这样的话语，如此粗俗不堪，又如此像个……地球人，尤其从现在这样一个小女孩的嘴里说出来。显然，扎博也惊讶得很，只见他摇晃了两下，不情不愿地转过身，看着塔基扬得意的笑，紧紧皱起了眉。他俩的意念交锋，在这一回合塔基扬取得了极其微小的胜利，杰伊看出她十分享受这一刻。

杰伊终于第一次看到了舰桥，不禁好奇地四处观望。馁丝珐正带着五个人操控着仪表板、控制台和显示面板，看到她，杰伊露出了一个勉强至极的笑，勉为其难地挥了挥自己的小指头。

“这不是‘阿夫雷’舰桥。”塔基扬说。

“不是，这艘船是为……扎博船长的……尖端……哦不，手，和我们租来的身体伴侣量身打造的。”馁丝珐说。

“租来的？”杰伊怪叫起来，“你的意思是，你们其实不长这样？”

“对，在我们自己的世界，我们的身体伴侣有四只脚……呃，吃草，我们的手……”她虚握了几下手指，“非常笨拙。”

“他们从贸易大师那儿获得了这艘飞船，还有我这个能操控飞船的人，以及更适合他们探索征程的身体。”扎博说。

“他们要寻找什么？”梅多斯问。

“一个拥有便捷身体伴侣的星球，这样他们维安德才能建立真正的星际文化。他们有大脑，需要的就是有肌肉的身体。”扎博说着，突然抬高了头，拙劣地模仿人类灵光一闪的模样，“我突然想到，地球就是完美的选择。”

杰伊顿时紧张起来，僵硬地往前迈了一步。塔基扬快速在他肩头按了一下，于是他又恢复了理智，回到用下半身思考的状态。

“哦，那就是说，‘网络’都是些奴隶贩子？”梅多斯说道，声音里隐约有一丝悲伤。

他应该觉得有点绝望吧，杰伊想，发现宇宙里所有的外星人都是混蛋。

扎博耸耸肩。“他们是经商生物，在他们的文化里，利润是最大的动力。”

说完，他碰了碰仪表板，飞船外壳上的摄像机在屏幕上投射出塔基斯的影像。如果说地球像颗绿宝石，交织着海绿和洁白，那么塔基斯就像颗欧泊，两极覆盖着厚厚的洁白冰层，海洋闪烁着蔚蓝和碧绿，天空飘浮着绚烂的云彩，呈现出一派色彩的盛宴。

“这就是塔基斯？真的吗？”马克屏住了呼吸。

“是的，爬地人。把图像再放大三倍。我们现在离它还有一百万公里。”扎博答道。

听到这真的是塔基斯后，杰伊立即全神贯注地盯着屏幕。图像非常清晰，五彩斑斓的云层环绕着赤道，它看起来就像天文馆的行星图，平板、毫无生气又引人遐想，而实际上，云层之下生活着无数塔基斯人。

“还有多远？”远行队长问。

“从哪儿？你以什么为参照物？”扎博略带不屑地反问，杰伊又想给他来一拳了。

“太阳。”远行队长答。

“二十三光年，情况不同，数据会有些变化。”扎博朝杰伊抛出一个微笑，杰伊突然发现，他原来如此英俊。狗娘养的。杰伊不禁在心里咒骂了一句。“阿克罗伊德先生想说出来的话，真是十分有趣的地球人类语言，我很喜欢。”

“我还知道很多，比如‘亲我的屁股’‘去你的’，不过你不会留下来让我多教你一些的，真是遗憾。”

扎博坐在一台电脑前，输入了一串数码。飞船每次发动、刹停、调整航线时，他们的脚底都会感到一阵柔和的压力。漆黑如墨的太空里，塔基斯仿佛一颗绚丽的水晶球，飘浮在他们前方。

一轮大大的月亮羞答答地出现在视野里，好似一个偷偷从门缝往里张望的小孩。当他们从下方经过那坑坑洼洼的表面时，杰伊看到了穹隆形的屋顶，环抱着低矮的山脚，像一大群肥皂泡，从某个孩子的浴缸里挣脱出来，自己跑到了粗糙的星球表面。

杰伊用下巴指了指这个月亮形状的东西，问道：“伊卡赞？”

“不，”塔齐恩答道，“艾拉。”

“他们是谁？”马克问。

“敌人。”扎博简洁地答道。

“塔基斯人彼此不能当朋友吗？”

“不能。”塔基扬简单地答道，未再作任何解释。

杰伊突然觉得有点恶心。

他们经过了弯曲的地平线边缘，再一次被太空无尽的黑暗包围。塔基斯更近了，此时视线里又出现了一颗月球，比上一颗略小，也更像卫星，绕着中心的大行星不停旋转，活像灵缇犬奔跑在主人身侧。行星四周环绕着无数闪烁的光点，杰伊皱着眉，想看清楚这些光点究竟是什么。

他想满足自己的好奇心，又怕这样显得很傻，正犹豫着，马克率先问了出来：“这些是什么？”

塔基扬似乎还没搞清楚他要问什么，于是杰伊指着那些光点说道：“那，就那些，像是什么人丢了一串圣诞树装饰灯。”

“那是太阳光反射在平台、卫星和武器上的光。”

塔基扬的语气干巴巴的，听起来不像是斥责他俩，更像是不知如何表达。她眼也不眨地瞪着屏幕，杰伊真想知道，她那颗小小的脑袋里在想什么，而马克再一次问出了杰伊的心中所想。

他摊开手掌，握成拳，对塔基扬说：“挑一个情绪。”

塔基扬仔细地看着马克的手背，手背上鼓着青筋，还有些许老人斑。她伸出手，轻轻地碰了碰他的左手。杰伊注意到，她的指甲按法式美甲那样修剪得整整齐齐，很奇怪自己以前居然没注意到，也很奇怪塔基扬会对这具“借”来的身体如此上心，不禁细细分析起塔基扬的性格，很快就明白了。

“你真是个混蛋啊。”杰伊嘟嘟囔囔地骂了自己一句。

马克把手摊开，塔基扬拂过他柔软的掌心，羽毛般轻柔。“快乐。”她顿了顿，接着说道：“多年前我抛下所有离开时，以为自己能在几周内回来，后来以为我永远不会再回来了，而现在……”她停下了。

马克又摊开另一只手掌。“看看这个。”

塔基扬再一次轻轻拂了拂他的掌心。“恐惧……因为现在我害怕，我怕我再也没办法回到地球上的家。”她脸上浮起一个扭曲的笑。

“我们会带你回去的，医生。”

控制台传来一阵敲击键盘声，杰伊转头，正看到扎博把一副通信耳机戴在耀眼的金发上，对着麦克风用沙马尔开始说话：“这是‘网络’……92757 号想……”后面的话杰伊就再也听不懂了。

对一门语言有所了解，却什么也听不懂，真是沮丧极了。你希望听懂，并且觉得自己应该听懂，最后却发现什么也没听懂。杰伊大概三个词里面听懂一个词，这感觉简直令他发狂，于是他走到塔基扬身旁，拍了拍她的肩。塔基扬像只被烫伤的猫似的跳起来，愣愣地注视着他，仿佛在努力回想他是谁。

“嗨，翻译一下。”

塔基斯人在公共频道广播都会有个主题，塔基扬听了一会儿，摇头道：“不过是典型的着陆协定罢了。”

“我想听听。”

塔基扬耸耸肩。“好吧，翻译给你——‘网络’语我也不懂，我猜是这艘飞船的名字——你们可以停靠在二十三号机库。”

扎博又发出一串颤声，塔基扬用英语复述了出来：“将计算机控制转移到电台信标。”

站台传来更多唱歌般的话语，塔基扬咯咯笑了几下，翻译道：“你的口音勉强能听懂。船主，恭喜你。”

扎博怒目而视，一串滑音似的话语从嘴里接连蹦出来。“我的话绝不仅仅是能听懂，你这个没教养的混蛋，怎么做外交的？”

杰伊这时明白了，塔基扬方才的最后一句话是自己加的，讥讽扎博的社交技巧，很显然取得了良好效果，扎博对她怒目而视。

“从我的舰桥上滚出去。”扎博命令道，可塔基扬不予理会。

突然，他像风流贵妇看到纯情少男那样欢喜无比。“快听！”

杰伊凝神细听，马克也屏住呼吸，努力听着。杰伊听到了自己的呼吸，以及设备的嗡鸣。

“什么？”他悄声问，“我在听什么？”

“飞船……在唱歌……在讲故事……列祖列宗啊，我是真的回家了！”塔基扬的话语里满是掩饰不住的欢欣，但很快就黯然了，像一株蔫了的小麦。杰伊伸出胳膊，环住她，直到她重新打起精神。塔基扬伸出大拇指，沿着发际线画了一圈，动作却依然令人不安。这是塔基斯的手势，类似地球人的点头致谢。接着，她赶紧挣开了杰伊的怀抱。

飞船改变了方向，循着塔基斯站台发来的数据前行。站台从屏幕下方滑入了他们的视野，杰伊知道在太空里，“上”和“下”的概念都是相对的，移动的是飞船，而不是站台，哦不，站台也在移动，绕着星球移动，这真是让人迷惑。它像是能咬噬攻击的下颌，张开了深不见底的巨嘴，等着前方的银色小鲦鱼自己游进去。当看清它的内部构造时，这种形象就更鲜明了，里面没有一个直角，或者锋利的边缘、闪光的金属什么的，所有东西都像是自己长出来的，而不是焊接上去的。

“这不是一艘生长过度的飞船吧？”远行队长问道。

“不是，每艘飞船都是独立的、有感情、有知觉的生物，虽然我们大幅度修改了他们的基因，不过用的是最顶级的纳米技术。”塔基扬飞速地露出个海豚般的微笑，“我们是培育师，不是机械师。”

“你们每个家族都有一只船母吗？”杰伊问。

“是的，不过没这么大。”

“这不是伊卡赞的？”马克问。

“不，这是合约站，主要充当‘网络’的缓冲区，我们也用来进行家族间的交易。”塔基扬又笑了笑，“我们不喜欢自己的草坪上有来访者。”

杰伊颇有逻辑地问道：“那我们呢？”

“我已经收养了远行队长，这意味着他是我的家人。”

“而你是受到了邀请。”扎博插了一句，伸伸懒腰，站起身，步伐优雅地向他们走来，杰伊不禁想到了中央公园动物园里的白老虎，“唯一的绝对禁令，是针对‘网络’的任何种族。”

“以及任何发誓效忠‘网络’的个人。”塔基扬补充道，与她的表兄交换了一个眼神，杰伊觉得很多言外之意就在这眼神里了。

“你对‘网络’的这些家伙还真是了解。”杰伊说。

“我们对他们的鄙视，仅次于对‘异群’的厌恶。”扎博慢吞吞地说。

“而你是唯一与他们都打过交道的塔基斯人。”塔基扬说，语调里满是甜蜜的敌意。

扎博回以微笑。“我是一个传奇人物。”闻言，塔基扬蓦地像狐狸似的大笑起来，把杰伊吓了一跳。

远行队长皱眉道：“我们会遇到一些旺雅旺德家族的人吗?”

塔基扬沉思片刻。“很有可能。”

“这会是个问题吗?”

“合约意味着和平和金钱。这是唯一一个地方，各大宗族可以在任何时候一同前来，和平商谈，进行交易，不会有任何威胁暴力。保险联盟掌控着每个宗族上缴的合约金，一旦有家族破坏和平，就将面临破产。”

“我们很暴力，同时也很实际。”扎博补充道。

制动器发动了，飞船摇晃了两下，落到停泊场上。塔基扬一时站立不稳，扎博伸出手想扶住她，但她快速躲开了，于是扎博在碰到她之前就立即收回了手。杰伊十分高兴，他们很快就要告别扎博了。

梅多斯忧虑地看看眼前两个塔基斯人的闹剧，然后转向杰伊，喊道：“杰伊，我们成功了！我们做到了！我们到了另一个星球!”

“是啊，真是太棒了!”

♥♦♣♠

第十七章

塔基扬站在飞船斜梯下，只觉愁闷犹如雪片融化在屋檐，顷刻间就烟消云散了。脚下的土地并不十分坚实，头顶的天空也并不如何开阔，但她已下了飞船，远离了——他。她回头看着扎博，女王般昂起了头。“谢谢你的服务。”

“乐意之至。”

塔基扬领着杰伊和马克朝停泊场门走去，扎博的脚步不紧不慢地在身后响起。她警觉地回过身，看到馁丝珐带着她的子民蜂拥而出，用他们的语言彼此交谈着。

“扎博，你已经完成你的任务，把我送到塔基斯了，现在请离开吧。”

“这是合约站，我想买顶新帽子，再说了，你还没到家。”

“你这是什么意思?”

他耸耸肩。“还有，我那些快乐的爬地人要下船来个远足，我得照看他们。”他用下巴指了指那群叽叽喳喳的维安德。

塔基扬咬紧牙关，压下愤怒，重新迈着蹒跚的步子向门口走去。他们现在身处合约空间站的边缘，四周空空荡荡，偶有维修车和自动装运机经过，还有几个机械师，有生物人，也有机器人。塔基扬不想步行到中央枢纽，也厌烦扎博和他那群跟班走在自己身后，于是走上步行道，伸出手按在墙上，墙面立即出现了五颜六色的线条，精细地勾勒出空间站的构造。塔基扬选定一条线路，上了传送带。传送带托着他们缓缓移动，速度比步行略慢，扎博经过他们时，回头向她招了招手，维安德们看看扎博的手势，互相瞅了瞅，也有样学样地朝他们挥了挥手。

十五分钟后，他们来到了空间站的中心。中央枢纽糅合了哥特大教堂的庄严华美，纽约证券交易所的张扬恣意，以及罗迪欧大道的奢靡尊贵。墙壁向上弯曲，逐渐变细，最后缩成一点，悬在头顶上方一百英尺处。肋骨般的构造材料发出五颜六色的柔和光芒，照在过往人群身上，他们有的在玻璃地板上徜徉漫步，有的在光怪陆离的建筑里进进出出，有的在雕刻精美的喷泉旁驻足问候，还有的在小餐馆里享用晚餐，饱览眼前集合了上百个世界精华的建筑奇景。

两名维安德端着装得满满的盘子走到桌旁，馁丝珐和几名船员在附近的枪械贩卖店外溜达，欣赏橱窗上挂着的精美枪支，扎博倒是没撒谎，走进了一家帽子店，为自己形状优美的脑袋挑了顶帽尾长长，花枝招展的帽子。看到塔基扬，他摘下帽子，深深地鞠了一躬，动作夸张，倒不如说是故意讽刺。

到处都是塔基斯人，既有塔以基也有扎尔玛伊尔戈。塔基扬看着他们，越来越心惊。自己离开了几乎五十年，这里的时尚已步入了另一个极端。大部分衣着依然层层叠叠，饰满蕾丝，但年轻人却穿得像短道速滑选手，紧身的氨纶布料勾勒出身体的每一处弧度，一件式连体衣上泼洒了各种色彩，令人眼花缭乱。生物科技赋予了布料特殊功能，能为皮肤带来轻微电流，衣服上的颜色还能随主人的心情思绪变幻不停。发型也大不一样了，原本时兴长卷发，而现在他们的脑袋都光溜溜的，上面顶着一团桃子形状的杂毛，有的还系着长飘带，只要没打结，就笔直地飘在身后。塔基扬悲哀地发现，自己原本身体上那天然弯曲的前额卷发，现在已经过时，如今这副“借”来的身躯倒还比较符合当下的流行——如果不是个女性，并且还怀着孕的话。

“真不错。”杰伊说，“要是再多一点芭比娃娃穿着这样的彩绘紧身衣，就更棒了。”

“我们……看起来……有点怪，兄弟。”远行队长压低嗓子说道。

一股浓烈的辣味钻进塔基扬的鼻孔，她顿时停住脚步，闭上了双眼，回忆潮水般汹涌而至，马克的忧虑和警觉瞬间变得无足轻重了。

“你还好吗？”杰伊问。

“细切蛋糕。”塔基扬说，咽了咽口水。

“是啊，闻起来真香，有钱的话我们也买一点。”

塔基扬没理会他，继续说道：“我那时十岁，或者十一岁。姐姐娅德兰和我偷偷溜进厨房，做了细切蛋糕，香味惊醒了父亲，本以为他会狠狠惩罚我们，但他只是哈哈大笑，还给我们做了热乎乎的‘伊卡达’[①]。我们边吃边聊，直到天明。”她垂下头，轻轻抚了抚自己的胃，“自那以后，我再也没见过娅德兰。”

“为什么你总是陷入悲伤，快乐不起来？”杰伊咆哮道。

“朋友们，我们现在处境真的不太妙。”远行队长焦急地说。

塔基扬回过神，茫然地注视着走在前方的塔基斯人。他们共有七人，排成扇形，围在塔基扬他们的一臂开外处，明显充满了敌意。其中一个向前迈了一步，他的太阳穴两旁垂着长长的发辫，白金色的发丝上穿着珠子，剩下的头发纠结缠绕，堆积在肩头。他是个艾拉宗族的贵族，而此刻所有迹象都表明，他正处于全神戒备的状态。

“‘茵塔耶[②]’，你需要帮助吗？”

塔基扬困惑不已，答道：“不需要。”

男人紧盯着她，“你是宗族成员吗？”

有那么一瞬，她仿佛回到了从前。她当然是宗族成员，而且来自这个水晶世界最伟大显赫的宗族。不过庆幸的是，谨慎压倒了骄傲，

---

① ikadah，伊卡达，一种塔基斯的甜味热饮，类似地球上的热巧克力。

② Intaye，茵塔耶，对“至纯者”女性的称呼。

她十分清楚，没必要告诉陌生人伊卡赞的继承人回来了，然后她也明白是怎么回事了。这些人既不关心她的高贵出身，也不关心她的任务，而是因为他们三个的组合怪异极了，即使在塔以基也极为少见，更别提扎尔玛伊尔戈了。但现下这副身躯非常美丽优雅，又让他们感到疑惑，所以前来询问她的地位。

在塔基斯，占据人口97%的普通阶层从事工农业，供养优雅的、拥有精神感应能力的顶层阶级。塔基扬估量了一下自己的两位圣骑士，觉得只有杰伊能冒充塔以基这些普罗大众中的一员。

于是她羞涩地躲到了杰伊身后。“不是的，大人。”

对方对她的兴趣顿时消失得无影无踪，把注意力转向了马克，他鹤立鸡群般俯视着身周的塔基斯人。“看在灵神的分上，你是什么?”艾拉宗族的贵族男子发话了。

马克做了个和平的手势，说道：“来自地球，地球人，完全出于和平的意愿。”

杰伊侧身对塔基扬悄悄说道：“他会全部说出来的，我就知道。”

“比如，带我们去见你们的领导人。”

“啊，果然。”杰伊摇摇头。

塔基斯人彼此交换了一个困惑的眼神，塔基扬却露出了微笑，犹如云层罅隙间露出了阳光。至纯者，也就是扎尔玛伊尔戈，不喜欢他们听不懂的玩笑，更讨厌自己成为玩笑的主角。不出所料，他们脸色阴沉地走开了。

“梅多斯，你真是个疯子。”杰伊又摇起头来。“我早该想到的。”马克不好意思地说。

“我们去找台电话，我要联系家里。”

“电话?”杰伊大惑不解。

塔基扬像赶苍蝇似的拍了拍手，杰伊僵硬地站在原地。“好吧，联络台。”

塔基扬十指如飞，敲下了另一组数字，但联络台仍是一片死寂，接着一串红色字母亮起。提示她要么出示自己的信用水晶，要么输入正确的账户数字。

“或许他们改了我的进入码。”塔基扬斜靠在墙上，不安地咬着唇。

他们三个挤在联络亭里，里面只有一架键盘和一台内嵌式电脑。

“说不定你已经没有账户了。”杰伊推测说，“毕竟已经过去了四十年。”

“那是我的钱。”

“是的是的，但他们可能以为你不再需要它了。”

马克提议道：“接听人付费电话，他们会接吗？”

“是你，你会吗？”杰伊反驳道。

“不会。”马克答道，思考了一会儿，“我们可以在附近溜达，看能不能找到伊卡赞宗族的人。”

话还没说完，塔基扬就开始摇头。“安排在这里的年轻人通常有自己的工作，而且就算我用自己原本的形态出现，这些孩子也未必认识，更别提我现在这副模样。我得找个人，能辨别我的意念信号。”

杰伊透过门缝向外张望。“塔基斯有乞丐吗？”

塔基扬不理他，又输入另一组数字。突然，一只手越过她的肩膀，把一块黑色的水晶放到键盘上，很快，银红交织的光芒犹如几道慢腾腾的闪电，蜿蜒爬过了水晶表面。

“请允许我为你服务，我的表妹。”扎博懒洋洋的声音响起。

塔基扬冷冷地抓起水晶，丢到支架上。“还是祈祷没人抢走你的财产吧。”

扎博微笑道：“没人敢的，像我这种情况，宗族成员知道我会回来的。”

屏幕闪了两下，又暗下来。塔基扬输入联络终点，只见屏幕上闪过一行字：司令官，伊卡赞指挥台。

紧接着，屏幕上出现一个六英尺高的塔基斯人，穿着金白相间的伊卡赞制服，面容跟扎博有几分相似，跟塔基扬原本的模样也有点像。

“巴扎卡拉·布兰特·卡兹·泽克·纳贾扎萨克·米姆贾尔！血脉氏族，吾之至宝。”

男子的全息影像礼貌地微笑，但神情警觉而困惑。“茵塔耶，我们认识吗?”

扎博凑过来，轻轻地把手放在塔基扬肩头。“你肯定认识我，巴兹[1]。”

塔基扬几乎是本能地咬着牙，拂开了扎博的手。

巴扎卡拉也几乎是本能地高兴起来，看到旧日的长官，他开心地喊道：“扎博！我们还以为您牺牲了!”

“你们以为缇西也死了。”扎博微笑着看了看塔基扬，说道：“他，或者说，她，也在这，跟以往一样，又遇到麻烦事了。”

“您在开玩笑吗？这个少女是继承人?”

“是的。”

看着巴扎卡拉满脸的疑虑，塔基扬灰色眼睛黯淡了下去，皱眉瞪着扎博。“你为什么要这么做？我觉得你巴不得毁了我的机会。”

“不，亲爱的表妹，总得有人回家，领导我们的族人。”

“那您知道了。”巴扎卡拉说道。

“知道什么?”塔基扬问。

可巴扎卡拉的思绪已飘到了别处，他撇撇嘴，皱眉看着空气，说道：“我得向塔伊请示，缇西，如果真的是你，你在最后一刻终于戏

---

① 巴扎卡拉的昵称。

剧般地出现了。”

塔基扬拍着桌子。“我家和我的宗族发生了什么?”

“不要在公共联络台说这些。”扎博警告说，“看来你跟爬地人们待得太久了。”

一秒钟后，全息影像台上又出现了另一个人影。他的衣着更为精美，服饰比杰伊、马克加起来还要繁复华丽，脸庞棱角分明，两鬓斑白，一缕银发从额前的发尖越过头顶，垂向脑后。

“啊，终于看到个老头儿了。”杰伊说道，“他可真像一只老年臭鼬。”马克闻言，赶紧用手肘推了推他。

塔伊审视着扎博英俊傲慢的脸，薄唇勾出一丝讥讽的笑意，然后疲倦地抚着额头，说：“根据我以往的经验，扎博·布兰特·萨拜娜·泽克·沙扎·泽克·雷萨拉，不管你在哪儿，都能惹出一堆麻烦，这次又是什么?”

“这个联络台够安全吗?”扎博问。

“当然，毫无疑问，世界联络台十分混乱，等他们意识到这种混乱并非技术故障，而是有人有意为之时，我们已经处理完事情了，不管是什么事情。”

“缇西安和她的两个仆从需要一艘班船。”

“真是妙极了!”简单几个字，鄙夷之情却溢于言表，连扎博也不禁涨红了脸，“你是喝醉了还是疯了?”

现在轮到塔基扬说话了，不管是震惊的还是好笑的，她都害怕面对他的目光。她深吸一口气，说道：“他没疯，舅舅。我是缇西安，我需要您的帮助。有天晚上，我无视父亲的绝对禁令，在城里嫖宿，最后父亲下令封锁了整栋楼，是您抓住我把我带回去的。现在的情况比那时还要糟糕。”

眼前的老人似乎陡然坍了下去。“祖宗啊！这不可能!”

塔基扬热切地向前走了一步。“是我！我还可以告诉您更多，有关您的姐姐，也就是我的母亲……的死。那时我还在她的怀里嬉闹，而她身体如此冰冷……”

“够了！巴兹！把这些……旅客带到这儿来，现在！”

“是，长官。”

“仔细盘问，明白吗?”

“明白，长官。”

“他相信你了?”马克问。

“他不知道该相信什么。”塔基扬答道，带着他们一起走到停泊场外等着，“任何优秀的读心者都能从真正的塔基扬头脑里读到这些记忆。”

“扎博已经证明了你的身份。”

“依据我们的宗族传统，扎博那样与其说在帮我，不如说在害我。自我父亲……受伤后，塔伊就相当于我们宗族的摄政王，保护着我的王位，直到我回来，绝不许扎博染指。”塔基扬叹道，她的背剧痛起来，胃里也不停翻腾，“用不了多久，巴兹就会发现扎博成了‘网络’的舰长。”

“所以我们现在就处于‘你已经停止殴打你妻子了吗[①]’的境地?”杰伊说。

“没那么糟糕，一旦重回我原本的身体，我就能重建威信。”

“是吗?”杰伊尖刻地问。塔基扬揉了揉太阳穴。“呃……是的。”

① “have you stopped beating your wife yet?”（“你已经停止殴打你妻子了吗?”）来自一则小故事：在一次法庭辩论中，一方律师总是盛气凌人地恐吓对方证人，要求对方只用“是”或“不是”来回答，于是对方进行了温和反击，要求他回答“Have you stopped beating your wife yet?”此后，这个句子就被用来指代无法简单下定论的问题，文中此处比喻塔基扬面临的复杂情形。

杰伊不安地转过身，双手插进裤袋。“有些塔基斯人，对经过塔基斯星球的任何事物，都会无差别攻击。”

“你为什么会这样想?”

杰伊只是点了点额角。这时扎博、馁丝珐和几名维安德走了过来。

“我来跟你告别。”扎博说，好像塔基扬问了他来干什么似的。

“那再好不过。”

“而我来告诉你……再见。”馁丝珐朝杰伊眨了眨眼。

杰伊的眼睛警觉地瞪大了，喉结紧张地上下滚动，终于挤出一句话：“太好了。”说完赶紧躲到了马克身后。

塔基扬转过身，注视着空中闸门横梁上的灯光，琥珀色的灯光投射出复杂的形状。一个柔和的声音用塔基斯语发出警示，告诉他们一艘飞船正在降落，在着陆完全完成之前，出于安全考虑，请他们不要打开里面的门。随着一阵钟琴奏鸣般的柔和铃声，灯光变成了蓝色。

闸门旋转着打开，巴扎卡拉在五名士兵的护卫下走了进来，士兵很快在他身后呈扇形散开。尽管武器都还在皮套里，但没人出声，空气中充满了剑拔弩张的气氛。见两个塔基斯人尊敬地看着扎博，塔基扬心里十分清楚，扎博只不过离开了五年，而自己离开了五十年，如今还有谁记得缇西安呢?

巴兹注视着她，大部分注意力都在她如今的身体形态上。塔基扬窘迫极了，觉得自己就像一艘飞艇那样笨拙不堪。于是她往前走了一步，快速扫过前额。“读吧。”

接着她感到一阵轻柔的探索，犹如羽毛拂过指尖。很快这种感觉就消失了，与此同时巴兹朝她走近一步，说道：“燃烧天啊！真的是你!”

然后他就不知说什么了。现在有这么多优秀的读心者在场，塔基扬觉得自己微弱的力量也提高了不少，能听到环绕在身周的私语和他们内心的思绪。巴扎卡拉陷入了完全的迷惑，正竭力理清头绪，搞清楚究竟发生了什么。

最后，他晃晃头，努力克制自己的热切，说道："的确是我们血脉的继承人，你终于归来了。"

"带我回家，巴兹，稍后我跟你详细解释。"

"如果能说得清的话。"扎博愉快地在一旁说道。

巴兹的神色顿时委顿了下来，蓝眼睛里交织着悔恨和鄙夷。他看向扎博。"您知道，大人……"

"我是个没有血统、无足轻重的私生子，永远不能再回来，我知道。"扎博走到塔基扬身旁，抬起她的一只手，"再见了，缇西。希望你一切平安，要么顺利回到你自己的身体里，要么顺利成为一名母亲。"

说完，他弯腰给了塔基扬两个亲人之间的吻，一个落在前额，一个落在唇上。塔基扬拼命挣开他的拥抱，全身都在这样的碰触下泛起了战栗，胃也紧缩成一团。最后，她伸出手背，擦了擦嘴唇。

士兵紧紧围在巴兹和塔基扬一行的身后，迅速穿过闸门。塔基扬发现，没人回头看维安德一眼，现在自己终于回家了，可心情依然沉重低落。

这是艘轻便的小型乘客接送飞船，由于在培育过程中都是重复一样的无聊工作，它没有宝宝——塔基扬被偷走的飞船那样的智慧和魅力，不过它的思想还是令人愉悦的，看到塔基扬他们进来，又生出几把座椅供他们乘坐。

坐好后，飞船起飞了。塔基扬瘫在椅子里，努力保持清醒，不断在脑海里构思接下来的计划，尽量屏蔽了艾尔娜，克制自己不去遐想腹内宝宝的眼睛会是什么颜色。

当闸门关上时，扎博觉得自己的心脏仿佛被人狠狠攥住了，这种感觉很陌生，但思乡之情和被遗弃的孤寂失落全部涌上了心头。他努力驱散消沉，开始计时。已经很远了，但还不够，他想着，自己接下来要做的事太过疯狂，但不管成功与否，他都将脱离“网络”的掌控，回到自己的家。

扎博大口呼吸几下，让肺里装满空气，接着掏出武器，击开闸锁。顿时警铃大作，被打开的裂缝分泌出物质，空间站开始了自我疗伤。扎博没空理会这些，他用力踹开门，像运动员蹲在起跑线上那样蓄势待发，然后飞速冲过停靠场。身周的空气似乎都燃烧了起来，但还是不够，他需要足够的惯性，而此时，外层闸锁已经缓缓关上了。

扎博打破停靠场的边缘，跳了下去，陡然的失重让他的胃翻江倒海，他拼命注视着接送飞船粗糙的灰色外壳，借此平复晕眩恶心之感。他算了算自己和接送船顶部的距离，但得出的结果却不乐观。

塔基扬被飞船的摇晃惊醒。

主人，平台发生了爆炸，受到了损坏，我需要重新配对吗？

不用了，把情况显示出来。

飞船贴心地显示出停靠场的画面，它正变得越来越远，原先闸锁的位置已经变成了一个锯齿状的大洞。然后，塔基扬看到了那个穿着“网络”便服的微小身影，跟在飞船后缓缓下坠。塔基扬立即站了起来。

“天哪！”杰伊倒吸了一口凉气，“他不可能做到的。”

“不一定。”马克说，“惯性能把他带过来，只要他能憋气得够长。”

维安德开火了，举着新买来的武器四处疯狂扫射。高能激光束切开了停靠场，光爪撕裂了空中的纤维，但离扎博还是太远了。

“可恶的泥地爬虫！居然敢攻击我的飞船！还是在塔基斯的地盘上！开火！回击！”巴兹下令。

飞船射出了无数激光柱，一名维安德倒了下去，小袋狂乱地抖动，蠕虫纷纷爬了出来。紧接着，扎博砰的一声，落到了飞船一侧。

塔基扬攥住巴兹的胳膊。“千万别让他进来！”

但来不及了。她“听”到扎博先发制人，对飞船下了命令，飞船默许了。巴兹的神情变幻不定，一时是对扎博的钦佩，一时是对塔基扬的服从。就在他犹豫不决时，已经来不及再对飞船下令，内舱门像花朵一样展开，扎博跌跌撞撞地冲进来，扑倒在地。

巴兹用意念下了命令，飞船像受惊的猫一样弹了起来。塔基扬沉重的腹部拖着她往前栽倒，她赶紧往后踉跄几步。椅子抓住她的膝盖弯，让她重新坐了上去。

“我才是血脉继承人，我已经回来了。”塔基扬尖锐地说，“你们必须重新全部效忠我。”

巴兹没来得及理会她，事实上没人理会她。马克走到昏迷过去的扎博身旁，把他翻了过来，巴兹拿来了急救工具，而杰伊既茫然又好奇地注视着这一切，似乎她尖厉的女声对他们不起丝毫作用，她的话也没有丝毫意义。

塔基扬站起身，走到扎博身旁，居高临下地俯视他。他的脸因毛细血管的爆裂而一片通红，血从耳朵和鼻子里缓缓流出。塔基扬的心里百感交集，恨、爱、恐惧，还有孩提时期对他的崇拜和景仰，一时间纷至沓来。她仍是个塔基斯人，即使在异世界待了四十年，这点也不会有任何改变，塔基斯仍会接纳她，这是塔基斯最根本的“德力”。而对于一个灵主来说，不能轰轰烈烈地胜，就要轰轰烈烈地败，因为只要他的行为造成了影响，其结果都是一样。扎博的事迹很快就会传遍伊卡赞，塔基扬的所有心血成果都成了泡影，她将以一个受害者的身份回去，而扎博，将成为英雄。

巴兹给扎博注射了一管针剂，专门用于此类事故，不过一般情况下都是在航天服发生故障时使用。药物能通过血液循环更有效地传输氧气，很快就起作用了，只见扎博抽搐两下后，开始大口大口地吸气。

又过了一分钟，扎博猛地睁开眼，似乎有一瞬的茫然困惑，然后大声说：“‘网络’和我之间的贸易关系终止了。”

“一句‘我退出’就可以终止？”杰伊咕哝道，“这也太武断了。”

“但除了逃跑，还有别的办法能终止终身合同吗？”远行队长低声说。

巴兹扶着扎博在椅子上坐下，塔基扬一把揪住扎博穿着的“网络”制服衣领，把他拽到眼前，彼此的鼻尖几乎都碰到了一起。

“我的罪责是把一个‘网络’成员带了过来。”塔基扬咬牙切齿，仔细斟酌自己的话语，一字一句地说道，“而你的逃逸让事件更加复杂，除非把你的尸体交出去，否则他们绝不会善罢甘休，离开这里！”

扎博的手指插进她的发丝，把她拉得更近了一点。“你大可以试试，我的表妹。”

♥♦♣♠

第十八章

老嬉皮士梅多斯念叨个不停，就像科学家卡尔·萨根吃多了安眠药，什么相对质量、椭圆轨道、低密度、贫金属星等等一连串术语，好似科学海洋里迷失了方向的小船，一股脑地从嘴里喷出来，可惜杰伊一个字也听不懂，他只想打开飞船舷窗（或者叫作别的什么），看看外面的风景。

杰伊想到了少年时代在百老汇街头看到的观光车，不过飞船显然要高级多了。他很喜欢坐火车，要是父亲买到了卧铺票就更棒了，那样就可以躺在上铺，随着列车前进的节奏摇摇晃晃，聆听车轮发出的单调咣啷声。有时火车经过某个小镇，灯光会突然划过黑漆漆的车窗，杰伊总是好奇地遐想，镇上居民的生活与自己有什么不同。现在，好奇心把他带到了更远的地方，比去看望芝加哥百老汇的祖母还要远得多。

只不过，这趟旅途的终点可没有什么圣代冰淇淋，陪在自己身边的，只有马克和塔基扬。马克的存在让他打心眼里确定了一件事，那就是：书呆子都蠢得要命。而塔基扬，总是一脸失落地瞪着窗外，眼神空茫，那模样简直要把他逼疯。除此以外就是那两名男模，不停地絮叨，像两只鸽子在电话里叽叽咕咕个不停。

杰伊回身看着塔基扬，仔细打量她那精致美丽的轮廓，琢磨她到底有没有计划突破难关顺利回家。很明显，从扎博冲进飞船的那一刻起，巴兹的忠心就立刻转向了他。或许那个叫塔伊的家伙能帮上点忙，杰伊心想，他比较喜欢这个老家伙的模样。

“地壳构造的压力和活动真是令人叹服，将板块推到了垂直的位置。”

杰伊转头瞪着梅多斯。“如果你是想说，这里的山真高，那你说对了，这儿的山的确很高。”

梅多斯浓密睫毛后的淡蓝色眼珠飞快地扑闪了几下，杰伊不禁觉得自己是踢了一只小奶狗。

“我只是想知道，行星怎么发展的，以及它的发展如何影响了文明。”梅多斯说道。

“可我只想看看风景，如果有个人可以分享就更棒了。比如，我说：‘哇，快看那些山，好高啊！’你最好说：‘是啊，真高，看那边的冰山，简直奇迹！’然后我再说：‘太阳照在冰上还有彩虹呢！太美了！’”

“我明白你的意思了。”马克清清喉咙，突出的喉结像鱼线上的梭子，上下滚了几滚，说道：“兄弟，这些山真的很美。”

杰伊叹口气，继续欣赏窗外的风景。《国家地理》一定很希望能来塔基斯，拍摄第一手资料照片，就像拍摄阿尔卑斯山和喜马拉雅山那样，最大程度展现它们的美。冰封雪飘的山峰高耸入云，犹如只只巨爪，伸向飘浮的小小飞船。有时洁白的云层突然散开，露出下方青翠葱茏的山谷，而另一些山谷里，静卧着安宁的湖泊，山峰连绵千里，一直延伸到湖中，牢牢立在静谧幽深的湖水里。湖面倒映着天空和山峦，一派令人心醉神迷的幽蓝。

渐渐地有了人烟迹象，房屋坐落在怪石嶙峋的岩层上，摇摇欲坠，瓦舍农屋在山峰和山谷间连成一片，缆车来来回回穿梭不停。现在，飞船掠过了最后一座山峰，飞向群山环绕的谷地。

马克兴奋地扑到窗边。“火山口！说不定还是古老火山喷发的遗址……”他突然停下，抱歉地瞥了杰伊一眼，“对不起。”

杰伊对地理毫无兴趣。眼前的城市犹如一只八哥鸟，栖息在群山的怀抱中。最引人注目的是那些高塔，它们形状各异，有圆的、尖的、穹隆形的，还有的像吹制玻璃那样奇形怪状，颜色斑斓绚丽，奇光异彩竞相争妍。杰伊不知道究竟是人为粉刷成了这样，还是石头本身就这么奇特。新旧建筑界限分明，尽管式样大同小异，但新建筑的玻璃明显多得多。

塔基扬终于有了一丝反应，她发出了打嗝似的声音，听上去十分滑稽，但杰伊不知道她现在是悲伤还是欢喜。“音乐中心，没有了。”她用英语说道，杰伊知道她自己都没觉察到这一点，而如果她意识到了，会更难过的。

扎博露出微笑，杰伊知道他的笑根本不是因为高兴，恰恰相反，是想到了难过不快的事，而这些事的根源通常都是塔基扬。

只听他用口音浓重的英语说道：“恐怕这是旺雅旺德袭击的结果。”

“他们居然袭击了这座城市?”塔基扬似乎大受打击，杰伊深感迷惑，战争难道不都如此吗?

“当时很不幸，很多家族都出席了那场舞会，幸运的是我不在其中。你父亲变成只巨大怪物后，总得有人挺身而出，领导我们的人民进行抵抗。有十五个家族联合起来进攻我们。”

“只有你才能打败那些怪物。”巴兹用塔基斯语说道。

*死马屁精。*杰伊在心里嘀咕着，为什么这两个家伙要用英语交谈呢？他看了看塔基扬，只见她眼里满是悲伤，顿时明白是扎博故意想让他们听懂，让他们知道自己正在折磨塔基扬，好看看他们的反应，看他们敢不敢反击。但很快，他就看到塔基扬灰色的眼睛里，悲伤一扫而光，眼眸深处燃烧着怒火。

“我不会一味沉浸在内疚自责里。”

*较量时间到。*杰伊想。

“我当时不在场，或许我应该在，但即便如此，伊卡拉遭受的破坏也不能减少。”塔基扬摆了摆手，指着眼前的城市，“早在我们决定实施那场疏忽轻率的试验时，结果就注定了。”

“但如果你同意我们用合适的手段去检测病毒……”

“那样也不会有任何改变！”

“这只不过是你自我安慰的借口！”扎博咆哮道，“病毒能带给我们非凡的力量，加上我们已有的灵能，我们必将成为塔基斯无可争议的霸主！”

“不，她是对的。”马克柔声说道，“在地球，百变王牌病毒已经持续了快五十年，但枪炮弹药仍能灭掉任何一个王牌。而我们，就像约翰·列侬说的那样，应该‘给和平一个机会’。”

“塔伊和我父亲本应预料到这场袭击。”塔基扬继续反驳他，“我们的文化，是处在恶意、竞争和自利刀尖上的彼此抗衡。而你想打破这个平衡，取得压倒性的力量优势，其他宗族当然会来进攻。”

巴兹突然唱起了歌，音调慷慨激昂。杰伊心想，反正自己也听不懂，决定去厕所小解，但看到塔基扬和扎博都转过头，交谈也突然停住，明白他们已经切换到了家族内部对话模式，绝大部分都是意念沟通。杰伊只希望扎博不要从塔基扬脆弱的人类大脑里窃取信息，尽管塔基扬多年来一直强调，他们的意念窃听必须遵循严苛的规则，但他对扎博实在放不下心，尤其经过这一个月的相处，他更是确定了，扎博就是个彻头彻尾的混蛋。

塔基扬回头看着杰伊和马克，一只手抚着隆起的小腹，似在强压呕吐眩晕。“巴兹说有人弹劾摄政王，要求终止他的摄政权，看来我回来得真是时候。”她柔和的下巴绷紧了，“既然现在我已经回来，再用地球上的名字就不合适了，我要重回原本的身份，我是缇西安·布兰特·萨拉·泽克·哈利马·泽克·拉格纳·泽克·欧米安塔佳·布兰特·帕拉达·泽克·阿姆拉斯·泽克·勒达·泽克·沙利亚·泽克·纳西安巴科努·布兰特·森纳里，伊卡赞家族的继承人。”

“好的，兄弟，我与你并肩战斗。”马克说着，还点了好几下头以示决心，然后扭头瞟了眼窗外。突然，他屏住呼吸，如同一个四岁小孩，走下楼梯，发现圣诞树和礼物都已经摆在眼前，喜出望外地叫道：“啊！太酷了！”

杰伊赶紧跑过去，把脸贴在玻璃上，四处张望。谈话的时候他们已经飞过了凹陷的火山口，现在又穿行在群山间，正行驶在蜿蜒的峡谷上方。飞船小心翼翼地保持低矮飞行，避免撞上悬崖。现在他们离崖壁太近了，杰伊觉得没什么可看的。悬崖上的岩石凿刻成了房屋，至少杰伊认为是，不然谁会花这么多功夫，雕出如此精美的廊柱窗棂，把崖壁打造得这么华丽精致。随着飞船最后转了个圈，一栋房屋突然出现在眼前，犹如水晶和大理石造就的龙尾，盘旋在高山草甸，与他们看到的第一所房屋一样，有一部分是由玫瑰色的崖壁雕刻而成。

森严的堡垒下方，土地呈阶梯状分布，构成美丽的花园，里面百花齐放，绿树成荫，喷泉飞洒着晶莹的水珠。尽管鲜花盛开，杰伊仍感觉伊卡赞正值晚秋，树叶浓艳似火，散落在草坪上，犹如铺了层用鲜血浸染的地毯。

每座花园旁都矗立着一栋房屋，彼此独立，互不相连，大部分都色彩斑斓，安有许多窗户，高度都不超过两层。

只有一座例外。这座高塔像是雾蒙蒙的水晶建成，孤零零地立在悬崖边，直指天空。杰伊偷偷觑了一眼深不见底的狭窄山谷，祈祷自己在这针尖上千万别遇到什么风暴。悬崖带来巨大的风洞效应，高塔像个穿了六英寸高跟鞋的站街女，在风中颤颤巍巍，晃个不停。

这栋想象奇绝的建筑四周，围着一圈围墙，不禁让人怀疑，这是不是太空文化中的一种，用来抵御孱弱不堪的敌人。杰伊还在喋喋不休，马克用手肘推了推他，示意他留心崖壁上的警卫亭。杰伊凑得更近了一点，只见圆钝的枪口炮膛从崖壁裂隙伸出，犹如一只只短吻鳄的大嘴。

“激光炮。”马克悄悄地说，“大的看起来是。还有导弹发射井。围墙上空还有火花，难道这是个力场？”

“童话故事的场景，恐怖电影的配置。”杰伊嘟囔道，“幸好我是被邀请来的，我可不想与他们起冲突。”

“燃烧天啊！你真是缇西安！”塔伊迎上来，但语调里并无欣喜。

伊卡赞的摄政王把头埋进手掌，焦虑地抓挠鬓边发丝。缇西安十分了解他的舅舅，知道他冷静镇定，自制力惊人，现在这副模样，已经表明他内心不安狂乱到了极点。

*杰伊刚才说了什么？他们是受邀前来的客人？*缇西安想着，*但这样的邀请就像不速之客和远房亲戚，最令人厌烦。或许，我的到来让本就糟糕的局面变得更糟糕了。*

没有仪仗队，只有一名侍卫领着两个塔以基士兵护送他们穿过后门和过道，来到瑞伊斯办公室门前。两名守卫站在双开门两旁，尽管缇西安一再强调这样没有任何好处。对塔基斯人来说，他们三个的地球人类身体基因构造是完全陌生的，他们还是坚持旅客必须接受全面检查。杰伊的表现毫无风度可言，抽血扎针时号叫了一声，接着就叽叽喳喳个不停，一会儿抱怨外星毒药，一会儿惋惜他的体液多么珍贵。最后是红外检查，红外线杂乱地布满了整扇门，不停地变幻高度和角度，避免碰到彼此。他们三人穿过红外线，走了进去。

尽管极其奢华，但从设施还是可以一眼看出，在这里工作的人日理万机，并且追求高效。刚进门时，缇西安还担心她的地球伙伴会失望，但很快，她就没心思理会他们了，全副心神都投注在了这间屋子上。四十四个地球年前，正是在这里，自己站在父亲面前，对着他那张令人敬爱的面庞大吼大叫，说些刻薄伤人的话语，反抗他的命令，而这居然是自己对父亲说的最后几句话。现在，屋里没有丝毫改变，却早已物是人非。想到这，缇西安只觉心口似有柄重锤，狠狠地、重重地，击倒了她。

墙上挂着缇西安和母亲的画像，这是母亲去世前画的。桌上的全息图里满是她以前的照片，骑马的、跳舞的、滑冰的，还有看书的。房间里简单地摆了几束花，看在缇西安眼里更是触目惊心。花瓣和叶片反射着灯光，刺痛了她的双眼。她在青少年时期就擅长插花，这些花是自己对父亲最后的孝心。夏克兰把它们冻干，再喷上漆，用来保存他那叛逆的儿子献给自己的最后礼物。

塔伊精心维护了这里的一切，为了纪念已是半死状态的夏克兰。但所有这些，都让缇西安不断想起自己的罪孽，每一处都在提醒她，自己失去了多少宝贵的东西。

*你究竟是个怎样的塔基斯人，塔伊·布兰特·哈里马·泽克·瑞纳·泽克·欧米恩？*缇西安想着，*你就这么无私吗？*

显然，塔伊听到了她的想法，他的情绪瞬间爆发了。缇西安十分窘迫，自己曾给这具“借”来的身体进行了精神力强训，也知道收效甚微，但没料到会遇上读心者意念扫描。

塔伊抬起头，示意他们落座。扎博四肢舒展地坐着，意态闲适，嘲讽地看着他们，身上还挑衅似的穿着“网络”的制服。远行队长局促地侧身走到一张刻着繁复花纹的高背椅前，不安地坐下来，背脊僵硬地挺得笔直，好像被关在了笼子里似的。杰伊一如既往地满不在乎，漫不经心地坐下来，等着他们开口，这是他的天赋之一，也是作为侦探的长项。缇西安挑了一张舒适的沙发，但房间里所有的座椅设计都适用于男性，没有哪个适合怀孕的女性，而她也不想太委屈自己。

桌面打磨得十分光滑，嵌着的电脑屏幕亮了起来。塔伊弯下腰，开始阅读上面的信息。屏幕的光线自下而上打在他脸上，眼睛部位看上去犹如两个黑洞。塔伊叹口气，直起身，转动座椅，看着缇西安。

“你的思想是缇西安，但你的身体里，一滴塔基斯血液也没有，而你目前怀着的孩子的基因，有一部分属于塔基斯，但还有一部分来自伊卡赞家族的基因市场。”

“这说来话长。”

“我现在并不赶时间。”

缇西安咬着嘴唇，说道：“我必须确认，布拉斯在这儿吗？”闻言塔伊看了她一眼，她不禁瑟缩了一下。

塔伊看向扎博。“如果不是有更要紧的事要办，我一定会用激光鞭狠狠抽你，你个混蛋，竟敢把‘网络’的飞船带到我们的领土，破坏合约定好的界限！”扎博故作惊讶地开口：“我的行为的确该受谴责，但我这样做也是迫不得已。”

“那他们呢？他们也会接受谴责？”

“他们退到了合约站。”

听到扎博的话，塔伊讥讽地笑了。“你以为他们会温顺地回家？你破坏了‘网络’的合约，而且我们还朝他们开火了。距离上一次朝他们开火已是八千年前，战争已是在所难免，所有这些都是你干的好事。”

“看来我总是对人们带来深刻的影响。”扎博慢吞吞地说，巴兹在一旁笑了一声。

塔伊投去锋利如刀的一瞥，巴兹立即一动不敢动了。

“回到你的飞船上，再去巡逻一次，把那些‘网络’瓦库盯紧了。”

巴兹点点头，退出了房间。

塔伊端详着缇西安三人，手指敲着桌面，左手拇指的指甲发出尖锐的声音。

“我该拿你们怎么办？”

缇西安走到杰伊和马克中间，说道：“他们对‘家族谈话’掌握得还不是很好，用沙马尔交谈吧，你不需要顾虑他们，他们是我的护卫，其中一个还由我收养了。”

“真……是你的风格。”塔伊把头发拢到脑后，抓着它们一动不动，“他们的基因里有‘强能’？”

见杰伊和马克没明白什么意思，缇西安对他们解释说，“强能”指的就是那种病毒。闻言，远行队长一言不发，而杰伊像往常一样，抢着说话了。

“我们把它叫做百变王牌。”杰伊说。这个英语术语的发音，对塔基斯人来说十分奇怪。

“百变王牌？”塔伊看着缇西安，示意她解释解释。

“这个词源于地球上的一种叫做‘扑克’的纸牌游戏，意味着随机，和没有任何征兆发生的事情。”

塔伊点点头，明白了她所说的，然后挑眉看着她。“我还是很想知道，你的灵魂究竟怎么跑到这具怀着孕的漂亮身体里的？我还很想知道，你是怎么让自己怀孕的？”

“孩子的父亲是布拉斯，也就是我的孙子。”

“所以你现在怀着你的曾孙女？”

“是的。”

“太妙了，一场没名没号的乱伦。”

“不，是精心策划的复仇。”

“你这位孙子的行事，倒很符合塔基斯的风格。”

“如果塔基斯的风格等同于发疯，那这么说就很贴切。”杰伊说道。缇西安和远行队长都不敢接话，塔伊盯着杰伊，这是他第一次真正地看着他。

“对于一个泥地爬地人来说，你这样十分无畏，或者说……

愚蠢。”

“两者都有。我能问个问题吗？”

塔伊点点头。

“你是我在这看到的第一个老头……老年人，你有多大了？”

“九百二十三岁。”

“上帝啊！你们每个人都能活九百多岁？”

“除非发生了什么事故……灾难，不过概率极小。”扎博懒洋洋地说，“我们的寿命远不止九百岁。”

塔伊严肃地看着缇西安。“我在等你给我个解释。”见她张了张嘴，又闭上，塔伊叹道：“缇西，我知道你的处境十分荒唐，但如果我不能确切地知道我该做什么的话，不管是你还是家族，我都帮不了。”

缇西安开口了，起初讲得很慢，渐渐地越来越顺畅。她把所有的来龙去脉都讲了出来：自己乞求夏克兰停止测试“强能”，因为他们选中的星球虽然又小又不起眼，但上面的居民基因和塔基斯人极其相似，为此她和夏克兰暴发了激烈的争吵，接着跑去追测试飞船，可飞船被毁，病毒放了出来。

她回忆起最初病毒爆发的那些日子，一万人死在曼哈顿，畸变扭曲的鬼牌走在街头，好似城市面孔上的伤疤。她也提到了极少数幸运儿，他们获得了人类的超能力，成了王牌。塔伊听到这，饶有兴致地打量着杰伊和马克，无须多想就能猜到他俩就是王牌。如果要说塔基斯人有什么种族缺陷的话，就是他们信马由缰的好奇心了，现在塔伊的好奇心正一点点被唤醒。

接下来，缇西安隐晦地讲述了麦卡锡时代的反共拘捕和自己的流放岁月，那段日子自己日日买醉，四处游荡，还生了个女儿，说到这时她看到塔伊的脸色阴云密布，于是粉饰了一些事实，赶紧提到自己建立了鬼牌镇诊所，用来帮助百变王牌的受害者，接着告诉塔伊她找到了自己的孙子——布拉斯。这个有着四分之一塔基斯血统的男孩被邪恶的叛军抚养大，内心没有丝毫怜悯和道德感，而他拥有强大到可怕的精神控制能力。最后，她讲了自己面对的敌人和危机："异群"的侵袭、"钦天士"，"传心者"、膨胀，还有——布拉斯，她的报应。

"'传心者'组织里有个王牌，他在布拉斯青少年时期赋予了他超能力，布拉斯加入了这个组织，向我复仇，把我和这个少女的身体互换，囚禁我，还……还……"

她的声音越来越飘忽，力气仿佛被抽走，双膝越来越无力。扎博第一个冲向她，把她拥入怀中，扶着她坐到沙发上。她的视线慢慢清晰，发现塔伊正站在跟前，俯视着她，面色发白，显然深受震撼。本来塔伊出于礼貌没有突破她的灵盾，但她的情绪和记忆太过强烈，现在塔伊和扎博一起越过灵盾，探查了她的记忆。就连扎博这种藐视一切的人都骇然不已。

"那个小杂种强暴了你?!"扎博大吼起来，缇西安在他的怒火下瑟缩了一下。

"朋友们，这的确很恶心，但我们都是成年人了。"杰伊发话了，"这种事一直就有……"

"塔基斯从来没有!"塔伊打断他。

扎博看着杰伊和马克。"这是最无耻、最堕落的行为，是精神病、发疯的征兆。"他又看向塔伊，"如果这个畜生在塔基斯……"

"他跟旺雅旺德的人在一起。"塔伊说。

"让我带人去炸了他们吧——"

"不。"缇西安直起身，站起来，竭尽全力表现出所能展现的全部优雅，走到桌旁，在父亲的椅子上坐了下来。

两个人类不明白这意味着什么，但塔伊的嘴角绷紧了，似乎在克制笑意，又像在压下愤怒，究竟是什么，缇西安也分辨不出。塔伊统治伊卡赞三十多年了，如今她把他的权力夺走，他会不会心怀怨恨?

但这并不是篡位，而是名正言顺的回归。

只有一个人挑战过这种权威。她迎向扎博的目光，毫不退缩。扎博面带微笑，指尖无意识地抚着胡须，像是发现了什么开胃小菜似的。塔伊垂下头，一动不动。

“你被除名了。”缇西安对扎博说道。

“他是伊卡赞的司令官。”塔伊说。

“但我并未任命他，你得再找个人，替补他的空缺。”

“没那么快。”塔伊干巴巴地回答。

扎博双手撑着桌面，身子倾向她。“我是最适合这项工作的人选，表妹。”

“表兄，你的工作由我指派，不是你自己下决定，不是你想做什么就做什么。”怒气上冲，她的呼吸变得急促，艾尔娜在腹内蹬了一下，她伸手按在腹部，真希望吞下一把罗雷兹来压下泛酸反胃的不适感，“现在，你先退下。”扎博弯下腰，态度无比谦卑恭谨，更让人觉得羞辱不堪，然后离开了房间。

“我们不得不任用他。”塔伊说。

“或许吧，但这样做的话，祖先会诅咒我们的。”

“那您的命令是什么，瑞伊斯？”

“联系旺雅旺德的瑞伊斯，通知他们我回来的消息，还有布拉斯对我犯下的……罪，要求他们将布拉斯遣送过来。但必须是你带领军队前往，我不信任扎博——”

塔伊一直保持着倾听的姿势，听到这里，他不禁做了个手势，打断缇西安急促快速的话语。“怎么了？”

“侄子，你的命令都很好，但有一个小纰漏：布拉斯现在就是旺雅旺德的瑞伊斯。”

♥♦♣♠

第十九章

坐热气球的感觉非常酷，在绚烂的云彩间飘飞是件十分惬意的事。跟地球人类的远足不同，这里没什么人声嘈杂，当然很大一部分原因是他们现在使用“旺耶[①]”交谈，绝大部分靠心灵沟通。一艘雕梁画栋的贡多拉船上，塔以基管弦乐队正在演奏，乐声轻柔，便于人们在聆听音乐的同时，还能尽情领略这种旅行方式的神奇魅力。

不过有种噪声一直持续不停，就是小鸟和小动物发出的哀鸣和垂死挣扎，船上的贵族放出豢养的猛禽，去捕猎这些可怜的动物。布拉斯就在船头，以便更直观地享受惨叫和鲜血的气味。凯丽暗自庆幸自己在船尾，但仍觉得难受，于是决定再喝点酒，平息心里的不适。

他打了个手势，侍女将琥珀色的酒液倒进高脚杯，她身上的香味充满了凯丽的鼻腔。没等她倒完，凯丽就一把抓过了杯子。侍女收势不及，洒了几滴酒在绣花桌布上。凯丽歉意地朝她笑笑，一口把半杯酒全喝了下去。酒液像冰凉甜蜜的火，在体内燃烧着，他想，塔基斯人别的不说，酿酒真是一流。仆人女孩也回报了凯丽一个微笑，借来的身躯突然有了惊人的反应，他赶紧半站起身，眼前的景物摇摇晃晃，他想自己可能是醉了。

“意志总是跟着身体的感觉走。”拜塔姆在一旁说道。

然后，老贵族把自己的椅子朝凯丽拉近了一点——非常近。凯丽

---

① Vayet，旺耶，旺雅旺德宗族的通用语。

警觉地看着他，他脸上嵌着的珠宝犹如倒塌的房屋，松松垮垮，软塌塌地垂在皱纹密布的脸上，长长的白发也像极了蜘蛛网。老家伙垂下目光，凯丽把手移到裤裆，捂住自己高耸的阳物。拜塔姆站起来，挥退侍女，按住凯丽的肩头，让她坐回椅子。

“好啦，伊卡赞，不要太压抑自己。”

“我对我现在的身份很迷茫。”凯丽含混不清地说，打着嗝呜咽起来。

“这有什么大不了的？不管是男是女，你都是我的宝贝。”

“我认为你向我示好，不过是为了接近布拉斯。”

拜塔姆竖起食指，抵在凯丽唇上，止住他愤怒尖酸的话语。“那些一呼百应的年轻人，眼中燃烧着火焰，心里欲壑难填，我对他们总是避之则吉，这也是为什么我能活到这个岁数。而你，伊卡赞，你不一样，你——”他突然停住，皱起眉头，看着一架又小又快的飞船，像是捕猎鸟群的一员，冲向那堆鼓鼓囊囊的气球。

接着它停止了下落，围着贡多拉盘旋，把所有人的目光都吸引了过去。

“要是坏了瑞伊斯的兴致，事情就严重了。”拜塔姆说。

凯丽却只关心刚放出来的鸟儿，他注视着银色和浅紫色的小鸟，屏着呼吸，低声喊道：“快跑，快飞走！”小鸟扑闪着翅膀，朝四面八方飞去，猛禽察觉到猎物的逃跑，都张开鲜艳的翅膀，猛烈地扇动起来。

一名男子浮在稀薄的空气中，飞船舱门似乎传出了某种看不见的力量，推着他前行，移到了贡多拉的桌旁，然后飞速跑到众人环绕的布拉斯身旁，双膝跪地。

“大人。”男子说道。

布拉斯扯出个微笑，看了看他，然后瞥了眼杜尔格。杜尔格谨慎地向男子走去。“德雷，我们在自由站的情报人员之一。”

“你最好的确有情况汇报，你已经打扰到我了。”

“或许我们应该私下商议，主人。”杜尔格温和地说道。

“真他妈烦。”布拉斯用英语骂道。

“今天一艘‘网络’飞船在合约站着陆，（缇西安·布兰特·萨拉和扎博·布兰特·萨拜娜）下了船。他们被伊卡赞接走，并且伊卡赞还跟‘网络’瓦库交火了。”

布拉斯的脸上血色尽褪。“不，不！怎么来的？他怎么来的？”

情报男子踌躇片刻，继续说道：“‘网络’把他送来的，瑞伊斯。”

布拉斯扭头看着杜尔格。“你为什么不告诉我？你说我们是安全的，你说他不可能到这的！”

“请您先平静下来。”

但这个建议反而点燃了布拉斯的怒火，他像个后卫球手那样，急急穿过跪在身旁的塔基斯人，往船尾奔去。

杜尔格暂时没空安抚布拉斯，“网络”进犯的消息才是十万火急。他垂眼看了看跪倒的特工们，命令道：“立即回合约站，监视‘网络’，一有风吹草动，马上通知我。”说完他冲了出去，离开前又回头快速交代了一句，“听我的话，不要去找瑞伊斯告退了。”

贡多拉的船尾突然骚动起来，人群像条被手指拨弄的阿米巴虫，波浪般蠕动起来。杜尔格心中忧虑更甚，赶紧跑上前去。

很快，他看到凯丽像只发疯的“杰巴利[①]”，喊着杜尔格的名字，捶着胸口，边狂奔边尖叫。杜尔格终于看清了骚乱的根源，眼前的画面触目惊心：凯丽的前臂皮肤上，沾着惨白的骨头碎片，还带着鲜红的血。

杜尔格抓住他晃了晃，凯丽大叫起来。“肋骨断了。”杜尔格想。

---

① jebali，杰巴利，一种小型动物，在夜间活动捕食。

“布拉斯在哪儿?”

“他要杀了他！而他想救我！他要杀了我!”凯丽颠三倒四地喊着。

杜尔格拔腿就跑，穿过大惊失色的扎尔玛伊尔戈。“快离开!”他对乱作一团的贵族吼道，把他们赶开了。

布拉斯像尊冰雕般一动不动，前额渗出豆大的汗珠，打湿了红色的鬓发，混合着脸颊上的血，缓缓流下。拜塔姆举着一只被血浸透的高脚杯当武器，慢慢地啃着嘴唇，鲜血开始从他的下巴滴落。

凯丽爬过杜尔格，来到拜塔姆身边。拜塔姆伸出手，环住凯丽的腰，把他抱得更近了点，动作无比轻柔。杜尔格大致明白了怎么回事，暗忖这个恋童癖会不会变成个心腹大患，要不要想个法子永久解决他。

“放开他。”杜尔格命令道。

但一股陌生的情绪袭来，像只鬼鬼祟祟的动物，爬遍了他的四肢百骸。杜尔格全身都绷紧了，等拜塔姆松开可怕的精神控制，他连忙冲过去拍打布拉斯的脸，喊道：“你疯了吗?你统治了旺雅旺德，居然还会害怕一个怀孕的女人?”

“我不希望塔基扬有一丁点机会，能重新回到自己的身体。她——”他绷直了的胳膊，不停地颤抖，狂乱地指着凯丽，“对我们没有丝毫用处了，我要她死!”

“没用了?”拜塔姆搂着凯丽腰的手指收紧了，语调里满是紧张不安，“这具身体，是一万年精心计划的交配繁殖成果，是伊卡赞能创造出来的最完美的基因作品。这样的宝贝，千万别浪费了。”

“别跟我扯什么不可替代的基因材料，你只是想睡他!”布拉斯吼道，拜塔姆低下了头，“快滚，死基佬!”拜塔姆赶紧走了出去。

房间里一片难忍的寂静，杜尔格按下性子，耐心地等布拉斯平息杀戮的冲动，然后温柔地说道：“也许他动机不纯，但的确言之有理……想想看，如果我们毁了伊卡赞的基因库，那对缇西安来说是多大的麻烦啊。”

布拉斯黑眼睛里的最后一点疯狂火焰也终于消散，他若有所思地摩挲着嘴唇，盯着凯丽，向杜尔格问道：“那你有什么主意？”

“联姻是个不错的选择。”

布拉斯思索了几秒，然后大笑起来。

贡多拉上的贵族们又传来几下骚动，布拉斯沉下脸。“他们在偷窥我？”

杜尔格耸耸肩。“也许吧，我也不知道。”

“他们中我谁也不信任。”

“旺雅旺德的每个莫拉克都发誓效忠于您，而您也无需担心扎尔玛伊尔戈的忠诚。”

布拉斯摇摇头，把汗珠和血甩开。“我想我们得离开这个鬼地方。我要得到支持……”

杜尔格看着布拉斯，这个自己精心训练出来的男孩，竭尽全力装出勇敢能干的模样，而现在，他的所有伪装都像雪崩一样尽数崩落。杜尔格思索了半晌，柔声说道：“大人，塔基斯并不是只有灵主。”

♥♦♣♠

第二十章

“一个十六岁的毛头小子，居然成了国王？在六周……一个月之内？不管塔基斯时间怎么算，都太快了！”杰伊叫道。

“我希望你能告诉我是怎么回事。”塔伊说。

“告诉你又有什么用呢？”缇西安痛苦地说，“我们需要发动战争，把他赶下台，为此我不得不任用扎博，而我并不信任他，他会把布拉斯和我的身体一起毁掉的。”

“嘿，不要忘了还有我们呢。”马克郑重其事地抬起眉毛，偏头指了指杰伊。

老人的脸上满是悲伤。“过去数周里，我看见旺雅旺德宗族的贵族们，像发了疯的‘辛德[①]’，自相残杀，这场动乱在勒古拉自杀时达到了顶点。祖先们都知道，我有多痛恨扎博那个冷酷无情的混蛋，但他应该死在一个绅士手里，比如我。”他幽默地笑了笑，可笑意转瞬即逝，接着叹道，“而不是死在一个私生子手里。”

“会有人替他的死复仇的。既然知道了是精神攻击，那对付布拉斯就有办法了。”缇西安说。

“非常困难。”马克提醒她。

塔伊操着蹩脚至极的英语，费力说道：“我明白逆境是什么状态。

---

① sinde，辛德，一种力气大、性情暴躁的生物，塔基斯人饲养它们，食用它们的肉。

努力实现不可能的平凡。仅仅是困难的话，那并不是件难事。”

这时响起一阵音乐，缇西安按了按桌子，桌上出现了门卫的全息图，他的神情似乎十分震惊，一个字也说不出来。

“什么事?”缇西安问道。但门卫还是一个字不说，缇西安不耐烦地催促他。“有什么事快说，你已经打扰到我了。”

塔伊上前按住她的肩膀。“他们还不认识你，而且他从来没见过一个女人坐在这张椅子上。”

看到塔伊，门卫松了口气，禀报说扎博求见。

塔伊看着缇西安，她疲惫地点点头。“让他进来吧。”

扎博跟往常一样，不可一世地走进来。“我们有麻烦了，还记得巴兹提到的那个弹劾塔伊的原告吗？他们打算趁我们没来得及采取措施之前就挑起事端，我们得想个好办法解决这事。”

“厄基恩，这该死的混蛋!”塔伊骂道，“我真想知道他发了什么疯!”

“很可能是因为他们看到了我出现在大厅里。”扎博说，“而你知道，在一座宫殿里，流言总是像胆汁一样四处蔓延，他们都猜缇西安回来了，而我们当中无论是谁，都比寇纳尔氏族的人地位尊崇。”

塔伊召来一群全副武装的侍卫，在他们的护送下走过宫邸的走廊。

缇西安边走边解释说，自己所有的计划，都倚仗于对伊卡赞军队的管理权。“如果我没有瑞伊斯权力的话，新瑞伊斯绝对不会帮我夺回自己的身体，因为他要是这么做了，就等于自己交出了王位。”她说道。

众人点着头，但她很怀疑他们究竟有没有完全理解她的意思。灵神啊！她真想知道自己现在对局面的掌控有多少。所有事情发生得太快，在这个离开了快五十年的地方，她根本来不及重新适应这里的生活。

她不知道接下来该筹划什么，也不想筹划，仇恨和疲惫蚕食着她。看着身边队列整齐的护卫，他们的脸庞是那么熟悉，她多想对他们致意问好。烘焙糕点的香味，某张特别的挂毯，都勾起了儿时的回忆，而她多想沉浸在回忆里，细细回味童年时光。她不想投入一场乱七八糟的战争，只希望有人能帮她重回身体。四十四年来，她第一次如此渴望和平。

腹内的艾尔娜向她传来一波精神感应，满载了爱和温暖。缇西安整个人都包裹在这满满的甜蜜里，甚至忘了呼吸。三个月大时，艾尔娜还只是块有知觉的海绵，而现在，她七个半月了，已经是个小人儿了。问题是，*你这个小魔鬼*。缇西安朝女儿发出意念，尽管明知对正在发育的大脑来说有点太深奥，她还是传了过去。

我爱你，我希望拥有你，但我不想生下你。我害怕，害怕疼痛，害怕所有这一切的经历……祖先啊！我没有时间来考虑这些，我必须守护我的宗族，我的地位，我必须成为一名斗士，而不是女人。哦不，这么说不对，科迪要是听到了准会掐断我的喉咙，女人也可以是斗士。只是作为一名母亲，我会更关注生，而不是死……嘘，睡觉吧，艾尔娜宝贝，现在别来分我的心啦。

他们穿过大门，来到富丽堂皇的觐见室。这里比缇西安记忆里的小了许多。是它缩小了，还是自己长大了？演讲台上聚集了很多人，扶着伊卡赞宗族瑞伊斯的座椅。座椅乍一看像是冰块雕刻而成，饰有金银线织就的雪花图案，实际上，它是由一大堆钻石铺陈在白金支架上的。对于一个矿产贫乏的星球来说，这实在太过奢靡。“我们是灵主、灵能者、至纯者、扎尔玛伊尔戈。”缇西安如此安慰自己，但负疚感还是挥之不去。*可能在地球上待得太久了*。她想。

从那阴郁失望的神色，一眼就可以看出谁是篡位者。他的节日盛装像是仓促套上的，外袍的下摆被肥大裤子上的腰带给勒住了。缇西安惊讶地发现，这个男孩的左腕上还戴着母亲的徽章，他似乎还不到二十岁，还是个孩子，但已经有人把他视为利用目标了。

缇西安扫视大厅，想找出幕后操控者的身影。厄基恩，塔伊说过他的名字。没错，就这个，扎博的思想传来，再一次确定了操控者的名字。缇西安不得不佩服塔伊的情报部署，因为圣纳里氏族的守卫人数远远超过了保护寇纳尔的同谋者。

男孩焦糖色的头发扭成两股髻，像是耳朵旁各长出了一只角。缇西安没有理会他，而是对厄基恩说道："'芬迪[1]'，还不到时候，在你实现自己的野心之前，至少还有三个人拦在前面。"

厄基恩优雅地转过身看着她。他穿着击剑皮衣，上面满是五颜六色的格子图案，浅棕色的头发用一枚刀鞘式样的发夹束着。显然他是在毫无防备的情况下被抓的，但缇西安还是非常佩服他的反应速度。

"三个人？缇西安·布兰特·萨拉·泽克·哈利马·泽克·拉格纳，你算上你怀着的私生子了吗？"厄基恩问道，语气甜蜜极了。

想要杀人的冲动像条毒蛇的尾巴，抽打着缇西安的心。她强压下愤怒，答道："你激怒不了我，厄基恩，我现在这具身体就是个少女。还有，你忘了我父亲，他还没死。"

"也差不多了！"旁边的男孩噘着嘴喊道。

"闭嘴！"厄基恩吼道。

"没错，你还是闭嘴吧，小家伙。"缇西安说，"我在救你，想想吧，你真以为你有领导伊卡赞的能力经验？"

男孩顿时不作声了，但扎博看着他咧开嘴笑了，轻轻地对他说："不，这不是个好主意。"

看来扎博读出了他的心思，缇西安想。扎博做了个姿势，但她不明白是什么意思。

"我的继承人扎博，"缇西安说道，"你可以把他收入你的军队，

① vindi，芬迪，意指表亲，用作非直系亲属间的礼貌称呼。

只是不知道，他会去与旺雅旺德战斗，还是篡夺你的位置。”她意味深长地耸耸肩。

这时厄基恩发话了：“除了摄政王的一面之辞，没有任何证据能证明，你就是缇西安，而你俩同属圣纳里氏族，为了不让王位落入寇纳尔手中，你们什么事都干得出来。”

“测试她。”扎博说道。缇西安连忙退开一步，但扎博抓住她的上臂，把她按在原地。“不过不能是你，厄基恩。她现在这副地球人的大脑不堪一击，我可不想我的表弟因为脑动脉瘤这么轻易地死掉。”

缇西安悬着的心顿时落下来，顺着扎博的建议说道：“我愿意接受任何‘阿杰伊兹[①]’的全套测试，那样所有人都能得到满意的结果，我就是缇西安。”

扎博转过头吼道：“而你们这些老太婆，别告诉我你们没有关注这场闹剧?”

“扎博!”塔伊警告他，让他收敛自己的态度。

“比起守护我们的宗族，她们更乐意坐在一旁看戏，宁可坐在灰烬中，用手臂的残肢搅动它们，也不愿错过任何机会，观看她们的后代情绪崩溃。”扎博看向塔伊，语调瞬间变得柔和，“对不起，芬迪，但我一直认为，她们都是些喜欢玩弄人心的老蜘蛛。”

“没有召唤阿杰伊兹的必要，大家已经决定了，安伊兹应该登上王位——”

“但情况已经变了，厄基恩，你最好考虑清楚。”

突然一阵高亢的铃声响起，震得他们耳膜发疼、骨头发颤。塔基斯人纷纷痛苦地倒了下去，对读心者来说这简直是酷刑，就连塔伊这样强大的读心者也几乎站立不稳。多亏了现在的地球人身体，缇西安比他们稍微好一点，还能站直，但依然感受到了巨大的痛苦，似有尖

① Ajayiz，阿杰伊兹，塔基斯宗族的治理议会。

刀切割她的神经末梢。在场的只有塔以基守卫和杰伊马克未受影响。

马克一如既往地关心身边的人，他扶住塔伊，甚至开始检查他的脉搏。最后一阵音波消失了，塔基斯人迅速复原，塔伊一把推开马克，见他扑闪着眼睛，一脸受伤的表情，于是生硬地说道："即使毫无用处，我依然感谢你的善意。"

闻言马克瞬间开心起来，缇西安也再一次发现，自己真是喜爱这个善良的老人。而塔伊，也的确是个气度非凡的摄政王。

"这是塔基斯人用的狗哨吗？"杰伊问。

扎博嗤笑道："是的，只不过是说话形式的狗哨。"

塔伊对他们的无礼感到恼怒，纠正道："这是议会召唤。"

扎博笑意更深。"小表妹，你真是个大麻烦，你惹出的动静比一群异群的剪刀翅膀还要大，他们居然真的下来了。"

缇西安的心脏跳个不停，像只惊惶失措的兔子急急寻找自己的巢穴。

"造成这局面的一部分功劳得归你。"塔伊严肃地说，"你把'网络'带来了——"

"那么他要么当上摄政王，要么就是个叛徒。"厄基恩在一旁说道，仔细斟酌自己的措辞，仿佛律师在作法庭陈述，"他是完美的瑞伊斯候选人。"

"扎博什么都算不上，我才是。"缇西安说道。

"你们别跟瞎了似的吵来吵去。"塔伊终于爆发，"现在，我们所有人都要等阿杰伊兹的决定，决定出来之前还有好几个小时，我们最好换个舒服点的地方休息下，然后继续开会。"说到这，他停下把杰伊和马克上下打量了一番。见杰伊还穿着松松垮垮的棕色裤子和运动夹克，马克穿着T恤衫、牛仔裤和网球鞋，他的脸微不可察地抽搐了一下。"再给他们找些得体的衣服吧。"

"请你离开，厄基恩。"缇西安温和地说，"塔伊还是伊卡赞的摄政王，所以他依然保持礼节，但我不认为他刚才是对你们发出邀请。”

在塔基斯，贵族间很少有明目张胆的宣战，谋杀通常在阴暗的角落进行，伪装成抓捕事故逃犯。

这是布拉斯经常干的事。缇西安想，如果我也有“传心”能力，就能拿下厄基恩，操控他发动袭击，再在守卫击毙他之前传回自己的身体。

但厄基恩并未表示任何反抗，她也没有获得“传心”能力，所以当看着寇纳尔氏族成员顺从地走出去时，她的心头不禁浮上一丝内疚。好吧，既然自己没有获得什么神秘的新能力，她就不得不倚仗塔基斯人最基本的天赋了——密谋和串通。

马克把手搭在她肩上，她回过神，听他说道：“你需要休息了。”

“不，”她摇摇头，“首先我得找个卫生间，然后去看看我父亲。”她自己都没察觉到，用了多大的努力，才让自己的声音听起来镇定自若。

扎博和塔伊目光锐利地注视着她。扎博拉着她的胳膊，一直带着她走到演讲台前，仰望着台上的王座。他似乎很不安，像在仔细思考，怎么说才能让自己的话不那么令人痛苦。最后，他终于开口：“我已经警告过你，你看到的会是什么。”

“我知道。”

“你可以意念扫描?”

“在塔伊的帮助下能。”

“那你知道自己该做什么了。”

说完，扎博转身走开了。缇西安看着他的背影，心头的憎恨越来越盛。

当扎博的手犹如厄运般落在肩头时，马克只想嫌恶地甩开，从刚才医生的表情就知道，她的表兄又在弄些情绪攻击。但他是个迟钝笨拙的人，很难对人恶言恶语，也担心自己不能做到淡定自若地甩开他。在他的一生里，总是显得滑稽可笑，也总是被人嘲笑，尽管早已习惯，可他并不喜欢这种滋味。

一瞬间他的脑海闪过无数杂乱后悔的思绪，这时扎博开口了：“来吧，我需要你跟我一起。”

“我？”

一丝笑意飞速掠过扎博的脸庞，他绷紧的面容也柔和了些许。“没错……看起来是有点难以置信，但你对我们语言的掌握程度，比那个聒噪的家伙好多了，况且在你的那场官司里，我对你的能力也很熟悉。”

“我‘朋友’的能力。”马克温和地纠正他，“而且，别以为你已经见识过了他们所有人。”柔和的话语里隐含了警告，扎博当然明白他的意思。

“如果我告诉你，眼下我对我的表妹没有任何威胁，你或许能相信我。”

扎博朝门口走去，马克对着他的背影喊道：“因为现在你有求于她。”

扎博回头。“你还挺聪明的，爬地人。”

“等等。”马克喊着，蹲下来啪的一下打开箱子，掏出五个小药瓶，把它们塞进腰带上的小皮囊里，然后走到正在吵嘴的缇西安和杰伊面前。

“嘿，兄弟，帮我照看好这些。”他把箱子交给杰伊，急忙跟扎博走了出去。

这次只有两名护卫跟在身后，也没了塔基扬，哦不，缇西安不厌其烦的解说，马克觉得很轻松。他打量四周，发现这栋建筑由悬崖上的岩石凿刻而成，从墙上的纹路来看，觐见厅的岩块年头较为久远，而现在他们来到的宽敞别墅，岩石还比较新。这里的装饰眼花缭乱，看得人头脑发涨。有的墙上挂着画作和壁毯，有的就只是光溜溜的墙面，还有的用镶嵌砖石拼出了各色花纹。

“我想，塔基斯人可能不太注重装修风格的统一。”

扎博大笑。“要了解塔基斯，你必须先了解我们是怎么划分领土的。”

“我知道，都是不同的家庭和宗族……”

“没错，宗族内部也是如此。每一支血脉氏族都有自己的领地空间，包括走廊也是划分明确的。”

“所以自己的地盘就自己来装饰？”

“而且自己来维修保持，这是瑞伊斯节省开支的一种手段。”

马克又有新的问题了。“那钱呢？你们怎么赚钱？”

“投资，税收，偷窃。”看着马克的表情，扎博又笑了，“没你想的那么传奇浪漫，我们开战时，获胜者不会强行带走某个宗族的珍宝，我们的贼也是电子贼。”

“但是，当你们吞并一个小宗族时……”

“这种情况很少发生，没有什么比被逼到绝境的塔基斯人更凶狠，所以完全的胜利要付出极大代价，况且，如果我们减少宗族的数量……”他想了想，继续说道，“就不那么有趣刺激了。”

“意思是你们喜欢战争？”马克觉得体内似乎涌出了无数鼓吹爱与和平的嬉皮士，要对此表示抗议。

扎博放缓匆忙的脚步，抬起头，玩味似的看着马克。“是的，我们是勇士文化，战争才能带来荣耀，而和平很少。”

“纯属胡扯。一个真诚的、乐于奉献的和平主义者比任何士兵都要勇敢。听着，我不怎么喜欢‘网络’，他们唯利是图，而我对金钱向来不怎么上心，但他们的想法是对的。你们劳民伤财，为了战争进行科学研究探索，你们在太空里航行了那么久，却只有一丁点殖民地，和寥寥几个外星同盟，这是多么悲伤的事实，也真是浪费人力物力。”

扎博在一扇雕刻精美的门前停下，握着门把手，冲马克笑道：“但我们现在就与你们地球人结成了特殊的同盟。”

马克严肃地瞪着他。“不，你……瞧不起我们。”

扎博顿了顿，猛地点了点头。“没错。”

马克盯着门前的楼梯，不得不承认心底有几分艳羡。地球人会劝诫、会迂回、会逃避，但塔基斯人直率直白，就跟他们的政治一样直接。

马克看着门槛，说道：“这是你的房间。”

“观察力真是敏锐。”

马克打量着屋内的陈设，墙上挂着武器，还有一系列动物绘画，像是马、长颈鹿、黑斑羚的杂交。大大的彩色玻璃窗上绘着狩猎的场景，画上的骑手们都骑在巨大的飞行生物上，不过这种生物十分奇异，地球上没有与它相似的。

“五年内都没人碰这里？”

扎博又冲他笑了笑。“他们知道该做什么。”

“那医生的呢？他……她的也没人碰吗？”

“那不一样。”扎博站在一张精美的书桌前，桌子每个抽屉的挡板都是磨砂水晶制成。他拨弄着桌上的东西，转过头看着马克说，“我确定，她的房间已经安排给别人了……自从我的小表弟鲁莽地离开后，过了二十年左右吧，就分配给别人了。”

马克坐在墙角的桌子上，晃悠着一条腿。“你对医生的态度如此恶劣，不过是想掩盖事实，其实你十分喜爱她。”

扎博啼笑皆非。“你的洞察力，实在……敏锐，非常敏锐。这就是为什么你同意跟我前来，只留一个人守在我表妹身边的原因？”

“是的，而且如果她认为不妥的话，也不会同意我跟你过来。”

“缇西安和我都有各自的任务。”

“而你想要成功的话，必须有我帮忙。”

“我一个人也能做好，不过，你……呃，你的‘朋友’十分厉害，有你加入事情会简单很多。”

“你想要我做什么?”

“帮我杀一个人。”

马克忙不迭地摆手，似乎他的话造成了伤害。“不不不，不可能。”

扎博走过来，像马夫拉着不听话的马儿，拉着马克在奢华的房内转悠。“那她就得死。”

“不可能，她身边有守卫，有我们，再说了，也没有理由杀掉那个小孩。医生是医生，一旦她建立起了自己的威望，那个小孩就会自动退到一边。”扎博不接话，只是从棕色玻璃管子里取出烟草装满烟斗，也不出言讥讽，只是冷眼瞧着他。马克额上渗出汗珠，继续说道：“杀掉那个男孩一点用都没有，一定还有备选方案的……”他的声音越来越低。

他的脑海闪过人类神话的画面：巨龙的獠牙插在犁过的土地上，士兵像疯狂的野草四处冲撞。

“对了，这就是我想做的，除掉安伊兹，这样他们那一支血脉的其他成员就不会再信任厄基恩。这是打击自负和背叛最有效的办法，而且效果明显，不能保证永远，但起码未来几十年，伊卡赞都是一片和平。”

“恐惧带来的和平。”马克反驳道。

“这是我能想到的最好办法。”扎博冷静地答道。

“那我只能说声抱歉。”马克发现自己居然真的觉得很抱歉。

扎博耸起一边肩膀，举起一盏灯凑近烟斗，满意地看着点燃的烟斗。“缇西安明白现在的形势有多严峻，尽管内心备受折磨，她还是会去做，你会吗?”

“不杀人。”

扎博拈起一根大头针，语调依旧冷静。“你这一生中，从来没有帮过弱小无助的人吗？”

马克的话语带了一丝怒气，跟扎博流畅悦耳的雄辩比起来，他的声音就像只老乌鸦。“这并不是什么自保，就算你把所有的诡辩都搬来，也不能说明这样的行为就是自保！”

“可能我没有解释清楚，现在不是让你和你的‘朋友们’去做这件事，是我来操控。但我需要足够的情报，以确保万无一失，用你们的话说，就是我需要一个‘窃听器’。”

“这样我也是帮凶，我不干。”

“不知道你这些不切实际的迷人想法，你的‘朋友”有没有分享呢？”

远行队长顿时警觉万分。“哪个朋友？”

“那个会穿墙的蓝色小伙子。”扎博懊恼地回忆道，“灵神啊！他几乎把我的‘地狱猫’逼疯了。”

“‘行者’。”马克转过身，用瘦骨嶙峋的胳膊环住自己，似乎这样能带给他一点安慰。外星烟草的香味钻进鼻孔，他听见扎博继续说道，声音低沉理智。“你有你的价值观，在我看来愚不可及，难以理解，令后代蒙羞，先人震怒。但你为什么要替别人做决定？我想他会很乐意帮我和缇西安的。”

马克结结巴巴地说道：“我的确……他也不会帮你的。他也会害怕的。”他思索片刻，接着说道：“或许他甚至觉得这是错的。”

“如果这样，你倒是好了，但缇西安就麻烦了。”扎博咔的一声把烟斗磕在烟灰里。

远行队长觉得自己似乎丧失了语言能力，他发出一声半咒骂半哭泣的呻吟，掏出一瓶蓝色药粉，吃了下去。变形开始时，他依稀听到扎博最后说道：“别往心里去，变身后的你不是真正的你，这样想你就不会良心难安了。你说得没错，塔基斯人的确擅长诡辩。”

“有进展吗?”缇西安问道，合上电脑，看着塔伊，现在他们正待在伊卡赞的医学实验室里。

她的话里满是愤怒和讥诮，但塔伊丝毫不为所动，连睫毛都不颤一下。“一点点，但我们失去了两名最好的研究者，这是极大的损失。”

“安沙塔的死是他自己的选择，那个时候只需要一个简单的投降。”

“但你也可以放走他的飞船。”

缇西安不想再一次陷入自责，她压下心头蠢蠢欲动的负疚感，说道：“这无从选择。飞船上是十五条性命，而地球上是无数条人命。安沙塔任务失败，我也滞留在了地球。”

接下来，杰伊的问题让缇西安感到震惊，原来他对她的了解，比表现出来的要深得多。他虽然把塔基斯语言说得蹩脚至极，却能听懂许多。只听他问道：“如果你的飞船没坏，你还会留下来吗?”他问道。

缇西安缓缓开口：“不会。那时我还很年轻，只不过是以塔基斯最隆重的方式，来展现我的伟大，你们于我，只是些普通的芸芸众生，对我充满感激。我在之后与你们的相处中，才学会了爱你们。”

“你的确应该心怀感激，爬地人。”塔伊说道，“你因此获得了强大的能力，否则都根本没机会成为缇西安的同伴。”

杰伊想扑上去掐住他的脖子，但缇西安已经替他开口了。“心怀感激?！灵神都会诅咒你，让你断子绝孙的。杰伊的能力抵得过一万多条人命吗？抵得过他毁掉的生活吗？他都不敢生孩子！而且，抵得过我失去的一切吗？我自己就是这场试验的受害者!”

她转身，努力平复急促的呼吸，愤怒和痛苦淹没了她，她走进一间小房间，几乎是无意识地给自己注射了一管药物。

“我看你依然没丢掉慷慨激昂的演说技能，你还这么喜欢孤注一掷吗?”塔伊问道。他试图弄明白缇西安的想法，想知道她抛下自己的出身和前程，奔赴地球拯救地球人，对这一切可曾有过后悔。缇西安把注药器放进口袋，抬起眼，直直地看着他的眼睛。

“我还会这么做的……如果还有第二次的话……”

塔伊的脸上满是欣慰。“这才是我的缇西安，你的父亲会为你骄傲的。”

“他会原谅我吗?”

“不会……但直到最后一刻，他都在想念你。”

“带我去看他吧。”

病房里空空荡荡，只有一个年轻人漂浮在肥皂泡形状的生物复原泡里，天花板上垂下长长的细线，悬着复原泡，监护着里面的受伤躯体。一眼看去，病人仿佛待在葡萄牙僧帽水母的肚子里。而在缇西安看来，这些泡泡也像胎盘，功能也与子宫类似，都用来孕育健康的生命。泡在舒缓液里的人会逐渐康复，比如眼前这个。只见他蜷成一团，大拇指含在嘴里，眼睛紧紧闭着，营养物质透过身上好几百个部位流入身体里。

“天啊!”杰伊惊呼了一声，缇西安不知他是惊叹复原泡，还是球里那个人身上可怕的伤口，伤口皮肉翻卷，露出形形色色的身体组织。

在病房的尽头，远远矗立着两扇厚厚的塑钢门，像是通往某个保险室的入口。事实上，也的确是为了保险，门后保存着他们要治愈的、伊卡赞最强大、最珍贵的珍宝。病房和保险室门口都有保卫在站岗，塔伊站在门前，门板上饰有五光十色的硅晶玻璃，组成抽象的图案，每块都闪烁着白光。塔伊发出意念信号，本来规律闪动的白光变得杂乱，然后随着一阵柔和的吱嘎声，门缓缓滑开了。

“需要我跟保安一起留在外面吗?”杰伊问。

缇西安的喉咙像被堵住似的，一句话也说不出来，只摇了摇头，走进房间，杰伊也跟在她身后走了进去。

夏克兰漂浮在复原泡里，像胎儿那样蜷缩着，但完全不像个正在痊愈的婴儿，只是一具会呼吸、会排泄的躯体。他的手干枯如爪，掌中塞着圆筒，以防手掌握成一团，再也舒展不开。髋骨刀子似的刺穿了骨盆外灰色的皮肤，肋骨根根下垂，一直垂到萎缩的肚子上。长长的头发海草般漂浮，包裹住这具衰败的身躯。

缇西安注视着监控板上的生命特征，所有指数都表明，夏克兰·布兰特·佛玏娃·泽克·阿杰姆的思想和灵魂都在逐渐消逝。

“你还想扫描看看吗?”塔伊问。

“想。”

缇西安按了按监控板，营养液退去，一张检视桌从地板上升起，轻柔地托住夏克兰干枯的身体。她把凝胶状的复原泡移开，注视着眼前半死之物的脸，想从上面找出父亲的影子。脸庞的形状还算完好，对缇西安来说，这就足够了。

塔伊握住她的手，增强了缇西安微弱的意念力，他们一起搜寻夏克兰的思想，但一无所获。这具躯体在呼吸，但没有思想，也没有灵魂，只是空壳。

缇西安缓缓上前，觉得似乎有什么在重重击打她的头顶。她把双手深深插进口袋，攥紧了注药器。现在所有的自我安慰都苍白无力，事实就在眼前，无可辩驳。

她勉力走到父亲身侧，伸出手抚摸父亲满是胡楂的凹陷脸颊。

“爸爸……”她用英语唤道，心底有些不安，使用了地球人的语言，但她一直很喜欢这个称呼，因为其中饱含了爱和温暖。塔基斯贵族语言里，类似的词表达不出亲昵，更别提爱。“我回家了，对你说过的那些话，我很抱歉……我……我爱您……”声音愈来愈低，最后成了哽咽，于是她退到了一旁。

塔伊跟过来，扶住她的肩。“需要我……”

“不！”

缇西安张开手，塔伊把一把金色的小剪刀放在她的掌心。夏克兰的头发又长又湿，她小心翼翼地分开打结的发丝，剪下一缕，仔细地缠在手腕，作为父亲的纪念。

夏克兰的嘴唇还有一丝暖意，几乎粉碎了她的决心。刹那间，勇气、理智、爱、自私在体内狂乱地四处冲撞，最后，她掏出注药器，把它靠在父亲手臂上。

杰伊紧紧抓住她的胳膊，攥得她发疼，注药器从手中滑落。

“你在做什么？”杰伊的声音寒冷如冰。

“解脱他。”塔伊温和地说，轻轻地把杰伊的手指一根根掰开，“从不生不死中解脱。”

“你要亲手让你的父亲永远死去？”

“我必须这么做。”缇西安低低地说道，声音轻得连她自己也听不清，“他就像个人偶一样维持着生命，而现在，他的存在已没有意义，事实上，还成了阻碍。”

“扎博对你的形容真是贴切。除掉横在你和王位之间的最后一条生命，上帝啊！我真不敢相信！”

杰伊的嘲讽像条鞭子，狠狠地抽在心上。她几乎要退缩了，只好竭力唤起自己的愤怒，把它当成勇气。“我不指望你理解我，或是支持我，我雇你来，只要你做好我吩咐的就行。”

杰伊的脸顿时沉了下去，像是狠狠关上的百叶窗。他双手插进口袋，背转了身。缇西安深吸一口气，屏住呼吸，按下了按钮。二十秒后，夏克兰的胸腔呼进了最后一口气，微微隆起，然后彻底坍塌了。

缇西安的头发覆盖了整个背部，裹住了她，像披了一条金色薄毯。在她身体深处腾起一股尖叫的冲动，在喉头化为一摊酸涩。最后，她终于喊了出来，声音既不像地球人，也不像塔基斯人，而像一头负伤濒死的野兽。

夏克兰，伊卡赞宗族的瑞伊斯，去了。

♥♦♣♠

第二十一章

如果上帝是个女人，她看起来一定就像坐在中央的那个贵妇，年迈而庄严。

这个不甚恭敬的念头在马克脑中闪过，他不禁窘迫起来，只好重新瞪着自己的拇指指甲发愣。杰伊靠在舒适的小椅子上，头向后仰，就这么睡着了，马克想如果他没打鼾的话，就别叫醒他了。

尽管缇西安正到了紧要关头，但在两个地球人眼里，这一切都无聊透顶。所有事务都按私密模式进行，交流的语言全是伊卡扎尔，整个过程一片肃穆安静，隔上好几分钟才能听到零星几个说出来的词。

大厅酷似一座洛可可风格的法庭，地板上镶嵌的瓷砖拼出各色图案，述说着伊卡赞的过往荣光。屋顶是一扇大大的天窗，犹如一颗巨大的钻石，月光透过窗户的水晶玻璃，折射出道道彩虹，在众人华丽的盛装上起舞。

七名老妇坐在弯曲的高台上，居高临下地看着缇西安。*她们应该来回扫视的。*马克心想，*因为她们看起来就像希腊神话里的格里伊三姐妹。*他有点好奇，医生在这样泰山压顶般的审视下，居然没有倒下，还能骄傲地站直身子。彩虹照在她淡金色的发丝上，也照在众人精美的衣服上。衣服的布料色彩鲜艳，几个小时就做好了，马克猜肯定用了某种纳米技术。

他和杰伊与宗族的裁缝之间起了点小摩擦，杰伊粗鲁地大吼大叫，不愿换下舒适的运动装。于是裁缝上报说，为一名塔以基设计服装有辱他的尊严，杰伊则说这家伙自己就是个塔以基，没理由装腔作势。而接下来，杰伊表现得比个娇滴滴的小仙子还要矫揉造作。塔基扬，哦不，缇西安，马克想自己一定得记牢她的名字，把他俩都吼了一通，然后塔伊走进来，解决了这一切。

马克觑了一眼杰伊，他的衣服很漂亮，但精美程度比起马克的还是差远了。裁缝惊叹于马克的尺寸，于是在设计上着重突出了他的高大。服装颜色很棒，不过帽子上的流苏总是遮住眼睛，还有那些飘带，让他看起来像根用来赶鸟的玉米秆。

扎博从队列中走下来，与他们坐在一起。马克瑟缩了一下，手迅速伸向椅子旁边，再次确保手提箱还在。他又默数了一遍药粉，数字跟一个小时前的毫无差别：四瓶变成“星光”，四瓶变成“跃闪杰克”，三瓶变成“月女”，四瓶变成“宝瓶座”，还有三瓶变成“宇宙行者”。

行者同意了扎博的请求，加入了他的密谋，还把原计划作了些微调整。自己所有“朋友”中最懦弱的一个，居然与他们最强大迷人的敌人结成了同盟，真是令人愠怒。一对随从正向安伊兹走去，现在马克需要做的，就是等下一步计划——等扎博杀了这个孩子。

一想到扎博曾想毁了自己的家园地球，而现在却与他合作，马克就觉得懊恼。但是该死的，扎博的确很有魅力，而自己也会义无反顾地支持医生，帮她夺回王位和身体。傍晚时分，扎博过来看了看缇西安的全套服装，然后离开了。等他再次过来时，手里多了两把精巧的发梳，像是由整块祖母绿雕刻而成。

“它们是我的，”他解释道，“与你之前的装束颜色不搭，但与你现在的服装十分相配。”

马克这才意识到，他俩的头发都是淡金色，缇西安“借”来的身体外貌特征与扎博十分相像。现在两柄发梳就插在她头上，头发则在耳朵上堆成发髻。

想到梳子，远行队长又想到另一件事，开始担心起杰伊来。自回来后，杰伊就一直闷闷不乐，嘴巴抿得铁紧，似乎憋着极人的怒气。他问过几句，却被打了一拳啐了一口，问什么，都只得到一句“去问我们的小公主吧”，酸得远行队长的胃都要贴到脊椎上了。他也没去问缇西安，她要忙的事太多，而她眼里的神色如此忧郁，看得他这个向来以和为贵的老好人都想逮个人揍一顿，好把她的痛苦转移过去。

扎博走到马克身旁，钩住他的胳膊。*我们现在是兄弟了。*马克想。

“我们现在状态都不错。”扎博悄悄地说。

马克点点头，想偷偷抽回自己的胳膊。*我是个保守的美国人，*他想，*不习惯身体接触，尤其是男人之间的。*

“我说，不管怎么样，她们都不能否认她是缇西安。”

“然后呢？她们承认她，这样她就能成为家族统治者?”

“没这么简单，她们还要考虑。”

“那大家达成共识了吗？同意她当瑞伊斯?”

“是的。”

“听你说来，这还挺民主的。”

扎博狼一样笑起来。“民主？不可能的。这不过是种预防措施，防止即使很多人不满我们的决定，也不会引发宗族内部的血腥混战。”

“但不管怎样，这些还是会发生的。”远行队长心下黯然，想到行者加入了一场有预谋的谋杀，就自责不已。

“你太悲观了。”扎博鼓励似的拍拍马克的肩，这时高台上发出的意念信号吸引了他。

最老的那位老妇双手交叠在面前的桌上，头低垂着，似乎陷入了沉思。

然后她抬起头，开口说道：“女赛手们、执剑者们、继承人们、服务者们。”她凝视着台下的贵族和聚在后方墙边的仆从，“在宣布今天的决定之前，我要告诉各位一个沉重的消息：我们的瑞伊斯，逝世了。”

人群迅速掠过一阵私语，仿佛吹过了一阵悲泣的风。马克努力转头，脖子都几乎扭断了，终于看到了缇西安。她站在那，仪态完美得无可挑剔，脸上看不出丝毫表情。

“上帝啊，现在他不得不接受这个事实了。”马克喃喃地说，沮丧之下，都忘了选择合适的人称代词。

“在你们星球上的生活，终于教会了缇西安勇气和责任，我很感动，不然就凭她是做不到这些的。”扎博的声音里满是欣慰，“厄基恩肯定坐不住了，他没料到我们会这么做。”

老妇的讲话还在继续。“把这个悲伤的消息告诉你们的家人，崇高的夏克兰离开了我们，从明日起，全城、全宗族致哀三天……愿他的精神永存，指引我们前进。”

“我们的敬意与他同在。”人群一片喧哗，久久不见平静。

老妇快速说道：“逝者已矣，生者如斯。”她垂下虽老迈却锐利的双眼，重新看着缇西安，“你确是缇西安无疑，无论变作何种模样，欢迎你回家。”

“谢谢。”缇西安扶着隆起的小腹，努力弯下腰。

“至于你的接任事宜，议会将于午夜时分召开大会，聆听执剑者的意见。在此之前，塔伊，你仍担任摄政王。”塔伊站起身，鞠了一躬，走到缇西安身边，扶着她的胳膊向门口走去。显然，会议结束了。

马克站起身，把自己一米九的个头从狭小的椅子里解放出来，神经质般地一把抓过手提箱。

“执剑者是什么玩意儿?”杰伊问。

“本宗族每一支氏族血脉的男性头领。”扎博解释说。

人群交头接耳，潮水般从他们身旁涌过。仆从打开门，接过一位贵族递过去的手套，对每个出门的人微笑致意。马克不知道他们是真的这么开心，还是出于害怕。

“也有女人在这。”杰伊突然说道。

“没错。”扎博答道。

“而且她们有的不是长老和仆人。”马克嗫嚅道。

扎博失笑。“那又怎样？”

“后宫在哪儿？”

“‘拉拉娜[1]’并不包括在你们行程之内……如果你们愿意抛弃你们的老二，或许可以看一眼。”

“不了，这些……”

“她们都清除过细菌病毒。我们并不禁闭女人，因为她们都是人，她们在拉拉娜是因为正怀着孕。”

扎博把椅子转了个边，跨坐着，掏出一盒塔基斯香烟，递给杰伊和马克，见他俩都拒绝后，耸耸肩，把香烟叼在唇间，一个仆人从椅子下冒出来，点燃了它。

“暗杀企图很少针对男人，他们通常也是我们能接触到的，彼此间各取所需就够了，发泄怒火也很方便。而怀孕的女性是完美的目标，杀掉一个，就等于毁了几百年精心规划的基因培育成果。”

“哟，那些女孩要是知道自己这么重要，一定深受感动呢。”

扎博被话里的嘲讽惹恼。“我们非常重视我们的女性！”

“是的是的，就跟重视配种母马一样。”

“你曾出于爱情结过婚吗？”马克问。

“我们因权力而结婚，因繁衍而生育，爱……很少很少。”

“你们的文化多么伟大啊！”杰伊再次哼道。

他们在缇西安以前的套房里住了下来，仆人还在进进出出，抱着

---

① Rarrana，拉拉娜，女性居住场所，深闺制度的产物。

家具、绘画、电脑、乐器和全息台四处安置。他们总算有了片刻的宁静，缇西安瘫坐在窗边，看着窗外的冰山，它们在月光的笼罩下犹如冰封的瀑布，铺满了整个悬崖。这时塔伊走了进来，但缇西安还是一动不动。

终于她冷冰冰地开口了："你没有保存我的房间。"

"我那时被你的行为彻底激怒了。"塔伊平静地回答，"至于你父亲的议政室，我们很多年前就回到那儿了，而且我一直幻想有一天他能好起来。"

缇西安抚着额头："对不起，怀孕的女人似乎特别容易生气。斯卡特来了吗?"

"在路上了。"

"灵神啊！我和他有什么关系呢?"她把头发拨到耳后，站起来向外走去，"这些执剑者我一个也不认识，我当年在这儿的时候，他们有一半都还是孩子。"

"四十年前死了很多，许多空缺都是由年纪过小的候选人顶替的，你对于他们来说，只是一点回忆，或者故事里的某个人物。"

"所以他们不敬畏我?"

"而且你现在看起来一点也不吓人。"

杰伊正在摆弄全息台上的频道，闻言抬起头来。"我们可以给她架火箭炮，啊，扛着 AK－47 的圣母玛利亚。"

缇西安不理他，继续问塔伊："扎博在哪儿?"

"他去给普沙拉一点小小的警告。"

缇西安摇摇头。"真希望我能信任他。"她又叹道，"回到手头的问题吧，我该怎么处置斯卡特?"

"给他点甜头。他贪财，威胁对他不管用。"

"但这样会触怒雷加。"

"他是厄基恩的党羽，无论我们做什么，他都不会高兴的。"

“而且我们也不希望他处理任何跟财务有关的事宜。”

马克一直在听他们谈话，瞅准了间隙走到缇西安身边，抬起她的手说：“你，你应该休息一下，这样我们能说说话。”

用不着读心术，缇西安也知道他在想什么。“时机未到，不用看，更用不着讨论。”然后抽出手走开了。

“它不会永远封存起来的。”马克警告说。

“就让它和其他食尸鬼一起放在地下室，让它们互相牵制纠缠，除非它们能团结一致，一起发难，否则我没心思考虑，现在我简直要疯了。”

“增加了您的负担，我很抱歉，公主殿下。”杰伊说，“但要是我在街上碰到了布拉斯，得有地方让我把他瞬移过去，总不能又送到洋基体育场吧，你们这有监狱、地牢或是别的什么吗？或者你们这儿有快递吗？”

缇西安看了看塔伊。“实验室里还有拘留室吗？我们在哪儿拿囚犯测试‘强能’？”

“还有，我们有时也会用到。”塔伊说。

“把阿克罗伊德先生带过去，让他看看。”

“我能知道为什么吗？”塔伊问。

“不能。”缇西安干脆地拒绝。

这时响起了敲门声，他们都扭头看去。

“没有我的指导，你能解决好斯卡特吗？”

“应该可以。”

塔伊躬了躬身，领着杰伊从另一扇门走了出去。

缇西安朝仆人点点头，让他们打开精雕细刻的双开门，脸上露出欢迎的微笑，以最优雅的姿态朝来人走去，看到他绿色眼睛里流露出对自己美丽的赞赏，轻轻握了握他的手，然后领着他坐到沙发上。现在她已经能熟练运用这具身体的优势了。

“在飞机库里与五六百个亲戚一起用晚餐，这真是太酷、太亲密无间了。”

“没这么可怕。”马克反驳道。

“好吧，那就是在巴洛克风格的谷仓里吃晚饭，他们每顿饭都要喂牲畜吗？有人在自己房间里摆了电炉吗？我希望在我的房间里摆台电炉。”

“医生需要我们在这里。”

“胡扯，就算是我们那当了一天的小公主，也不能给我们在头桌上找个座位。如果可以，那真是要给他敬上一杯。”

马克丝毫不受坏情绪的影响，这让杰伊更为恼火。马克又咬了一大口腌得发黑的卤肉，不停地嚼着。“你会帮她摆脱险境的，我一点也不担心。”

“真高兴我们其中一个还有好心情。”

“我认为它十分特别。”马克说道，指了指餐厅。

“什么？他们每天要从桌上丢三次食物吗？那我真佩服鬼牌镇的汤厨房，他们每天起码要喂一千个流浪汉吧。”

马克四处观察穿得花枝招展的人群。餐厅墙壁的高处建了间内嵌式表演台，乐手们站在里面，为他们演奏轻柔的乐曲。餐厅上空悬着露台，挤满了叽叽喳喳的塔基斯青少年，探头探脑地往下窥视，打量用餐的人们。附近站着哨兵，侍从穿梭不停，撤走脏碟子，再往空碟子里装满食物，这一切都颇有中国家宴的风格。厅里摆了成百上千道菜，每道菜都加了很多辣椒调料，要么就甜得发齁。菜碟子下是一张长台，里面满是谷粒状的东西，但吃起来不太像米饭，更像是坚果，十分难嚼。跟自己一样，杰伊苦着脸把它们拨到一边，高高地堆在盘子一侧。

“我想我明白这些食物怎么回事了。”马克说。

杰伊含着满嘴食物说道："很好，等你弄明白我什么时候能喝到啤酒，吃到芝士牛堡三明治时，一定要告诉我。"

"这是个寒冷的星球，生活在寒冷气候中的居民，偏好调料丰富的重口味食物，以及甜食。但我有点奇怪，为什么这儿的统治阶级以苗条为美，在寒冷严苛的环境中，人们通常崇尚丰满……因为象征了财富。当然，这里的普通人还是比较胖的……"

"谢谢你，教授，明天有随堂测验吗？"

"对不起，我又来了……我只是……只是觉得这挺有趣的。"

杰伊皱起眉头，注视着一个懒散的贵族，只见他命人撤掉椅子，倚靠在桌边的沙发上，眼睛闭着，一个美丽的年轻女人蹲在他身旁，膝头摆着碟子，正在小心翼翼地一小口一小口喂他食物。

"我很奇怪，这个社会与你们嬉皮士推崇的'爱之夏'格格不入，他们崇尚暴力，而且这些灵主就跟一群雄蜂似的。"

"这些贵族并不是一无是处，比如医学进步就可直接归功于伊卡赞宗族。"

"那只不过是为了他们自己罢了。"

"是啊，但结果是好的，我们为什么要计较这个呢？"

杰伊看了眼手表，不过这完全是下意识的反应，毫无用处，因为手表还是纽约时间。"我们得弄清楚这里古怪的时间，现在应该到缇西安接管王位的时候了，接下来就该发动反击，抓住布拉斯和那个女孩，我已经做好准备了。"

"我认为，医生接管伊卡赞后，暂时还没什么头绪要做什么。如果旺雅旺德那群纨绔子弟也跟这座宫殿里的一样，戒备森严，要打倒布拉斯可不是件容易事儿，尤其现在他还是瑞伊斯。"

杰伊觉得怒气在胸腔里野草一样肆意蔓延，哽在喉头。"梅多斯，你知道你的能力是什么……现在很无聊，而且……"

这时首桌突然起了一阵骚动，梅多斯的脸色变得很奇怪，有些发绿又有点发白。杰伊噌地一下站起来，撞倒了身后的椅子。但出事的并不是缇西安，而是安伊兹，那个容易生气的男孩，只见他站在那里，双手死死掐住自己的脖子，微弱凄惨地叫着，叫声不忍卒听。

塔基斯人在遇到危机时都极其冷静，这一点杰伊不得不佩服。警卫包围了众人，激光武器四处扫射，但不管怎样，厅里的人一点也不恐慌，更没有什么奔逃的人群堵在出口。事实上，跑动的人只有两个：他和马克，但他俩并不是跑开，而是朝安伊兹跑过去。

“一群哑巴!”杰伊低声骂道，埋头在楼梯上猛冲，跑向首桌的高台。

扎博按住缇西安的肩，让她坐在原地。缇西安的神情冰冷怨毒，但身体却倾向惨叫的安伊兹，想去救他。塔基斯的立场和地球人的道德在她体内交锋，而后者最终屈服在扎博铁一般的钳制下。

厄基恩冲到安伊兹身旁，一把撕开他的马甲和衬衫，只见他的喉咙上有个东西——像只水晶昆虫。厄基恩用刀子把它挑下，那东西叮的一声落到桌上，弹了几下后一动不动了。杰伊跑过来时，正看到它在变形，变成了剑柄上镶嵌的宝石别针，跟厄基恩胸前蕾丝上别着的一模一样。

尽管作恶之源已经除掉，但为时已晚，某种毒性极强的毒药已经扩散，安伊兹在厄基恩怀里剧烈挣扎，然后一动不动了。厄基恩把他放到地板上，杰伊本以为他会做些什么以示对死者的尊敬，但他只是站起身，任由死去的安伊兹瞪大着双眼，直直地看着天花板上的壁画。他的双手插在裤兜里，杰伊真希望他不是在手淫。

“这是谋杀，你破坏了家族的和平。”厄基恩开口说。

扎博伸出精致的手指指着自己。“我?”他环视一圈在场的贵族，

“我认为，你不如问，是谁给了安伊兹‘安卡泰利[①]’。”

众人一片死寂，寇纳尔族人纷纷把目光投向厄基恩，眼里的愤怒转为困惑，然后又变得群情激愤。

“你说什么?”厄基恩凶狠地问道。

“大人，”扎博说，“是你把徽章别在安伊兹身上的。”

“胡说！我们聚集在这里之前，我根本没见过他。”

一个“呲沙弗迪[②]’，也就是净过身的女人站起来，说道：“但我看到您了，大人，您要说我在撒谎吗?”

杰伊发现，梅多斯的表情很奇怪，就像被人痛打了一番似的。他并不十分了解梅多斯的能力，但经过数年的仔细观察，他现在有种强烈的感觉，造成安伊兹的死和厄基恩困境的，一定是梅多斯的某个“朋友”。

“你为了转变立场支持缇西安，可真是下了血本啊。”扎博继续煽风点火。

厄基恩咬着嘴唇，手还放在裤兜里，隔着布料把什么朝缇西安射了过去。

但他射了个空，就在那一瞬间，扎博一把将缇西安推进杰伊怀里，堪堪避开了那道致命的激光柱。缇西安因小腹的重量向前栽去，杰伊一脚踏上高台，另一只还踩在楼梯上，一时站立不稳，带着缇西安一起倒在拼花地板上。武器的咆哮怒吼在头顶掠过，他十分庆幸自己躺在了地上，因为他讨厌枪，任何形式的枪都讨厌，但现在轮到自己取出“枪”了，他把手做成枪的形状，指向缇西安。

但缇西安紧紧抓住他的食指，几乎把它扭弯。“别!”她低声说，“别过早暴露你的能力，留到真正危险的时候用。”

---

① ankataili，安卡泰利，一种可以变形的昆虫，休息时以水晶小棍的形式呈现。

② bitshuf’di，呲沙弗迪，净身过的灵主，可以是男性，也可以是女性。

“现在不就是吗?!”杰伊叫道。子弹四处飞射，大理石餐桌上的薯条四处乱跳。

警卫一面围成楔形，保护杰伊和他们的公主，一面不停地射击。杰伊有点担心马克，希望他记得低下头，不然他的高个子太显眼了。杰伊既好奇现在的状况，又害怕枪和持枪的人，最终好奇占了上风。他把缇西安留在警卫围成的保护圈中央，自己继续往高台爬去。他担心缇西安会不会跟过来，所幸性别的改变让她聪明了很多。

杰伊刚把头伸出最上面一级楼梯，就看到塔伊从一名倒下的守卫身上抽出一架步枪，一枪崩掉了厄基恩的头，然后迅速躲到桌子下。在他不远处，扎博皱着眉不悦地喊道：“……你！我本想杀了他的。”

“我现在没空让你在这逞英雄。”塔伊怒道。

杰伊真想跟塔伊击个掌。他并不是很了解塔基扬，但就在为数不多的几次碰面中，他已经对他那塔基斯风格明显的废话厌烦透顶。塔伊也是个塔基斯人，但他说的废话显然是杰伊能容忍的。

“是你安排的?”塔伊问道，跳起来又扫射了一发。

大厅另一端的一个人尖叫了一声，捂着身体，面朝下倒了下去。杰伊觉得自己是挺喜欢塔伊，但看到他的枪法准得可怕，他还是吓得想尿裤子。不过现在大厅里子弹横飞，激光柱肆意狂舞，也不能确定那个人就是塔伊射中的。

“当然。”扎博答道，一边说一边不停扫射，他的确也是个神枪手。啊，他当然是了。杰伊想。

但梅多斯的身影还是遍寻不获。

此时，一根柱子后腾起了火焰，形状像只希伯来凤凰，火中出现一个人影，身形相当怪异，只见他矮小精壮，头发红得像火，脸庞线条尖刻，神情充满嘲讽。橘色紧身连体衣边缘镶着火焰，露出了肚脐。显然，他的着装品位真是糟透了，不过塔基斯人可能不会这么认为。

跃闪杰克双手张开呈莲花状，一团团火焰自手掌飞出，向首桌击去。他的出现震惊了在场所有塔基斯人，突突响个不停的机枪和激光炮也停下了，整个大厅一片安静，紧接着议论像嬉闹的小孩，在厅里四处跑窜。

"燃烧天啊！"塔伊倒吸一口凉气，杰伊认为这是莫大的赞美。

"祖先啊，他到底有几个'朋友'？"扎博问道。

跃闪杰克像芭蕾舞者那样转了个圈，飞下楼梯，来到警卫围住的缇西安身旁。经过杰伊身旁时，杰伊觉得脊背仿佛被烈日炙烤。火焰不断从跃闪的指尖垂落，而他那火红的头发中，火花劈里啪啦地闪个不停。

他俯身看着缇西安，抬起她一只手，吻吻手腕内侧的柔软肌肤。"呵，公主，我听闻这儿有位身陷苦难的少女，您想消灭哪条恶龙？"

"你可以先杀掉那些朝我们开枪的人。"缇西安抽回手，咬牙切齿地说。

"是个好办法。"跃闪发出一团火焰，推动着自己飞了出去，把玫瑰大理石地板烧焦了一大块。

火焰出现在人群中央时，几乎所有人都已经停止了战斗，除了少数几个最敬业的寇纳尔外，而剩下的塔基斯人似乎都做好了决定，如果缇西安和她的同伴拥有这样的控火能力，他们愿意站到她这边来。

几个寇纳尔朝飞在空中的跃闪发起攻击，但子弹对他毫无作用，至于激光柱，他似乎还很享受，开心地大笑，似乎他们在给他挠痒痒。有个聪明的寇纳尔灵光一闪，抬起一只水罐，把水朝他泼去。想法是不错，可惜实施起来就是另一回事了。跃闪发出一串火焰，把他围在中央，连同水罐一起烤成了焦炭。

塔伊看着扎博。"他归你管吗？"

扎博犹豫地笑了，说了些什么，但对杰伊最初级的塔基斯语水平来说，他的话又快又复杂，根本听不懂，这时缇西安的呼喊传来。

“杰伊，告诉他们别再惊叹了，也别祝贺我们的成功，快控制现场!”

杰伊也叫道：“到这来，你自己跟他们说。”

“我来不了，他们不让我出来。”

闻言杰伊转过头，看到两名警卫坚定但温和地拦着她，而她看上去跟疯了似的咬着指甲，杰伊想，如果她真是个女人，自己绝不想成为她的丈夫。

现在交战似已平息，杰伊大着胆子，钻出人群，站直了身用英语喊道：“喂!”扎博扭头看着他，“公主殿下说，你们该死的都闭嘴，快把这群坏蛋控制住!”

大会又一次召开了，这次来的人更多，一部分原因是要确定宗族统治权，但主要原因是，塔基斯人跟地球人一样，好奇心旺盛。那些错过了精彩好戏的人都在四处打听，想分享哪怕一丁点当时的兴奋，谁说得准呢，说不定那个火人还会再次出现，说不定还会流更多的血。

当大家还在等待七个长老现身时，杰伊在房里四处转悠。众人的对话不时飘到耳中，从他能听懂的只言片语来看，塔基斯人认为病毒取得了成功，对此喜极而泣，并且后悔不迭，因为这样的试验最后竟然被终止了。他们眼中的神色，杰伊只在退役的越南老兵眼中见过——要是真正放手让我们战斗的话……只不过这些塔基斯人表达的是：早知道试验这么成功，我们就把病毒用在自己身上，现在说不定早就一统塔基斯了。

死亡率可是高达百分之九十呢，杰伊想，真是巴不得他们都用了百变王牌。本来对所有塔基斯人都没什么好印象，现在对伊卡赞就更加反感了。

遛了一圈后，他回到缇西安和马克身旁，他俩正耷拉着腰坐着，面色沉重，彼此的手紧紧握在一起，就像两个溺水的人，明知于事无补，还是觉得这样能带来点力量帮助似的，杰伊也懒得去安慰他们。

“他策划得十分完美，安伊兹的死，执剑者和候补执剑者也许会怀疑是他在背后捣鬼，但没法证明，马克……”缇西安抬起手，把马克一缕打结的、脏兮兮的灰白色头发拨到脑后，“你应该永远也别让他来利用你。”

“但是他们会杀了你，还有你的孩子，我还有别的选择吗？”

“这种肮脏勾当，就让扎博自己做好了……”

“你，”杰伊插嘴道，“你真是得了便宜还卖乖。”

他本不想说这么说，但眼前总是浮现那悲惨的一幕：夏克兰的身躯萎缩变形，最后被无情摧毁，每每想起，他就几欲呕吐。杰伊抱着双臂，准备坐下来。

但马克一脚蹬开了椅子，他坐空摔到地上，屁股生疼。杰伊抬起头，看到马克站在身前，巨大的身躯铁塔般压迫着他，一向温和的蓝眼睛里，闪着自己从未见过的火光。

“该死的你别这么自以为是！你没有……杀过人，也许你都从未感受过身处绝境的滋味……就像，面临着巨大危险，不得不去做……一些事……”马克的声音越来越低，最后闭上了嘴。杰伊敏锐地发现，他那啤酒瓶底般的镜片后，双眼闪烁着泪花。

缇西安的声音死一般平静，但每个字都隐约透着愤怒。“如果我这么说你能开心点的话，那我告诉你，阿克罗伊德先生，我现在备受折磨。”她似乎陷入了沉思，但显然不是什么愉快的回忆。几分钟后，她惊醒似的抽搐了一下，接着说道：“你可以鄙视我，阿克罗伊德先生，我并未雇佣你的友情和支持，只是雇佣你和马克一起来保护我，所以为了确保能完成任务，你们必须合作，那么现在，你们休战吧。”

“那得看我能不能把花哨的塔基斯废话变成朴实的英语。你的意思是，我可以对你摆臭脸，但必须对梅多斯和颜悦色？”

“没错。”

“这好办。”杰伊答道。这时人群安静下来，每个人都回到了自己座位。

缇西安在意念召唤下，走出人群，站到大厅中央。几分钟后，另外二十三个神情肃穆的人也站了出来，塔伊也在其中。不过，尽管他们表情严肃，整幅场景却严肃不起来，他们都是些小个子，穿着也过于随意。杰伊真希望他们像梦境城的市长欢迎多萝西那样，一齐唱首歌。把塔基扬比作多萝西，也不算多糟糕的类比嘛。他想。

“梅多斯就是稻草人了。”杰伊喃喃自语，“我是铁皮樵夫，很可惜，少了个胆小的狮子。”

远行队长用手肘推推他，示意他塔伊开始讲话了。

“夏克兰已逝，他的直系血脉已回归。我曾有幸执掌伊卡赞，守护族人子民，但现在，严峻的危险逼近，属于我这个守护人的时代也已过去，我将权力移交给缇西安·布兰特·萨拉。”

“执剑者们看法如何？”

执剑者犹如拉斯维加斯二十一点锦标赛的高风险竞标者，竖起一根手指，挑起一边眉毛，却一个字不说。杰伊不知道他们究竟是性情乖戾，还是不希望自己的话被正式记录下来。

老妇森冷地笑了笑。“二十赞成票，三票……。”这个词杰伊没听懂，不过据自己知道的多种否定形式词来看，应该是弃权的意思，“伊卡赞取得了前所未有的统一，”老妇说，“看来我们真是遇到严峻的危险了。”

没人回应她的黑色幽默，所有执剑者都直直站着，盯着自己的脚尖，像是淘气的小男孩面对发怒的母亲。七个老妇互相靠在对方身上，灰白的头发衬着金灰相间的长袍，像极了巨石阵的石像在开会。交谈很快结束，发言的老妇威严地扫过全场，然后将千钧重的目光投在缇西安身上。

“缇西安·布兰特·萨拉，摄政王已卸任，议会之前已确认过你的身份，我们将——”

梅多斯扭头看着杰伊，咧开一个大大的笑，朝他竖起大拇指。杰伊忘了之前的不快，也笑起来，准备举起手——

“等一下。”扎博闲散地走到了中央。

“该死的!”马克嘟囔道。

“现在这个，不是萨拉的儿子缇西安，而是萨拉的女儿缇西安。”人群顿时炸开了锅，扎博继续说道，“女人不能担任瑞伊斯，她们有更崇高的任务。”他温柔地抚摸缇西安隆起的小腹。“我的表妹就是绝佳的范例。”

清脆的巴掌在安静的大厅里响起。

缇西安的手还高举着，全身都因愤怒而发抖。扎博笑意不减半分，仍抚着她的小腹。

塔伊走上前，巨大的愤怒和震惊下，他的步履有些不稳。“你这个卑鄙的混蛋，缇西安是男人。”

“你们见过怀孕的男人吗?”扎博看向议会席，“没错，缇西安的思想是男性，但身体……你们都生过孩子，知道她的重心会放在哪里。”他拍拍缇西安的小腹。“难道你们真的以为，她会领导我们上战场?”

“很快她就能夺回自己的身体。”塔伊反驳道。

“等那个时候，我会很乐意看到她，哦不，他，重回王位的。”

“你这个魔鬼!”缇西安声音沙哑，气得浑身发抖，“没有瑞伊斯的权力，我永远无法回到自己的身体。恭喜你，扎博，你得到了一直想要的东西，甚至都不需要除掉我。”

扎博温柔地说：“对极了，这就是我的计划。”他看向议会席，浅灰色的双眸燃烧着狂热，“执法人们，基布尔们，你们说她是男人还是女人?”

没等老妇开口，杰伊就已经猜到了答案。

“女人。”

“那么现在谁才是直系继承人?”

“等等!”塔伊叫道，“我是摄政王——”

“你已经卸任了。”扎博反驳，继续对着议会席说道，“执法者们，茵塔耶们！现在谁才有权执掌伊卡赞?”

“你。”

塔伊坚毅的脸上，表情木然，像是戴了层面具。

扎博将缇西安拥入怀中，杰伊希望她唾弃殴打扎博，但她像是惊吓过度似的一动不动。扎博开始往门口走去，马克一把抓过手提箱，跌跌撞撞地追过去，小腿磕在人群坐着的椅子上，引发了不安的骚动，杰伊紧随其后。他们在门边截住了扎博，狠狠地鄙视了他，就像他是一团粪便。但缇西安眼里的空茫吓坏了杰伊，他不禁怀疑她是不是被打击得精神失常了。

扎博松开缇西安，张开手掌。“别别，绅士们，我现在带我可爱的表妹去她该去的地方，在那，没有净身的男人是不允许入内的。”

意念召唤响起，一队警卫迅速过来围住了杰伊和马克。

远行队长想起了那天深夜与塔基扬的酒后长谈，想起了他跟自己说过的关于母亲的谋杀，想起了后宫里的勾心斗角。他看着扎博渐行渐远的背影，绝望地大喊：“她会死在那里的!”

扎博顿住脚步，回头瞥了他一眼。“哦，我想不会，毕竟，这是她的家。”

“但没有一个人真心帮她！你这个混蛋!”杰伊骂道。

♥♦♣♠

第二十二章

塔基斯人，至少旺雅旺德人，没有抛撒鲜花的习惯，而是将花朵塞进小鸟的嘴里，再放飞它们。在首都旺雅，好几百条河流纵横交错，河面横跨着数不清的桥。现在，桥上、窗外，都有小鸟衔着鲜花飞向旺雅旺德的贵族，像是投掷了无数鲜花炸弹。

他们现在在一列船队中。七艘豪华的游艇，都设有舞池、宴会厅、管弦乐队，和用来遮阳挡雨的船篷，每艘船都演奏着不同的乐曲，偶有不和谐的音符，也与水声融为了一体。这是塔基斯的庆典，所以警卫必不可少，船队最前方就航行着一艘警卫船，而河道两侧的堤岸上还走着更多警卫。

凯丽倚靠在船舷上，看着鲜花劈里啪啦地落在经过的船上，一眼也不想多瞧华盖亭亭的高台。布拉斯在台上加冕了他的未婚妻，那个娇小的塔以基女孩脸上惊喜交加，仿佛看见了奇迹，但凯丽只想对她说，你这个小可怜。

“孩子，过来。”拜塔姆的声音响起，凯丽收回盯着鲜花的目光，听到他问，“你这样我真是提心吊胆，要是摔下去了怎么办？”

凯丽耸耸肩。“没关系，我会游泳。”

老贵族战栗了一下，为眼前真正的艺术品而战栗。他会因美酒不纯而战栗；因某人糟糕的服装品位而战栗，不过这一点凯丽还不是很能理解，在他看来这里所有的衣服既浮夸又难看；有时还因一张放错位置的便条而战栗。但面对布拉斯时从不战栗，他从不因害怕而战栗，凯丽十分赞赏他这一点，也许老家伙是个疯子，但这点值得钦佩。

“坐下来，喝点酒，吃点东西，开心起来。”

凯丽照办了。

“你的胳膊和肋骨好点了吗？”

凯丽试着扭动了两下。“很好，你们的药真他大爷的好。”

“他大爷的……”拜塔姆咂摸着这个词，“又一个古怪的爬地语。”

凯丽给自己倒了杯酒。

“这艘船上似乎大家并不是很高兴。”

凯丽扫过那群扎尔玛伊尔戈阴沉的脸，发现只有布拉斯兴致勃勃，甚至有些亢奋，从新娘那偷了一个吻，朝桥上、街道上、窗户后的围观人群不停挥手。他当上瑞伊斯后，就在眉毛下方和眼窝四周镶了钻石和墨玉，衬着他黑色的皮革连体衣和高帮靴，看起来格外引人注目。

“他们当然不开心，要是我们疯狂又年轻的瑞伊斯真的激励到了塔以基，就会有新的社会秩序了。”

他的话就像一团优雅的粪便，与周围的交谈格格不入。其他人都结结巴巴地闭上了嘴，不再出声，凯丽留意到杜尔格正在偷听他们谈话，赶紧“嘘”了一声。

拜塔姆却十分镇静地看了看四周，朝杜尔格点头致意。杜尔格向他们走来，旺雅旺德贵族们此刻也都想起自己还有别的事，纷纷跑到船头去了。

“我以为你并不关心政治。”杜尔格问。

“不关心。”

“那就只操心扣押在这的缇西安身体好了，这样比较安全，恋童癖。”

“对你们那些激进的建议，你和你的主人一直大费周章，以粉饰实际效果。”拜塔姆啜了口酒，“但最近这项措施，破坏了我们最基本、最不可侵犯的法则，你们凭什么以为各大家族会坐视不理?”

“恐惧，还有贪婪，他们想一统塔基斯。”

杜尔格伸长了脖子，像只感受风速的浣熊猎犬。这时船渐渐驶进码头，他转向凯丽。“过来，现在轮到你发挥点作用了。”

旺雅城中央的五角星形广场上，塔以基们挤得水泄不通。广场的设计煞费苦心，耗费了大量人力物力，但现在，每栋能俯瞰演讲台的建筑，都被布拉斯的莫拉克警卫占据封锁，要是出了什么变故，所有围观人群都只能束手待毙，就像……杜尔格停住脚步想了想，觉得地球上的一句形容最贴切：瓮中捉鳖。

布拉斯领着凯丽和自己的新娘走上台，身后跟着莫拉克方阵。杜尔格了解他暴躁易怒的统治风格，决定等他演讲完后，再告诉他拜塔姆的威胁变大了。这场演讲对布拉斯至关重要，容不得任何事情来分他的心。杜尔格又看了一眼广场，全息摄影机已准备就绪，塔以基们兴奋激动，充满期待，万事已俱备，于是他回到台上，对布拉斯点了点头。

布拉斯从椅子上站起来，走到演讲台上。他惊人的身高、肌肉结实的身材、大胆的服装配色，都让他看起来卓然不群。他举起手，人群训练有素，很快安静下来。

“看着我！我是个卑贱的下等人，但我统治了旺雅旺德!”布拉斯停顿片刻，目光扫过鸦雀无声的观众，“我将迎娶这位塔以基女士，生一个下等人，而他，将一统塔基斯!

“我们将完成这项大业，我的子民们！但这需要我们所有人——塔以基和扎尔玛伊尔戈同心协力，我们将建立一个平等的塔基斯，没有主人和奴隶，只有塔基斯人！银河系其他的星球居民，都将对我们崇拜不已，惊叹万分！”

“我把你们称为我的子民，因为我知道你们隐秘的愿望和梦想。你们一代又一代，都在侍奉灵主，以换取安宁和物资。但远远不够，这样的情形不会再发生了。你们的主人因为超能力而成为主人，现在你们将分享这种能力，我将把它赐予你们！从今天起，废除混血后代的相关法律，旺雅旺德的每个贵族，除了本阶级的女性，还必须迎娶塔以基女性为妻！”

欢呼怒涛般席卷了演讲台。“布拉斯是对的。”杜尔格心想，“他们的确是祖祖辈辈都在眼红嫉妒。”欢呼声足足持续了五分钟，等他们终于平静下来后，布拉斯继续说道：

“你们不仅仅获得超能力，还将获得扎尔玛伊尔戈的长寿！他们医药先进，所以寿命是你们的数倍，却只肯分点零头成果给你们。你们的寿命是三四百年，以后将延长至一千年！从明天起，塔以基不再仅仅是旺雅旺德的看门人，从现在开始，你们将接受保留给至纯者的注射药物。”

杜尔格心头震颤，这不是事先排练好的演讲内容，但人群又开始欢呼，看来一切进展顺利。

“你们可能奇怪，为什么旺雅旺德的贵族要与我一道，进行伟大的事业。难道他们不是阶级构成的一部分？难道他们不是问题的一部分？”布拉斯停顿片刻，享受台下的巨大反应，接着说道，“没错，他们是，但他们看到、听到、了解到，停滞不前等于自取灭亡。我们将动摇整个文化的根基，重建一个公平社会，建立属于劳动者的天堂！

“肯定会有人反抗我们，我们将与压迫者抗争到底，把他们变成跟你一样的盲灵者。他们最后会加入我们，宗族也会归我们所有。但有一个宗族，太过骄傲，太过邪恶，无视我们所做的一切，也丝毫不认同我们。”

现在轮到凯丽上场了，但他还是两眼望天，直愣愣地发呆。杜尔格不禁怀疑，自己是否应该把这个总是醉醺醺的家伙带过来。他伸出大拇指，狠狠按进凯丽的肩胛骨，让他回过神。凯丽摇摇晃晃地从椅子上爬下，走上前和布拉斯站到一起。

“他们终将倒下。”冒牌缇西安喊道，“塔基斯人，伊卡赞族人，听我说，旧制度已经消亡，新社会的曙光就在眼前。起初，我号召我的族人来发动革命，但他们拒绝了，还造谣中伤我，于是我不得不逃亡，四处寻找一位伟人、一位勇士，来领导我们建立新的社会。我破坏了所有传统，所有旧俗，抛弃了自己的宗族，转而效忠另一个，只因为，我已经找到了这个勇士！”他伸手搭在布拉斯的肩头。

杜尔格看到了凯丽的犹豫，在触碰布拉斯时，有片刻的退缩。但塔以基无暇注意这些，幸运的是大部分扎尔玛伊尔戈也没留心。

布拉斯继续说道：“今天我已经对罗达厄宗族下了最后通牒，明天之前他们必须与旺雅旺德结盟。如果他们拒绝，我们就对他们发动革命，你们，愿不愿意与我一起？”布拉斯高高举起拳头，下面的欢呼如排山倒海，“现在，你们去注册中心，加入宗族军队，准备战斗，我们的战利品就是整个塔基斯，愿灵神护佑我们！”

布拉斯最后张开双臂，虚空拥抱了观众，然后退到杜尔格身边。他的脸庞兴奋得通红，黑眼睛也在燃烧，杜尔格取过斗篷，披在他的肩头。

“太精彩了，大人，但是延长他们的寿命，真的没问题吗？”

“哈，完全没问题。”

“好的。但是并没有什么魔法血清，至纯者寿命长，是因为他们的种族就活得长。”

“等他们死的时候，才会发现我们在撒谎，那时我们早就一统塔基斯了。这样说能安抚他们，如果不能，就杀了他们。”

杜尔格低下头，表示赞同：“如您所愿。”然后与布拉斯一起走下演讲台的楼梯，“还有件事，拜塔姆·布兰特·山蒂奇·泽克·布阿德·泽克·朱尔跟假王子走得太近了。”

凯丽站在楼梯顶端，犹豫要不要这么做，酒精带来了巨大影响，让人变得盲目勇敢，因为现在，他就站在离布拉斯五英尺处，并且试图读取布拉斯的思想。

旺雅广场上有数不清的思想，但凯丽现在已经适应了精神感应。各色思想的压力，不再带来尖刀狠扎大脑皮层那样的痛苦，只是比较烦人，就像回到老家，听上千只蝉在波达树上大合唱。不过，即使布拉斯近在咫尺，他还是需要筛选，从中找到布拉斯的思想。

他发现图像有助于读取，于是在脑海里勾勒出一幅画面：在老家俄克拉荷马州的农场厨房里，祖母正坐在一张伤痕累累的木桌前，紧握着一个破旧面粉筛子的手柄。而他的思维，却跃过了这幅画面。

一旦定位，他就知道自己找对了。布拉斯的思想犹如钢锯，毫无优雅精致可言，只有原始的野蛮，没错，这就是布拉斯的。深层思想藏在半透明的灵盾下，但表层思想如此强烈，根本无处藏匿。布拉斯在想着杀戮——杀掉拜塔姆。

♥♦♣♠

第二十三章

“你要是敢碰他，贱人，我就把你的奶头割下来喂你的孩子!”

缇西安不记得自己什么时候晕过去的，事实上她也不记得什么时候来到了拉拉娜厚重的大门前，就是在那时，她终于感到了恐慌，开始挣扎，抓打扎博的脸和胸口。

现在，她在吵闹声中惊醒，只听见一声威胁的大喊，以及篱笆后的猫警告入侵者的叫声。她抬起手，轻轻碰了碰额头，扎博残余的力量还在。不，我不是晕过去了，是被强行催眠了，她想，就像人安抚受惊的动物那样，扎博强行把她镇定下来。“当我对地球人使用能力时，他们也是这个感受吗?”她忖道。

接着，她听到远去的脚步声，哐啷的甩门声，其他更远更模糊的声音也渐渐钻入耳朵。婴儿的哭闹声、孩童呼朋引伴的嬉戏声、兴奋的猎犬与孩子玩耍时的吠叫，还有大人们发出的声音，比如轻轻流进喷泉池的柔和水声，正在排练的弦乐团演奏声，以及全息广播员播报体育赛事的嗡嗡声，都越来越清晰。

心头有些刺痛，她意识到自己正待在一群人——女人中间，因为自己闻到了她们身上清幽的香水味。然后，一股特别的香味钻入鼻腔，像一柄重锤狠狠击在胸口，她的思绪立即飘到了五岁时那个痛苦的夜晚。那时，他枕在母亲的胸口，疯狂地发出意念叫喊，因为自从母亲怀上他，母子之间就有了精神联系，但现在联系突然被粗暴地切断了。那一天，拉拉娜里的繁忙声响与现在毫无二致，当时是萝克莎拉娜把他抱在怀里。

现在，又是萝克莎拉娜扶着她坐了起来。感受到记忆里熟悉的力道，缇西安有刹那的失神，喃喃道：“你有母亲的香味。”然后睁开了眼睛。

萝克莎拉娜与记忆里的相差无几。她的眼睛跟他们的父亲一样，斜飞上挑，看起来邪恶精明，似乎总在算计，但实际上，她并非如此，而是像一刃刀锋，凛冽尖锐，一不留神就会被她伤到。

不过现在跳出来冷言嘲讽她的，是潘达莎拉。“只过去了四十多年，你就变得这么出类拔萃了。”

潘达莎拉就是这样一个人，据说她的丈夫，正是因为与她生活在一起，变得，或者说，被逼得爱上了狩猎“阿格玛①”这项危险的运动。

“当然你是一走了之了。”茜尔卡说。

“丝毫不挂念你可怜的姐妹们。”翠艾瓦加了一句。

“我们应该一起生个孩子。”梅兰忒接过话茬。

“当我们最近的男性亲属只是个摄政王时，我们的威望就一落千丈了。”

“现在知道我们的处境多么艰难了吧。”茜莎最后总结道。

接着就是一阵交头接耳。当女人不再对男人的弱点报以宽容的微笑时，就会彼此交换心知肚明的眼神。尽管缇西安已经被迫改变了性别，但在他的姐妹们眼里，她还是那个迟钝的男人。缇西安注视着眼前六张精致的脸：萝克莎拉娜、梅兰忒、翠艾瓦、潘达莎拉、茜莎，还有茜尔卡。

她们的头发都是金色，浓淡深浅各异，最大的萝克莎拉娜是闪亮

① agama，阿格玛，一种大型智慧肉食动物，对猎人来说，需提防它们从背后偷袭。

的金铜色，最小的茜尔卡是浅金色，她出生后过了九十年塔基扬才来到世上。缇西安发现，自从换了身体后，她看起来终于像是家族的一员了，反而更像夏克兰和萨拉的孩子，甚至性别也更像是对的。在连续生了七个女儿后，即使后来夏克兰又生了个男孩，伊卡赞族人也对瑞伊斯绝望了，甚至谏言夏克兰，希望他抛开对发妻不正常的迷恋，再挑选个血统纯正高贵的女子，诞下子嗣。夏克兰拒绝了，最终缇西安出生了，男孩，红发，一个异类。现在，缇西安看起来与她们更协调了……但归根结底，自己还是个异类。

想着想着，她注意到了其他一些事情。她们现在身处拉拉娜的中央庭院，星形的庭院非常宽敞，正中央穹隆形的天窗下，是座大浴池，赤裸的女人带着孩子在水里嬉戏，玩闹傻乎乎的孩子游戏。跟塔基斯其他地方的浴池一样，这个也十分简陋，因为塔基斯人都是出了名的不擅长游泳。在浴池四英尺远的地板上，瓷砖镶嵌出美丽的花纹图案，不过大部分都被女人的身体遮住了。她们躺在上面，惬意地享受瓷砖传来的暖意。塔以基仆人轻轻地走进来，奉上食物、饮料和毛巾。还有许多“拉布[①]”，男的女的都有，为他们的女主人按摩，亲吻她们，喂她们吃东西，读着全息图上的信息，全息图贴心地悬浮在与眼睛齐平的高度。不远处，还有两人在交媾。缇西安脸颊发烧，赶紧撇开目光，不禁暗暗怪责地球，都是在地球上的生活让她变得拘谨保守。

房间四周的墙壁参差不齐，墙上的门像一张张小嘴，门后就是拉拉娜最惹人生厌的所在——后花园。那里嘈杂喧闹，毫无隐私，要是有什么敌人潜入了后宫，这是最危险的地方。缇西安抬眼看了看浴池边的守卫，他们共有七人，正漫不经心地走来走去。

她收回目光，又看向姐姐们，有四个怀孕了，如果算上缇西安的

---

① La'b，拉布，性玩物。

话，那就是五个。她幽默地笑道：“我们圣纳里人都很能生育，不是吗?”

“燃烧天啊！缇西，你是怎么把自己弄到这幅荒唐境地的?”萝克莎拉娜咆哮起来。

与其说这是询问，不如说是痛心的叫喊。她们的弟弟落得这般田地，拉娜一定得知道究竟发生了什么，母亲被谋杀后，是她把缇西安抚养长大。

缇西安的心脏似乎变大了，盛满了浓浓的情感，甚至要从小小的身体里溢出来。即使竖起了灵盾，读心者之间还是有紧密联系的纽带，一些琐碎的、不那么重要的思绪，犹如叮咚的小溪，涓涓流出，让他们安心自在。要是没了这些，读心者就会压抑恐慌，就好像普通的地球人被关进了废弃的坦克。现在，缇西安包围在一群爱她的读心者当中，她们特意卸下了防备，好让自己的爱意涌向她。难以言述的感动溢满了缇西安的身心，她张开双臂，拥抱姐姐们，喃喃地叫着她们的名字，享受她们一个接一个走上来给她的亲人之间的吻。

爱的盛宴足足持续了三分钟，然后萝克莎拉娜开始下达命令。“茜莎，茜尔卡，去转一圈，看看都有哪些人在交谈，哪些丈夫突然决定来见他们的妻子，哪些父亲因为迫切想与女儿联系而被关押了。”两人点点头，离开了。

“来吧。”拉娜扶着缇西安站起来。

“去哪?”

“扎博下了严令，让你住在拉拉娜最好的寝宫。”

“他还真是……事必躬亲……我是不是该感激他?”

“最好这么做，”潘达莎拉说，“这样能救你自己的命。”

“你认为他们会杀了我?”

“你离开了很长时间。”她们急步走下蜿蜒的过道，梅兰忒转过头说道，“寇纳尔死了好些人，他们疯狂地想要报复。”

她们来到门前，萝克莎拉娜打开意念控制门锁，走进房间。房间陈设非常特别，大理石地板上铺着厚厚的蛛丝地毯，隔绝了塔基斯刺骨的寒冷。墙壁一角立着十英尺高的壁炉，房内摆了沙发、椅子和几张桌子，其中一张牌桌靠在壁炉旁。还有一架“卡厄[①]”，顶端擦得锃亮，上面摆了台“瑞芭比[②]”。

缇西安走到乐器前，抚过卡厄的键盘，再试着拨弄了几下瑞芭比的琴弦，然后小心地把它放回卡厄上，双手猛地重重按下卡厄的琴键，刺耳的噪声惊得梅兰忒几乎要跳起来。

“这该死的都是我的乐器！他早就计划好了！”

没人要求她将英语翻译成塔基斯语，看来咒骂无论何时都沟通无碍。

翠艾瓦凝视着月光下的花园，突然一把拉过门帘，遮住玻璃重门。“有意思，你提到了扎博，我想他跟寇纳尔人一样危险。”

萝克莎拉娜摇摇头：“他大可以借厄基恩的手，为什么要等到现在?”

“拉娜是对的，我想他非常乐意看到我被限制了自由，无助又无奈的模样。”缇西安说。

话里苦涩难掩，不仅为自己，也为她的姐姐们，难道地球生活对自己的影响如此深厚，深厚到她开始质疑自己文化里最基本的原则了?

“这是对你的保护，明白吗?”潘达莎拉讥诮地说，“女人这么珍贵。”

*即使在塔基斯，也有人对此不满了。*缇西安心想。

梅兰忒坐到椅子里，说：“我想潘达一定很后悔，没能成为毗沙

① ka'et，卡厄，一种弦乐器，靠小槌敲击琴弦来演奏，小槌本身也奏响旋律。乐手使用复键盘。

② re'ba'bi，瑞芭比，一种弦乐器，用琴弓演奏。

弗迪。”

话里含了一丝怨恨，但不等潘达莎拉进行回击，萝克莎拉娜已经做了个严厉的手势，说：“你俩都走开，不要吵到缇西。”

梅兰忒噘起嘴。“但我还想讨论下我们的孩子，基因检查显示她十分出色，缇西，如果你成功回到自己身体里，请把它借给我一晚上。”

缇西安试图掩盖受伤的心情，但知道没有成功，自己现在是个十分弱小的读心者，情绪像四散的火花那样迸射了出去。“我对孩子还不是很期待，你最好还是守着拜因吧。”

梅兰忒在门口停下。“他不可能成为瑞伊斯。”

“但现在我也不是。”

潘达莎拉在梅兰忒背上狠狠推了一把，把她推了出去，翠艾瓦朝缇西安略微挥了挥手，小心翼翼地关上了门。现在房里只剩下萝克莎拉娜和缇西安，她们盯着关上的门看了好一会儿，然后又审视起对方来。

“她们很生气，你们都对我很生气。”缇西安轻轻地说。

“你抛弃了我们，现在又回来了，却不是一个有力的同盟，更没有强大的筹码。你无法帮助我们推动项目，提高孩子素质，相反，你是个累赘。我们自顾尚且不暇，还要照顾孩子，现在还要想办法保护你。”

“那就别管我了！我有自己的地球朋友，还有塔伊。尽管我失去了精神能力，但我还有智慧！”

“哦不，缇西，我们会保护你，即使看到你把自己整得这么狼狈，也好过以为你是个叛徒。不过，你还是把我们推入了最棘手的两难境地，如果你死了，我们只能受罪，新的瑞伊斯会认为，活着的圣纳里不仅是阴谋家，更是个威胁。我不想看到我的孩子死去，不想看到我的姐妹们死去。”她停下，绷紧的嘴角也柔和了些许，露出个勉强可说是微笑的神情，“也不希望我的小弟弟死去。”

“那两个地球人呢——”

“或许他们能力强大，但现下对我们没什么用，你需要侍卫，这事就交给我吧，你现在能力不够，即使是最明显的刺客，你也没办法看穿他。”

缇西安垂下头，原本十分自豪，自己给“借”来的身体注入了意念力，但一回家，就发现能力是多么的脆弱，多么的不堪一击。

“所以你现在还是抱着微弱的希望，觉得我还是有可能重回自己身体，统治伊卡赞，不然我就一无是处了，是吗？”

“你现在的身体是低等的爬地人，还怀着血统不纯的私生子，说真的，你根本不是什么有用的筹码，但你是缇西安，而且……”

她没说完，转过身离开了，但她的思绪还是与她的香味一起，飘了过来：我是真的关心你。

“我想见她。”

马克靠在桌上，双手撑在光滑的桌面。他们现在在瑞伊斯议政室，扎博似乎非常自在，懒洋洋地坐在铺了坐垫的椅子上，有一下没一下地晃悠。

“‘莉莉丝缇扎卡尔①’是传统的会面日，你还得等上一段时间。”

“那这个什么‘莉莉’，是什么时候？”杰伊问，“要等到下个世纪么？”

“只要三天。”

“我现在就要见她！”马克试图威胁他，无奈最后的尾音又变成了恳求。

“这不大可能，只有丈夫才有权随时看望妻子。”

---

① Lilistizkar，莉莉丝缇扎卡尔，访问女性居所的日子。

“那我跟她结婚。”

“上帝啊。”杰伊嘟囔道。

扎博笑得更愉快了，似乎在认真地思考，然后一本正经地说：“恐怕我必须拒绝您的请求，不能把我表妹的手交到您的掌中。”

“得了得了，梅多斯。”杰伊抓住马克的胳膊，拽着他往外走，“这该死的家伙是在拿我们寻开心呢，他可是乐在其中，别上他的当。我们就等参观动物园的那天到来，说不定还可以喂喂那些姑娘，给她们带些葡萄巧克力什么的……”

“你不了解拉拉娜，那里不是监狱。”

“那塔基扬能离开吗？”

扎博不发一言，答案已经很明确了。这时柔和的拜访音乐响起，扎博按了按全息台，秘书的身影出现在他们眼前。

“什么事？”

“大人，是馁丝珐船长。”

“这女人真是个无底洞！”扎博说，“‘不’意味着什么，难道她不明白吗？”

“您要跟她会面谈话吗，大人？”

“不了，谢谢她对我现在的幸福表示关切，不过告诉她，我出于对宗族的责任，不得不拒绝她的邀请。”扎博狠狠关上全息台，转向马克他们，“我们刚才说到哪儿了？”

“我正打算问你，我们能不能离开这里，去哪个小镇转转，看看塔基斯的煮肉锅长什么样？”杰伊说。

“不行。”

“真该死。”

杰伊本以为马克听到他这番更厚颜的话语后，会有所退缩，但他只是出神地想着什么，似乎又嗑了什么迷幻药。

“如果是这样的话……”扎博沉吟道。

“女人可以自由出入拉拉娜，不受限制，对吗？”马克突然说道。

杰伊怀疑太空航行破坏了马克的智商。

“当然。”

“太好了。”马克蹲下来，打开手提箱，掏出一瓶银黑相间的药粉，几秒钟后，月女站在了他们面前。

“现在我想我可以见医生了。”

杰伊以为扎博会拒绝，但他似乎不介意认输，薄薄的嘴唇勾起一抹淡淡的微笑，说道：“无论如何，在你变回来之前想尽办法离开，我不想因为不得已而杀了你。”

“没错，对你我们也是这么想的。”杰伊说。

“他变成了一个女人。”萝克莎拉娜陷入沉思，“他真是个有用的男人，如果有更多的男人能像他一样，或许男女之间就能多一些体谅了。”

“希望有人能帮我，选择另一种人生轨迹。”潘达莎拉说。

缇西安记住了她的话，暗下决心，有一天自己成功脱困的话，一定要想办法把潘达莎拉解放出来。

“她好美！”茜尔卡忘了呼吸，小心翼翼地伸出手，摸了摸月女一缕乌黑的秀发。

月女弯下腰。“谢谢您，高贵的女士，但我时间有限，所以必须在我离开之前，就商量好如何保护医生。”

“你为什么不能留在缇西安身边保护她？”茜莎问。

“按地球人类时间来算，我只能存留一小时。”

“真不幸。”梅兰忒说。

“的确，我本想找个方法，把构成马克的所有人都释放出来，这样我们每个人都可以寻求自己的果报，追寻自己的未来，但目前为止，我还没找到。”

“你的提议非常慷慨，爬地人。”萝克莎拉娜说，“但我可以为我弟弟挑选护卫。”

“无意冒犯您，女士，但我想说，如果其中一个护卫是马克的话，会更安全。”

“可马克是个男人。”梅兰忒说道，像对待愚蠢的小孩或小动物那样耐心。

“但我们大部分侍卫也是男人。”缇西安突然开口，“关键是他们都净过身。”她握着月女的手。“输精管切除术很容易操作，我们这的人很多都做过，如果你接受了手术，就可以守在我身边了。”

“扎博不会同意的，他已经拒绝了阿克罗伊德先生离开这里的请求，我猜他担心阿克罗伊德先生找到什么方法，绑架布拉斯。扎博会竭尽所能，削弱我们的力量。”

“去找塔伊，虽然他发誓效忠扎博，但事关我的安全，他绝不会让步，他会想办法的。”缇西安说道。

“月女，谢谢你。”

“我们很快会回来的。”月女走出门，跳进影子里，消失了。

马克把意念屏蔽锁摆到缇西安旧居的桌上，正准备打开它时，杰伊一把抓住了他的手。

“嘿嘿，这玩意儿，不会引发头疼痔疮什么的，或者搜到一百英里内正在演出的墨西哥流浪乐队电台？简单点说，如果打开它，真的能挡住塔基斯人的意念？他们不会跑过来，把我们揍倒在地，打成帐篷桩吗？”

马克的嘴唇绷得铁紧，微微蠕动着。“我现在就很想给塔基斯人揍一顿，尤其是某一个塔基斯人。”

马克简单说了缇西安的计划，他早就料到了阿克罗伊德的反应，只见他疯狂地揪着自己的头发，猛地转过身去，喊道：“你疯了！你真该死的疯了！”

“不过是不能生育罢了。”马克辩解道。

“当你说要跟那个贱人结婚时，我就觉得你疯了，现在你居然要割掉自己的老二?!”

“没那么可怕，兄弟。这里的医学比我们要先进太多，输精管切除在地球上都可以补救，在这里，医生说了，就更容易补上了。”

“他们蓄养后宫，就是确保不会有人睡了他们的女人?”

“不，他们蓄养后宫，是为了防止暗杀和计划外的怀孕，性是没关系的。医生告诉过我，他们有玩物人，男女都有，都是些结扎过的漂亮性伴侣。只需剪一刀，我们就不再是威胁，就能陪在医生身边了。”

“白鬼，你什么意思，我绝不会为了塔基扬当太监的，这不是交易的一部分。”

他转身离开，被马克拉住了。“如果不能保证医生活下来，我们就没办法回去了。”

杰伊几乎要改变主意了，几乎。“啊哈，不不，不可能。这颗小星球挺不错的，说不定我就待在这了，开间工作室，重新处理些离婚案子，如果塔基斯人也有离婚的话，再娶个老婆，生几个孩子。”

他边说边往外走，走到门边，拧开门把手，打开门，再走到大厅里。但声音还是飘了过来，犹如阴魂不散的幽灵，不可能听不到，也不可能不明白话里的意思。

“我不明白你为什么这么不安，杰伊，你早就没有老二了。”

“啪”！她俩都呆住了，萝克莎拉娜打了缇西安一巴掌，两人面对面地站着，瞪着彼此。缇西安缓缓抬起手，摸了摸自己的脸颊。

“哪怕我还是个小孩，你都从未打过我。”

“我交给梅兰忒了，由她来当击打手。”萝克莎拉娜转过身，扶起一只并不需要扶起的花瓶。缇西安忘了屈辱、愤怒和难过，忍不住大笑起来。“笑什么?”萝克莎拉娜粗暴地吼道。

“在地球上，这个词有完全不同的意思。”

萝克莎拉娜读出了缇西安脑中击打手的意思，还读出了她联想到的滑稽画面：梅兰忒穿着洋基队制服，以棒球运动员独有的韵律，击打着棒球。

“愚蠢的游戏。”

“不，很有趣。如果我出去了，一定在塔基斯推广它。”缇西安走到窗边，看着窗外，“但现在似乎毫无希望，可能我要安排一场女子垒球联赛。”

“你一定要表现得这么脆弱吗?”

“这不是我计划的未来。”缇西安觉得站着越来越费力，于是坐到一张躺椅上，把隆起的小腹摆到舒适的位置，“我认为我在这里活不下去，无聊和妄想简直要杀了我。”

“让我们回到刚才的争执，你去塞迦斯那谋个职位，对于病毒，你的直接经验比任何一个研发团队成员，不管活着的还是死了的，都要多得多。回到实验室去，分享你的经验。”

“我绝不会再研发病毒，绝不，不要再提它。”缇西安看着天花板，即使看不见也知道，那儿藏着两名警卫，蹑手蹑脚地躲着，从监视器里监视着她俩。她放柔了声音，说道：“在我的前半生，从未受过监视，想去哪去哪，来去自由，无需征得任何人的同意，你知道无拘无束的感觉有多棒吗？我以为能无视他们。”她扭头指了指看不见的守卫，“但并没有。我不在乎当着他们的面性交、打鼾、吃东西、放屁、打嗝，但呕吐……真是形象全无，难堪至极。”

“试试在他们面前生孩子吧。”萝克莎拉娜冷冰冰地说。

这是缇西安最不想面对的话题，她翻了个身，背对着萝克莎拉娜。

“我最受不了自伤自怜和耍性子，缇西。你游手好闲了几十年，都是我们在履行职责，我可以担保说，我们操心的事繁重琐碎，无聊透顶，毫无乐趣可言。所以，别指望我会同情你失去了自由，因为你的自由都是建立在我们付出的巨大代价上。”

父亲的死横亘在她们面前。

“最后我想说，拉拉娜是我们宗族的一部分，你却对它的成就视若无睹。为什么在你眼中，女人的成果就不值一提？你觉得无聊，那是因为你对我们做的事情毫无兴趣，更别提参与了。茜莎正在研究‘幽灵门’理论，成功了我们就有望折叠空间，只需我们现在到达‘飞船本营’的时间，就能穿越银河系。我在给一群大有前途的孩子上课，她们很快就要离开这儿，去接受更高级别的教育，我把她们……教得很好。我今天送走的孩子们，三十年后会回到拉拉娜，成为母亲、研究者、画家，以及作曲家。

“你是个医生，很好，别在这喋喋不休了，站起来去履行医生的职责吧。要是不合你口味，那就去照顾婴儿，你这么珍视自由，那就帮忙碌的母亲从繁重的劳动中解脱出来吧。灵神知道，这些经验对你有用，你生自己的女儿时就用得上了。你的孩子才应该是你的中心，而不是政治，或者塔基斯分崩离析的社会。在这里，我们就在孕育社会——一次孕育一个孩子，现在，你就在这进程当中。”

缇西安伸出手，按在小腹上，艾尔娜的思想正在欢快地跳动，问候自己的至亲。愧疚油然而生，因为自己锁住了艾尔娜探出的意念触须，几乎都忘了她的存在。

缇西安爬下躺椅，走到姐姐身旁，紧紧抱住她。“对不起，尽管你的小弟弟换了副皮囊，但还是什么都不懂，还是个无知的男人。”萝克莎拉娜温柔地抚着她的头发，分开打结的发丝，“就让我去当医生吧，现在我的双手完好无损，我应该为此感到感激。”

帮她把所有的发丝都理顺后，萝克莎拉娜伸出手，紧紧抱住缇西安。“刚才打了你，让我做点补偿吧。”她轻快地走到门边，扭头对缇西安说，“你想念的贴身护卫来了。”

门打开了，马克·梅多斯温柔地朝她咧开嘴微笑。

♥♦♣♠

第二十四章

杰伊站在窗前，像个小男孩般把鼻子贴到落地舷窗上，看着塔基斯飞船来来往往，忙碌着神秘的事务。缇西安似乎不打算理他，但马克推了推她，扭头指指杰伊。“你应该把杰伊介绍给你的姐姐们。”

缇西安瞪大了灰色的眼睛。“为什么？”

尽管目前的场合十分严肃，马克还是忍不住笑了。“因为看到你的姐姐们时，他会后悔不迭，为什么要拒绝进入拉拉娜的机会。”

“好主意。”于是，缇西安领着姐姐们，朝杰伊走去。

马克跟在她们身后，觉得自己像只笨拙的巴塞特猎犬，守着一群刚孵出来的小鸡。起初他十分惊讶，女性可以离开拉拉娜，但萝克莎拉娜告诉他，只有已故夏克兰的孩子才可以走出来，因为即使是瑞伊斯的葬礼，伊卡赞也绝不会冒险让怀孕的女性出席。

缇西安在杰伊肩上轻轻拍了一下，把他的注意力从星星和飞船上移开。

“杰伊，我来给你介绍我的姐姐们。姐姐们，这是杰伊·阿克罗伊德。”六名女子垂下金发耀眼的螓首，朝杰伊点头致意。

“真遗憾，以前没有认识你。”跟以往一样，萝克莎拉娜作为姐妹们的发言人开口了。

杰伊好不容易闭上惊讶大张的嘴，说道：“呃呃，塔基扬回到这里，我是来当她保镖的。”

“您真是高尚。”

“我也想见识一下塔基斯的葬礼。”

“这就不那么高尚了。”

在眼下危险的时刻，伊卡赞全员出动举行夏克兰的葬礼并不明智，尽管明白，还是有许多人围在飞船本营四周，有扎尔玛伊尔戈，也有塔以基。

伊卡赞的轨道平台并不仅仅是军事装备，也是繁殖设施，用来孕育有生命的飞船。这就是为什么它叫作飞船本营，也是为什么它的四周飘浮了成百上千艘形态不同、大小各异、年龄有别的飞船，聚在一团，吸食星尘，像要跟它们的前瑞伊斯告别。

缇西安和姐姐们走下来，准备安置父亲的遗体，马克和杰伊则一起留在了港口。飞船陆续飞来，透过闸门的二级港口，他可以看到飞船驶进了对接舱，舱内已经停了一艘飞船，全身上下没有灯，也没有任何装饰，马克甚至能看见它除掉装饰下的白色伤痕。每艘船飞进舱内，又飞了出去，与殡葬船擦肩而过，马克推断，这或许是他们的一种礼仪。他突然想到了埃及的法老，不禁祈祷，殡葬船不必像法老的骏马那样，追随它们的主人而去。塔基斯人还留有蛮荒原始的一面，但暴力中又奇异地融合了优雅，真是难以想象。

最后一名哀悼者来了，外舱门旋转着缓缓合上。似乎受到了某种意念召唤，人群走进舱内，根据与夏克兰的亲疏关系排成两排，与他最亲近的站在离殡葬船最近的地方。塔伊走下来，托举着姐夫的遗体，往中央走去。途中停下数次，好让家族成员献上寄托哀思的礼物，大部分是折起来的金箔，偶尔会有一些珍贵的宝石，撒在遗体衣服的褶皱里，或者安放在他的耳畔。

缇西安的每个姐姐手里，也都拿了个小物什。而她自己只是俯下身，吻了吻父亲冰凉的嘴唇。塔伊严肃地看着她，在她朝自己挥了挥手后，走进了飞船。

潘达莎拉也俯下身，问道：“你没准备任何礼物，或者任何象征，来纪念我们父亲的‘德力’?”

缇西安面沉如水。“不管我献上什么，也阻止不了他对我的诅咒，如果他真的决定诅咒我的话。”

几分钟后，塔伊出来了，双手空空，遗体已安置在飞船里。哀悼者退到闸门后，外舱门又旋转着打开了。那艘黑色的殡葬船飞起来，消失在茫茫太空。

“他们要去哪儿?”杰伊问。

缇西安不发一言，默默注视着星辰。

萝克莎拉娜眉头微拧，看着缇西安，帮他回答了杰伊的问题。“没人知道。死者生前的飞船，死后也将载着他们，去往……某个地方。”

“它们会不会，自杀，比如飞向太阳，或撞向别的什么，会吗?”马克问道，焦急地想平复心中的担忧。

“不会不会，”萝克莎拉娜说。“遗体保存在寒冷、真空的太空里。我们希望死者知道，自己的遗体在何处安息。”

“为什么?”杰伊问。

潘达莎拉回答:“逝者的灵魂回来时，会附身在一个活着的后代身上，也许这是迷信。”

茜尔卡开口道:“车祸、火灾，任何能摧毁尸体的事故，都比死亡本身更糟糕。”

“那些小礼物代表什么呢?”

“我们所有的行为，都是为了告慰先祖，或者寻求他们的赞赏。当一名祖先去世，我们希望提醒他们，我们有多么出色，所以会献上诗歌、乐谱、小说、科学成果或是艺术作品等等。”

“上帝啊，如果你们发明了太空公墓，盗墓贼会争先恐后来盗墓的。”杰伊说。

“我想飞船会阻止这一切。”梅兰忒干巴巴地答道。

“啊，飞船。”杰伊打了个响指，“嘿，我不想错过我的那一班，待会儿再来看你们。”

“真是个特别的男人。”萝克莎拉娜喃喃道。

“这是个恭维吗？”马克问。

“不算。”她伸出指尖，环住马克的手腕，“芬迪，请护送我回到我的飞船。”走了几步后，她又静静地补充一句。“你能来守护我的弟弟，我真是太高兴了。”

杰伊选了一艘班船，离扎博远远的，而且里面的塔以基人数远远超过了平时，派来监视杰伊的塔基斯看门狗，没哪个愿意与雇佣工人挤在一块儿，所以杰伊现在十分享受这难得的自由。这是他计划的第一步：逃离伊卡赞，前往旺雅旺德。总得有人抓住布拉斯，否则他和梅多斯就真的要变成塔基斯的永久居民了。

飞船停在伊卡赞宽敞的前院，大部分塔以基在放纵自己休息了一整天后，纷纷涌向舱门，准备回家。目前为止，幸运之神还是眷顾着杰伊，尽管他身上水果店员似的衣服就一名服务者来说太过花哨，个子也太高了点，不太容易穿过舱门，但他的肤色就像个纯种塔以基。没人会真的注意一个仆人，不是吗？一切如自己希望的那样，他埋着头，侧身钻进装满其他“尸体”的“停尸间”。

又有几艘班船停靠在此，杰伊看到几个监视人在疯狂地寻找他的身影，却没谁向叽叽喳喳走向电车的仆人们看上一眼。

狡猾得像是猪背上的鼻涕。杰伊想到，看着他们穿过大门，巨大的门在他们身后缓缓关上。

“‘卡尔尼特[①]’，谢谢。”缇西安指着一个注射器模样的东西说。

① calnite，卡尔尼特，一种基因物质，用来加速骨骼再生。

远行队长小心翼翼地从那一堆中拿起一个，放到缇西安手里。

“会不会很疼?”一个脏兮兮的六岁小孩问，脸哭得跟花猫似的，胳膊断了一只。

“不会。”

“曼卡告诉我跳下来就好……我就变成这样了。”小孩的嘴唇恶狠狠地噘起，可惜抽泣又让他看起来一点也不可怕。

“现在你知道了，不会再因为别人说什么而去做傻事了。”

“可能我不会再做这个了。”

“或许，你该加入特警队。”缇西安一本正经地说。

一台屏幕竖起，遮住了小孩的视线，以防他看到接下来的一幕：他胳膊的皮肉被割开，露出摔断的骨头，缇西安已经将断裂处接好。现在她弯下腰，仔细地把注射器扎进接续部位，往骨头里注入转基因细菌，很快，细菌就会依照基因指令，长出新的骨头。

“你们克隆吗？你们应该知道怎么克隆，你们的技术非常先进。”马克突然问道。

“可以，但不想。”

“为什么?”

“如果一个文化，只关心在年轻的躯体上注入年老的思想，而对年轻躯体里的年轻思想失去兴趣，那离消亡也不远了。”缇西安快速冲马克笑了一下，“所以，我们还是按传统方式生育后代，而且，如果克隆得太多，会出现基因读取错误。”

“不停地复制、复制再复制。”

“没错。”手术结束，缇西安在伤口处涂上一层薄薄的固定胶，留下了一道浅浅的粉色痕迹。

她碰了碰控制台，屏幕闪烁一下后消失了。她把小病人从手术台上扶起，帮助他站到地上，而他的保姆早已经在外等候。

“恢复如初了。”缇西安把小男孩交给保姆。

“我真害怕你这样说。”保姆叹道。

小男孩既兴奋又好奇地瞪着自己的胳膊。“快看，它不再是粉色了，而是跟我皮肤一样的白色，说不定妈咪根本都不知道这回事呢。”

“这个事情，我想用地球人的话来总结：希望渺茫。”缇西安对小男孩说。

工作结束后，她和马克四处闲逛。拉拉娜面积巨大，马克觉得自己还只看到很小的一部分。

“扎博干脆地拒绝了我想要间实验室的请求。”马克说。

“他希望你把药粉耗尽，这样我俩就没了任何强援，他就可以不费吹灰之力地杀了我。”

“我告诉过你，扎博并不想你死。”

“马克，你心肠柔软，单纯好骗，你认为每个人都有善良的一面。”

“但我知道布拉斯不是。”马克辩解道，“我确定，扎博真的不想你死。”

他们来到走廊的交接处，其中一面墙似乎砌错了位置，与周围格格不入。缇西安突然停下脚步，久久地盯着它。马克犹疑地伸出手，碰了碰她的头发。“医生？”

“我母亲就是在这里死去的。”

马克像只仙鹤似的晃晃头，前后看了看。“我猜，她是……从楼梯上，或者别的什么上摔下来的？”

“这里原本有座楼梯，父亲命人砸毁了它……然后砌墙把这里围了起来，母亲的寝宫原本就在这。”

塔基斯人的一生，尤其是女性，似乎都在室内度过。想到这，马克觉得自己的幽闭恐惧症加重了，这个地方也的确让他寒毛直竖。

“嘿。”他喊道，“趁现在还有点光亮，我们出去走走吧。”

缇西安回过神。“现在还是晚秋，冬天很快就要来了。”

他们来到缇西安套房外的私人花园，园里有块钻石形状的地面，不像是设计师的手笔，反倒像是建筑本身长出来的。高高的围墙有四种形状，颜色也有三种，墙上爬满藤蔓，墙壁在茂密的枝叶和喇叭状的花朵间偶尔露出点本来面目，仿佛一个胖妇人，用薄纱把自己肥胖的身躯遮起来，以为这样就能转移人们的视线。

跟往常一样，园里有座喷泉，叮叮咚咚地奏着乐曲，可惜狂风吹歪了它的形状。石英水晶铺就的小径蜿蜒在花圃里和树丛中，闪闪发亮，但现在乌云遮蔽了太阳，小径的光芒似乎也被噩梦的羽翼遮蔽，黯淡了下来。自上次他们走过之后，小径已经恢复了原本屈曲回环的模样，不过现在他俩的脚印又破坏了它的和谐美。马克有点苦恼，每天他都在破坏别人的劳动成果，可自己就是见不到这个幽灵般的修复工。

他们走到一座藤架下，在椅子上坐下来。马克想不出更贴切的词，只好把它叫作葡萄藤架。事实上它也的确是座藤架，上面还长着某种水果，气味芬芳诱人，马克曾抗拒不了诱惑，吃了一点，却发现味道就像墨西哥受过污染的水。

缇西安重重地叹口气，一只手支着身子，另一只手抚着隆起的小腹。向日葵，许多年前，马克的妻子十分喜爱它们。在怀着斯普劳特的时候还打算找个葵园住下来。也许，所有怀孕的女性，不分种族，不分物种，在任何文化里，任何星球上，都是一样的。

“我之前没有问过你，比如，你能应付得了吗？”

“我还没想这么远，我一直认定是凯丽来处理这件麻烦事。”

“只有一个月了，对吗？”

“是的。”

“你想不想聊一下你的感受，比如，你现在觉得怎样？”

缇西安大笑，但笑声里毫无欢乐。“我宁愿谈谈我的父亲，巨大的内疚已经快要击垮我了。”马克张了张嘴，但缇西安抬起手阻止了他，继续说道，“说笑的，其实，恐惧比内疚更容易承受。我现在的感受就是，害怕，非常非常害怕，我不想要这个孩子，她是别人强加给我的。”她站起身，不安地在马克面前走来走去。“我吃过枪子儿，挨过揍，中过毒，受过鞭笞，还被强暴过，痛苦一直如影随形，我都习惯了，但这次真的吓到我了，我曾见过女人难产……”声音愈来愈低，她抬头注视着东方，那儿刚升起一颗星星。“也许杰伊能把布拉斯和我的身体一起带回来。”她看着马克，“我一直存着这样的幻想，很愚蠢，是不是?”

马克仔细斟酌自己的措辞，然后缓缓说道：“我曾在晚上睡觉前幻想，如果我一直心存希望，或者一直祈祷上帝，当我醒来时，斯普劳特就能一切正常，不再是个弱智孩子。我们都有过疯狂的幻想。”

即使想象力丰富大胆如杰伊，也无法把伊卡拉想象成纽约，没有哪个自重身份的纽约人会把大楼刷成浅紫、柠檬绿、玫瑰灰……诸般色彩鲜明夺目，在视野里连绵不绝。塔基斯的楼房不仅高，而且高得不正常，几乎都不能称为摩天大楼，因为太过细长。梅多斯曾在喋喋不休的念叨中提过，似乎塔基斯的相对质量只有地球的三分之一，还是五分之二？不管了，总之这里的重力比地球小，所以建筑物看起来都像得了败血症。

*而且每个人似乎都能飞。*杰伊看着电车上的其他乘客，酸溜溜地想。不过这个描述似乎过于平实，丝毫不能形容电车完美的运行，它飞速奔驰，在里面根本觉察不到任何推动痕迹。它轻快地发出嗡鸣，从深深的山谷飞上来，飞到伊卡赞宫邸一英里不到的地方，然后又飞回去，满载着服务者，还有零星几个慰问底层生活的灵主。*要是纽约的地铁有这十分之一好……*杰伊粗暴地打断自己的念头，他不想喜欢塔基斯的任何东西。*哦，椅子！*他想，*没错，椅子太小了，坐着一点也不舒服。*

发现了它的不足，杰伊觉得舒畅了许多，又开始酸溜溜地打量身周的乘客。麻烦事儿一个接一个，他都没时间找本旅行手册。伊卡拉的风景名胜有哪些？塔基斯人写不写旅行手册？他们度假吗？他试着在脑海里想象塔基斯人穿着夏威夷衬衫的模样，但失败了，有些东西实在想象不出来。

不过，这种通勤方式还是给他带来了一丝奇异的熟悉感。在商务区，每个办公人员面前都摆着台手提电脑。细细的电线一端连着电脑，另一端粘在人们的喉咙部位，杰伊猜测，他们靠这样“说话”发出指令，免去了打字的麻烦；还有一些人在阅读，书本闪着柔和的微光，悬在眼前，可根据读者的姿势调整高度和方位；还有的在听音乐，录音机的外形做成了小巧的耳夹，挂在耳朵上，风格各异的音乐轻轻地在空中碰撞汇合，显然，塔基斯人不喜欢用音响放音乐。

*就跟他们的人一样古怪。要是在他们耳边放音乐的范围内吵嚷，他们准把你打出屎来。*杰伊想。

车上还有很多年轻的母亲和父亲，要么背着宝宝托，把孩子背在身上，要么推着婴儿车，让宝宝坐在车里。母亲和父亲的数量差不多，看来塔以基是男女共同抚养孩子。车里还有很多老人，所有人都对他们彬彬有礼。

电车发出叹息似的声音，停了下来，起码有一半人起身下了车。尽管目前的停靠地明显是个金融商务区，杰伊还是决定跟随人群一起下去。

“打扰了。”杰伊用磕磕巴巴的沙马尔问道，被问的女人看着他，带着礼貌的询问表情，“你们要去的办公室是什么？”

“雅科达和斯特普，我们是……的提供者。”

杰伊摇摇头，什么都没听懂。

女人努力解释。“我们保护财物不受损毁，也保护人。”

说完，她消失在大楼里。杰伊又看到另一个穿着体面的工人，起码按塔基斯的标准来看，穿得挺不错，于是上前询问了同样的问题，得到了同样的答案，再问其他人，依然是同样的答案。杰伊明白了，自己要么走错了街道，要么塔基斯人不是基佬就是保险推销员。他不禁后悔，自己本应跟着那些年轻父母亲，或者老爷爷老奶奶去购物的，或者去哪儿都好。

办公大楼之间，散布着各式各样的商店，珠宝、鞋子、衣服、电子配件，应有尽有。他四处溜达，目瞪口呆地看着这一切，尽管十分不情愿，他还是不得不承认，城市非常干净，没有什么垃圾横流的贫民窟，石灰墙上也没有乱涂乱画。小公园星罗棋布，里面设有塔基斯人必备的喷泉，种着花草树木，没有流浪汉睡在里面，或者像破沙袋一样堆在门口。人行道上也没有乞丐缠着行人要钱。

*说不定塔基斯人把他们都抓起来吃了。*杰伊想。

但很可能本来就没有什么流浪汉。就自己目前短暂的观察来看，塔基斯文化里，不管隐含的还是外露的，都有残忍的一面，流浪汉的存在与他们的文化理念相悖，也不符合上层阶级灵主们的精英主义。杰伊回想起与塔基扬短暂的几次会面，他对地球人类的态度总是高高在上，尤其是对鬼牌们。也许他们的动机只是出于自傲心理——我们的城市绝不允许出现流浪汉。但该死的，结果终归是好的，杰伊不情不愿地承认了事实。

*他们该死的以为自己很特别呢，*杰伊不无厌恶地想，尽管现在并没有什么灵主出现在他的面前，点燃他的怒气。*不过是基因变化中的侥幸罢了。要是这些高贵的先生女士，愿意与他们口中的下等人交换体液，说不定所有人都一样了。*

不不，问题不在这，无论从哪方面讲，读心者都很乐意与盲灵者睡觉，只不过不想与他们生孩子。

杰伊此刻真想与人分享他的发现，但某种情绪，如同害羞的小孩，悄悄袭上他的心头，越来越清晰——孤独。在塔基斯，他连个可以说话的鬼都找不到，但就算在曼哈顿，他也没人可以说说心里话。他有充气娃娃，有时还让娃娃充当个“前台”什么的。在“爪哇联合”酒吧，他认识一堆热情的女侍者，她们为他端来咖啡和芝士牛堡三明治，听他胡吹乱侃，但他明白，除了名字，他对她们一无所知。自己曾与海勒姆·沃切斯特建立了深厚的友谊，却参与了指控他的谋杀调查，还是在已经证明无罪的情况下，最后，他们的友情也有了隔阂。

街道旁有间像是塔基斯咖啡馆的店铺，窗户敞开着，飘出食物的香气，勾起了杰伊的思绪，他不禁想起时代广场破旧的咖啡馆，想到了那里的女侍者韦和弗洛。正当他犹豫着要不要进去时，看到一个美丽的女子，抱了满怀的鲜切花，穿过后门，把花插在十五号桌上。

跟大部分塔以基一样，她的身材略显丰满，但头发甜蜜柔软得犹如拉丝焦糖，完美的鹅蛋脸像极了杰伊曾在神学书里看过的圣母像——《圣母与樱桃》。这是杰伊唯一喜欢的圣母画像，画上的圣母一点也不呆板，更像个有血有肉的人，她的喜悦发自内心，想要亲吻她的孩子。

女人感受到他紧盯着自己的目光，抬起头，皱眉问道：“你要就餐吗？还是住店？”

杰伊被她的恼怒逗乐。“现在吃午饭有点太早了。”

“那就请离开，别挡在门口，碍着想来吃饭的客人。”

这句话坚定了杰伊的决心，他走进去坐下来，冲桌上的空花瓶点了点头。

“我还没把花插进去。”

说完，她就闭紧嘴巴，不发一言，从花束里挑出一支枯萎的花，插到花瓶里，抬起天鹅绒般的棕色眼睛，挑衅似的看着杰伊。杰伊只是大笑。等布置停当，她走回杰伊的桌子，站定，双手叉腰，盯着他。

“怎么了？”杰伊问。

“你是准备吃饭，还是住店？”

“把菜单给我，我可不会读心术。”

她叹口气，像母亲面对自己迟钝的孩子，轻轻按了按桌子边缘的凹陷处，空中立刻浮现出一张菜单，上面的字歪歪扭扭，像蚯蚓在灰地上爬过的痕迹。

杰伊可怜巴巴地看着她。“我忘了……我能说塔基斯语，但看不懂文字。”

“你说得也不见得多好。”

“你对每个进来的客人都这么和蔼可亲吗？”

她盯着杰伊，眼里闪烁着怒气和敌意。

“我很惊讶，你居然还会有客人。”

“有我喜欢的客人。”

“那我可能不是你喜欢的那一类了，好吧，能把菜单翻译给我吗？你这有没有像芝士牛堡三明治一类的东西？”

她没理他，而菜单的注释也没起到什么作用，太多词看不懂。最后，杰伊终于点好，选了个塞了芝士和面包的东西，可能是三明治吧，还点了一碗汤，汤一般很难搞砸吧，他寻思。

菜上来了，是个无盖三明治，似乎是用生菠菜混合着奶油和坚果搅拌而成，对杰伊来说，这个味道实在太小资了。

“有烤动物肉之类的食物吗？”

“你不想吃这个？”她指着三明治。

“不想。”

“那你照样要把这个的钱付了，行吗？”

“当然。”

“那汤还满意吗？”

这话听起来很礼貌，不过杰伊还没傻到忽略话里的讥讽。

“嗯，汤不错。”

汤非常浓稠，颜色深暗，里面有许多蓝色的小豆子，像小扁豆和花豆的杂交品种，表面浮着晒干的黄色不明物，散发着浓烈的柑橘气味。不过汤的确味道不错，杰伊想打听配方，送给海勒姆，于是跟她聊了聊自己的朋友，还提到了那家饭店，抒发了自己对这道汤的喜爱之情。

“只有一个问题。”杰伊说，“要把食材运送过去，得跨越二十三光年。”

他以为女人会有所动容。你能见到几个外星人？自己也是直到一个月前才见到一个，回想起来，他觉得见到一个就够了。但他的坦白似乎毫无作用。

“你在合约站做了什么？我们一般不允许外星人来我们的水晶世界。”

“如果我告诉你，我是伊卡赞宗族继承人的密友和贴身保镖，你信吗？”

“不信。”

杰伊打量着她那美丽的脸庞，以及衬衫下柔软饱满的胸脯，打消了要给她留下深刻印象的念头，决定认识她。

“你叫什么？”

“我好几个名字。”

“意思是说，你结婚了？”

她似乎触到了伤心事，深色的眼睛里闪过一丝痛苦。“不，我不是个适合结婚的人选。”

“我的许多约会对象也这么说。你好，我叫杰伊·阿克罗伊德。”

但她只是瞪着杰伊伸过去的手，仿佛不知道这是什么似的。

“哦，对，你们塔基斯人都不握手，都是直接亲吻的，只要我遇到的不是个男人，对我来说就是个好习俗。”杰伊又开始喋喋不休，他知道，自己觉得很难堪，所以不由自主地说个不停，是她，让他这么紧张。

她深色的眼睛闪烁着警惕，仔细端详着杰伊。杰伊觉得这时她才真正注意到他。

“你怎么来的?”

“说来就真的话长了。”

她转过身。“那我就不想听了。”

“看到外星人，你的反应真是该死的太冷静了，你不会叫警察，或者害怕吗?”

“我曾在合约站工作，见到过外星人。”

“你说得好像是从动物园回来似的。”

“难道不是吗?”一个几乎不能称之为微笑的表情掠过她的脸庞，左颊飞速闪过一个酒窝。

杰伊愉快地笑起来，当她不再皱眉时，真是漂亮极了。这时饭馆的门打开了，走进来三个人，不需要解释，从她的反应就知道，他们是警察。杰伊觉得真是晦气，隔了好几十光年的距离，又看到了“警察的凝视”。

“请跟我们走一趟。”

“如果我说不呢?”

某种情绪铁钳般攫住了他，他终于反应过来，尽管这些人的穿着有几分像塔以基，头发也是棕色，但他们是灵主。

“好吧好吧，我跟你们走。”在意念力完全控制他之前，杰伊投降了。

两名男子抓住他的胳膊，把他带到门边，杰伊抓紧门框，努力回头喊道：“我有种感觉，我们还会再见面的。”

另一名男子掏出一块信用宝石，对女人说：“记在宗族账上。”

杰伊最后又看了她一眼，发现她把信用宝石踩在脚下，仔细地用高跟鞋跟碾了个粉碎。

他们抓着杰伊走到街上，然后松开了他。杰伊整整衣服，理理头发，问："你们怎么这么快就找到我了？"

"这并不难，打听打听，有没有滑稽可笑的异族人问些蠢问题就行了。"

塔伊攥紧拳头，把箔片拧成一团，然后啪的一声丢进垃圾桶。显然，杰伊又去那个咖啡馆吃牛肉饼了。

"我看不出来跟一个女人保持友谊是一件多么明智的事，我已经预见到了你的悲惨结局。"

"那你能读出茶叶的思想吗？搞什么，你在给我算命？"

"我并不关心你，阿克罗伊德先生，我只是担心，过去的耻辱重现，再一次令宗族蒙羞。"

"你们塔基斯人普遍有个讨嫌的毛病，说话总是遮遮掩掩，有什么直说吧。"

"海丝忒·本纳萨莉·茱拉莉吸引了一位年轻贵族的注意，他俩私订了终身。她其实早该看清事实，而他就更应该明白，如果想要这个女人，大可以上奏请求把她带到宗族里，当他的拉布。"杰伊准确地把这个词翻译成了"玩物"，心底唾弃不已，"我年轻的亲戚跟她生了个孩子，但在我们的法律和风俗里，这是完全禁止的，不过因为她还非常年轻，怀孕也只是初期，我们饶了她的性命。"

"你们把她怎么样了？"

"孩子流掉了，她被阉割了。"

"这就是为什么她说，自己是个不适合结婚的商品？"

"我们的文化十分看重孩子，阿克罗伊德先生。"

"没错，我看出来了。"杰伊讥讽道，但塔伊有意无意地忽略了。

"那个睡了她的混蛋呢？"

“他是个至纯者。”

“翻译过来就是……找不到合适的词。我想这场交易里，她太亏了。”

“她已经很幸运了，保住了性命。”

“我要再去找她。”

“我劝你不要。”

“有什么不妥？她是个卑贱的下等人，我也是。”

杰伊发现，自己不知怎的把塔伊给逗乐了，只见他突然笑道：“我也以为没什么不妥。”

“目前看来，我跟她相处得十分愉快。告诉扎博，别再让警察跟着我，等我和梅多斯成了这里的永久居民，我还打算买栋房子呢。”

“那我就真的不知道，这对谁才更不幸了。”

♥♦♣♠

第二十五章

战争最可怕的恶果就是臭气，辛辣的烟尘灼烧着喉咙，血液的腥臭肆意横行，皮肉焦味充斥了鼻腔。再就是声音，耳朵刚从尖叫和武器轰鸣中适应过来，就塞满了伤员和濒死者发出的哀号。

布拉斯的第一场战役打得很好，杜尔格十分欣慰。第一场流血十分关键，当然，布拉斯本来也有一点害怕，但从给他人施加痛苦的行为中，他获得了近乎邪恶的快感。问题就是，他会不会像其他恶霸那样，本质上是个懦夫。显然，他不是。

但有一点微小的不安，始终侵扰着杜尔格的思绪，让他难以尽享愉悦。在进攻罗达厄宗族的计划中，布拉斯并没有把最关键的部分告诉他。

杜尔格嘴唇发干，又想起了那一幕：在战况最激烈的时刻，布拉斯扔掉了自己的武器，拿过扩音器大声呼喊，鼓动罗达厄的塔以基与他一同战斗。

然后他们真这么做了。

结果已定，他们赢了。比起跟自己交谈时所说的，布拉斯的行为更明显地表明，他越来越相信自己是无坚不摧、战无不胜的。

而且很疯狂。杜尔格沉思着，在花园里闲逛，突然他停住脚步，被眼前奇异的一幕吸引了注意。布拉斯站在一艘倒扣的船上，塔以基们里三层外三层地围住他，一脸崇拜地仰望着他。初升的太阳给他标志性的黑衣泼上了一层血色，“菲尔克[①]”——塔基斯的大月亮，把微弱的光辉投在他的脸上，让他的眼窝看起来更深邃，颧骨更高耸，下巴的线条更清晰，他现在整个人犹如神祇。

“听我说，我的子民们，我们不应该犹豫不决，摇摆不定，而应战斗到底！我们将在海滩上战斗，在田野里战斗，在街道上战斗，在山丘上战斗！千年之后，当再次回忆起这一刻，你们依然会觉得这是一生中最光荣的时刻！”

杜尔格朝莫拉克们做了个手势，他们冲过罗达厄宗族的统治边界，迎向他们的征服者。塔以基们就像雪遇到滚烫的刀刃，迅速四散开去。

布拉斯从船上跳下，居高临下地盯着阿勒——罗达厄的瑞伊斯，唇上突然渗出豆大的汗珠。*阿勒有备而来，他已经竖起了灵盾*，杜尔格心想，*现在没时间让他们进行意念争斗，留盲灵者在一旁观战*。于是他逼迫阿勒跪倒在布拉斯面前。

“我已经夺取了你的宗族，阿勒·布兰特·阿加特·泽克·弗里姆。”布拉斯说，“我其实不需要给你第二次机会，但我是个理智的人，现在再给你一次机会，你愿意加入旺雅旺德宗族吗？”

阿勒不答。

杜尔格的大拇指暗暗使劲。“回答问题。”

“我不跟私生子说话。”阿勒说，扭头对一名莫拉克说了句什么，这个行为的含义再清楚不过：在他眼里，布拉斯比莫拉克还要低贱。

布拉斯似惋惜般摇摇头，抽出剑递给身旁一个塔以基，挥手指了指被俘的罗达厄贵族，说：“这些人全凭你处置，你知道该怎么做让我开心。”说完，把阿勒推向了塔以基士兵们。

接过刀的塔以基抬起亢奋的眼眸，布拉斯鼓励地点点头。“记住，除了恐惧本身，你没有任何东西值得恐惧。”

---

① Fel'k，菲尔克，塔基斯双月中较大的那一轮。

憎恨取代了迷惘，那名塔以基把刀深深地插入了阿勒的胸膛。

布拉斯伸出手，放在塔以基因汗水而打结的头发上，像是在为他祈福。“我的刀就交给你保管了，作为旺雅旺德瑞伊斯对你表示感谢的礼物。”

欢呼声撕裂了空气，狂热席卷了所有的盲灵者，他们怒潮般盖住了剩下的扎尔玛伊尔戈，杜尔格都不确定，到最后他们还有没有使用武器。彻骨的寒意魔爪般自上而下划过了他的脊背。

像是要摆脱内心巨大的不安，杜尔格开口道：“罗达厄的节日储备物资十分丰富，我们可以拿过来，这样就能节省一大笔开支。”

他们走出花园，向大宅走去。一路上塔以基仆人挤满了过道走廊，热切地想要看一眼他们的征服者。布拉斯不停地对他们报以微笑，并挥手致意。

“好极了，但我还是不会加入这场小派对。”布拉斯跨过皱巴巴的尸体，走到大厅中央。

杜尔格把尸体踢到一旁，说：“您必须去，您是瑞伊斯，而这是我们最神圣、最重要的庆典。”

“我的祖父会在那里！”布拉斯焦灼地喊道。

闻言，杜尔格痛苦地闭上眼，按下耐心，安抚道：“他还能做什么？女人，还怀着孕，而且我们的情报人员报告说，扎博大人已经从她手里夺过了伊卡赞的控制权，她现在无依无靠。”

布拉斯猛烈地摇头。“你不知道他有多么狡猾，不管怎样他还是会抓住我的，我吩咐过你杀了他，你就是不肯。他不死，我就不得安生！”他的声音越来越尖锐，杜尔格不禁担心旁人会不会听到。

“嘘！不要表现出你的恐惧。”一个计划渐渐在脑中成形，杜尔格说道，“我的大人，有个办法能完全压制你的祖父，而且你一定很乐意看到这个结果。”

♥♦♣♠

第二十六章

“嗨，你为我做了午餐，我知道你不会收钱，那这些怎么样?”杰伊捧出一束花，冲海丝忒微笑，越过她的肩膀往房内四处张望——侦探的职业病又发作了。

眼前的景象令他振奋，海丝忒也是个跟他一样的懒虫，房间又脏又乱，两只鞋子堆叠在一起，似乎自己也不好意思出现在房间中央。沙发上、地板上堆满了颜色鲜亮的枕头，地板上的枕头间还散布着吃了一半的脏碟子。显然，她对家具的品位也不怎么样，选的都不是什么高档货。

全息电视开着，杰伊本以为是一群灵主在播报新闻，但很快意识到，这些人不够美丽，也不够精致，他们是些似乎从没吃饱过的塔以基演员，扮成灵主的模样，欢蹦乱跳。但明显这又不是什么讽刺剧，杰伊再一次摸不着头脑了，不知道塔基斯的统治阶级和被统治阶级之间，究竟是怎样的关系。

海丝忒一直盯着花束，终于开口：“你真是没救了，你不应该献花给一个毗沙弗迪，而应该献给你的母亲或妻子。当你求爱时，还得献上更多的花，而且永远别献红花，那是给死人的。”

“真是搞不懂你们塔基斯人，你们的文化里有没有什么简单的东西?”

“那只有死亡了。”

见她还堵在门口，杰伊问：“我能进去吗?”

“为什么?”

“我想来道歉。”但海丝忒无动于衷，“我想来弄清楚一些事。”她终于有所回应，好奇取代了她的敌意。

“什么?”

杰伊龇牙吸了口气，做好准备，开口说话了。“我先说吧，我做过调查，所以知道你的一些事。”她的瞳孔顿时瞪大了，温暖的棕色眼睛霎时变成了深暗的黑色，“就因为知道了这些，我才更搞不明白。”杰伊指着全息电视。“你为什么还要看描述灵主怎么历经磨难成长的肥皂剧?你们为什么不起义，把他们全杀了?”

“他们能读出我们的想法，忘了吗?还有，你怎么跑出来的?”

“我从大老爹塔伊那里拿到了特许。”

当然很可能是因为旺雅旺德传来的消息越来越惊悚，杰伊想，所以他们料定了自己不会孤身前往，不过的确猜对了。

海丝忒飞快地转转手腕，敞开门，转身走回了那一堆枕头中。尽管很勉强，但也算是个无声的邀请，于是杰伊走进了房间。

他刚弯下膝盖，跪坐到枕头上，就看到一只小怪物从垫子下探出头来，轮胎漏气般地“嘶”了一声。它像是雪貂和长羽毛的蛇的杂交，还有牙齿，就跟海鳝长牙齿似的，怪异极了。杰伊赶忙躲到一旁，小怪物也赶紧躲回安全的枕头堆里。

“请原谅瓦皮，她有点害羞。”海丝忒说，似乎忍俊不禁。尽管心情紧张，杰伊还是必须承认，笑起来才更像她，嘴唇眉毛间的线条柔和了许多，酒窝又出现了，而杰伊是个酒窝狂热爱好者。

“你没有什么客人。”杰伊准确地推断。

“是的。”海丝忒回答。

“塔基斯人真是越来越笨了。”

眼前黑压压地站满了守卫，杰伊吓得差点想溜掉。自从缇西安被关进去后，这还是他第一次真正来到拉拉娜。今天是什么见鬼的“莉莉屎踢日”？管它叫什么呢，反正杰伊估摸着今天进来是没问题的，不过还是很担心自己下身的安全。

缇西安正在插花，摆弄了很久。尽管在杰伊的概念里，插花只意味着果冻罐子和水，但也觉得缇西安的作品很漂亮。缇西安拈起一枝盛开的鲜花，空中立刻响起了和谐的乐曲。

“太酷了，就是那种花吗?”梅多斯问。

“是的。”缇西安把花递给他。

杰伊伸出手，从桌上拿起一枝花，立即有好几名守卫严肃地看着他，杰伊只好缩回椅子里，双手握拳，放在膝头。缇西安嘴角噙着一丝笑，朝他扔过来一枝花。杰伊有点窘迫地仔细端详着它，花朵交织着洁白和浅紫，花蕊好似敲钟的手，他还注意到茎上有道伤痕。

“他们从荆棘上摘下它。”

“是的。”缇西安说，“如果是献给喜欢插花艺术的男人，他们就不会这么粗暴了。真有趣，比起女人，男人承受力差得多。”她从堆满花的篮子里拈起另外一枝。“外面有什么消息吗，杰伊?”

“你跟我知道的差不多，真是糟透了——”

这时扎博走进来，他们三个顿时僵住了。

“表妹。”扎博唤道，在缇西安脸颊上吻了吻。

“你有什么理由可以冒犯我，而不受惩罚?”缇西安尖刻地嘲讽道，每次听到她这种语调，杰伊都觉得牙酸。

扎博却温柔地笑了。“我是瑞伊斯，所有女人都是我的女儿……还有可能成为我的妻子，我想什么时候见你就什么时候见你，想用什么方式就用什么方式。”

“那你就看看这伟大的幻想能不能实现了。”缇西安继续讽刺道。

“我们还是别再惊动那群老妖婆了，行吗?”扎博叹口气，坐到椅子里。

“那就别来烦我，你做得还不够吗？”

“你很走运，我并没有——”

“杀了我。”缇西安从堆满花的花篮里又挑出一枝花，继续用甜蜜柔顺的声音说道，“是的，每天我看着自己，想到我的处境，都会深受触动，不知道自己亏欠了你多少。”

梅多斯插话道：“嘿，就像你说的，你可以随时过来，但我们要隔上好一阵子才能见到杰伊，你为什么不先缓缓，过一阵子再来？”

“我需要跟我的表妹商议‘征途节’的事宜。”

“我不会出席的。”缇西安打断他。

“你必须出席！”

杰伊看到，缇西安听到扎博冷酷的命令后，手指微微发抖，狠狠地攥了攥，折断了纤细的花茎。花掉到地上，她恼怒地看着地上的半截花。

“他会在那里的，灵神知道他会做什么。”缇西安继续抗议。

“那是征途节，你不会有事的。”扎博从桌上的碗里，拈起一片水果，“说到你那迷人的孙子，我还想讨论讨论他的演讲呢。”

“他说了什么？”

“我和塔伊都在想，这是不是他的传心能力带来的附加作用，所有塔以基对他的鼓动都毫无抵抗力。”

“有可能他的确说出了某些真相。”杰伊说。

扎博对他的话充耳不闻，继续说道：“你也听说了罗达厄的事，如果我们不能信任身后的士兵的话，是不可能战斗的。你说过，布拉斯拥有强大的精神控制能力，但要控制成千上万个人，可能吗？而且这种能力还可以反弹，跑跳？”

缇西安摇头。“你把这当魔法。杰伊说对了，事实就是，他发现了我们的‘阿喀琉斯之踵’，然后狠抓不放。”

“如果你还想得到你人民的支持的话，最好在每一处居民点都配一名灵能者，再在每个车库都放一只鸡。”杰伊说。

扎博疑惑地皱起眉，马克插话道：“你知道的，政客们为了获选，什么承诺都做得出。”

扎博瞪着他俩，神情困惑，就好像他俩突然说起了家乡方言似的。杰伊突然反应过来，在塔基斯，从来没有什么竞选，竞选演说这门艺术也从未被发明过，此前塔基斯没出现过煽动蛊惑的行为，是因为这里压根就没有煽动性演说之类的行径。

这就是布拉斯的秘密武器，不是百变王牌的能力，不是传心能力，也不是四分之一塔基斯血统带给他的能力。杰伊兴奋地向他们解释了自己的发现，缇西安一脸不屑，马克陷入沉思，扎博还是一脸茫然。

马克缓缓摇头。“这太可怕了，布拉斯正在用谎言的力量，摧毁一整个星球的文化。”

“那么，”杰伊嘟囔道，“他最好换个演讲稿撰写人。在罗达厄的演讲里，我们已经听到了罗斯福和丘吉尔。”

扎博摇摇头，像马甩掉身上的苍蝇。“那我说出我的实话，我们绝不会与塔以基繁育后代的。”

“那我想你最好开始学习旺耶。”杰伊继续嘟囔道。

这句话终于惹恼了扎博，他走开了，离开前只留下一句话，缇西安必须参加节日，然后命人送来了她母亲的珠宝。

缇西安叹口气，坐回椅子里。梅多斯焦急地在她身边转来转去，问：“你还好吗？他的话没有打击到你吧？”

“还好还好，现在，扎博的阴谋诡计，布拉斯的政治花招，我们星球的命运，乃至全塔基斯人的未来，都比不上我的孩子。”她抚摸着自己的小腹，“就我个人而言，我巴不得扎博和布拉斯带着他们高贵的阳物，斗个你死我活。”

“他说的节日是什么鬼东西？”杰伊问。

“这是塔基斯最神圣、最重要的庆典，庆祝我们穿过了黑暗，终于在这个水晶世界扎根。”

“布拉斯也会去?”马克问。

“没错，每个人都会去。”

“什么？所有宗族?”杰伊问。

“每个宗族，每个宗族的每个成员。”

“真该死。”杰伊把手插进口袋，小跑起来，“这解决了——”他突然止住话头，看着梅多斯。“干扰器还在你这里吗?”

“在。”

“启动它。”梅多斯放好“网络”发明的意念屏蔽锁，启动了它。

“布拉斯和你的身体可以传心?”

“是的，我还要说多少次——”

“那我把他俩都带来——”

“不行。”缇西安的眼神暗下来，带着某种不祥的情绪。

“你说不行是什么意思?”

“首先，你不是我们的家族成员，你无法出席。”

杰伊挥挥手。“我可以溜进去，在埋伏方面，我是专家。”

“节日庆典将在塔基斯的南极举行。”

“真该死!”杰伊踢了椅子一脚，“那我偷渡过去。”

“搭乘一艘有生命的、能读取思想的飞船?”梅多斯逻辑严密地问道。

杰伊从缇西安变幻不定的神色看出来，她内心正在激烈交战。

“我们不能这么做。”她终于开口，“我们发过誓，在节日期间保持和平，到现在还没人破坏这个约定，我不能让你这么做。”

“只需两秒，我就可以完成——”

“不行。”

“你可以重回自己的身体。”

“不!”

“梅多斯和我也可以回家——”

“不!”

“你不让我去，就因为这是你们的圣诞节?”

缇西安似乎精疲力尽，她轻轻地咬着嘴唇，表情凝重严肃。“是的。”

杰伊只能站在厨房门口，厨房里两只炉子都生了火，摆着锅，蒸汽在后门的窗上蜿蜒爬行。海丝忒一会儿忙着给千层蛋糕画上糖霜花，一会儿忙着搅拌咕嘟咕嘟冒泡的酱汁。

一个年轻男孩正在一只巨大的瓷碗里搅拌黄油，胖胖的脸因为用力和高温而涨得通红。瓦皮在地板上嘶嘶叫着撒欢，张开了翅膀。不过看起来就像渡渡鸟一样，飞不起来。

“耶稣啊！我们今晚是要给军队送慰问吗?”

海丝忒把一缕垂到眼前的发丝拨到耳后，留下了一道粉色的奶油印在前额。“我想我还得感谢你。”她说，但听上去并不是真的开心。

“什么？我做了什么?”

“宗族昨天给我下了命令，必须为节日准备甜点。”

“这是很光荣的，女士。”一旁的男孩说。

裹着粉红糖衣的薄饼堆成了小山，杰伊偷吃了一块。糖霜的甜蜜与面粉的微酸在口腔里碰撞融合，他忍不住又偷吃了两块。

“闭嘴，快搅拌!”海丝忒命令道，“哦不，还是算了，你去给我买点‘希斯豆[1]’，我快用完了。”男孩抓起外套就冲了出去，与雾气腾腾的蒸汽一起，消失在后巷里。

海丝忒抓住杰伊伸向薄饼的手，用面粉枪打了他两下，几滴绿色

① sithi beans，希斯豆，气味浓烈的香料，用在甜点里。

糖霜溅到了他的衣服上。

“谢谢。”杰伊说着，把糖霜抹下，像油彩一样涂到海丝忒鼻子上。

“我可能没精力在节日里打理我的摊位，”海丝忒抱怨道，“真是太累了!”

“那些贵族男女允许你们跟他们一起开派对，还真不错，即使你还不够格来一趟极地之旅。”

“我不想去那儿，这里好玩多了。”海丝忒的眼睛看上去极具洞察力，当她盯住杰伊时，他觉得自己的灵魂仿佛都暴露在了X光下。

“这是你对我的邀请吗?”杰伊问。

海丝忒转身搅拌酱汁，说:“我很乐意。”

杰伊从她手中拿过搅拌器，伸出胳膊环住她，她没有拒绝。杰伊觉得自己的胸口仿佛开了一瓶香槟，幸福极了。“我也很乐意这样。”海丝忒瞥了一眼正在煮的食物，温柔地抽出身。杰伊靠在堆满糕点的大理石桌上，问:“派对是什么样?”

“室外举行，有很多吃的喝的，还有音乐和舞蹈。”

“会有警察和斗殴吗?”

海丝忒奇怪地瞥了他一眼。“我们塔基斯人打架都是来真的，会死人的。”

杰伊想起海勒姆有次从国外回来时，告诉他，最暴力的文化往往有最精致周密的礼仪和极致的礼貌，用来防止斗殴，看来塔基斯人就是如此。

“再说了，这是节日。”海丝忒加了一句。

“是的是的，我听说了，在节日上，每个人都和平共处。”

海丝忒继续忙她的烹饪，她有种其他女人少见的能力，就是能完全享受安静。杰伊边吃着薄饼，边看着她做的糕点逐渐成形，慢慢地，他有了主意。

“这些东西要怎么运到南极去?”杰伊问。

“宗族会派仆人来取。”

“提前一天?”

“是的。”

“等等，还会带上侍者和传菜员吗?”

“不会，塔以基没资格去，只有扎尔玛伊尔戈他们自己。”

“会搭乘灵识飞船吗?”

“只会用它们拖货运船。”

“那到了南极，谁帮他们卸货?”

“运送食品的塔以基，怎么了?”海丝忒心下生疑。

“我在想怎么毁了他们的派对。”

“只要不毁了我的甜点，你怎么着都好。”

“那我们就讨论讨论好了。”杰伊温柔地挽起她的胳膊。

♥♦♣♠

第二十七章

一万二千年前，起码传说如此，所有家族团结一致，在极地大陆的边缘建立了节日宫殿。征途节通常在冬至日举行，以纪念塔基斯先祖跨越了黑暗的太空，终于来到阳光普照的水晶世界。这也是唯一的时刻，所有统治家族暂时抛下敌对、阴谋和暗杀，一同欢庆。

每个家族成员都必须出席，包括老人（一个灵主家族通常不会有太多）、小孩（这艘班船里似乎有两千万个哇哇大哭的小孩），甚至婴儿，以及其他年龄段的成员。但没有警卫，塔以基不允许参加。

裁缝为高大的马克量体裁衣时，杰伊在一旁嘟嘟囔囔说什么“这是丢原子弹的完美时刻”，马克忘了自己怎么安慰他的，事实上杰伊生气发牢骚时，说什么都没用。

马克叹了口气，真希望杰伊此刻就在身边，但他只是个护卫，不像自己，被缇西安收养了，是伊卡赞的家族成员。也许这就是他生气的原因吧，他为什么消失了一整天？可能出去瞎逛了，马克想，要是杰伊遗憾没资格来参加派对，自己是很乐意跟他交换的。他不想见到布拉斯，一看到他，就想起太多不堪回首的往事，说到这，不知道医生是怎么处理这些黑暗记忆的呢？

缇西安跟往常一样，避开了女人和孩子，独自坐在一隅，盯着窗外。难道港口只是灵识飞船投射的幻象吗？马克想，发现自己以前从没思考过这个问题。

缇西安已进入孕晚期，她的脸略微浮肿，但整体还不错。侍女把她的头发向上梳成发髻，让她看起来老成威严了许多。但衣服就不太好看了，颜色的搭配对地球人来说，太过扎眼，而且剪裁非但没有掩盖她高高隆起的小腹，反而更凸显了。她只戴了缀满珠宝的项圈，没有戴母亲的首饰，马克似乎已经预见到了扎博的不满。

他侧身挤到缇西安身旁，舱内十分拥挤，他俩的脸都红彤彤的。缇西安皮肤滚烫，马克担忧地伸出手搭在她的额上。

缇西安拂开他的手。“别神经过敏，我一直很擅长把自己弄出病来，说不定哪天真折腾出大病，一命呜呼了。”

他俩陷入沉默，只是静静地注视着窗外深暗的水面、冰山和浮冰。远处的地平线上，横亘着一道奇异的白线，逐渐与几百英尺高的冰山融为一体。泡沫和冰块洁白无瑕，犹如水晶堡垒，承受着海浪一波接一波拍击。海水徐徐流动，有时突然暴怒，把火车厢那么大的冰块撕裂掀翻。冰块嘶叫哀鸣，掉落海面，而海水则发出胜利的欢呼。之后，又恢复平静，继续缓缓流动。

缇西安抬抬下巴，马克顺着她所指的方向看去，节日宫殿已遥遥在望。建筑乍看平平无奇，整座宫殿更像是个错误，因为除了今晚，一年到头都是空空荡荡的。维多利亚式的荒谬，这是马克唯一能想到的贴切形容，而且荒谬至极。宫殿似乎是由一整块水晶砌成，不过马克很快纠正了自己，猜测肯定用了某种高抗拉塑料，来抵御极地的风暴。但他要是真知道支撑物是什么的话，会更惭愧自己的孤陋寡闻。外表看来，宫殿没有任何地基，也看不到任何支撑墙壁。

到达时间似乎非常神圣，伊卡赞的飞船排成了紧密但优雅的阵形，向大厅俯冲。马克注意到，其他宗族闪闪发亮的飞船也开始下落。下落时，它们炫技似的飞出各种花样，马克再一次震惊地发现，它们这样做并非出于主人的命令，纯粹是自己的虚荣心。

缇西安跌坐回椅子。“不，宝宝，他们会害怕她逃走的，我该跟她一起逃走的。”

“你不要放弃，医生。”马克温柔地拍拍她的肩。

“我真应该同意杰伊的计划。”缇西安说，脸上一片空茫。

杰伊发现自己居然十分惬意，食物当然不是问题，而且自己也不需要睡地板，这间“玻璃猫舍”里，设施一应俱全。隐蔽的小房间里只摆了一张床，想都不想就知道用来干吗，不过杰伊觉得自己的表演可能不够劲爆，因为在这些透明墙面前，实在感到拘谨。经过进一步探查，他发现游戏室里放了一摞纸牌和记分板、不知道规则的棋类游戏，还有全息电子游戏。他还找到了一间婴儿房，里面摆满了婴儿床和小孩的玩具。

一条长长的过道通往冰层深处，尽头有一间全部由冰凿刻而成的大房间，还有一座溜冰场和一条轨道，杰伊不禁好奇它会通向哪里，然后就看到了许多畜栏，里面关着的怪物像是长颈鹿、黑斑羚和马的杂交，它们也看到了杰伊，双方都惊惶不已。杰伊赶紧往后退了一步，心想不知什么人才会把食物打包成这么多份，带给他们的孩子和牲畜，还在晚上来极地散个步，他能想到的类似情形只有超级碗——美国橄榄球超级联赛了。

但对塔基斯人来说，这场盛会并非体育赛事，而是舞会，因为整栋大楼的中心就是宴会厅。而自己现在所在的地方，地板一片纯黑，但深处闪烁着无数细微光点，杰伊仔细盯着它们，发现光点构成了一幅星象图。螺旋状的透明柱子犹如盘旋的烟雾，从地板上升起，晶莹剔透，像是由紫、黄、蓝三色水晶雕刻而成，又像是冰冻的宝石或鲜花，杰伊不知道它们究竟是什么。

舞台上还摆着乐器，杰伊走上台阶，轻轻碰了碰竖琴的琴弦，顿时一丝音符颤动在空气中。他把手背在身后，打量着周遭，尽管自己不是个爱幻想的人，还是觉得现在走进了童话世界。眼前的一切都很怪异，乐器倒在一旁，似乎乐手们只是休息一会儿，暂时将它们放在这里；杯碗碟盘似乎也在等待人们取餐，里面的食物还冒着热气，但房间里一个鬼影都没有。

“只有一个小小的迷路鬼影。”杰伊大声说。

突然一声巨响打破了宁静，仿佛突然炸开一道惊雷，杰伊知道这意味着什么，宴会马上就要开始了。他像扣动扳机那样，屈了屈右手食指，然后四处张望，打算找个藏身之所。

“把他们都杀了。”加布鲁——萨昂宗族的瑞伊斯叹道，摇了摇打扮得花里胡哨的头。他的头发精心分成了好几股，分别漆上了不同的颜色，高高竖起来，似乎插了好几把刀在头上。

“整个宗族只有几个女人离开了。”艾拉宗族的瑞伊斯卢克说。

“多么痛心的损失。”哲邦宗族的瑞伊斯阿扎尔说，“罗达厄在精神治愈上颇为强大，现在失去了这个天赋，我们都可以料到他们会多么的崩溃发狂。”

“所有我们想象不到的疯狂，都已经出现并大行其道呢。”加布鲁悄声说道，然后他们几个都扭头看向布拉斯。

扎博对他们的讨论不置一词，只是盯着布拉斯穿着黑衣的高大身影，心里不停地盘算。自己与他迟早要兵戎相见，现在能做的，就是利用好接下来的十三个小时，尽量多揣摩了解他的心理。

投掷弹跳等动作未能完全展现出布拉斯的身材，扎博在塔基斯人当中已算高大，但比起布拉斯还是矮了一截。他心下不快，眼前突然浮现出缇西安弱小赤裸的身躯，压在布拉斯巨大的身体下，无助地承受野蛮残忍的冲撞，毫无反抗之力。想到这，扎博只觉胃酸都涌上了喉头。

“我们将杀掉每个加入暴行的塔以基士兵。”祖伊，艾拉宗族的司令官低声说。

“我认为恐惧并非我们眼下最有力的武器。”扎博柔声说，“那样只会落入私生子的圈套。”

“但我们必须做点什么!”萨昂宗族的司令官奎安德说。

这时塔伊与坦德宗族的瑞伊斯伊姆金一同走了过来。

“没错。”扎博说,“所以我们得找个隐秘处,好好商议。”

说完,他转过身,与塔伊并肩走着,轻声问道:“扎夫罗尔?”

塔伊摇摇头。“库厄金·布兰特·崔伊尔认为布拉斯会获胜,正热切地想与他结盟。”

“混蛋!”伊姆金突然骂道。

他们经过了游戏室,塔伊朝里面看了几眼,抬头看着扎博。“把缇西安一个人留在里面没问题?”

“没事的,爬地人护卫守着她的。”

“还记得吗,我说过,等你这个孩子一落地,我就再给你一个。”布拉斯笑容可掬地抚摸着她的肚子,缇西安惶恐地在人群中寻找马克的身影,或者塔伊,哪怕扎博也好,但他们都不在,她绝望地喊出一长串姐姐的名字,却没有一个人来。

谁来救救我!

*自己救你自己!*心底一个声音喊道。

可她做不到,甚至说不出一句完整的话来。

布拉斯俯下身,双手撑在椅子扶手上,把她困在原地,动弹不得。“好了,我要开始了,他们都追随我,在看到罗达厄发生的一切后,都不想成为我的敌人。我为你而来,祖父,一天一天地,接近你。”

恐惧转化成辛辣酸苦的味道,刺激着舌尖。身体深处传来剧痛,喉咙也仿佛被铁钳般的手指狠狠攫住。宴会厅里一片黑暗,只有双月投来的浅薄光辉,映着地板上反射的微光,冰冷如尸体,照在布拉斯脸上,他面庞上的凹陷部位显得更加阴森可怖,犹如怪兽。欢宴的鼎沸人声和乐队的演奏声渐渐远去，她只能听到自己粗重的呼吸。

“但是你还没与凯丽正式会过面。”在她尖叫之前，布拉斯突然直起身，做了个手势，然后“他”从人群里出现了。

整整一晚，缇西安都在与自己搏斗，克制自己汹涌的渴望，她急切地想要重回自己身体，简直要疯了。现在，它终于出现了，就在眼前，却像个提线木偶般机械地动着。精神控制！……他就是为了告诉我，他能做些什么！

而且，身体状态也不好，浅紫色的眼睛下泛着青色的阴影，皮肤惨白得像墙灰，唇上密密麻麻地冒出汗珠。缇西安忽然想打凯丽一顿，他居然这样对待自己的身体。随即，她突然明白了凯丽瞪着自己时眼中的意味：她现在的身体，已是八个月身孕。

我们都没有好好对待自己借来的身体，缇西安想。

“凯丽·詹金斯，过来见见我的祖父。”布拉斯疯狂的笑意加深，“还有你的孩子，哦不，我们的孩子，家庭团聚，你开心吗？”

她……爱的……只有……你，根本……都不……认识……我。

缇西安和凯丽，就像两个奴隶，在布拉斯这个监工头的监视下碰面了，瞪着彼此。他们的思想互相交织，缠绕融合成一股，探向他们的孩子。顷刻间，所有的苦痛都烟消云散。

艾尔娜，这是你的母亲。缇西安把意念发给腹中的宝宝，艾尔娜却困惑极了。

两位“母亲”都宠溺地笑了。

“喂，走开！”马克的尖叫突然响起，把缇西安从意念舞蹈里惊醒。

随后，她还听到了扎博的脚步声，只见他从身后快步走来，冷冷地把布拉斯从头看到脚，又从脚看向头。

“要不是今晚禁止杀人，我们根本不会容许你出现在眼前，还跟你说话。”扎博转向朝缇西安，“表妹，想跟我散会步吗？”说着，他伸出手，扶着她从椅子上走下来。

布拉斯微笑着，一派训练有素的气定神闲，但眼里闪动的神色分明在说，他绝不会善罢甘休，而且很快就会采取行动。布拉斯抓起凯丽的胳膊，拖着他一起走远了。

等他们三人看着布拉斯离开后，缇西安才发现自己在不停地发抖，扎博的手坚定地环着她，带来阵阵暖意和安慰。她抬头困惑地看向扎博，只见他盯着布拉斯离去的方向，紧皱眉头。

“我和几位绅士需要你专业的指导。”扎博又看着马克，“留她跟我待几分钟，可好？”

“如果医生同意，我没意见。”马克低头看了看缇西安，缇西安点了点头。

在他两百零二年的生涯里，参加了多少次征途节？也许有一百九十七次吧，尽管他最早的记忆是从四岁开始的。在一次特别的节日里，他和南迪发现，潘趣酒真是好喝极了，于是偷偷溜到楼梯间，一瓶接一瓶喝光了甜甜的酒液，最后两人都站不直身，嘻嘻哈哈地互相搀扶，在南迪姐姐恼怒的眼光里，走了回去。那是他们最后一次像伙伴一样过节，第二年，她就长大了，懂事了，知道他是个莫拉克，并且学会了鄙视他。

杜尔格像只放牧的公牛，沿着点心桌一路走着，从每个碟子里取一点点食物，却不整盘端走，行为显然引起了宴会管理人的不满，而他的心头却涌上一股说不清道不明的情绪。他知道，自己很想看那些扎尔玛伊尔戈来演奏、倒酒、烹饪、上菜，既然他们没带上忠诚的仆人来参加宴会，就一定要付出代价。

“你为什么要这么做？朋友？”马克悲伤的声音响起，打断了他的思绪。

杜尔格连忙夹起一片三明治，飞快地咽下去，转身看着马克，避开他的问题，说道："你没发现吗？这个房间是我的前主人点亮的。"

"我们就别再讨论你的忠诚了。"

"那也别提他们的。我的每次变节，都是因为遗弃。当扎博攻来时，旺雅旺德把我和其他六个孩子丢在了道旁，于是我转而效忠扎博大人，但当我在外星世界被月女伊希斯打败时，我又一次被主人抛弃，丢在了一群原始人当中，接着我转投月女，却再一次被丢在道旁。但这一次，我不会再被遗弃了。"

马克厚厚的镜片后，蓝眼睛湿润了。"对不起，朋友，我没有意识到。我只是希望你有机会自由，我没想伤害你，对不起。"

"这就是他们……"杜尔格偏头指了指那群欢宴的塔基斯人，"和你的不同，他们从不内疚，但他们的方式更好。而你，你不期望什么……也得不到什么……所以你从不失望。"

♥

杰伊发现事情远不如预想的那么简单，他没完全弄明白到底有多少人出席。要在成千上万个人里面找出两个人，无异于大海捞针。他本以为布拉斯比较容易找，因为他的个子应该是在场所有人中最高的，而且要是跟以往一样还穿着一身黑，就更好办了。海勒姆曾告诉过他，塔基扬从不穿黑色，因为在塔基斯，黑色是给下层劳动者穿的，所以可以确定，除了布拉斯，这里所有人都不会穿黑色，他只需找出布拉斯就行了。但当他一遍遍筛选眼前流动的人群时，发现这就跟在一碗水果沙拉里找颗葡萄干那样难。

"孩子，孩子，我们不应该以这种方式见面。"拜塔姆转动着一只眼珠，看着床上，"这对我诱惑太大了。"

"我找你来不是为了上床，是谈事情。"凯丽急切的意念自主探出，发送给拜塔姆。他立即收起一贯的谨小慎微，飞快地与凯丽会合，万花筒般变幻不停的炫彩意念顿时变得灰蒙蒙的。

“你在这里干什么？”凯丽问。

“这是征途节，每个人都必须出席。”

“你上周消失后，我以为你学聪明了……”

拜塔姆疑惑地皱起眉。

“你知道，得远离布拉斯。”凯丽干脆把话挑明，“他会杀了你。”

拜塔姆迅速换上一副彬彬有礼、玩世不恭的神情，像舞台突然拉上了幕布。“我当然知道，这就是为什么我故意在旺亚姆待了那么久。”

“如果想从布拉斯手里活下来，你必须跑到比旺亚姆更远的地方！”

“我的甜心，扎尔玛伊尔戈不会更换他的宗族，我是一个旺雅旺德。”

“那你就死好了，真是蠢透了，去伊卡赞，说不定你能帮上他们，总得有人阻止布拉斯。”

拜塔姆咬着嘴唇。“这绝不可能。”

“已经有很多以前从未有过的事发生了。”凯丽驳斥他，“该死的快逃啊！”

拜塔姆抓住凯丽的肩头。“如果我跑了，那你在旺雅旺德就一个朋友也没了。”

“我没事，他现在还不会杀我……”凯丽苦涩地笑了笑，“起码目前不会。你说我身体里的体液极其珍贵，多少打动了他，而且他现在正筹划更大的图谋。”

“真是奇怪的勇气，你怎么突然下定了决心？”

凯丽耸耸肩。“一个人不可能总是提心吊胆，过一阵子就麻木了。再说，你是唯一一个对我有好脸色的人，即使只是为了六十五年前那个与你共舞的男孩，而不是真正的我。但起码，我可以假装你是为了我，我擅长假装……但不管怎么说，我不希望你死，所以，求求你，快逃吧。”

拜塔姆握紧了尖削的下巴，凯丽能感到他激烈的思想斗争。接着，他收回思想探触，伸手抚摸着凯丽光滑的脸庞。

“女孩，你知道吗，这是我第一次真正地看你。”

一个毫无浪漫可言的吻，干燥的嘴唇满是皱纹，重重地贴过来，舌头强硬地撬开嘴唇，挤了进来。

塔基扬能感受到这些吗？凯丽脑中一片混乱，只剩下这一个念头，一动不动地坐着。

拜塔姆在门口停下，扭头微笑道：“也许这并不能补偿所有……但至少，可以减轻痛苦。”

她微微打量了几眼门槛，扎博自顾自地微笑了起来。*难道他终于给她留下了一个好印象吗？不过刚才那一幕的确令人钦佩。哦，数量不是关键……只有五个宗族前来与伊卡赞会谈……这几个宗族代表的力量才最重要。*

*很可能是因为他们损失最大，*缇西安想，这不过是扎博转变了自己的外交策略，她不信他真有这么好心。

扎博放低身子，靠近她悄声说：“谢谢。”他知道自己轻而易举就能读出她的思绪，会让她更烦乱，事实上，缇西安的确很恼怒。

扎博把自己的读心能力加到缇西安微弱的意念力上，以便她读出五名瑞伊斯以及身旁司令官冒出来的表层想法。老伊姆金最为悲观，并不仅仅忧心布拉斯的威胁，还为了缇西安现今的处境而悲伤。

如果对手也可以是朋友，那就是伊姆金这样的了。伊卡赞和坦德两个宗族间，订了许多简短但利润可观的条约，缇西安的一个姐姐还嫁到了坦德。尽管这场联姻最后以悲剧收场，但并不是伊姆金的错。举行娅德兰的葬礼时，缇西安还只有十四岁，在葬礼上不停地哭泣，正是这个直率的、皮肤晒得水手般黝黑的男子把他带到一旁，紧紧抱住了他。

“我们在商议结盟的事。”扎博说。

“很高兴你们这样做。”缇西安说，“你们信任我，我很荣幸，但我还是想知道，为什么让我来参加？我并不是士兵，以前不是，现在当然也不是。”

“但你了解布拉斯。”塔伊说，“了解他的力量和弱点。”

“所以我们应该如何缩小范围，攻击他第一个弱点，再找出第二个呢，表妹？”扎博问。

“他的能力显而易见，那几百名莫拉克……”

“我们现在无计可施。”伊姆金突然说道，摇了摇头。他的胡须长了满脸，都编成了辫子，还缀着铃铛，随着他摇头，铃铛也纷纷响个不停。“坐这儿来，孩子。”他站起身，让出自己的椅子。

扎博看到缇西安的脸涨得通红，知道伊姆金的礼貌好意触怒了她，但还是坐了过去。扎博想，*跟原则比起来，缇西安一向认为舒适更重要。*

最后那个动作真够粗野的，扎博在心里又纠正了自己的看法。他从缇西安的思想里读取了一些她在地球上的生活经历，发现这些记忆不是悲伤就是恐惧。*不，在泥地生活的五十年，早就教会了她忍受苦难*，扎博得出结论。

“莫拉克都不足以保证安全吗？燃烧天啊！那些扎尔玛伊尔戈怎么了？”奎安德吼道。

“我们很可能也会犯同样的错误。”塔伊说，“他在宗族内部培养了年轻的军官，并许诺以征服，并且付诸了行动。”

“他是个私生子！”加布鲁叫道。

“但他成功了。”缇西安插话，“就目前而言，这就是关键。他们自我安慰说，一旦征服了塔基斯，就驱逐布拉斯……”

“但这是不可能的。”扎博说道，“他满足塔以基的诉求，是他们的民心所向。”

“那我们要怎么做呢？”伊姆金问。

扎博冷酷地笑道：“听我表妹的，在这个问题上，她似乎比我要清楚得多。”

在此之前，他已经听过缇西安的意见，而且知道回家后可以让她详加解释，所以听她的发言就心不在焉，把大半注意力都用来打量她。只见她大大的灰色眼睛时暗时亮，闪烁着纷杂的情绪。她的上嘴唇短得出奇，不停地一开一合，语调柔和，只是简要说明了布拉斯的人品性格，并未详加描述，避免听众为她的遭遇而动容。这是骄傲还是恐惧？毋庸置疑的是，她极度害怕她的孙子。当缇西安是名男性时，是个喜怒无常的小个子，说话总带着许多手势。而现在是个女人，她的双手却只是紧紧放在膝头，但扎博还是看到它们在微微颤抖。只有一次，仅仅一次，她做了个猛烈的强调手势，伊姆金和加布鲁也明显有了一丝反应。

她应该戴双手套的，扎博想，这样能把腕上的伤疤掩盖起来。我想知道是谁阻止了她，这个强大的新缇西安自己吗？当然不能问她，那我要不要偷读她的思想？

“如果让布拉斯受挫，必须确保做好了万全准备，他会不择手段地反扑，而且他的野蛮残暴会令所有人震惊不已。”缇西安说。

说完，她就沉默了，没再开口。扎博环视众人。“还有什么问题，或者什么意见吗？”众人摇摇头，于是他对缇西安说，“谢谢你，表妹，没有护送，你能自己回寝宫吗？”

“可以。”缇西安站起身，理理衣服，走到门口时，停下来看着众人，脖颈嘴唇都流露出无法克制的绝望，“拜托……不要杀死他，他是我回家的唯一路径。”

扎博没有说话，只是温柔地送她走出门外。

陡然从会场离开，缇西安觉得十分茫然。她害怕再遇到布拉斯，马克也不知去哪里了，姐姐们都在跟自己的丈夫孩子欢聚，没人愿意分享她的恐惧和难过，只有一个人例外。

尽管耗费了一个小时，但联系一旦形成，就再也不会断开。艾尔娜就是凯丽和她意念联系的船锚和链条，而且很安全，因为布拉斯并不会读心术。

多年以后，缇西安依然记得这场会话，声音片段犹如 MTV 的脉冲，一波波传来。在自学意念交流上，凯丽完成得相当出色，只是有些缺乏控制，缇西安连忙教了他好几个关键要点……

他们结束会话，回到了艾尔娜身上，在她的思绪里快乐起舞。

凯丽警告缇西安，他的身体对好几样药物都过敏，缇西安则反驳他，在他们灵主阶级中，婴儿的出生都有严格计划，只有最出色的才能活下来……

然后他们的话题又回到了艾尔娜身上，想象她的眼睛会是什么颜色。

凯丽十分不好意思，支支吾吾地告诉了缇西安拜塔姆的事。

我想起来了，那也是个征途节，他跟我跳了舞。

男人一起跳舞？

*那就是男子的舞蹈。*缇西安被凯丽的震惊逗乐。*一种赏心悦目、活力四射的舞蹈，叫作“康达拉”，你今晚就可以看到，融合了俄罗斯和中东地区的风格。真是有意思，一个花花公子把一次艳遇动心，在心里珍藏了六十五年，我要是个女人，说不定都答应他的追求了呢。*

我想他现在正在前往伊卡拉的路上。

*不可能。*缇西安不相信，*没人会抛弃自己的宗族。*

他俩都沉默了，想到了艾尔娜，她要如何面对自己古怪的出身？

如果一切结束，每个人都回到了自己该去的地方，她要如何自处呢？

缇西安切换到发出声音的对话，警告说：“我不会抛弃她。”

“我明白，这样我也能不时看到她。”

缇西安还没来得及回答，扎博的呼喊突然像凌晨五点的闹钟，尖锐地在脑中响起。

危险！

围绕在宴会厅四周的是一条宽敞的隐秘长廊。杰伊的发现纯属偶然，他看到一大群灵主举着蜡烛走进这条死胡同，几分钟后再出来时却没有了蜡烛，肯定不会是留在大厅里了，于是他偷偷窥视，果然看到他们在一根柱子上打开了一扇秘密门板。

等他们都离开后，杰伊也有样学样地走了进去。他觉得这个东西摸起来就像一坨大便，但不管是什么，反正不是电梯，更像是20年代百货公司用的气压输送管。当令人头晕目眩的上升终于缓下来，杰伊发现自己正悬停在半空中，面前是一扇门。

看来从托举他的那股气压中走出来是最明智的选择，不过人能在空气中行走吗？杰伊想着，从气压中走出来，发现自己身处长廊内部。这里乍一看十分阴森，水晶柱底端点了好几百根明明灭灭的蜡烛，柱子里除了闪烁的烛光，还嵌了人。杰伊惊奇不已，究竟为什么要把人埋进柱子里？要做什么大事吗？

看着这一张张肃穆的面孔，杰伊喉咙发干，总觉得他们随时会醒过来，然后像《爱丽丝漫游奇境》里那样，尖叫着抓贼抓强盗抓入侵者。他毫不犹豫地转身离开，当走到长廊边缘时，却惊喜地发现，现在整个宴会厅都尽收眼底，接着，他看到了……布拉斯。

杰伊小心翼翼地把食指做成手枪状，瞄准了那个一身黑衣的健硕身影。

但他的手被人用力地握住，按向了地板。

“不！”马克·梅多斯的声音在耳畔响起。

凯丽和缇西安交换了一个担忧的眼神。

“我来帮你。”凯丽说，扶着缇西安从椅子上站起，温柔却有力地托着她的腰，护送她走向扎博。

缇西安思索起他俩互换的生物特性以及随之改变的行为特征，不禁自嘲：我们是行为心理学家的梦遗。

人群自动分成两列，注视着他们一路走来，而厅中央只有塔伊和扎博，布拉斯和杜尔格分别站在他们两旁。缇西安不禁怀疑，自己和凯丽是否应该加入这场角力。

“仅凭协议里一个含糊的点，你们就扰乱了征途节，希望你们最好有足够的理由！”当他俩走近时，缇西安听到塔伊在怒吼。

布拉斯缓缓地笑了，犹如嗜血的恶兽从沉睡中苏醒。“哦，当然！”他扬声说道，“但在解决这些麻烦事儿之前，我想找点乐子。”说完，他做了个手势，杜尔格双手一摊，一名女子从人群中越众而出。

她像是为了诠释“美”而生，珠宝覆满了眉骨下方，如张开的羽翼一直延展到两鬓，身段纤细苗条，一看便知出身最高贵的血统。头发剪得很短，只刚刚冒出点头发尖，显然刚从某个太空空间站的岗位回来。她发色深红，在有的光线里近乎黑色，但又夹杂了银白的发丝，这是萨昂宗族的混血特征，她也是一名强大的灵能者，因为当她经过时，缇西安什么也读不出来，感受到的只是一片虚无，仿佛身旁走过了一块意念黑洞。

“缇西安王子，不要再浪费时间在不相干的女人身上了，来见见你的新娘吧。”布拉斯无比诚挚地说。

有那么一瞬，缇西安担心凯丽会晕过去，她用力抓住凯丽的手，指甲深深陷入他的衣袖和布料纤维下的皮肉。凯丽甩开她的手，眼里满是绝望。

缇西安只觉双腿如灌铅一般沉重，勉力往前挪了几步，对布拉斯说道："布拉斯，我的孩子，别再徒费心思了，站在这的人，起码有一半都知道我的灵能标识，知道你口中的缇西安王子并不是我。"

"够了，两腿之间的东西才最关键。"

"你真是恶心至极！"缇西安咆哮起来，但稚嫩的少女声音听起来十分可笑，她只好退到了一旁。

布拉斯围着缇西安转了一圈，咄咄逼人地对扎博说："要让伊卡赞宗族融入新秩序，这是第一步。"

"也是唯一一步。"扎博轻柔地说。

♦

"你疯了吗?"杰伊劈里啪啦地说，"看啊！他们所有人都在，布拉斯，还有塔基扬的身体……就算塔基扬自己想回去，都能很快办到。"

他奋力挣扎，但马克依然牢牢反剪着他的双手。"你不能这么做，这是征途节!"

"搞什么鬼？你什么时候也变成塔基斯人了?"

"杰伊，我们只有两个人，但外面起码有好几千个灵主，难道你真以为，用这种方式坏了他们的习俗传统，他们会放过我们?"

塔伊全身都因愤怒而发抖，双手痉挛似的合拢又张开。"你这个爬地虫！卑劣龌龊的私生子！这是征途节……你玷污了我们的传统——"

"你想要传统?"布拉斯咆哮起来，伸出手想抓缇西安，但扎博快速把她带到一旁，布拉斯只有指尖碰到了她臂上的一丁点肌肤。

但就这一瞬的触碰，大厅、人群迅速在缇西安眼前褪去，变成一团红雾，只有布拉斯的脸清晰无比，脑中又浮现出不堪的片段：他低下头朝她淫笑；透过她被强迫抬高的双腿向她窥视；猛烈的冲撞；身体深处的剧痛。

“这个女人怀着我的孩子，所以她属于我，这一点，我相信，在你们的习俗、传统、协议里，都无可辩驳！”

哲邦宗族的卢克向前一步。“可我们还有习俗，规定了什么样的孩子必须死，私生子……比如你。”

布拉斯瞪大眼睛。“你是下一个。”他轻柔但坚定地说。在他的力量威慑和疯狂重压下，卢克不由自主地退后一步，在场其他宗族都看在了眼里。

布拉斯抬高了声音，说道：“在我的统治下，不会处死任何一个混血。”

“所以，不管习俗是新是旧，你只选择最适合你的。”缇西安讽刺道。

“我们的瑞伊斯制定了新的法则，将建立一个新的世界。”围在布拉斯身边的一名叫泽卡尔的旺雅旺德贵族说道，语气里满是掩饰不住的自豪。

“也就是说，什么有用，我就用什么。”布拉斯补充道，迷人地笑了，笑得令人毛骨悚然。

缇西安的一生中有好几次，明知厄运的巨轮滚滚碾来，却无力抗拒。50 年代等待众议院非美活动委员会的决定时，是这种感觉；扎博在阿杰伊兹面前把她流放到拉拉娜时，是这种感觉。现在，这种感觉又来了，尽管塔伊在一旁激烈地陈词抗争，但她只有麻木，因为结果已经很明了：塔伊败了。

塔伊还没有放弃，他找出了所有能想到的理由来辩驳，有的甚至毫不相干，当意识到情势已无可逆转时，他采取了缓兵之计，同意布拉斯有权拥有缇西安，但必须先进行基因匹配测试，确定缇西安肚里的孩子是他的。不过这个办法显然毫无用处。

其他宗族的态度也十分明显，不过与其说他们是迫于习俗规定，不如说是在旺雅旺德族人和他们年轻瑞伊斯的威慑下，吓破了胆。

并没有什么投票一样的公开程序，但人群突然像狂风吹散的烟云，纷纷退开了。布拉斯向缇西安走去，伸出了手。

“他们要把她交给布拉斯了。”马克哽咽起来，杰伊发现这个瘦高的王牌居然哭了。

“好吧，就这样，派对结束。”杰伊又把手做成了枪状。

不是下意识的举动，甚至说不上决定，只是求生的本能，缇西安从餐桌下抽出一把刀，冲向了布拉斯。

杜尔格如一阵旋风，迅速挡在布拉斯身前。刀刺破了他华丽的衣服，深深地扎进他的胸膛。

似有无数风暴刮过繁密的松林，大厅里响起了巨大的抽气声。旺雅旺德的好几个贵族冲了上去，把他们的瑞伊斯抬到地板上。音乐断断续续地响了几下后，终于停了。一片死寂。所有人都紧张地观望，不知会不会有更暴力的事件发生。

杰伊和马克靠在栏杆上，杰伊不停地咒骂着，因为现在根本无法瞄准布拉斯。缇西安缓缓后退一步，离开了杜尔格。鲜血浸染了杜尔格胸前的衣衫。缇西安低头看了看手里的刀，像是惊讶它为什么会在自己手里似的，赶忙松开了它。刀刃撞到地板，在一片不正常的安静中，分外响亮。

扎博突然大踏步走上前，反手一个耳光，把缇西安狠狠扇倒在地。一个肩膀宽阔、胡须留到胸前的塔基斯人走过来，右手做了个复杂的手势，又往张开的手指间吐了口唾沫，然后故意背对着倒下的缇西安。接着是两个、三个，最后所有在场的灵主男女都做了同样的动作。

扎博走回到塔伊跟前。塔伊与缇西安的六个姐姐站在一起，都还未向缇西安吐唾沫，但显然，他们都跟其他族人一样，震惊不已。

杜尔格抱起缇西安，带着她走向围在布拉斯身旁的人群。

“就是现在，杰伊！”

一声轻响，缇西安消失了。

♥♦♣♠

第二十八章

有那么三秒钟，人群没有一丝动静，但随即就陷入了彻底的混乱。杜尔格看着空空如也的双臂，目瞪口呆。扎博想过去，却被塔伊拉着离开了。

“快快！你这狗娘养的！”杰伊叫着，“快出现啊！”但布拉斯就是顽固地隐在视线外。

伊卡赞阿杰伊兹的紧急召唤响起，杰伊和马克都难受得弯下了腰。伊卡赞已蒙羞，决心退出这次节日。

马克晃晃身子，驱散意念召唤余波带来的最后一丝影响。“听着，我有个点子，我会想办法让人们以为是我让医生消失的。”

“那我呢？”杰伊问。

“看来你要带着脏碟子自己回家了。”

“真是谢谢，我是不是应该感谢你？该死的，不！”

“我很感激，并且钦佩万分。”这时，一个声音自身后传来。

他们猛地转身，马克紧紧抓住了自己的手提箱，快速打量来人，然后微微舒了口气。来人脸上嵌着的珠宝表明了他的宗族，但他年岁极高，精心画了眼影，抹了口红，涂了粉底，显然，他是个灵主，并且，如果他想打爆他俩的头的话，早就可以这么做了。

“我是拜塔姆，旺雅旺德宗族的长者，一直渴望去伊卡拉游历，不过旅途困顿，我想，你们可否像转移缇西安那样，把我也转移过去？”

“我们为什么要听你的?”杰伊问。

“哦，也没什么特别的理由，我只是不想命丧布拉斯·布兰特·吉赛尔之手。”

杰伊看着马克，后者盯着拜塔姆看了好一会儿，然后说：“好吧。”

缇西安靠在牢房门上，心里不停地咒骂杰伊。他明明见过自己的寝宫，却把她送到了这儿来。现在这栋屋子空无一人，扎尔玛伊尔戈都欢庆节日去了，塔以基们也从工作中暂时解脱，沉浸在庆祝狂欢里。

她呻吟着从门上滑坐在地，抬起手轻轻摸了摸热辣辣的脸，眼睛已经肿得睁不开了，脸颊还有扎博戒指留下的深刻印记。

随着一声轻响，一个男人出现在地牢。缇西安尖叫起来，那个人也尖叫着，与她互相瞪视。缇西安觉得他有些眼熟，努力在脑子里搜索，而他跪着的样子，也像极了猎犬伸长脖子以示诚意。拜塔姆，她从他的思想里读了出来。

“哦，灵神啊，你!”

拜塔姆没有错过最后一个词的强调意味，并把这当作了恭维。他站起身，掸掸膝盖上的灰，垂下眼看着缇西安，最后终于开口道：“原来她长这样。”

“谁?”

“凯丽。”

“我要杀了杰伊。”

“别生气，是我让他把我送过来的，真是有趣的旅行方式，是‘强能’病毒的成果吗?……哦对了，我是来投奔伊卡赞的。”

“你在说胡话吗，还是你也疯了?”

“没有，凯丽说得很对，当世界崩塌，一切不可思议的事也变得稀松平常了。我能做些什么，让你舒服点？”

“我很冷，能把你的衣服给我吗？”

“非常乐意。”拜塔姆把衣服披在她身上，“你愿意把头枕在我腿上吗？”

“不用了。”缇西安生硬地回答，恼怒地说，“灵神啊，在我们出去之前，还得在这待上好几个小时。”

“不会的，我离开时，伊卡赞已经准备从节日撤回了，应该过不了太久。”

缇西安呻吟道：“祖先啊，我搞砸了一切。”

“好吧，我们不如说，你在对自己的辩护过程中，产生了惊人的效果。”

并未等太久，营救就来了。拜塔姆已经离开了牢房，马克急匆匆地护送缇西安回到了拉拉娜的寝宫。现在，两人惴惴不安地等待着扎博的到来。

“来，喝点这个。”马克抬起缇西安的头，把一只玻璃杯凑到她的唇边，她艰难地吞咽了几口，突然对马克伸出了手。当缇西安是个男人时，总是做出大量的身体碰触，在无法意念沟通的地球上，这也是必须的，只不过总是让他的男性好友心猿意马。现在她变成了女人，却几乎容忍不了任何与男人的身体接触。

谁又能责备她呢？她经历了一遍又一遍的强暴和殴打。我只是想知道，她还会复原吗？即使我们把她送回自己的归属地，她还会恢复吗？

马克想着，摆出自己一贯的微笑，抬起缇西安的手，吻了吻她的前额。

“你这副表情是什么意思？”远行队长问。

“我在想象……你吻我是什么样子……我的意思是真正的我。但失败了。”

远行队长钩过一把椅子，坐上去，手肘撑在床沿，托着腮说：“你真傻。”

缇西安叹了口气，挪动身子，让自己躺得舒服点儿。“我知道，但那个时候，我根本没办法思考，满脑子只有痛苦和恐惧。”

“我知道，但杰伊已经准备好了，我们不会让布拉斯带走你的。”

“那当然是好的，但我并不知道杰伊也在。”

“除此之外，扎博还有备选方案，他打算用我其中一个‘朋友’来救你。”

缇西安大笑，笑声更像是痛苦的嘶喊。“救我？我确定，他对于救我，就像帮我回到自己身体那样勤勉用心。”

“别像个白痴，表妹。”扎博的声音在门口响起。他踱进房间，懒洋洋地坐下，摆出个闲适的姿态，“我当然不会帮你，你变回男人，那我们又是敌人了。”

“那你以为我们现在是什么？”

“这并不代表，我愿意看着你落到那个疯子手中——”

“不，你巴不得我死。”缇西安反驳道。

“你每呼吸一下，都不忘来责骂我，但别忘了，你的每一次呼吸，都是我的恩赐，如果我想你死，你早就死了。顺便说一句，你可以当个真正的小婊子。”扎博竖起手掌，继续说道，“先别急着回骂我，我们有更重要的事商讨。你……小小的演出，把我苦心经营的所有，以及费尽心思结成的同盟全毁了。”他抬起头，沉思片刻。“现在伊卡赞与塔基斯其他所有宗族都成了敌人，多么愉快的局面！”

“我不在乎这个，他休想再碰我！”

马克急切地点头，表示赞同。

“我知道，我不会让你重新落入他手中，但现在，布拉斯的碰触，已经把我跟你推到了最危险的境地。”

马克大惑不解，他看着缇西安，希望她能解释解释，但她的表情跟自己一样，茫然困惑。扎博看着缇西安隆起的小腹，挑起了一边眉毛。很快，马克看到缇西安脸上血色尽褪，于是赶紧站起来，想握住她的手，可缇西安挡住了他。

“不……不……不。”

扎博威胁似的往前倾了倾。“现在布拉斯可以名正言顺地攻打我们，其中一个借口就是我们在外星世界的试验——伊卡赞成了阻挡在塔以基和灵神之间的唯一障碍。而你现在怀着的私生子，就是最好的号召理由：我把一个男人和他的孩子分开，我违背了塔基斯的法律。这一点，情感上很容易引起塔以基的共鸣，而扎尔玛伊尔戈也会利用这点。”

“你要把孩子给布拉斯?”马克难以置信，极度震惊下，声音都高了八度。

“灵神啊，当然不是。”扎博转向缇西安，目光温柔，语调甜蜜，犹如情人的蜜语，“缇西，你一直都擅长这个，你明白清除夏克兰的必要，现在——”

“我父亲那时已经死了！他没有未来，只是苟延残喘！而我的孩子——”

“是残疾的。”

“不！她没有任何基因缺陷——”

“但她的出身！如果我们还希望重新建成同盟，那只有最保守的宗族了，他们害怕布拉斯带来的改变会毁了我们的世界、我们的文化。但如果这个孩子还活着，就代表你是站在布拉斯那边的，政治上来说，你的孩子完全是个累赘。放弃她吧，缇西，为了宗族，为了人民!”

“如果……塔基斯要存活……就必须……让我……杀了我的孩子……那你们……都去死好了!”

这不是哭泣辩驳，而是可怕的嘶吼，比流泪更痛苦。缇西安一拳又一拳地击打着床垫，然后把头一仰，喉咙的肌肉绷紧，勒住了呼吸。她举起拳头，狠狠打向扎博，嘴里叫着最恶毒的咒骂。

除了家人，没人能伤害到我们，马克脑中突然冒出个疯狂的念头，同时也想努力控制住局面。

没有任何警告，扎博直接冲上去，掐住缇西安的脖子，把她一半身子都拽离了病床，就算缇西安惊惧地尖叫，扎博也没有丝毫放缓。

他瞪着缇西安，咆哮道："我会让这些变得好办得多，但不是现在。你会生下这个小怪物，我到时就站在旁边看着，一等这血淋淋的小东西从你两腿间落下，我就当场杀了她！"

马克抓住扎博的手，用力扭着他的拇指和食指，扎博痛叫一声，松开了手。缇西安像只折断了翅膀的鸟，跌回了枕头。

马克仍紧紧扭着扎博，把他推向门外，喊着："滚……滚……，否则我杀了你，甚至都不需要我的朋友们来帮忙。你也没办法控制我，还没有哪种精神控制能消除恨意！"

马克不知道扎博究竟在自己脸上看到了什么，他只是挣开钳制，转身冲出了门外。

马克的两条长腿像鹳一样急剧摆动，急匆匆地冲到床前，把缇西安抱在怀里，抚摸她的长发，不住喃喃地安慰她。终于，他听到胸前的衣服里，传来了缇西安微弱沙哑的声音，一颗悬着的心总算落地。

"马克，找到杰伊，把拉娜也喊来，再把意念屏蔽锁带来，我们要好好商量商量，接下来该怎么做。"

♥♦♣♠

第二十九章

“意思是……他们当中，居然有人需要我的帮助，真讽刺。”

杰伊不安地动了动，盯着海丝忒固执强硬的背影，心想，她的语气如此的……呃……无懈可击……如此的……呃……客观中立，杰伊努力揣测她的意思，最后确定了，她一点也不情愿。这与他预想的不一样，可他保证过进展会很顺利。

“缇西安不是他们中的一员，在地球上生活了这么多年后，早就不是了。”

海丝忒弯下腰抱起瓦皮，这才转过脸看着杰伊，苦涩地说道：“我的生活曾经被他们毁了，但好歹我还能生活下去，现在，你又让我去冒险。”

“海丝忒，你不会有事的，没人能猜到缇西安在你这。嘿，上次他们就根本没猜到是你把我塞进了大酒桶。”

“那是因为，你那个行为根本不可理喻……而这次！你必须把她从宗族宫邸带出来，还要穿过整座城市。”杰伊疯狂地摇手，像裁判喊犯规似的。海丝忒接着说道：“灵能情报局能窃听到，再说了，我要怎么解释这个婴儿？燃烧天啊，我根本不可能生下她，他们都看得出来，邻居们也都知道。”

“好了好了，不管缇西安，他……她的事先放一边，孩子呢？孩子肯定不是他们中的一员，她不应该活下来吗？给她个活下来的机会，不值得冒一点点险吗？”

“你跟他们待得太久，也学会玩弄人心了。”海丝忒眯起眼睛，审视着杰伊，十分清楚这样能伤到他。杰伊想忽略她的话，她的目光，可该死的，他的确受伤了。

他大喊起来：“你的话对我不公平。”

“难道不是吗？你在利用这个孩子，你希望我看到她的困境，想到自己死去的孩子，然后就会帮你们为自由而奋斗。”海丝忒唇边绽出一抹冷笑，“提到布拉斯·布兰特·吉赛尔，你们的图谋太卑劣了，我不会加入的。”

“不会加入什么？”

海丝忒有点局促，“帮你们把一个男人和他的孩子分开。”

说完，她转身就走，可没走两步，就被杰伊一把抓住胳膊，拽了回来。

“那你想不想听听，这个男人是怎么弄出这个孩子的？首先，他把你们王子的灵魂移植到一个女孩身体里，然后强暴了她。知道什么叫强暴吗？也就是说，他性侵了她。”

海丝忒脸色发白，漆黑的眼睛在惨白的皮肤上犹如两道淤青。

“并且一次又一次。布拉斯是个疯子，你还不明白吗？见鬼，这个星球上的人个个都是疯子，扎博要为了政治利益杀掉个孩子，布拉斯要发动革命，夺走自己的祖父，好再次强暴她，让她怀孕，直到把她弄死。布拉斯根本不会解放塔以基，也不会监护这个孩子，他只想毁了缇西安挚爱的一切，为了报他的血亲深仇。你说你不会加入，很好，但该死的我会加入，如果不这么做，我会受诅咒的！”杰伊掉转身，重重地走向门口，“我去找别人来帮我们。”

“你打算怎么把她送过来？宗族守卫森严。”

海丝忒温柔的声音响起，杰伊立即停步，她的柔声细语比任何大喊大叫都管用。

“没人能看到她的离开，因为她会瞬移到这。”

看着海丝忒的神情，杰伊决定以演示代替解释。他把手做成枪状，指向瓦皮。随着一声轻响，瓦皮从海丝忒的怀里消失了，出现在杰伊怀里。刚碰到杰伊，瓦皮就咬了他的拇指一口，扭动身子挣脱了他，像条长了羽毛的蛇，灵活地钻进沙发垫子下躲起来。杰伊疯狂地甩手，然后停下来把血从咬破的两个小洞里挤出来，可疼痛不减，于是他又开始甩手。海丝忒紧靠着墙，双手护住咽喉，喊着："神明啊！祖先啊！你是什么东西?"

"一个百变王牌。"

"下次先告诉我一声，我讨厌惊吓。"海丝忒抱着双臂，走上前，"你打算用这种有趣的方式把公主送来?"

"计划如此。"

"到这以后呢?"

"她有个宝宝，我们会带着宝宝一起离开。"

"去哪?"

瓦皮突然从沙发下给杰伊来了个闪电袭击，咬住了靴子的脚趾部位。"去……去中立的合约空间站。"杰伊抖动身体，把瓦皮甩开，"我们将搭乘通天管——不管那东西究竟是什么，去艾拉，反正塔基扬是这么说的，坐通天管去艾拉空间站，再去合约站。"

"你不能……"海丝忒模仿杰伊，比画出枪的形状。

杰伊摇摇头。"我只在合约站待了一小会儿，根本没留心。如果我要把人瞬移的话，必须把目的地记清楚，不然就玩完了。好吧，不如说我不想冒这个险。"

"那我们到那后，以什么为生？喝西北风？靠人救济?"

"钱已经转过来了。"杰伊举起一块信用水晶。

海丝忒滑靠在沙发上，抓过一只枕头紧紧抱着。"你的小公主把一切都考虑清楚了?"她的话里满是挖苦，杰伊明智地选择了闭嘴。海丝忒发了会儿呆，然后摇摇头回过神。"所以万事俱备，就等着我加入了？”

“没错。”杰伊把手插进裤袋。

“再告诉我一次理由，我为什么要帮你们？”

她往前倾倾身子，迫切地等待杰伊的回答，棕色的眼睛里，藏着痛苦和旧恨的阴影，丝毫不见退散。

杰伊又摇摇头。“老实说，我想不到什么理由。”

他们谁也没出声，房间里一片沉默，只有吊灯静静地投下阴影。

“那你为什么要这么做？”海丝忒问。

“我受雇于……”杰伊刚一开口，就停下了。跟钱没关系，跟他本来受雇的工作也没关系，而是因为……“我只是想对杀害无辜婴儿的混蛋表示唾弃，而且，缇西安已经失去了太多，如果再失去孩子的话，我想……”他做了个无助的手势。

“这是你的职责还是出于友情？”

杰伊犹豫了，在他的奇幻征程之初，他几乎都不怎么熟悉塔基扬，或缇西安，而且缇西安的很多地方他都不喜欢，而现在——

“友情。”

海丝忒拍拍手，扔开枕头。“很好，我加入。”

“这是最后的机会，你现在过来。”

扎博瞟了一眼全息台，五英寸高的馁丝玹影像正在愤怒地斥责他，接着他又看看情报部门对旺雅旺德军队进程的汇报。“不。”他慢悠悠地吐出几个词，“我不过去。”

“那我们……离开！”馁丝玹的语调听起来像是威胁。

扎博收起笑意。“哦，多么严重，需要我做点什么，帮助你快点离开吗？”

“这事……没有……结束……”

扎博干脆利落地关了全息台，心想自己对塔伊的提议是不是拒绝得太快了。塔伊提议说，对这些气炸了的维安德，可以给他们点儿甜头，以保全他们的颜面，不过这些爬地虫又懂得什么叫体面尊严？

嘿，是你说我的能力没有限制的。

那只是理论，而现在讨论的是我的孩子！

这种沟通真是古怪极了，最贴切的形容大概就是，精神晕船。杰伊感受过意念传话，就是脑子里响起了说话的声音。而现在更像是意念视频，他可以“看”到参与谈话的每个人，但缇西安有几个姐姐却躲在了“屏幕”背后，他想也许这就是他感到不太舒服的原因吧，他并不能真正听到她们说什么，却能感受到她们的存在，就像某个地方痒痒得很，可就是挠不到。

梅多斯和缇西安待在花园里，雪花不停地飘下。马克穿着可笑的塔基斯军服，而缇西安裹着白色皮裘，戴着皮毛帽子，他俩看上去就像《战争与和平》里逃出来的难民。马克穿得傻里傻气的，不过平心而论，杰伊似乎还没见他穿过哪身衣服，真正适合他的高个子。然后就是缇西安，杰伊很惊讶，有好些日子没看到她，肚子已变得这么大，他不禁担心计划还来不来得及实施。这时，某一个姐姐发出了意念信号，告诉他不用担心，杰伊想顺着她的意念找出她是谁，最后还是放弃了，他没办法跟她们直接联系。

听着，我真的知道诊所的急救室是什么样，我们把孩子送过去，科迪会知道该怎么做。

什么？难道我们还要在艾尔娜身上贴张纸条，说，亲爱的科迪，这是我的孩子，我很快就回来，爱你的塔基扬？这个提议已经否决，我们不能拿艾尔娜做实验，还是坚持原计划吧。

那海丝忒就有危险了，太好了！

她有你。缇西安又发了个意念过来。

她应该为我们的信任感到荣幸。一个姐姐下了定论，杰伊真庆幸海丝忒没听到这句话。

杰伊叹口气，搓了搓脸。好吧，但有个问题，我要怎么进行我的传送？他问，很快，他就觉得自己仿佛在品尝一个问号，因为没有话语，只有疑惑的情绪传了过来，于是他对困惑的姐姐们解释说，我必须看到宝宝，才能瞬移她。

你现在就正看着她。这个盛气凌人的灵魂杰伊倒是认出来了，萝克莎拉娜。随即，他脑中的画面切换到萝克莎拉娜奢华的房间，透过她的眼睛看着面前的镜子，镜子里一名塔以基仆人正在梳理她金色的长发。

杰伊努力聚集自己可怜的方向感，这时，脑中又响起个声音，来看看她茁壮生长、胖乎乎的样子吧。声音里夹杂着恼怒，杰伊觉得鼻子仿佛被人揍了一拳，瞬间就反应过来了，这是缇西安。

画面又切换到缇西安，你的大部分案子难道不都是些低级的离婚案和争夺抚养权案子吗？缇西安问，语气又温柔又甜蜜，躲在灌木丛里窥视已经是你的老把戏了。

画面再次切回到萝克莎拉娜。缇西，别吵了，这的确是个棘手的问题，我们必须解决它。

杰伊感到她们皱了好一会儿眉，商量了好长一段时间如何进入拉拉娜，而且不幸的是，她们花费了更长的时间来算清楚究竟有多少守卫，接着又是一段长长的“意念便秘”，终于，一个姐姐开口了，他有一点点迷人。

现在杰伊脑中画面出现了茜尔卡，她可远远不止有一点迷人，她简直是个小尤物。

把他带进来吧。萝克莎拉娜的想法传来。

我一直是个喜欢玩具的小女孩。

她们都笑起来，这是女性的一种小小报复手段，其中缇西安笑得最欢，杰伊不禁想自己现在退出还来不来得及。渐渐地，笑声从脑海里远去消失了。

马克把注药器递给缇西安，可她只是瞪着它。见状，马克的大眼睛迷惑地瞪得更大了。要怎么跟他解释呢？说我很害怕，我不想经历这些，我受够了，我不想孤零零一个人，也不希望你跟我一起冒险，我希望一切都……改变。

注药器的圆筒冷冷地躺在缇西安的指尖，里面已经装满了催产素。缇西安伸出另一只手，抚摸着小腹，感受艾尔娜令人安心的爱意。在上周，孩子的动作就已经停止了。通过身体的变化，以及在鬼牌镇诊所的五百例接生经验，她知道孩子的头已经进入了产道，所以无论她催产与否，孩子都会到来，只是有了自己今天的行动，艾尔娜才算真正的有了生命。

我爱你，孩子，别太折磨我。

缇西安按下键盘，抬起眼看向马克，不知道自己看起来是不是也跟他一样，满脸惊恐担忧，灵神才知道她的感受。

♥♦♣♠

第三十章

“我觉得自己是个彻头彻尾的白痴。”杰伊说。

马克正给杰伊闪闪发光的靴子系上大蝴蝶结，闻言抬起头，说道：“我确定，医生的感觉更糟糕。”

“我希望生产过程久一点，我希望那个小混蛋……”杰伊想不到还有什么，会比接下来要经历的羞辱更可怕。他做了个鬼脸，再一次看着镜子。

他觉得自己在给服装品牌“鲜果布衣”打广告，现在正扮演樱桃软糖的角色。他必须努力让自己看起来像个塔以基，不过不知道为什么要这么做。愚蠢的套装让他像个气球，粉色、玫瑰色、橘黄色、樱桃红的衣服层层叠叠，每一层都系着缎带，一扯就能脱下来。现在自己身上的缎带飘带，比过完新年派对的第二天早晨还要多。

马克从箱子里取出件东西，朝他走来。杰伊踩着高跟靴，跌跌撞撞地想躲开，他猜得没错，那是顶帽子，既像阔边女帽又像螺旋桨无檐小便帽。可惜方向判断失误，马克还是逮住了他，就像把一只大鸟摁在他头上似的，成功地把帽子扣了上去，再在一边耳朵下胡乱打了个蝴蝶结。

实在难以忍受，杰伊继续反抗，他一屁股坐在椅子上，顽固地抱着双臂。“我绝不戴这个帽子。”

“戴上它，你觉得还有谁能看到你的脸吗？”

该死，为什么梅多斯总有理由？

“茜尔卡总是这样打扮她的玩物人吗?”

“大家都知道，她喜欢像拆圣诞礼物那样，一件件脱掉男人的衣服，拉开一条带子，再脱掉下一件衣服。”

杰伊又好气又好笑。“多训练几次，我可以让我的小弟弟像玩偶盒里的弹簧人一样，从裤子里弹出来，我敢打赌，茜尔卡一定喜欢。”

看着马克的脸窘得通红，杰伊开心极了，不过没高兴太久，就见马克退开几步，又从一个袋子里掏出个镶嵌了银丝的东西，当戒指嫌大，当镯子又嫌小。杰伊把它套在食指上，轻轻转动了两下。

“好了，拿出来吧。”

“什么?”

“如果不知道说什么，就别乱吹牛。”马克把东西塞到杰伊手中，合上他的手掌，“现在戴上吧。”

“你是说，我得把这玩意儿套在我老二上?”

“是的。”

“休想。”不过在好奇心的驱使下，杰伊又问了句，“为什么要戴?”

“这代表你做过绝育。”

“你是说，他们还会检查?”

“有可能。”

杰伊转过身，扯掉所有衣服，挣脱束缚，圆环还顽固地套在龟头上。“一天给我三百美元，我都不干。”

门口的守卫极其不耐烦地瞟了瞟他的下体，挥挥手，让他进去了。

“多棒的工作啊。”杰伊咬牙切齿地说，“就像军队巡逻，这些家伙天天检查别人的老二，一定心理变态……”

“即使是检查你这样的傲人尺寸?”

“闭嘴，他们要不要检查女人？”

“要。”

杰伊强迫自己闭上震惊大张的嘴。“他们检查哪里？”

“左边乳头会穿个孔。”

“哇哦……等等，女人来后宫干什么？”

“塔基斯的男孩要待到十四岁，才可以离开这里。”马克讥讽地瞥了杰伊一眼，“塔基斯人并不像我们一样，把性看得很肮脏。”

杰伊不禁在脑海里勾画缇西安——男的也好女的也好——围在一群女同性恋中间，恣意狂欢的场景，这一点倒也不难想象。现在，他已经来到了禁地，却发现根本兴奋不起来，不过眼前的女人们却很兴奋。不管他对灵主们有多少腹诽，也不得不承认他们一定能生育出美国小姐那样的佳丽，可是，眼前所见，大部分女人一点不像个出浴美人，反而像极了塞满东西的扶手椅，只有脸是好看的。也许自己的想象力太过丰富了，不过杰伊还是觉得，每多看一眼，都是煎熬。他非常庆幸，她们以为自己是个太监，不然，一个正常的男人在这可能就有大危险了。

“她们有不怀孕的时候吗？”杰伊悄悄地问。

马克惊讶地看着他。“大部分时间都是，要不就是忙于照顾孩子。”他像看穿了杰伊似的说，“你很失望。”

“我期待看到珠帘的颤抖，太监通常端着毒酒溜过去，或是执行什么秘密任务——”

“我们不就是吗？”

马克让杰伊等在原地，自己走到一扇门前，轻轻敲了敲。茜尔卡打开门，快速地与他点了点头，确定一切顺利。

“好了，现在……”茜尔卡笑起来，她有个习惯，总是喜欢咬着下嘴唇，看起来既泼辣又狡黠。她伸出手扯掉一根飘带，绣满精美花纹的马甲扭动着飘落到地上。

“一切正常。”

她抓住杰伊的衣领，把他拉了进来，然后没多吩咐什么，只是轻轻点了点马克的胸口，说：“你，最好去守着缇西吧。”

“她还好吗？”情急之下，马克一贯慢吞吞的语速也加快了。

“很好……跟预料的一样。”

马克像只被遗弃的小狗，孤零零地站在大厅。

茜尔卡又说：“我们密切关注着，一旦缇西下令，就把我们的魔术师送过去。”

马克满怀担忧地走了。茜尔卡微笑着看向杰伊，意味深长地震震手腕，把门关上了，杰伊突然觉得嘴唇发干。

“亲爱的，脱掉衣服，在我穿衣服的时候。”茜尔卡说。

“我觉得你脱衣服比较合适……”

她的头突然靠过来，说道：“你没有净身，我就永远不会考虑你，我是伊卡赞的扎尔玛伊尔戈，我绝不会把我的骨血与下等生物融合。”

顿时，杰伊不再觉得她美丽，高涨的热情跟老二一起，瞬间泄了气。他坐进椅子，喃喃道：“真抱歉，女士，我差点都忘了，自己是个黑鬼。”

“你怎么样？”

缇西安正在房里小心翼翼地散步，闻言答道：“还好。”接着又干巴巴地卖弄学问似的加了一句，“你知道吗，平均分娩时长是十六个小时。”

“别跟我说医学，告诉我你的情况。”

“那我该告诉你什么？告诉你很痛？没错，很痛，而且我知道，接下来要吃的苦头更多，更久。”

“那我们现在能离开吗？”马克焦虑地绞着双手，缇西安真想冲他大叫，让他停下来。

“不能，分娩肯定很艰难。”缇西安紧紧握着手肘，又开始散起步来，“而且我不希望过分麻烦杰伊的女朋友。”

“当你摆出塔基斯式的傲慢时，真是古怪极了。”马克走上前，扶着她的肩膀，“你到底想说什么？这是你的真实感受？”

缇西安抬起眼，看着马克鹰钩鼻上的突起。“我的全部烦恼根源就是这个女人，她将是我回来以后见到的第一个臣民，但我很窘迫，我将在她面前，像头待产的农场动物般，在稻草上滚来滚去。灵神知道这是什么滋味，我是她的王子，但这样我将尊严尽失，以后怎么统治她？”

“你为什么会认为你失去了尊严？天啊，医生，没几个男人会像你这样保护自己孩子的。”

“也没几个男人落到这个荒唐境地。”

“医生，如果你是个王牌，陷入古怪困境的时候，其实是要获得超能力了。”

“那可真丧气，我要去哪兑现我的能力呢？”

突然，她的呼吸梗在胸腔和嘴巴之间，一阵剧烈的宫缩从腹部扩散开。艾尔娜的意念发出了焦虑疑惑的大喊，缇西安真想对她尖叫，让她等等，自己还没准备好。我们必须这么做吗？可是身体在药物的驱使下，已经开始自己运作，现在谁也没办法停止。

缇西安扯出一个龇牙咧嘴的笑。“应该不会太久。”

有什么碰了碰他的脖子，杰伊大喊一声，像条上钩的鱼，猛地从扶手椅上弹起来，打着鼾慢慢醒来，噩梦的魔爪渐渐松开，茜尔卡的脸就在眼前，俯视着他。

“到时候了。”

“见鬼，这个时候真见鬼。”

杰伊从扶手椅上站起来，肌肉一阵阵酸疼，没想到自己居然还有肌肉。他哼哼唧唧地伸了个懒腰，捋起袖子看看手表，指针显示凌晨两点，塔基斯时间也差不多这个时候，他知道塔基斯一天的时长比地球略短，真是沮丧，不过说不定这意味着他能活得更久，能拥有额外的……

前一天的记忆慢慢回到脑海，他无聊得骨头疼，只觉得吃饭有意思，都想一天吃上八顿饭，想到这，他不禁有点内疚，过去的一天两夜里，缇西安很可能没他这么轻松自在，无所事事。

“可怜的小东西，怎么用了这么久。”

“身体太小了，这是最要命的，而且……他在抗拒。”

茜尔卡领着杰伊来到走廊，潘达莎拉和翠艾瓦像贴身护卫般跟在身后，她们看起来都很憔悴。茜尔卡看出了杰伊的疑惑，说道：“今晚没人生育，所以我们必须把缇西安的痛苦锁在我们意念里，以防有人通知扎博，意思就是，我们吸收了她的痛苦，这可不是件容易事儿。”

“没错，你们分成了六份，对缇西安来说，就轻松多了。”

离缇西安的寝宫还有一英尺时，门打开了，萝克莎拉娜像个门卫般站在门口。房内只有一盏灯，阴影处传来绝望的喘息。杰伊想起有一年秋天，自己跟一个叔叔去猎兔子，他打伤了一头母鹿，循着血迹走进树林时，听到灌木丛下传来了声音，就跟现在听到的一模一样。

三个姐姐立即扔下杰伊，走了过去，萝克莎拉娜轻轻地关上了门。杰伊往床边走去，发现自己的膝盖都在打颤，马克的手环在缇西安的肩头，似乎刚扶她坐起来。

杰伊想说点什么，可话语堵在喉咙里，什么也说不出来。缇西安的状态糟糕极了，在怀孕的最后一周，她的脸完全浮肿，而现在，脸色就像放了三天的面团，一团死灰，浅淡的眼睛干枯见骨，边缘还泛着通红的血丝，金色的头发也失去了光泽，像脏乱的蛛网，堆在肩头。杰伊算了算时间，发现她分娩了三十七个小时，难怪现在看上去如此破败。

桌上有只包裹，用闪闪发亮的彩虹色纸张细心包好，还系着金色和银色的缎带。萝克莎拉娜拿过它，说道：“这里是孩子的衣服，还有换洗的尿布、奶瓶和自热瓶。”

杰伊艰难地咽了口唾沫，意识到自己的责任突然降临，而且似乎非常复杂。

马克接过包裹，另一只手拿着为缇西安准备的药包。“先把我送过去。”他对杰伊说：“我先去把一切事宜准备妥当，祝我好运吧。”

“知道，希望海丝忒还在等吧，她本以为昨晚你们就会过去。”

缇西安却毫无反应，杰伊有些害怕。她只是瞪着空气，双手环抱着腹部。

“如果这个塔以基不知道自己的任务，至少知道怎么做对她自己有利吧。”萝克莎拉娜冷冰冰地说。

听到这话，杰伊几乎反感得想呕吐。这时缇西安发出了一声呻吟，比尖叫更让人心悸，他焦急地想做点什么，于是赶紧把梅多斯瞬移了过去。

“啊呀！”萝克莎拉娜大吃一惊，但依然保持了良好的仪态，“真是实用的技能，在无聊透顶的宴会上，我就一直想拥有这种能力。”

“可惜我自己用不了。”杰伊盯着腕表的秒针，答道。

“最远能送多远？”

“我不知道。”杰伊突然想起丑恶的“恶意”，以及“那个地方”。他不知道噩梦离他有多远，但十分确定，自己绝不希望它们就在自己床底下，光是想想都觉得冷汗直冒。到时间了，他想，然后把缇西安瞬移走了。

把缇西安安全送走后，杰伊问道：“时间比我预料的长了点儿，扎博会不会给我们个惊喜，来个突然拜访？”

萝克莎拉娜摇摇头，答道：“我估计，不到一个月，我们宗族就要开战了，对扎博来说，比起折磨缇西安，战争才最要紧。

“为什么不让塔伊知道?”

“因为他不支持我们，他也认为孩子应该死。”

“那你们为什么要掺和进来? 比起爱与美的女神，在我心里，你们更像复仇女神。”

萝克莎拉娜微笑起来，笑容就像电脑发出的光一样，精确、精明、冷静。“因为不管这个孩子有多少缺陷，有多么孱弱，她身上还是流着我弟弟的血脉，如果与一个血统纯正的伊卡赞扎尔玛伊尔戈成婚，就能生下合法的瑞伊斯继承人。并且知道她还活着，扎博将寝食难安，我们也……能安然活下去。而且，我也是个母亲，阿克罗伊德先生，我希望我的孩子茁壮成长。好了，现在我们必须确保你安全离开这里。”

回到茜尔卡的房间，杰伊又穿上折磨了他一天一夜的五层衣服。他站起身，拉着帽上的缎带晃了晃，茜尔卡突然上前弄乱了他的头发，把一绺刘海搭在他的前额，笑容里满是掩饰不住的淘气。

“如果你真在我的床上待了这么久，就不能看起来这么整洁。”

“如果我真的跟你奋战了这么久，我可能需要台轮椅，而你现在可能还没醒来。”

茜尔卡扶正他的帽子，系好缎带。“你们人类真是大话狂。”

她正准备说些什么继续取笑他，突然面色凝重，如临大敌，杰伊一看就知道她肯定收到了什么要紧的意念传讯，并且绝不是什么好消息。只见她双手掩唇，又放开，叫道：“我丈夫!”

“哦，太好了。”杰伊嘟囔道，“我的蛋蛋可能要变成牛杂碎了。”

“他并不在乎玩物，问题是他能认出你。”

“认出我不是玩物?!”杰伊叫道，但茜尔卡没理会他，只是如他所料，像只受惊的母鸡，疯狂地在房间里四处翻找。

“听着，我是个侦探。我最擅长躲藏，你床底下有密室什么的吗?”

“他会意念扫描，读出你的存在。”

“真是太糟糕了，在读心术下，想躲也躲不了。好吧，那你现在出去，分散他的注意力，我将……”

“他带了侍卫，会围满我房间的四周。”茜尔卡已经哭出来了。

“什么？在塔基斯，丈夫看望妻子就跟和黑寡妇蜘蛛睡觉一样吗？丈夫难道还全副武装跟老婆上床?”

“救命!”茜尔卡突然尖叫起来，杰伊脆弱不堪的神经现在都麻木了。

“我在想办法!”杰伊转身吼道，发现茜尔卡并不是对他喊话，而是对着一台意念全点通话机叫喊。

萝克莎拉娜、梅兰忒和潘达莎拉都回应了，紧接着，她们三个从好几扇相通的门里快速跑进来，边跑边脱，衣服犹如秋风扫过的落叶般散了一地。随后，萝克莎拉娜一把拽过杰伊，倒在了床上，另外两个急急忙忙地剥掉杰伊的衣服。等他们都在床上纠缠成一团时，杰伊身上已经只剩下了帽子和一只鞋，扯得四分五裂的衣服也只有一只袖子还套在身上。

下一秒，他就听到茜尔卡甜蜜温柔地喊出了一个名字，然后转为私密对话模式，杰伊什么也听不到，不知道情况如何。而且，他什么也看不到，因为一对凝脂般雪白丰满的胸脯正紧紧压着他的脸，自己现在是不是该来一段弗洛伊德式的童年回忆？但他没有，而是决定不要错过这天赐良机，于是轻轻地吻了吻细腻柔软的肌肤。

几分钟后，三名女士从杰伊身上爬下。杰伊见自己刚才吻的是潘达莎拉，朝她咧嘴笑了笑。潘达莎拉扇了他一耳光后，气冲冲地走了。杰伊耸耸肩，萝克莎拉娜把他的裤子递给他，挑了挑眉。

♥♦♣♠

第三十一章

一台起重机正在拆除“喷气机小子”的坟墓，“伟大而强力的灵龟”和“铁锤哈莱姆”在阻止它，他们一个在车顶，一个在车底，锤击着起重机。一切混乱不堪，嘈杂无比。杰伊对他们的行为非常支持，但突然，起重机四分五裂，直直朝他冲了过来！

杰伊边打鼾边咳嗽，醒了过来，从沙发上坐起。窗户射进微弱的光线，瓦皮坐在窗台上，梳理自己的翅膀。嘈杂声仍不停地从厨房传来，过了一会儿，声音停歇了，海丝忒急匆匆地走进来，见杰伊醒了，上前看了看他的状况。

“冰条。”她说着，倾了倾杯子，让杰伊看看杯底，“可怜的小东西太渴了，什么话也说不出。”

“孩子还没生下来？”杰伊问，他很惊讶，这些话还能从自己嘴里挤出来。见海丝忒摇头，他看了看手表，时间显示早上七点。

“计划到了你手中，就变得一团糟，这感觉你会喜欢吗？”丢下这句话后，海丝忒继续朝卧室走去。

缇西安刚来的几个小时里，海丝忒对她冷淡疏离，而现在却变成了关切和担忧。你们这些高高在上的灵主，总是颐指气使。但在这个漫长得似乎没有尽头的夜晚，她的怀疑和憎恨已全数转化为同情。也许这是所有女人都会有的感受，这种只有女人才能体会的痛苦，拉近了她们。只不过缇西安算不上真正意义上的女人罢了。

杰伊不想回到卧室，那里太原始、太落后。为什么在塔基斯，居然都没有高科技手段来生孩子？他们拥有高度发达的科技，理应有人造子宫。但不幸的是，缇西安是在地球上被迫怀孕的……

杰伊来回踱步，或许是因为他还是习惯把缇西安想成塔基扬，男人生孩子真是太恶心了。又或许，任何生物遭受如此巨大的痛苦，他都不忍心。杰伊急促呼吸几下后，推开门走了进去。

情况与一个半小时前自己去打盹时，并没什么改变。梅多斯仍坐在床边的椅子上，弓成一团，握着缇西安紧紧抓住他的手，另一只手放在她高高隆起的腹部。缇西安的衣服推了上去，露出白花花的巨大肚子，双腿大张着，杰伊赶紧移开了眼。海丝忒拿过枕头，把缇西安的头垫高了一点，再取出冰条，轻轻地在缇西安惨白开裂的嘴唇上滑动。她的双手略显粗糙，十分有力，但此时一举一动都透着温柔慈和，充满了女性的慈爱。看着她，杰伊突然觉得胸腔里溢满了不熟悉的情感，他强迫自己把古怪的情感抛到一边，犹疑地又踏近两步。

梅多斯和海丝忒都在轻柔地说着什么，为缇西安鼓劲。梅多斯已经连续说了好几个小时，声音早已沙哑不堪。海丝忒的悄声细语似乎格外响亮，因为缇西安只是沉默，不正常的沉默。杰伊早就做好听到尖叫大喊的心理准备，但现在，听着缇西安粗重痛苦如母兽的喘息，简直比杀了他还难受。

杰伊不安地说："我听说，喊出来可能好受点。"

这时缇西安才终于注意到了他，灰色的眼里闪烁着只有塔基扬才有的神色。

"该死的……你……又……怎么……知道……这些？"她呻吟着，一阵剧烈的宫缩袭来，她猛地拱起了身子。

"很好。"马克说，"能再做一次吗？"

缇西安颓败的眼睛看着他。"不……我……太累了。"

马克松开手，扭头指了指门口。海丝忒犹豫着，不想丢下痛苦的缇西安。马克又点了点头，这一次更加坚决。

一来到客厅，马克就轻声说道：“我们遇到大麻烦了，她太虚弱，我们又没有设备进行剖腹产，而产钳……也不知道——”

“缇西安能跟我们说说她的情况吗？”

“我认为宝宝离产道已经很近了。”马克把眼镜推上去，搓了搓脸，掌心留下几道湿痕，“杰伊，我甚至想，你能不能，把孩子瞬移出来……”

看着杰伊难以置信的目光，他的声音小了下去。“我看到了一点，孩子的头，还有别的。”说到这，他发现自己的手正狂乱地挥动，于是赶紧放下，垂在身体两侧。

说完，他和杰伊都不再出声。海丝忒看看这个，又看看那个，说道：“我们必须做点什么，不然她们都会死！”

“让我想想。”马克说着，走到窗边，向外看去。杰伊坐回沙发，脑中犹如一团乱麻。

他们都离开后，缇西安感到一丝解脱，更能集中精力读取孩子的思想，艾尔娜越来越感到生气、沮丧、害怕。她试图锁住自己的痛苦，不传给孩子，可力不从心，她还想再次提醒自己多么爱肚子里的孩子，可惜也力不从心。

“灵神啊，”她呻吟道，“我真是不敢相信，这种事发生到了我身上。”

宫缩再一次传来，她觉得骨盆似乎都要裂开。她努力起身看向双腿之间，希望能像以往帮人接生时那样，密切注视分娩过程。可是情况十分不乐观，疼痛席卷了全身，她的冷静、自持全都土崩瓦解，根本没精力来思考。

一双手环住了她的肩，缇西安睁开眼，看到马克的脸就在眼前，鼻尖几乎都要碰到她。

“听我说。”马克声音粗哑，语带哽咽，“你比我们谁都清楚，应该怎么做。但你，还是固执不肯改变，你在想，该死，我是塔基扬，我是个男人，在杰伊、马克面前太丢人了，况且海丝忒还是我的臣民，但是！现在是女人的事情，你必须接受事实，而不是抗拒，否则你和孩子都会死！你，明白我的意思吗？”

他说对了，句句都说到了关键，但无济于事，缇西安扭过头。“不，我办不到。”

马克把她的头扭回来。“不，你可以！我们每个人的体内都有男有女，阴阳调和，你只需要找出这种力量，喜爱它，控制它，并运用它！”他紧紧握住缇西安的双手，“这一点也不恶心，不难看，这是魔法，是生命！别再因为骄傲而把它推开！”

又一波宫缩袭来，席卷了她的全身。缇西安久久地盯着马克，然后投入到收缩的律动里，疼痛似乎把她的灵魂都撕得粉碎，艾尔娜从熟悉的子宫落入黑暗的产道，爆发出一声恐惧的意念大喊。

缇西安隐约察觉到，海丝忒和杰伊就在她两旁，彼此紧抓着对方的手，撑在她的背后，给予她力量和鼓励。宫缩似乎永无止境，她一生历经无数危险，却从未遇过如此剧痛。

“就这样，就这样！我已经可以看到她的头了！”马克喊道，“再来一次，加油！”

“用力推！混蛋！”缇西安听到杰伊在耳边大叫。

他和海丝忒的手在她肚子上推动。

这一刻，他们不再是四个独立的人，而是心灵彼此相连的器官，连接他们的，就是眼前不断挣扎的小生命。缇西安跌回枕头，奋力尖叫。

安静。

生气勃勃的哭声陡然响起，小小的，像小猫咪在打嗝。

“啊，医生，她真漂亮！”

缇西安在海丝忒的帮助下坐起，目光穿过膝盖，看到马克正举着艾尔娜，她满身都是黏乎乎的血，肚子上还连着脐带。

“啊……真好。”杰伊说道，“天哪，流了好多血。”

马克给孩子的脐带打了个结，然后剪断了它，再给孩子消毒，疼痛让艾尔娜抗议似的哭叫起来。缇西安张开双臂，马克把孩子放到她的怀中。

她突然哭了起来，精神折磨终于结束，布拉斯施加给她的最后一点影响也消失了。

过了一小会儿，马克叫醒了她，艾尔娜在他怀里，裹着明亮的海绿色襁褓。身下的床单是新换的，散发出干净新鲜的气味，有人——应该是海丝忒，把她的头发梳理得整整齐齐，还在腕上喷了香水。现在，她全身酸痛，尤其是撕裂的下体和发涨的乳房。

刚一感受到乳房发涨，艾尔娜就意识到了，缇西安从女儿的脑海里读出，她饿了。于是她盖好毯子，伸出手抱过女儿，说道：“我还没好好看过她呢。”她冲马克露出个紧张的笑，“她还是湿乎乎的。”

艾尔娜一从襁褓里出来，就挥动着小拳头，花蕾般粉嫩的嘴唇一咂一咂的。缇西安伸出食指，轻轻抚摸女儿金色的发卷儿。

“她的头发很多。”马克说，“斯普劳特头发也很多，不过是黑色的，生下来几天后就全掉光了，真奇怪。”

缇西安拉低衣服领口，不安地看着马克。“我应该这么做吗?”

“体验全过程吧，如果是我，我很乐意。”

缇西安把艾尔娜抱在胸前，孩子很快就抓住乳房，吸了起来。起初几口，缇西安觉得她简直是个小魔鬼，过了一阵子后，疼痛就变成了温暖的惊奇。

“什么感觉?”马克问。

“酷极了。”缇西安开怀大笑，“灵神啊！值了，一切都值了!”

海丝忒走进来，一副出远门的打扮，裹着兜帽斗篷。杰伊鬼鬼祟祟地跟在她身后，穿得花里胡哨，活像只猎狗，不过缇西安倒觉得，他穿这身塔基斯服装挺适合。海丝忒挑选的衣服很实用，她给他俩都穿上了坚实的皮革和羊毛，打扮成了一对乡下大妇。杰伊跺跺靴子，做了个鬼脸。“我可以去参加瑞士的约德尔歌唱比赛了。”

“嘿，我觉得你看起来帅极了，这些绣花可都是最新式样。”

“女士。”缇西安伸出手，抬高了手掌，海丝忒来到她身边，双膝跪地，飞快地吻了吻她的手腕。

“殿下。”

“如果我昨晚有什么失礼之处，请接受我的道歉。多少言语也表达不出我以及我女儿的感激，你的无私帮助，应当得到最丰厚的报答。”

海丝忒垂下眼。“能帮助您，是我的荣幸。”

杰伊的脸上掠过一丝愤怒，显然，看到自己的女朋友跪在缇西安身前，他十分不快。他粗鲁地说道：“如果最后一个嬉皮士在场，准会说，我们要搞砸这一幕。”

“再等几分钟，她还在吃奶。”缇西安说，杰伊突然反应过来，惊恐地瞪大了眼，背转过身。

缇西安低下头，看着艾尔娜小小的脑袋和脸颊柔和的弧度，听着她发出心满意足的吮吸，心口突然溢满了情感，浓烈得让人心惊，自己从未像爱眼前的孩子一样，爱过任何人或事。

她把头发拨到脑后，乞求地看着马克。“马克，我做不到，我没办法丢下她，我要跟我的孩子待在一起。”

“嘿，没关系的，我们只是暂时跟杰伊和海丝忒分成了两拨。”

“哈，真是好极了！”杰伊吼道，“我们所有人都蹲在太空站，等着搭乘飞船回家。我可不认为，你的表哥扎博，在被耍了一通后，还会给我们提供一艘飞船。”

“闭嘴！该死的闭嘴！”

马克突然给了杰伊一拳，把他打倒在地。

男人间的打斗反而给了缇西安时间冷静，如果真的由着性子，跟艾尔娜一起逃走，就永远别想回到自己的身体了。

也许我的爱还是不够纯洁，有点自私，但我必须回到自己的身体，你能理解我，原谅我吗？

艾尔娜喝饱了乳汁，发出满足的叹息，她睁开海蓝色的眼睛，对母亲发出一大波爱与理解的意念。缇西安咬咬牙，把孩子往海丝忒怀里一塞，然后赶忙用手背擦掉汹涌而出的眼泪，理理头发，喊道：“快！趁我的决心还在，快！”

转眼，她就回到了自己在拉拉娜的床上，萝克莎拉娜赶紧从椅子上跳下来。又是一声轻响，马克也出现了。

萝克莎拉娜张了张嘴：“缇西，你……”她看着自己弟弟（妹妹）的脸庞，把她拥在怀里，轻拍她的背，安慰着这位内心狂乱的少女，“没事的，没事的，一切都会好的。”

“我可能再也看不到她了。”

萝克莎拉娜扶着缇西安的肩，看着她的眼睛。“但至少，她活着。”

♥♦♣♠

第三十二章

结婚礼堂堪比地狱，无数死去的旺雅旺德先人安坐在水晶棺里，一列列排好，注视婚礼的全过程，一个个就像维多利亚时期的肖像画，画里的人坐在椅子上，身后衬着华丽夺目的背景，只不过眼前这群都浑身赤裸，一丝不挂。凯丽宁愿观众是些穿着朽烂华服的骷髅，也好过这群令人毛骨悚然的标本样的死人。

幸好，前来参加婚礼的活人宾客都衣着完好，凯丽想，要是自己也必须脱个精光，可能根本撑不到婚礼结束。什么样的人才会在墓穴里举行婚礼？又是什么样的人，会让新郎新娘在婚礼前就共度良宵？他猜测，可能这样准新郎有机会检验商品，确保不会冒冒失失买进一头猪。而自己，已经看过了“商品”，不过没有检验。如果有选择的话，他希望永远都不要检验。

蒙娜拉·泽克·梵布里安·泽克·阿纳读出了他的想法，冲他露出个吸血鬼新娘式的笑容。她已经警告过凯丽，对任何事，塔基斯人都有药物来对付，他们会给疲软的男根“上浆”，而且，不管是她还是布拉斯，都会毫不犹豫地对凯丽实施精神控制，强迫他履行新郎的义务。凯丽百思不得其解，蒙娜拉是勒古拉的女儿，难道她一点也不记恨布拉斯杀了她的父亲吗？当自己委婉地提起时，她只是耸耸肩，表示自己的父亲已经比大部分瑞伊斯都活得久了。

三名旺雅旺德的阿杰伊兹走向这对“快乐”的新人，或许是因为旺雅旺德长期处于塔基斯政治地位的顶端，这些阿杰伊兹并不都是些老家伙。现在走来的是两个老傻瓜和一个中年女人，女人牵起蒙娜拉的手，把她带到左边，而那两个老男人则抓着凯丽的胳膊，把他推到右边。

凯丽非常感激他们的搀扶，他晚上喝了太多酒，现在正忍受炼狱般的宿醉。他们带着他在厅里绕了很久，因为每到一个水晶坐席前，他们都要停下来，向长老展示新人。

凯丽希望长老们还满意他们所看到的。此前，布拉斯决定把凯丽按旺雅旺德的风格来打扮，在他脸上嵌了绿色和琥珀色的珠宝，到现在嵌了宝石的皮肤还肿着，而且十分粗糙。嵌完珠宝的第二天早上，凯丽觉得自己像极了一只花栗鼠。

厅内笼罩着久久的沉默，每个人都在注视婚礼的进程，等待着，看有无长老强烈反对这场婚礼。凯丽心想，如果真有反对，对自己有什么影响呢？他瞟了一眼布拉斯，只见他一手搂着一个妻子，凯丽不禁暗自庆幸，自己被布拉斯打得粉碎的手臂和肋骨刚痊愈，可不想再次受到布拉斯的“惩戒”。

凯丽和蒙娜拉被领到布拉斯跟前跪下，布拉斯把凯丽的左手放到他垂下的头顶，蒙娜拉则躬下身，前额触地，以示对丈夫的顺从。不过在凯丽看来，她做这动作与嘲笑无异，与蒙娜拉相处的八个小时里，他已经十分了解她的性情。

布拉斯扶起他们并吻了吻，四周好几百名观众鼓起了掌，就连全息人像也在鼓掌。布拉斯用手肘撞撞凯丽的肋骨，说：“快点给她个孩子，凯丽，我的宝贝儿。”凯丽觉得喝下去的那几大瓶酒又涌上喉头，“别担心，小凯丽，如果需要什么指示的话，我会慷慨指点你的，据说我非常‘厉害’。”布拉斯说着，朝他的妻子们眨眨眼。

凯丽的胃液涌上喉咙，是啊，在强暴上，你的确是个冠军。人群中好几个人都不安地转动椅子，看着凯丽，他激烈的情绪冲破了他们的灵盾。放松，你们这些伪君子，你们似乎对性侵感到很震惊，但布拉斯在帮你们征服塔基斯，所以对一些碍眼的强暴小事件，睁只眼闭只眼好了。变态的强奸犯，反社会的强奸犯，疯癫的混蛋！

参加婚礼的人群在几何迷宫般的墓穴里穿行，走到宽阔的石楼梯前，凯丽注意到，一名贵族男子像匹越过终点线的赛马，悠闲地往前移动。

他的表层思想像泡泡似的冒出来，不过是些抱怨，抱怨饥饿，抱怨在冰冷的地下待太久腿麻，想去小解之类的，但是……凯丽盯着他优雅的身形，只见他慢慢走到布拉斯身后。

凯丽大叫一声，撞向男子的背，男子在突如其来的袭击下站立不稳，跌倒在地。他的手腕处伸出了一把刀，刀尖划破了地板。酒意上涌，凯丽想要呕吐，但杀手像条蛇似的扭动，很快改变姿势，把凯丽压在了身下。整个过程犹如卡顿的电影胶片，断断续续。刀尖又伸长了一点，刺向凯丽。凯丽拼尽全力抓住刺客的手，握住刀尖，很快就感觉自己的手指在一片鲜血中滑向了刺客的手腕。

凯丽闭上眼，突然胸前的重量消失了，他睁开眼，看到杜尔格正抓着刺客，他的身躯已变得软弱无力。参加婚礼的其他人都愤怒不已，泽卡尔甚至抽出了手枪，拳头关节捏得咯吱作响。杜尔格丢下刺客，把他踢给泽卡尔。

“迪瓦雷斯，帮我检查检查他。”

迪瓦雷斯与泽卡尔一起，走到已昏迷过去的刺客身前蹲下。凯丽翻过身，把喝下去的酒全吐了出来，蒙娜拉抓住他的腋窝，把他拉起来。凯丽第一次大着胆子，正面瞥了布拉斯一眼。

布拉斯又露出了那副神情，脖子的肌肉绷紧，脸色发白，黑色的瞳孔变大，整个身体都因强压的怒火而颤抖。这副模样曾逼得传心者纷纷躲到火箭堡，担心自己被滔天怒火烧死。凯丽十分了解布拉斯，也不曾忘记自己那天在热气球上的经历，只不过，今天他的怒火不是针对凯丽的。

布拉斯剧烈地喘了几口气，吼道：“是什么人?”

“艾拉宗族的人。”泽卡尔回答。

“我记得你说过，没人能突破你的防守，来刺杀我!”布拉斯对杜尔格大吼。

杜尔格还是很平静。蒙娜拉穿过人群，走到刺客身旁，蹲下来按了按他的太阳穴。

泽卡尔摇摇头。“他们一定绑架了吉尔德，刺客脸上还有整容痕迹。”

“但是思想呢?”布拉斯继续逼问，“你一定认识这混蛋，你肯定加入了他的计划。”泽卡尔脸色惨白，摇摇晃晃地站起来，蒙娜拉摇摇头，红白相间的吊坠上嵌满了钻石，冰铃般叮咚作响。“他们从吉尔德那窃取了更多，刺客是个‘噬魂者’。”

“这是什么鬼东西?”布拉斯问。

“一种十分强大的精神控制，更应该称之为精神抽取。你可以夺走另外一个人的特征——声音、动作、记忆，所有。但这种能力对身体和精神的压力也极大，噬魂者通常活不了太久。”

“我们要报复，瑞伊斯。”迪瓦雷斯没被布拉斯迁怒，现在跃跃欲试，想进一步立功。

“你该死的说对了，我们一定要报仇!”布拉斯说，看着杜尔格，“艾拉宗族，他们在菲尔克上有大型月球基地，是吗?”

“是的。”

“用原子弹轰了它。”

“什么?”迪瓦雷斯大惊失色。

布拉斯没再理他，转头对杜尔格又强调了一遍：“摧毁它。”

“大人。”泽卡尔说道，“那里住着好几千人。”即使对布拉斯怀有最高的忠诚，听到这个命令他也不禁动摇了。

“我知道。但是！居然有人想杀我!”布拉斯突然咆哮起来。

“我们会报复的，并且不会失手，艾拉宗族的卢克一定会死的。”杜尔格试图平息他的杀戮欲。

“该死的你说对了，你们不会失手，因为你们要去毁了基地!”布拉斯仍在咆哮。

“大人，那不是我们的行事方式。”杜尔格说，声音低下去，愈来愈紧张。

“用你们的方式一点用都没有！那就按我的方式来！我的！明白吗?！照我说的去做，不然连你也杀了!”

说完，布拉斯猛地转过身，冲上了楼梯，警卫小跑着紧跟在身后。泽卡尔、迪瓦雷斯，和其他密谋扶助布拉斯登上高位的阴谋叛乱者紧紧聚在一起，他们的焦虑不安渗透了凯丽的灵盾。

现在知道你们都做了些什么了吧？冒牌的缇西安王子尖刻地想，战争是伟大的，但种族灭绝就太过分了，不是吗？

蒙娜拉猛地吸口气，看着凯丽。“这就是他的感激吗？连句谢谢都没有。”

凯丽把满嘴的胆汁咽下去，摇摇头。“我只是很开心，他没注意到我。”他在脑海中想象出菲尔克上那些美丽的小气泡，在火光中纷纷爆裂的情形，泪水涌上眼眶，他喃喃道，“上帝啊，我又做了些什么?”

♥♦♣♠

第三十三章

“耶稣啊！基督啊！”杰伊大喊大叫，“她就不累吗？”

海丝忒把尖叫的婴儿换到另一只手，继续轻轻拍哄。“她不开心。”

“那我……就必须听她尖叫吗？”

“我已经尽全力了！”海丝忒的泪水在眼眶里打转，瓦皮感受到主人的沮丧，往她身边蹭近了些。它似乎跟杰伊一样，对哭闹不休的婴儿感到厌烦，不停地扭着头，讥笑似的敲打襁褓中哭闹的孩子。

“好吧，她到底怎么了？”

“她是个读心者，现在与母亲分开了，我只能抱着她的身体，却没办法安抚她的思想，她现在又生气又害怕。”

看来是读心术的另一个缺点，杰伊叹口气。“她吃东西了吗？”

“一点点。”

“把奶瓶给我。”

他站起身，头几乎碰到了天花板，伊卡拉开往艾拉克的磁悬浮列车车厢实在太低了。他在箱子里摸索了几下，然后炫耀似的掏出个弧形小扁酒瓶，不过要打开瓶盖也不是件容易事儿，瓶子的自热因子闪着火花，烫到了他的手指。杰伊咒骂一声，把手指含在嘴里，继续跟瓶子搏斗，终于打开了它。接着，他又拧开奶嘴，往里面倒了一丁点烈性塔基斯白兰地。

“给，我想比起把她打晕，这稍微人道点儿。”

海丝忒逗弄似的把奶嘴凑到婴儿嘴边，艾尔娜哭叫得更大声了，然后试探性地吮吸了一点，接着又吮了一点。终于，她安静地睡了，车厢里顿时充满了如释重负的轻松。

“果然是塔基扬的孩子。”

“王子绝不会原谅我的。”

“别让你的王子知道，他……她就不会难过的。”杰伊看向窗外的夜色，“趁这小地懒终于安静了，我想吃晚饭，我们都吃点东西吧，好吗？”

“好的。”海丝忒说着，头也不抬，全副心神都在孩子身上，“睡吧，‘库柯’①，睡吧。”

杰伊摇摇头，感叹了一番生物特性带来的强大母爱，然后推开车厢门，摇摇晃晃地穿行在狭窄的过道里。塔基斯人喜欢群居生活，喜欢聚在一起谈天说地，吃吃喝喝，听听音乐跳跳舞，还有打架，所以当杰伊发现餐车一片死寂时，就知道肯定有什么坏事发生了。全息播放台开着，播报员忧心忡忡地播报着约六千人死亡的大灾难，人群中掠过了沉重的叹息。

“发生什么了？”杰伊悄声询问一名靠在门边的男子。

“旺雅旺德摧毁了艾拉的月球基地，应该没有任何幸存者。”

“真要命。”

“艾拉准备复仇，但布拉斯瑞伊斯已经率领大军压到了边境，艾拉克将有一场恶战。”

“真是棒极了，我们要去的不就是艾拉克吗？”

“你或许是。”男子答道，“但我在梵贾就下车了。”

♣

“海丝忒·贝纳萨里·茱拉莉的饭店关门了，很有意思，不

① kuket，库柯，意指亲爱的、甜心，但只用于称呼小孩。

是吗?”

塔伊的口吻轻松随意，但缇西安心中顿时警铃大作。她慢慢放下瑞芭比，弯下身把它摆在膝头。潘达莎拉帮她弄的怀孕伪装十分逼真，只不过塞在肚子上的布垫总是撕扯她疲倦酸疼的身体。距离精疲力竭的分娩，已经过去了十四个小时，现在她只想好好睡一觉，根本没心思娱乐，尤其在听到艾拉传来的消息后，不过她确定，杰伊一定收到了消息并对计划作出了调整。

她强迫自己打起精神，回答塔伊的问题。“我为什么要觉得有意思?”

“你带来的地球人对海丝忒很感兴趣。”

“杰伊对所有女人都感兴趣。你听音乐吗？这是莫扎特，就算跟塔基斯作曲家相比，他依然卓越出色。”

“很好。”塔伊站起身在房里转悠，然后停下来摆弄一个精美的古董花瓶，“阿克罗伊德·布兰特·洛易斯，我已经有好些日子没看见他了。”

缇西安耸耸肩，从沙发上站起，提醒自己别紧张，朝桌子走去。塔伊突然挡在了身前。

“在我面前就别装了吧，侄女。”塔伊一把抓住缇西安的衣领，往上一扯，露出塞着的垫子。

他俩久久地注视着彼此，不发一言。缇西安把层层叠叠的衣服放下，重新盖住肚子。“你发现多久了?”

“情报人员一直盯着她，你的地球人保镖一开始加入你的计划，我就知道了。”

“我本可以相信你?”缇西安沉吟道。

“不，如果我事先知道，我会阻止你，但你的计划完成得这么出色，我就不忍心再阻拦你了，而昨天早上例行的灵能扫描，揭示了你的秘密。”塔伊耸耸肩。

缇西安把伪装布垫取出，扔到床上。“我知道你必须告诉扎博，”她缓缓说道，“但还是谢谢你，提前告诉了我这些。”

她把一切和盘托出，不过对姐姐们只字不提，只希望自己的坦白能让扎博不关注她的思想，但无济于事，扎博把她思想里的所有东西都抽了出来，不仅是计划的每一个细节，他还细细研读检查了她的生活、梦想、目标、希望，以及恐惧。现在，缇西安除了身体痛苦万分，精神也备受折磨。这是精神强暴，她拼命挣开灵能的束缚，对扎博的折磨提出指控。

精神的痛苦很快终止，扎博坐回瑞伊斯议政桌后的椅子，对她怒目而视，脸颊上都出现了愤怒的红晕。

“我真应该杀了你。”终于，扎博开口，“七十年前，我就应该杀了你。”他叹道。

“马克说对了。”缇西安说，“你不会杀我，所以为什么不停止你毫无用处的威胁呢?”

扎博不答话，对塔伊发出意念召唤，塔伊很快作出回应，走进办公室，鞠躬道：“大人。”

“启动灵能情报局，对每个轨道通天管都派好情报人员，我们或许还有时间——”

“燃烧天啊！扎博，真不敢相信你这么愚蠢！”缇西安说，“布拉斯的大军正朝我们攻来，不是什么普通袭击，是军队！我们城市的街头巷尾、家家户户都会投身战役，拒绝接受布拉斯新规则的所有家族，都已被他清理殆尽，现在，他又用现代地球人的战争奇观刷新了我们的认知——用原子弹轰炸平民，我们最好祈祷他还有耐心戏耍我们，不然我们就等着变成辐射火山口下的煤渣吧！”

“只要你还活着，”扎博说，“你说这些不过是为你自己打算罢了，但布拉斯想要的，只有你。”

缇西安看着扎博。“终于有了杀我的绝佳理由了？但问题的关键是，我们的历史上还未有过如此巨大的灾难，你居然还在这浪费特工，派他们去搜索一个小婴儿？我希望你能好好享受当上伊卡赞最后一任瑞伊斯的时光，你的事迹值得大书特书，因为灵神知道，扎尔玛伊尔戈根本不会记住你。”

“她是对的。”塔伊说。

扎博颓然坐倒，有那么一瞬，缇西安在这个男人，这个攫取了她的梦想然后眼睁睁看着它毁灭的男人脸上，看到了一丝恐惧和犹疑，不过转眼间，他又戴上了面具。扎博盯着缇西安，仿佛此前从未见过她似的。室内笼罩着静默，长久的静默。

“那我们该怎么做?”终于，扎博开口了。缇西安没料到他会问她，从扎博的表情来看，他自己也不想如此。缇西安不禁想，不知道扎博费了多大劲，才能袒露自己的无助。

缇西安答道：“首先，我要离开拉拉娜，回到我自己的套房——”

“不行，你是——”

“我现在不是，也不会再是，我已经生下了孩子，不再是待产的女性，而且任何一个理智的塔基斯人，都不会跟我这具身体生下孩子，我没有什么好保护的，不能总关着我。”

塔伊再次挑眉看着扎博。“她又说对了。”

缇西安看着叔叔。“我需要你调派一名警卫长给我，而且我必须尽快恢复健康。”

“用来跟我们打架吗，缇西?”扎博尖刻地问。

“不会，正如你所说，我的确有那个打算，但现在有更重要的事，据艾拉克传来的讯报，已有大量平民死亡——”

“你是怎么知道的?”

“塔伊。”

扎博沉下脸，显然，他年长的亲戚和政治家马上会受到严厉的批评。

缇西安继续说道："不管怎么说，我是个医生，我可以负责伊卡拉和其他城市的医院急救，我认为我们最好把儿童转移到郊区，暂由农村家庭抚养，同时进行防空演习，筹建避难所，指派炸弹管理员，并全民征兵。"

"还有希望他们不会在第一时间就投奔布拉斯吧。"扎博哼道。

"菲尔克上死的都是塔以基。"缇西安说，"死了很多塔以基，他们应该不会再甘愿为我的孙子战斗了。"

"贵族太过积极热心，对塔以基来说很难适应。"塔伊说。

"有太多事我们都无法预料，但就是发生了，我想说，现在我们要么改变，要么灭亡。"

塔伊又瞥了扎博一眼。"这一次……她又说对了。"

扎博用一支光笔记下了什么，然后说："我会安排一组我的个人警卫来协助你。"

缇西安撇撇嘴。"别担心，扎博，我不会起兵反抗你的。"

扎博抬眼看看她。"我也从不认为你会，我这么做只是保护你。"缇西安只是微笑，扎博又写了些什么，"还有，我会把那个旺雅旺德的叛徒交给你，只要我们还养着他，他就还有用。"

缇西安站起身，理了理裙子，向门边走去。"缇西。"扎博喊道，她停下来回头看着他，"如果你需要警卫长的话，最好自己也配有武器。"他扔过去一把激光枪，缇西安在空中接住了它。"如果布拉斯真的攻进了宫邸，比起有些事，死亡或许是更好的选择。"

海丝忒和杰伊跟一大群人一起，站在月台上，注视着列车最后一节车厢消失在梵贾的总台。杰伊觉得自己在该死的塔基斯来了趟糟糕透顶的旅行，而且现在除了车站，里面什么也看不到。他真希望有张地图，看看该死的梵尼贾宫邸究竟在哪。

“这里，还有别的通天管吗？不管去哪都好。”杰伊问。

“哲邦是最近的。”海丝忒回答。

“他们不会，比如，亲近布拉斯吧？”

“他们是个很小的宗族，所以倾向于保持中立。”

“我认为现在中立对任何人来说都该死的是奢侈，这个操蛋的世界就快要世界大战了。”

“你照看下孩子，我去换票。”

熟悉的恐惧浮上心头，杰伊问道：“你确定，你不会在边境被警卫和警犬抓住？”

“不会。”

“既没有护照，也没有签证？”

海丝忒疑惑地看着他。“如果我想去邦城、麦兹或者萨昂加，随时可以去。”

“但你是个伊卡赞。”

“没错，但他们关心这个做什么？只要我有技艺，又有一点钱。”

“我真是不明白，你们整个星球分裂成好几个宗族，但又没有边境线。”

“我们不需要，我有封介绍信，是我的银行职员写给艾拉克信用网的一位银行职员的，我需要的身份证明这个就够了，不管我在哪里生活，都会照常纳税，基本生活并没多大改变。”

“他们不会担心我们突然变更计划吗？”

海丝忒一脸无奈。“或许会，但我们为什么不等问题来了的时候再去操心呢？”

“你理智的时候真迷人。”杰伊说，海丝忒把艾尔娜放在他怀里，踮起脚，快速吻了吻他，杰伊顿时觉得，战争流言什么的都不重要了。

♠

站台上吵吵嚷嚷，但仍井然有序。婴儿在哭闹，父母在哭喊，孩子在抽泣，丈夫和妻子温柔地吻别，因为其中一方就要带着伊卡赞最宝贵的财富前去乡村了。

缇西安看到了马克，他像只芦苇丛里的鹳鸟，在人群中跑来跑去，他瘦骨嶙峋的肩上，扛着个小女孩，嘴里还大喊着她母亲的名字。

拜塔姆轻轻碰碰缇西安的手肘，示意她看向站台楼梯顶。伊卡拉最大的仓库总管正站在那，茫然地注视着一切。缇西安向他走去，长长的大衣裙裾扫过站台的地面。

他似乎被嘈杂吵昏了头，发现伊卡赞继承人就在眼前更是让他头晕目眩。为掩饰自己的不安，他赶紧在笔记本电脑上写着什么。缇西安朝他伸出手，深绿皮手套上缀着的铃铛轻轻晃动。她的整套行头，从绣满花纹的裙子到皮毛大衣、帽子和暖手筒，都显得过于庄重，但拜塔姆坚持让她这样穿，事实上缇西安也发现他的建议是对的。她的臣民们并不想看到一个平易近人的公主，自己现在展示出来的优雅，和纡尊降贵般履行高尚义务的姿态，无疑为她目前操劳的民防事业赢得了更多赞赏。

总管圈起手，保护似的环着缇西安，吻了吻她的手腕，弯下腰行礼，说道："供您驱策，誓死守护。"

"今天你不只是守护我的家庭，更守护了伊卡拉千千万万个家庭。"缇西安轻柔地说道，递给他一块信用宝石，上面的浮雕刻着伊卡赞的族徽图案，"让你的手下快点把物资运过去吧。"总管再次鞠了一躬，执行命令去了。

很快，装满蔬菜罐头、腌肉和饮料的托板一架接一架运上了车。缇西安看着一架托着深琥珀色酒液的托板，沉思着拿过一瓶，然后付了钱。为什么不呢？她可以在伊卡拉的街头喝得烂醉如泥，对一个公主来说，并不会折损她的优雅，如果再用棕色纸袋包着酒瓶就更好了。她不禁想起了汉堡包，还有最喜欢的小巷。

拜塔姆本来装腔作势地跟在她身后，此刻突然跑到她身边，递过一只雕花水晶瓶，缇西安点点头，拜塔姆啪的一声打开底座，变出一只花朵形状的浅口杯。缇西安撇撇嘴角，克制住想笑的念头。拜塔姆挑起一边修过的眉毛，把杯子递过来。

“不要对着酒瓶喝酒，那是水手与兄弟告别时喝酒的做派，会显得你出身低贱。”拜塔姆柔声说道。

“我的出身是最低劣的。”

“身体是，但你的思想仍是缇西安·布兰特·萨拉。”

“我不认为这有什么区别，你又不能跟精神灵魂交媾。”

话一出口，缇西安就后悔自己的尖刻，落到这般窘境又不是他的错，而且，在她努力组织保护家园时，这位旺雅旺德的贵族一直慷慨热忱，在力所能及的范围内提供了许多援助，说不定等自己回到本来的身体时，会跟他睡上一觉来报答他。想到这，缇西安不禁打了个寒战，倒不是因为什么同性恋禁忌，塔基斯并没有这样的禁令，而是自己似乎再也无法接受性接触，性侵带来的恐惧太过强大，根本无法克服。

扎博在警卫的簇拥下，大步走来，四周热情兴奋的欢呼声越来越高。他摘下自己银白相间的高帽子，向人群挥手致意，整个场面尽在他的掌握。然后，他走到缇西安身边，挽着她的胳膊，领着她一起走向人群，欢呼声更响亮了。

“他们喜欢我们。”扎博说道，缇西安准备行屈膝礼，但扎博挥挥手说“不必了”，让她重新站好。

缇西安垂下眼，掩饰目光里的困惑。“你应该很享受这些，享受每一个鞠躬，回味每一次行礼，这就是你一直等着的。”

扎博的目光落到拜塔姆身上。“如果你不介意的话，芬迪，我想跟我的表妹单独聊聊。”拜塔姆鞠了一躬，退下了。扎博再次把缇西安的手挽进胳膊，与她一起慢慢走下站台。“为什么你总是把一切都想得那么糟糕？”

“那是因为你这样很反常。”

扎博挑剔地打量着她。“你看起来好很多了。”缇西安耸耸肩，扎博继续说：“这种风格很适合你。”他把一缕垂下的头发绕在她的食指上。“告诉你的侍女，以后就这么打扮。”

缇西安抬眼看着扎博瘦削的脸庞。“你似乎很累。”

“我试图修改伊卡赞的文化，不过很可惜，我似乎不如你的孙子精于此道。”

“需要我帮忙吗？”

“你已经帮了很多，比你以为的……多。”扎博紧盯着缇西安，目光让她十分不适。他慢慢抬起手，划过脸庞，抚平鬓角，理理胡子。

缇西安不知自己着了什么魔，只听自己说道：“那我也顺便说一句，我一向不喜欢你留胡子，胡子很不适合你。”

扎博突然大笑一声。“你还是一点也没变，缇西，只有塔基斯人，才会在野蛮人已经打到门口时，还想着脸上的毛发。你那个同性恋帮手怎么样？”

“帮了不少忙，但也很烦人，他爱我的一半……当然，不是我现在这副模样，而是很久以前的样子。他看我的每一眼，似乎都在表达，他有多么惋惜我现在的性别，我只希望他别以为，糖水跟果酱有什么区别。”

“我可不担心他会怎样，你在所有错误的位置都长了肿块。”扎博低下头，露出个微笑，缇西安也大笑起来。

“我们现在这么相亲相爱，还真是不习惯，我想斗胆打破这温馨的一刻，向你提个请求。”

“说吧。”

“杰伊和艾尔娜已经离开三天，现在我本应听到点消息，你能否让巴兹检查车站，确定他们安全到达了吗?”

“为什么不去请求塔伊？谁都看得出，他对你最忠诚。”

“我问过了，他不肯，我想他是决定用最谨慎的方式挫败你。”

“而你，绝不会因任何这些顾虑而退缩。”

“我已经没有什么可失去的了。”

“你跟我斗智并赢了我的事迹，已经传播得越来越广，大大助长了你的威望，我为什么还要再加一笔?”

“因为这对你造不成任何伤害，不管别人怎么说，你从来都不介怀。你总是晚一步出手，但却能精明地夺取最先的胜利。”

马克往这边走来，看来他已经帮走失的孩子找到了她的母亲。

“你的意思是，我没有因你的保镖阻止我毁灭地球的计划而杀他，体现了我的大度?”

“没错，差不多这个意思。”

“我错过了什么吗?”马克问，眼睛急切地在厚厚的镜片后眨动。

“没有，只是扎博有点烦躁。”缇西安答道。

这时，扎博一名警卫带着的便携式全息联系机发出了一阵柔和的音乐，警卫接通传呼，听了一会儿，然后轻轻咳了一声。

“瑞伊斯，是巴扎卡拉大人。”

扎博按了按联系机，巴兹的影像出现在站台上，神情十分焦虑。

“大人，‘网络’来了。”

“不会又是馁丝珐和她那群爬地虫吧，去炸了他们。”

“就是他们，他们又回来了，还带来了一名贸易大师，这次的飞船体形十分巨大。”巴兹快速地说着，“他们要求与你会谈，讨论有关违约的事宜。”

♥♦♣♠

第三十四章

旅途漫长又艰辛，他们转了三趟列车，还穿过了一条跨越两块大陆的隧道，隧道似乎没有尽头，对杰伊这样的幽闭恐惧症患者来说，真是堪比酷刑。他十分困惑，为什么塔基斯没有空中旅行，既然他们有飞船，为什么没有飞机？海丝忒用显而易见的事实，解答了他的疑问，在塔基斯人与“网络”对抗时，已经全面摈弃了金属飞船，而运行灵识飞船需要意念操控，塔以基无法做到，也不可能有哪个灵主愿意为塔以基服务，因此也就没有航空业。杰伊突然想，自己如果真的被困在这个肮脏的星球上，这倒是一条致富之路，只是不知道能不能说服哪个流放的贵族，让他愿意放下身段，来从事一份普通的工作。

列车慢下来，开始左右摇晃。透过彩色的玻璃车窗，已经可以看到些光亮，偶尔还有一闪而过的墙。

“奶快喝完了。”海丝忒说着，把婴儿抱上肩头，轻轻拍抚她。

“没多久了，希望大地懒公主殿下会开心。”话音刚落，艾尔娜就打了一个恶心的嗝，“看来这就是她的心情了。”杰伊说。

现在活着的塔基斯人中，没人见过“网络”的星际飞船。尽管仍与“网络”保持贸易往来，但贸易大师都会驾驶小型飞船前来，避免引起灵主的反感和敌意，运送的商品对傲慢、故步自封的塔基斯人来说，也十分合口味。

所以，眼前这艘庞然大物真真切切地震惊了他们，它的影像把扎博主舰前方的屏幕塞得满满当当。它悬停在合约站旁，遮住了漫天星辰，塔基斯最庞大的战舰在它面前也相形见绌。飞船最引人注目的，是那巨大的穹隆形驾驶舱，里面站着“阿夫雷”驾驶员，这也是飞船唯一不被时光掩埋的特征，经受无数岁月洗礼依然夺目。飞船主体上，藤壶般黏满运输舱、塔架、奇奇怪怪的箱形物体，以及拖着长长尾巴的天线。

“难看。”塔伊发表了意见。

“我可不想与这玩意儿打一仗。”扎博说，准确地把塔伊的评价解读为战略建议，而不是艺术评论。

“但从你的所作所为来看，打一仗是不可避免的了。你们还没意识到，这都是你俩造成的吗？”塔伊突然吼起来。

“有时我自己都会感到惊讶。”扎博不由自主地牵出个笑容。

他们走进合约站的会议室。会议室专为此类事件设计，装潢设备一应俱全，有供“阿夫雷”使用的栖架，适合“康迪基”的管道，为“林达里安”准备的秋千玩具，还有沙发和桌子，给开会时不需要消遣的人使用。“网络”代表已经在沙发上坐了下来。

扎博看过相关史料，据记载，贸易大师可以化身为任何模样，哪种形态最让谈判对手喜欢，就以哪种形态出现。扎博曾认为这是哗众取宠，现在看来真是大错特错。

馁丝珐站在他的一侧，一名“黎巴赫”斗士站在另一侧，他不是别人，正是安比赞，伊卡赞的传奇宇航员，就是他发明了灵识飞船，并且驯服了它们，收为己用。

看到扎博走来，黎巴赫斗士嫌恶地转过身。在已知星系里，这些半机械半生命体的战士是最可怕的，扎博不禁想，要是真打起来，不知塔伊加上五个警卫能不能敌得过眼前这名黎巴赫。

塔伊接收到他的念头，阴沉地瞟他一眼，用意念答道：我们不会跟他动手的。

扎博的气势被贸易大师压住，心下不快，决定扭转局面，于是勾起一抹笑，径直走到馁丝珐身边，握着她的手。“亲爱的馁丝珐，欢迎回来。”但馁丝珐却不大高兴，抽回了手。

贸易大师知道扎博有意怠慢，于是重新夺回主导权。“扎博王子，我是贸易大师‘宝艇’，贸易飞船‘宝艇号’的主人。”

扎博把他从头到脚细细打量了一番，冷冷地说：“我的阶级和种族，代表了两万年精心计划繁殖的成果，而你，不管是什么，都不是塔基斯人，更不可能是安比赞，我厌恶你随意变成我先祖的模样，正如你再怎么对着镜子表演，模仿他抽烟，都不可能是‘至纯者’中的一员。”

“无意冒犯，王子，那您喜欢什么样子?”

“随便，只要不是塔基斯就好。”

贸易大师耸耸肩，霎时扎博眼前失明般一片黑暗，等他再恢复视力时，发现宝艇已经换了副模样，看起来跟馁丝珐他们差不多。

扎博优雅地点头。“欢迎来到塔基斯。”

“如果情况比现在乐观，我会更高兴的。”宝艇真诚地倾了倾身，“您同我签了份合约，王子。”

“是吗？我怎么不记得。”

“我的一位阿夫雷宇航员是合约的代理人……如果您坚持要回忆细节的话，大人。”

“我记得每件事，的确，跟你描述的一样，我签了份合同，但世事难料，计划总会生变。”

看着扎博的微笑，贸易大师也报之以微笑。“那么，您决定回来继续为‘网络’服务吗?”

“我再说得清楚点儿……不会，恐怕我与‘网络’的契约已经终止了。”

“那我要遗憾地告诉您，这是不可能的，契约的神圣是我们的最高法则。”

“但对我来说，不是。”

“那问题就有点棘手了。”贸易大师沉吟道。

“我知道你会怎么做。”

黎巴赫每个肩膀的关节处都有长柄，里面安装了发光元件，现在，它懒得啰唆，直接发动了这些元件，锃亮的外壳闪闪发光，光线直射进扎博的眼睛，刺得他眼睛生疼。扎博很想知道，它身上的合金是不是专为反射激光炮设计的。

“所以，对这个问题，你没有任何转圜余地？”贸易大师问。

“我并未这么说……”扎博开口道，但馁丝珐打断了他。

“好吧，我来说，我要他回来，继续驾驶我们的飞船，完成合约。”她尖锐地对宝艇说，“否则，你就是违反了与我的合约。”

贸易大师叹了口气。“看来你对馁丝珐影响颇深。”

“这是我卓越的天赋。”扎博弯出个微笑。

“你不会再回来履行终身合约义务了，是吗？”贸易大师忧伤地问。

“是的。”

“那便无话可说了，我们或许不得不采取更严厉的措施。”

“那我真是求之不得。”扎博温柔地说，“就像你们自己说的……战争有害贸易。”

“藐视合约危害更大，您开了个危险的先例，扎博王子。”

“我是个危险的人。”扎博做了个手势，护卫全站了起来。

“意思是谈判结束了吗，王子？”优饶问。

“可以说这部分结束了。”说完，扎博一行没再看壮硕的黎巴赫一眼，走出了会议室。

杰伊的大部分经历中，都在扮演熙熙攘攘人群中的一员，现在却站在了高处，俯视众人，感觉真是棒极了。他的目光越过成千上万吵吵嚷嚷、推推搡搡的塔基斯人头顶，看着他们源源不断地向前涌去，继续吵吵嚷嚷、推推搡搡。

他把夹在胳肢窝的行李往上推了推，伸出另一只胳膊搂紧了海丝忒和孩子。“有什么事发生了，或许我们应该回到车上。”

“我们没票，现在他们在驱散人群。”

“没错，但有钱万事好办。”

“眼下不管用，我们先离开车站吧，过去几条街就到通天管了。”

“好吧，那我们挨紧点。”

他们逆人流而行，现在似乎每个人都想逃开邦城，人群在传统的趋吉避害智慧的驱使下，潮水般涌来，把杰伊的脸都撞疼好多下。他们被绊住好几次，杰伊甚至想把挡在眼前的人都给瞬移开，不过这样很可能会引发恐慌，发生最不愿看到的踩踏事件。历经千辛万苦，终于，他们来到了楼梯前。

走进站内，有什么湿乎乎的东西落到杰伊脸上。他抬起头，发现大楼的楼顶已经炸飞，雨水落进来，砸在碎石乱瓦和尸体上。所有小商店都关门了，还有一些封锁了，一只塔基斯热狗还在烤架上不停地旋转，只不过已经成了焦煳的黑煤渣。

远处传来一阵脉冲似的声音，不像是枪，但也一定是某种武器。杰伊犹豫地停下脚步，他绝不想冲进某个交战场所，但话说回来，他也不想回到刚才的蚂蚁农场，思来想去，他决定，比起被踩成榨汁机里的葡萄，他宁愿被射死。

“我想，在这儿扎个帐篷，或者找家旅店医院什么的，可能比较明智。”

海丝忒吓了一跳，看着他说道：“我们要去通天管。”

“亲爱的，我可不认为这是某个糟糕聚会导致的后果，很明显是发生了战争，我怀疑交通服务已经停了。”

“通天管不会，那是我们一起建的，也归我们一起拥有。”海丝忒向门口走去。

“好好好，好吧。”杰伊充满怀疑地说道，看了看瓦皮。瓦皮舒服地蜷在杰伊的衣服袜子堆里，只把头从箱子里露出来，对杰伊吐了口口水，然后火速钻了回去，杰伊实在不知道自己哪里又惹恼了她。

站外的街道上，堆满了爆炸烧坏的车辆，杰伊本来还担心，轨道通天管能不能找到，现在发现自己纯属多虑。管道在地面延伸了两万七千英里，一直通往同步轨道，这样的恢宏无论如何也不可能找不到。

轨道通天管由两条管道组成，管道的材料是某种玻璃似的物质，中间连接着桥梁和高架，远远望去，最高处的桥梁像极了系在冰柱上的白色蕾丝飘带。杰伊不禁想，要是搭乘胶囊车，恐怕这一路会颠簸得很，尽管目前并未看到胶囊车，他还是想努力说服海丝忒，让她放弃搭通天管的念头。胶囊车现在或许正在转运，应该随时会来一辆。这时，头顶响起一阵嘹亮的喊叫，高亢又悦耳。杰伊把目光从通天管上移开，抬起头，看到七艘灵识飞船在附近盘旋，声音就是它们发出的，仔细听，杰伊似乎听出了几个词。

“胜利的歌唱。”海丝忒说。

“哦，谁的胜利?”

看到飞船，他们反应过来，就这样站在车站外面的广场，实在危险，于是赶紧向街道跑去。跑着跑着，杰伊突然停下脚步。前方一列抛锚的电车前，一个老人正摇摇晃晃地站在台阶上，半边脸已被烧伤，他摸索着把自己的信用条插进支付槽，一次又一次，似乎觉得是因为钱不够电车才停运的。

杰伊来不及思考，几乎是下意识地朝老人跑去，但海丝忒抓住了他的衣袖。没有过多解释，杰伊知道她是对的，转身跟她继续走向通天管，但还是觉得自己像个混蛋。

目前为止，他们还没遇到陆军部队，杰伊心中又升起希望，或许海丝忒是对的，由于通天管不允许毁坏，军队就在轰炸城市的其他地方。

这片区域像是邦城的展示台，宽阔的林荫大道四通八达，犹如车轮上的辐条，朝着通天管四散延伸。建筑与伊卡拉略有不同，更低矮，更方正，窗户也更少，山墙上还建了许多雕带。房屋也是由琢石砌成，色彩对比强烈，镶嵌成各色悖理图案。杰伊猜想，低处的楼层应该是些商铺，因为尽管窗户都炸得粉碎，他还是看到了一条项链，孤零零地躺在陈列柜上。

艾尔娜醒了，哭喊起来，哭声回荡在石墙间。这时前方传来一阵怒号，好似狂暴的海上掀起的惊涛骇浪。此刻他们离街道尽头只有几百码，可以看到它通往一处巨大的广场，极其广阔，简直像所有广场的爷爷，对比之下，通天管底部数百名军人走来走去的场景也不算什么了。军人的制服颜色十分扎眼，杂糅着红黑紫三色，远看就像是移动的伤痕淤青。

眼前的景象一派狂热亢奋，只不过这些穿着制服的人并不太像训练有素的士兵。突然，杰伊猛地拉着海丝忒躲进一个隐蔽的墙角，因为他看到一个士兵递出一只瓶子样的东西，另一个则朝坑坑洼洼的通天管墙壁一通乱扫。

“旺雅旺德！”海丝忒说道。

“看起来他们的心情并不怎么好。”

军队离他们更近了，他们的呼喊也更加清晰，已经能听出喊的是什么，大部分是塔基斯语，但与音乐般的外星语言融合在一起，完全变了腔调，更像刺耳的噪声。

“继续罢工！首都就会灭亡！”一个尖厉的声音喊着。

“我们将抗争到底！”另一个声音喊道。

“我们要求工人得到应得的权利!”

杰伊的高中法语学得十分蹩脚，不过还能听懂他们喊的是什么，这下他更头疼了，不知道怎么办才好。布拉斯由一名法国激进人士抚养长大，养父名叫克劳德·伯奈尔，曾于1968年在巴黎设置路障。所以那些标语口号由他传给布拉斯，布拉斯又带到塔基斯，发动塔基斯人投入了革命。杰伊他们紧贴墙站着，突然一张好奇的脸伸了过来，三个人面面相觑，张大了嘴，杰伊立即把他瞬移走了，紧接着乌压压的丑陋枪管出现在墙角，杰伊继续把它们也瞬移了，然后拉起海丝忒，兔子般狂奔起来。

他们从合约站回来时，发现缇西安早就等着了。她急切地抓着扎博的衣服翻领，专注地凝视着他，扎博突然发现，原来她现在是如此的，娇小。

“温柔点，温柔点，女士。”扎博说着，把她的手指从胸前装饰的水果沙拉上掰开，“你会毁了我的衣服的。”

“感谢灵神！你们回来了。”

“发生了什么?”扎博却越过她的头顶，对马克问道。

马克还来不及回答，缇西安继续说道：“绝对，绝对不要下任何命令，禁止有人打扰你，你的人都是些傻瓜，会把你的所有话都当真的。”

“发生了什么?”

“布拉斯，在干些希特勒的勾当。”马克说，“他同时袭击了六个宗族。”

“在哲邦、萨昂、坦德，都发生了恶战。”缇西安补充道，“黎拉、比赫吉和玛兹塔里克都已沦陷，过来，你得看看这个。”

扎博顽皮地冲马克挤了挤眉毛，但马克并未回应他以微笑，显然，他并不像扎博那样，认为缇西安的烦躁担忧很可笑。

缇西安把扎博带到宗族实验室前，打开监禁室的门，拖出一名旺雅旺德士兵。

“看看这个。”她说着，像展示战利品似的把他推到扎博面前。

“他……呃……有点……特别。”

“难道你看不出来吗？这说明杰伊还活着，而且没有被他们抓住。”缇西安恼怒地皱眉，“当然，你不在乎这个——”

“你说对了——”

“但我的心总算落地了，而且你还可以问点情报。”

扎博看着吓坏了的士兵。“要是他军衔再高点就好了。”

“啊。”马克发话了，“下一次杰伊再把人送来时，会通知他的。的确很麻烦，但我想，你得快点转移儿童，布拉斯下一个进攻的就是我们了。”

“你说对了。”扎博说。

“我们必须做点什么。”缇西安说。

扎博正准备问她有什么打算时，只听一声轻响，一架冲锋枪出现在监禁室，砸在地上。

♥♦♣♠

第三十五章

这是地狱的鸡尾酒会。现在，他们身处一艘装潢精美的船上，船的设计十分贴心，乘客可以360度全方位欣赏风景，像是在蓝黑色的平流层上放了只碟子，碟子稳稳当当，中央摆了张椅子，他们就躺在椅子上，欣赏四周景色。但凯丽还未从自己第一场战斗带来的恶心中平复，根本无心领略美景，心脏每跳动一下，他的头就抽疼一次。

布拉斯半躺在一张王座似的椅子里，身边围满旺雅旺德的达官显贵，塔以基仆人为他奉上装满美食佳酿的托盘。

*他们为什么要这么做？为什么还要听他的？一切还是老样子。*凯丽想，他们还会是炮灰，只不过死的人会更多，等布拉斯完成他的“大业”，塔基斯上没有任何东西能幸存。

杜尔格走进来，对布拉斯深深鞠了一躬，悄声说了些什么，只见布拉斯厚厚的双唇绽出个笑，站了起来。

“女士们，先生们，我们的每一场胜利，都值得放烟花来庆贺。你们将享受——”透过船舱左侧，可以看到通天管光滑的弧形边缘，他指了指通天管，继续说道，“布拉斯瑞伊斯献给你们的烟花！”

通天管的管道摇呼啦圈似的扭了扭，很快，在重力和旋转的压力下，轰然倒塌。胶囊车好似授粉的蒲公英种子，四散飞开，上半截还稳稳地保持着运行轨迹，下半截却碎成了千万片，犹如无数火花，炸开在空中。

一半塔基斯人都尽飨了这场火光视觉盛宴，但对邦城的居民来说，却是灭顶的灾难。长达几千英里的通天管道不会自行烧毁，而是像砍倒的红杉，砸毁落下之处的每一样事物，把一切碾成齑粉。

凯丽站起身，从经过的仆人手中抓过一杯酒，喊道：“敬布拉斯瑞伊斯的种族灭绝计划！”

杜尔格一拳打在他嘴上。

宴会当然也结束了。

军队撤出邦城中心时，军人们个个都极度亢奋。胆战心惊的市民哆哆嗦嗦地从藏身的孔洞里钻出来，杰伊偷听着他们的交谈，大部分都在讨论这场变态的袭击，但他们的自我欺骗和幻想简直无可救药。在他们心里，布拉斯是塔以基的朋友和拥护者，绝不会派遣军队来攻打哲邦的平民，一定是那些出身高贵的将领干的好事，布拉斯瑞伊斯发现了他们的越界行为，毋庸置疑，立即就下令他们撤退了……

海丝忒抱着艾尔娜，和杰伊一起躲在一栋烧毁大楼的地下室里，爬出来时她说道：“我们现在可以去试试通天管。”

“海丝，别再想该死的通天管了，布拉斯撤走部队绝不是发善心，他是要——”

话还没说完，他的声音就淹没在震耳欲聋的巨响里，巨响席卷了整座城市，杰伊听到金属挤压的声音，像是它们在发出抗议。

他们望着通天管，它如冰柱一般晶莹剔透，闪闪发光，很快就开始坍塌，似被一只巨掌狠狠拍下，直直倒向地面。杰伊赶紧把海丝忒圈在怀里，抱着她和艾尔娜一起伏到地上，艾尔娜重重地撞到海丝忒的胸膛，发出一声尖叫，但很快，所有声音都消失了，只剩下撼天动地的巨响，凶狠地撕扯他们的耳膜。大地剧烈颤抖，把海丝忒从杰伊怀里拽开，灰尘盖住了杰伊全身。又是一阵震动，杰伊像片狂风中的落叶，远远地飞到了街道的另一端。

过了很久很久，一切归于寂静，似乎整个塔基斯星球都陷入了惊骇的沉默，又或者，这是不堪重荷的耳朵选择的计策，来应对停止的巨响。片刻后，尖叫、呻吟，还有呼救声慢慢地钻回耳朵。

“魔鬼，魔鬼，魔鬼。”海丝忒喃喃地说着，杰伊一瘸一拐地走过来，把她拉起来。

几乎是奇迹般，艾尔娜仍被海丝忒紧紧抱在怀里，还恐惧地尖叫。血从海丝忒的鼻孔流出，沾染到她的鬓发上。杰伊觉得自己的脸颊也画过了同样的暖流，用手一抹，鲜血混着灰尘糊了满脸。晶莹的泪水从海丝忒眼中滑落，在满是血污的脸颊上流下两道闪光的小河。

人们跑向主广场……或者说，曾经的主广场。方圆一英里的所有建筑全部夷平，残砖碎瓦像狂风撕碎的玫瑰花瓣，四散堆积。

另外一些人低下头，急急向城市边缘跑去，杰伊和海丝忒也加入到他们的行列。

当整座伊卡赞宫邸陷入混乱的意念传话时，他们正在击剑。全息台自己打开了，一名仆人又给健身房搬来了一台移动全息台。

通天管倒塌了。

马克接连后退三步，膝头橡胶似的发软，跪倒在地。拜塔姆抚过剑身，像在安慰一只受惊的小狗。

缇西安一把扯下面罩，抓住剑柄掷了出去，剑尖直直插进地板，剑身兀自轻颤不休。她的脸上全是湿黏黏的汗水，星星点点地沾在睫眉毛上，刺痛了她的眼睛。她舔舔嘴唇，咸腥汗味刺激着舌尖。狂怒和恐惧交杂在一起，充满了整个身躯，难受至极。

缇西安冲到门口，回头喊道：“他们需要食物，药品供给……”

“邦城还有军队在。”拜塔姆打断她，“而且绝非善类。”

“我不在乎。”

马克摇摇晃晃地站起来。“你打算跟谁一起？你不能去那儿。”

拜塔姆盯着她，眼神似洞察了一切。“你把你的孩子，还有那个地球人和他的女人送去通天管了，艾拉克已经落到旺雅旺德手中，现在轮到邦城了。”

“他们三人中有两个，呃，十分精明。”缇西安说，“他们还有我的祝福……事态还很好……”声音越来越低，焦灼攫住了她的声带。

他们和其他二十个难民一起，搭上了一辆乡下来的产品回收车。司机没法在邦城卸货，于是杰伊和海丝忒只得坐在一堆刺鼻的塔基斯蔬菜上。没人出声，大家似乎都被刚才的事件震惊得失去了言语。艾尔娜也大发慈悲地不再哭闹，当然很可能是因为她小小的玫瑰花蕾般的嘴唇里，正含着装满牛奶的奶瓶嘴。

乡村风景秀丽，尽管哲邦地处赤道，但与杰伊所知道的“热带”大不相同。不像伊卡赞那样漫天飘雪，这儿温暖怡人。塔基斯似乎到处都是山，但哲邦乡村的山高度亲切，坡度柔和，山势平缓，覆盖着郁郁葱葱的青草和苔藓，牲畜在山脚吃草，有时就走到盆栽般的矮树下，闭上双目，似乎沉浸在冥想里。

杰伊拿起一颗红灰混杂的球形蔬菜，问道：“这是什么？”

“‘普弗[①]’。”

“你千万别用它们来做菜，闻起来像屎一样。”

艾尔娜停下吮吸，海丝忒把空奶瓶塞回手提箱。除了奶瓶和尿布，他们扔掉了所有行李，杰伊的手提包里则装着瓦皮，现在他觉得自己成了个真正的流浪汉。

“这是最后一瓶了。”海丝忒说，语气平静，当她极其焦虑时，就会刻意装出淡定的模样。

杰伊动了动，换了个舒服点的姿势，靠在硬邦邦的普弗茎叶上。“这太糟糕了，我——”

① pful，普弗，一种塔基斯蔬菜。

话还没说完，他又听到一阵高亢的嗡鸣，一艘灵识飞船划过彩云密布的天空，向他们飞来。车上所有人都扭过脖子，死死盯着飞船，眼睁睁地看着它放缓速度，开始盘旋。

“旺雅旺德。”一名同伴喊道。

“他是在搜寻我们吗？”杰伊问，强压下心头越来越浓的不安。

答案很快揭晓。飞船上一架巨大的幽灵炮筒打开了，转眼间就把他们的车劈成了两半。人们尖叫着，像掉落的弹珠，连滚带爬地从车上跳下。杰伊把海丝忒和艾尔娜从车上拉下，炮弹的高温烤焦了他的头发。

人们疯狂地奔跑。“快！”杰伊叫道，“离开路面！”路中央无遮无蔽，但两旁覆盖着开满鲜花的灌木丛。杰伊拉着海丝忒，但她却像头犟驴，一动不动。

“瓦皮！”她哭喊道。

“该死，你先去躲起来！”杰伊喊着，一头冲回燃烧的车上。

普弗闻起来更恶心了，还多了种怪异的甜味，让人欲呕。杰伊爬回路上，经过驾驶室时，他透过窗户看到司机倒在方向盘上，头发和衣服还在燃烧。杰伊强压下恶心和愤怒，继续回到车上搜寻瓦皮的身影。

他的手提包奇迹般的完好无损，他赶紧冲过去，看到瓦皮拍打着翅膀，准备飞向山丘。由于她的翅膀修剪过，所以只能奋力扑腾，嘴里还不停地发出尖叫。

“瓦皮！”杰伊大喊，可小怪物的速度丝毫未减。警告的嗡鸣再度响起，杰伊赶紧钻进灌木丛，飞船又扫射一通后，厌倦了折磨戏耍看不见的猎物，径自飞走了。

花瓣雨点般落下，幸存者们纷纷钻出来，站在道旁，看着路中央的一对男女。他们再也到不了鲜花盛开的避难所，男人扑在女人身上，用自己的身体盖住了她，但仍是徒劳，幽灵炮把他俩的身体都烧穿了一个大洞。

杰伊走到海丝忒身旁，她正盯着山丘，满脸泪水，但紧咬着嘴唇，一声未吭。

“嘿。”杰伊唤道，紧紧搂住了她，“她只是吓坏了，她会追上我们的。”

海丝忒只是摇了摇头，把艾尔娜抱高了点，往前走去。

性别互换真是件奇妙的事情。随着日子一天天过去，缇西安已经回到塔基斯好几个月了，而塔伊也越来越习惯，把以前的侄子当成他的侄女。因此，当扎博要求缇西安也出席讨论会议时，他毫不意外地看到，塔伊脸上满是惊讶和反对。

“她是我之后的伊卡赞继承人。”扎博提醒道。

“那你的儿子呢？”塔伊问，却没得到任何回答。

扎博严肃地围着防卫中枢绕了一圈，它埋在加固过的燃料库中，距地面八十英尺，跟舰桥十分相似，因为都用了同样的纳米技术。伊卡赞的族人之间，都保持着电脑和意念的连接，意念情报局的特工散布在各个城市、飞船以及各种平台中。这是意念构成的信息网，但不幸的是，却被旺雅旺德刮来的飓风毁了。扎博想起那场危机，于是又回到正在讨论的话题上。

“我不会信任与旺雅旺德有牵连的任何一个人，他们都是为战争而生，全部才能就是打仗，并不是优秀的统治者。”

“我觉得这个评价也适用于你。”塔伊说。

话一出口，老人就停住了，为自己的大胆感到不安。扎博大笑起来。“不要因为害怕伤害我而憋着不说，也不用担心你自己会不会太无礼。”

“我不会。”塔伊说，这时缇西安进来了，身边跟着总显得滑稽可笑的王牌马克。

全息台缓缓转动，解说着严峻的情势。旺雅旺德坐落在半个塔基斯以外的南半球，以一团跳动的紫色指代。紫色逐渐蔓延，污渍般侵袭了罗达厄、艾拉，然后是哲邦，与旺雅旺德签订了条约的扎夫罗尔及其他较小宗族，则涂成了浅紫色。当前，在遥远的北部，伊卡赞如一座白金色的灯塔，熠熠生辉，但黑暗，已经向它伸出了巨大的翅膀，逐渐逼近。

各个部门的指挥官与扎博、塔伊、巴兹和缇西安坐在一起，这些男人随意地坐着，缇西安却挺得笔直，身后站着马克。巴兹抹了一把脸，说道："坦德和萨昂还在坚守，我们应该前去支援。"

"坏主意。"塔伊低声道。

"我们人力军力都不够，要是贸然前往，伊卡赞将毫无还手之力。"扎博说着，搓了搓脸，脸颊有些麻木，不知道是不是疲倦过头了？自己有多久没睡了？

"这是典型的杜尔格战术。"马克开口道，"把我们打散，再各个击破。"

一名年轻的副官走到扎博身旁，俯下身说道："大人，贸易大师——"

"把这该死的鼻涕虫赶开！我现在没时间搭理'网络'那群卖奶酪的奸商！"

"是，大人。"副官顺从地退下了。

"他为什么拖了这么久？"一名指挥官问道，"他只给伊卡拉和其他大城市投了几枚导弹，之后再无动静，他在等什么？"

"他还没弄明白，塔基斯星球上没有哪个地方能躲得过空袭。"

"感谢灵神，杜尔格还没教给他这些。"扎博低声道。

"不，他是喜欢进军，享受鲜血的味道。"马克·梅多斯说。

"我们必须给布拉斯一个重创，以免他率军攻过来。"缇西安突然用柔和的少女声音说道。

“我们不用冒险与布拉斯的军队正面交锋，我们没有这么多兵力——”塔伊说。

“我们无法相信我们的塔以基。”巴兹突然插嘴，说出了他们所有人最担心的事情。

他们商谈的时候，扎博却在仔细咂摸缇西安的话，像个寻求真相的探索者，一点一点地解开扑朔迷离的谜团。突然，他伸出手，在全息地形图上摆弄了几下。只见一颗欧泊般的星球出现在屏幕上，不停地旋转，一条银色的轨道线划过它的表面，接着轨道平台浮起，绕着星球一圈圈飞行。

缇西安的眉毛拧成一团，身子往前倾了倾，仔细地看着全息图，犹豫地伸出手指，碰了碰银色的轨道线。“你要攻打旺雅旺德的飞船本营?”她看着扎博，难以置信。

扎博的手指兴奋地在键盘上跳动，更多的银色弧形线条出现在全息图上。“还有扎夫罗尔、罗达厄和艾拉的——”

缇西安咬了咬嘴唇。“扎博，你一定要这么做吗？这样我们就跟布拉斯没什么两样了——”

她的批评刺痛了扎博。“灵神啊！缇西，不管你有没有蛋蛋，都像个男人样吧！这是战争，战争的目的就是流血、伤害。”他看着马克，“爬地人，我需要你唤出你的朋友，擅长操控小行星的那位。”

马克看着缇西安，等着她的指示。“不行。”缇西安说道。

于是马克也答道：“不行。”说完又问了一句：“为什么?”

“他要发动针对飞船的战争——六个宗族的所有飞船。”

马克了然地点点头。“打击布拉斯的空军力量，很明智。”

“但飞船是有生命的，马克，而且那些没有被杀死的，也会焚毁灵识。你真的想为这种事出一份力吗?”

马克面露不忍。“呃……不会，而且我保证，星光也不会的，绝不，呃。”

塔伊双手交握，一直在沉思，这时抬起头来，面色沉重，说道：“不能……‘说服’他吗?”他重重地强调了“说服”两个字。

“他一直在抵抗精神控制，这样不仅会激起他的反抗，而且会，呃，对控制者的精神造成极大的伤害。”

扎博耸耸肩。“这么说，我的计划就值得一试了。”

缇西安站起身，紧盯着扎博。“你真要这么做?”

扎博朝全息台挥了挥手，反问道：“我还有别的选择吗?”

缇西安垂下头，走向门口，在门边停下。

“扎博。”

扎博询问似的看着她。

“你要小心。”

嘲讽是扎博的天性，他咧嘴笑道：“谁能想到，我们现在关系这么好？一个月前，你还在谋划怎么夺取我项上人头呢。”

拜塔姆鼾声如雷，响彻伊卡拉的防御中心。马克密切关注着全息网，一旦扎博的进攻失败，就立即发出警报。缇西安知道自己应该去睡觉，但心潮翻滚，坐立难安。她强逼自己不去想发生在上空轨道的战役，努力做起针线活来，忙着给艾尔娜绣她出席典礼的礼袍。

“他能看见。”马克悄声说。

缇西安叹了口气，把小小的丝绸长袍推到一旁，走到床边。她在床前竖了张屏风，用来遮挡光线。现在拜塔姆平躺在床上，双手大大张开，指尖都触到了地板，睡得正酣。她轻轻推推他的肩，拜塔姆翻了个身，爆炸般的鼾声终于暂停了。

“好点了?”

“好多了。”马克双手搓了搓脸，“真希望我们能听到点东西，现在一片死寂，真叫人心里发毛，扎博本可以让我们窃听宗族指挥电台的谈话的。”

缇西安摇摇头。“扎博喜欢保持神秘。”

她面前的工作台上，摆着一只碗，里面装满了珠宝，她拿起一颗，把它缝进纹章的复杂图案里。犹豫了一会，她问道：“你觉得，她会穿吗？”

马克仔细看了看她手中蛛网般回环缠绕的纹章。“你得乐观点，朋友。”

“几乎一整天过去了，再没有任何东西突然出现，这意味着——很多事，杰伊和海丝忒可能是安全的，也可能被抓了，还可能……死了。如果艾尔娜死了，她的祖先应该就会接纳她了，可怜的混种宝宝，而她，也的确是。”缇西安轻声说道。

“她不会有事的，嘿，她的塔基斯名字是什么？艾尔娜·泽克·凯丽？还是艾尔娜·泽克·缇西安？”

“我既是她的母亲，又是她的曾祖父……想到这就头疼，对一个孩子来说，还有比这更残忍的吗？等她到了懂事的年纪，我要怎么跟她解释？”缇西安摇摇头，“她会不会恨我们所有人？或者自暴自弃？”

说完，缇西安低下头继续缝她的纹章，马克一向善解人意，见状不再多说，留她自己静静地思考。

哨兵走进门，弯下腰行礼，说道：“瑞伊斯来了。”

扎博如往常一样，大步快速走来，只不过现在似乎是勉力为之。他的制服脏污不堪，一边肩膀烧成了焦炭，左边衣袖完全撕开，破碎的边缘浸透了已经凝固的鲜血，随着他的步伐颤动不休，仿若垂死的鸟在扑扇翅膀，前臂还绑着绷带。

缇西安站起来，一把扔开手中的长袍。

“进展如何？”马克问。

“我很累。”扎博答道，迅速坐到椅子上，“我现在不想回答任何问题。”

马克疑惑地退开。“对不起。”

“能留我的表妹和我单独待一会儿吗?”与其说这是个问题，不如说是个命令，于是马克离开了房间。

缇西安走到扎博身旁，柔声说：“你真是没礼貌。”然后看着他的胳膊，问道，“伤得有多重?”

“不算重，如果能缝起来，就更好了。”

“我来帮你。”

“我也希望你来。”

缇西安解开绷带。如他所说，伤口并不十分危险，但极其丑陋可怖。皮肤撕开了一道长长的口子，边缘的皮肉焦干翻卷。

“这是什么造成的？这个问题你也不愿意回答吗?”

扎博看着她。“旺雅旺德飞船基地的一块碎片，庆幸的是，它没有夺走我整条胳膊，现在我可没时间重新长一只出来。”

缇西安给伤口喷上消毒剂，扎博轻轻地“嘶”了一声。“这么说，任务成功了?”

“成功了。”扎博答道，盯着空气看了好一会儿，“你是对的，缇西，太残忍了，真的太残忍了。我想，它们从未死过这么多。”

“我们的代价是什么?”

“我们好多了。”扎博说，缇西安给他的胳膊注射了一剂麻醉剂，“我们损失了十五艘飞船，牺牲了几百号人，他们家族死伤更多。你一直在招募塔以基士兵，如果可以派遣一些，我会很高兴的。”

“首先得把他们运送过来，人力供给不可再生，他们现在十分宝贵，容不得额外损耗。”缇西安小心翼翼地割掉干焦的皮肉，把裂开的伤口合拢，以便涂上医用胶水。

“你的双手真稳当。”

缇西安吃惊地看了扎博一眼。现在自己正托着他的胳膊，手掌明显感受到他肌肤的温热。这样的触碰真令人窘迫，其他感官也顿时敏锐了起来，扎博的气息传来，混合了汗水、火药、烟草，以及消毒液的味道。

他的眼里闪着奇异的光，那是男人自以为女人对他发出性暗示时，才会有的眼神。缇西安曾是此道老手，但现在自己成了打量对象，才知道这个样子的男人看起来有多傻，就像眼冒绿光的笨牛。她知道，刚才那一瞬间，自己在扎博眼里不再是人，而是乳房、臀部和阴部的集合体。她试图唤起愤怒，却只感到困惑。

为掩饰自己的难堪，她强装出随意的口吻，说道："我练了很多年，非常高兴能重操旧业，当我失去了灵巧的双手，就只能当个管理者，所以我总是郁郁寡欢。"

"当你负责'强能'项目时，你非常厌恶当医生，你只想做研究。"

"我的大半生涯，都在治疗被那场研究毁了的可怜人，我也因此重新思考起我的长处来。"缇西安开始收拾自己的药箱，"等我回到自己的身体，我要重新训练我的双手——"

"缇西。"扎博抓住她的肩，"我想你没有机会了。"

缇西安奋力挣开。"那是因为你根本就不希望我有这个机会！"

"不是——"

缇西安俯身看着他。"我对你没有威胁，扎博，不管我是男是女，我并不想接管宗族，我只想做回我自己，只想要我的孩子。"

"我没办法把你的身体给你，不是我不想……而是，我做不到！"他的脸因愤怒而扭曲，"现在我们面临的敌军，规模之大前所未有，我怀疑我根本阻止不了他们！"他一把抓过枪套，把手枪扔给缇西安。他的手臂剧烈颤抖。"我都准备用这个，我觉得我可能根本保护不了你。"

缇西安向来容易喜人之所喜，悲人之所悲，自己也因此备受折磨。夏克兰曾认为，他唯一的儿子拥有一种原始的移情力，对精神力量来说，十分罕见也难以理解，而且在全员自私的塔基斯贵族世界，绝不是什么好事。即使现在换了身体，她的共情能力也未折损分毫，依然是她的诅咒。扎博费了多大劲才终于袒露出自己的恐惧忧虑，她可能永远也无法得知，但她理解他的痛苦，更要紧的是，理解他的恐惧。一直以来，他谋算布局，消除异己，扫清障碍，汲汲营营，一门心思只为了得到伊卡赞的统治权，现在他成功了，但责任的重压也在一点点压垮他。

缇西安把扎博拥入怀中，温柔地抚摸他汗水纠结的金发。扎博温热的眼泪打湿了她的脖子，她不知该说些什么，或许任何言语，都无法抚慰他心里的折磨。她只是抱着他，等他熬过最艰难的时刻。

扎博站起身，握住她的肩，专注地凝视着她，手指陷入她的肌肤，把她搂得更近了。缇西安觉得肩头发疼，不禁呻吟出声，微弱的、含混的、意义不明的，呻吟。房里的气氛有如魔障，时间似已扭曲。*终于还是来了*，缇西安怔怔地想，*灵神知道，自己曾对无数个女孩这样做过，只是她们的面目都已记不清*。她觉得胃里涌动着一股暖流，而扎博弯下腰，嘴唇挨近了她，更近了……

缇西安突然跳到一旁。*布拉斯和扎博，强暴与谋杀，耻辱和惊怖*。一瞬间无尽的恐惧尖叫着从心底涌出，把她推离了扎博的怀抱。

“我是个男人。”她喃喃道，抱紧自己。

“但你的身体却不这么认为。”扎博反驳道。

缇西安把头发拨到身后，紧紧盯住他。“我无法信任你。”

“看在灵神的分上，你这话是什么意思？”

“我解释不了，不知道怎么说……”

有那么几秒钟，扎博犹豫了，想说点什么，但最后还是什么都没说，自己离开了，留她一个人待在房里。马克把头靠在门上，小心翼翼地问道：“感觉好吗？”

“不好。马克，扶住我。”

许多旺雅旺德的贵族都在哀戚恸哭。即使不会读心术，杜尔格也知道他们的悲痛。眼前的景象触目惊心，在伊卡赞的袭击下，旺雅旺德飞船本营遭受重创，死去的飞船堆在他们周围的空中，而那些还活着却失去了灵识的飞船更加可悲，它们无意识地飞来飞去，听不到任何声音，也丧失了所有沟通能力，除了静候死亡，别无办法，但它们的死亡来得太慢，远不及死去的同伴那般幸运。

布拉斯的飞船载着众人，巡视灾难现场，而它自己显然也备受折磨，因为每隔一段时间，他们就感到脚下的甲板掠过一阵痉挛。布拉斯双手背在身后，紧紧交握，脸上看不出任何表情。

杜尔格走到他身边。“战地指挥官的普查显示，我们还有九十艘战船，军队运输的飞船数量稍多。”

“没有飞船，我无法拿下伊卡赞。”布拉斯说，“但我必须拿下伊卡赞，因为我一定要抓住他！”

唾沫溅上杜尔格的脖子，他明智地没有伸手擦拭，心里十分清楚，布拉斯狂暴吼叫的时候，说什么也没用。他试着转移话题，说道：“坦德和萨昂想进行公开谈判——”

“拒绝，粉碎他们。”

“为什么，大人？基地的灾难并不是他们导致的，而且，心甘情愿的盟友比打倒的敌人要有用得多。”

布拉斯缓缓转过身，直直盯着杜尔格。“他们有飞船。”

“知道了，大人。”

“够不够征服伊卡赞？”

“应该不够。”

布拉斯重新把目光投向地狱般的灾后本营。“我必须要有一支空军，你去想办法。”

杜尔格躬躬身，退了下去。

艾尔娜的啼哭越来越弱，最后变成沙哑绝望的抽泣。漫长的一天里，杰伊和海丝忒的同伴与他们分开了，在路旁找到了愿意收留他们的农家，而他俩为了保险起见，坚持不投宿民居，于是当夜晚来临时，找了间废弃谷仓，决定在此过夜。

谷仓的阁楼屋顶又高又尖，里面还堆了好些夏日剩下来的干草。楼里的窸窣声不绝于耳，杰伊猜测应该是比自己先来的租户发出的，他希望是些塔基斯老鼠，千万别是什么蟑螂蜘蛛，不然也太恶心了。

艾尔娜握着胖乎乎的小拳头，放在唇边吸着，却什么也吸不到。海丝忒低头看看她。“明天我们一定要找人帮帮我们，给她找点吃的。”

“那样我们会有危险吗？”杰伊问。

海丝忒抚平厚重衣裙上的褶子，抚了好几次，然后抬头看着杰伊，紧张地说：“我有些事想跟你谈谈。”

“好的。”杰伊顿时也郑重起来。

“今天早上……从路旁钻出来时，我发现，我对失去瓦皮感到万分悲伤，对那些死去的可怜人，却没什么太大触动。我不知道这是为什么，但我不希望你因此讨厌我。”

“啊，亲爱的，你根本不用为这个担心，你只是太受打击了，也许这么说有点冷酷，但你根本不认识那些人，而瓦皮，是你的宠物、你的朋友。并且，自从你遇到我，就卷入了坏运气，你抛弃了所有，瓦皮是你与过去唯一的联系。”

“哦，杰伊。”海丝忒哭起来，“她会自己活得好好的，是吗？”

“会的、会的。”杰伊把她抱在怀里，轻轻拍着她，眼泪打湿了他的衬衫。

“我很累，杰伊，我很饿……而且，很害怕。”

“我也是。”

他俩静静地坐了好一会儿。透过阁楼高高的窗户，杰伊看见塔基斯的双月，从山丘的背后升起，如此陌生……哦不，现在海丝忒就在怀里，他一点也不觉得孤单，也不那么思乡了。他明白，自己一定不能再让海丝忒陷入险境，想到这，他伸出一根手指，托起海丝忒的下巴，看着她，说道：“海丝，亲爱的，我保证，一定把你和艾尔娜送回伊卡赞。”

海丝忒猛烈摇头，发辫散开的发丝扫过杰伊的脸。“不，扎博瑞伊斯会杀了她的。”

“好吧，那我把你送回去，让孩子跟着我。”

海丝忒举起手，又落回膝头，接着再举起来，颤抖的手指摸索着杰伊的唇。“不……我不会离开你。”

她的唇上带着泪水的咸味，而她的手抱住了杰伊的头，带着他一起倒向干草堆。她的衣服一件件散开，杰伊抱着她，终于彻底懂得了那句古老的婚礼誓词：以我全副身心，敬奉于卿。

此刻，整个世界，所有事情，都不重要了。

♥♦♣♠

第三十六章

“至少弄干一点，兄弟们。”一个清朗的男高音说道。杰伊猛地惊醒，赶紧捂住海丝忒的嘴，只听那个声音又说道：“除此之外，我对住宿条件没有任何意见。”

海丝忒也醒过来了，点点头，表示明白有未知的危险在靠近。艾尔娜扭了扭，小胳膊小腿在干草上蹬着。海丝忒把她抱起来，伸出一根手指让她含在嘴里，希望借此能让艾尔娜忘了哭闹。

但依然无济于事。只听那个男高音命令手下搜索谷仓，很快，阁楼边就冒出一颗头，杰伊正准备把他瞬移走，但突然停住了，来人的制服交织着褐色和绿色，表明他属于哲邦，而不是旺雅旺德。

“大人，这儿有家难民。”塔以基士兵喊道。

“瞧瞧他们。”男高音靠近了。

杰伊和海丝忒交换了一个眼神，耸耸肩，决定表示顺从。那名士兵一看到艾尔娜，顿时怜爱之心大盛，赶紧伸出援手，海丝忒接受了他的帮助，毕竟穿了两件长裙再抱个孩子下楼梯，实在很费力。

刚一爬下，杰伊就察觉到有人在打量他，目光兴致勃勃，同时也小心谨慎。“不打算对你的大人行礼吗?”那名灵主问道。

他的身材同大多数塔基斯人一样，较为矮小，头发呈琥珀色，绿色的双眼明亮有神，唇上留着一撇又细又长的山羊胡，配上狡黠的笑容，杰伊觉得，再长两只角，他就是出演小魔鬼的完美人选。

“对不起，我们是外地人。”杰伊答道，拍拍裤子上的干草。

贵族男子正在吸吮一枚生鸡蛋，即使杰伊对生鸡蛋毫无食欲，但肚子还是咕咕叫了起来。

“那你来得可真不是时候。”灵主说。

海丝忒也盯着鸡蛋，流露出与杰伊一模一样的渴望。哲邦的贵族男子从口袋里又掏出一只，弯了弯腰，递给海丝忒。

“女士。”

“谢谢。”海丝忒把艾尔娜放在膝头，用拇指指甲磕开鸡蛋，开始吮吸。杰伊发现，贵族男子注意到了艾尔娜的发色，自己和海丝忒都是棕发，傻瓜都能看出艾尔娜不是他俩的孩子，而且显然也不是个塔以基。但谢天谢地，他并没问起艾尔娜，而是问他们：“你们从哪里来?”

“伊卡赞。”杰伊答道。

“你的口音不像伊卡赞人。”

“我有严重的语言障碍。”

灵主坐到一垛干草上，说道：“好吧，现在你已经在哲邦宗族幸存力量的庇护之下了，据我所知，我可能要当瑞伊斯了。”

“祝贺你，升迁方式有点激烈，不是吗?”

“实际上，整场战争或许都是我的错。”

“您一定误会自己了，大人。”海丝忒说道。

“不不。”他灵巧地挥挥手，“我正在罗达厄商议联姻事宜时，布拉斯打过来了。没了新娘，于是我跑去了艾拉，这个时候布拉斯问他的助手‘戈旺·布兰特·西恩·泽克·索瓦在哪?’‘艾拉。’于是，他又进攻了艾拉！无奈我只得回家，或许我娶个本宗族新娘就好，该死的他又打来了!”说完，戈旺手下的人都笑了起来，他也报之以微笑，只不过有点强颜欢笑。

但杰伊还是很佩服他们，没几个塔基斯人是他佩服的，但眼前这一群的确有种乐天的特质，面对灾难依然保持笑颜，令人十分钦佩。

“大人，我想，您最好保持单身吧。”海丝忒说，他们笑得更欢了。

“那你现在怎么打算？”杰伊问。

“隐蔽躲藏，心怀希望，重蓄实力，静候时机。”

“有什么建议关于——”

戈旺举起手，杰伊突然停下，奇异的感觉袭来，像是有人在他的大脑涂了一层冰冰凉凉的果冻，他顿时明白，戈旺为他们竖起了灵盾，抵御精神探测。

“有用吗？”杰伊悄悄问道。

“或许没用。”戈旺答道，迅速做了个手势，手下众人立即摆出防守阵形，他自己则与杰伊、抱着艾尔娜的海丝忒一起，躲到了畜栏后，这时飞船落地的声音响起。

戈旺紧张地咬咬嘴唇，摇了摇头。“情况不妙，敌人太多。”他站起身，“看看如果我投降的话，他们会不会罢手。”

杰伊抓住他的手腕。“我不明白，你要为了你手下那群塔以基，自己去投降？”

戈旺垂着眼。“他们是我的人，我亲手挑选，亲手训练，他们都为我战斗。”

说完，他穿过宽阔的前门，走了出去，杰伊听到鬼鬼祟祟的脚步声在他身后响起，旺雅旺德的军队狡猾地包围了谷仓。然后，他们听到戈旺扬高了声音，说了些问候的话，跟着就是一阵窸窸窣窣的交谈，突然，激光枪尖锐的声音划破空气，戈旺的身体重重摔到门上。

哲邦的士兵静默了一瞬，紧接着杰伊左边几米远的那名男子朝墙外射了一枪，外面立即响起一声惨叫，很快激光枪光柱交织成网，连同投掷弹一起，几乎撕碎谷仓。哲邦的士兵左右支绌，奋力抵挡。杰伊跑到海丝忒和艾尔娜身旁，试图把她们藏到脏兮兮的地板下。

五名旺雅旺德士兵破门而入，其中两个卸下了哲邦士兵的武器，另外三个则被杰伊瞬移走了。又有十几名士兵冲进来，场面十分混乱，要瞄准他们太难了，于是杰伊干脆逮着谁就瞬移谁。一名哲邦士兵倒在杰伊眼前，脸烧得焦黑。现在，只要一伸手，杰伊就能抓过他的枪，枪上自动射击装置的杀伤力，远比杰伊自己动动手指强大得多。

但他僵硬地扭开了头，不去看那魔鬼般的诱惑。七个，八个，更多的士兵消失了，在人数远超己方的敌人进攻下，哲邦的士兵勉力支撑，枪声也变得稀稀拉拉。杰伊偷偷跟在一名士兵身后——

突然他停下了所有动作，一杆冰冷的枪管贴上他的脖子。

杰伊双手举过头，缓缓转过身。

“我们要举行一场派对?”缇西安不可置信地叫起来。

像是为自己稍作辩解似的，扎博说道：“我们赢得了一场小小的胜利。”他转过身面向她，双手轻轻地在背后交握，继续向后退去，“庆祝是传统。”

“布拉斯正率军攻打别的地方，趁这个时机袭击了他们的飞船本营，我不知道这也能算胜利。”

“你总是这么冥顽不灵，这起码能拖住布拉斯好几个星期，亲爱的，甚至几个月。就我们目前的艰难处境来说，这就是胜利。”

塔以基乐队站在水晶演奏台上，热情洋溢地演奏。今天是庆祝日，所有未怀孕的女子都走出拉拉娜，加入欢庆。父母带着孩子，跟情侣们一起，穿得像花枝招展的鸟，欢快地在冰上追逐嬉戏。细心体贴的绅士轻轻推动雪橇，雪橇载着妙龄少女穿梭滑行，犹如朵朵飞扬的鲜花，划过洁白的冰面。细细的雪花落下，给跳动欢闹的人群平添了几分朦胧，整幅画面美得如梦似幻。

缇西安对运动兴致缺缺，滑过冰层来到马克身边，他正被一群叽叽喳喳的小孩团团围住，跟他们一起堆雪人。缇西安滑到岸上，转个身，坐在雪堆里，脱下溜冰鞋，贴心的侍女吉娜赶紧跑过来，给她穿上毛皮靴。

马克丢下小孩，走过来和缇西安以及扎博一起，站在结冰的河边。“怎么了，医生?”他问道。

缇西安撇撇嘴，没有塔基斯人对扎博的荒谬表示震惊，真是幸运，她想，然后说道：“我的表兄决定庆祝一番，还要举行舞会，会有音乐和舞蹈，美食和漂亮衣服——”

马克忧虑地目光投向扎博。“死了这么多人，还要开舞会，似乎不怎么明智。”

“我们活下来了，我想这就值得庆祝。”扎博说，“我们的人民会更安心，而布拉斯，无疑会更气恼，再说了……”

“再说什么?”缇西安充满怀疑地催促他继续往下说，从吉娜手中接过靴子套上。

“我现在有理由，让人们都记住我。”

“‘网络’。”马克补充道。

“你真是尖锐，爬地人，日子一天天过去，贸易大师的要求越来越尖刻，我正打算邀请他加入我们。”

“你疯了。”缇西安说道，“我之前就这么认为，现在更加确信。八千年前，为把他们赶走，打了一场恶战，现在你又重新引狼入室?”

“只有一个，邀请他来跳舞。”

“你破坏了我们最根深蒂固的传统。”

“难道不像个和平节日吗?”扎博挑眉看着她，她立即觉得血涌上了脸颊，涨得通红，“缇西，我们已经破坏了很多传统、法律和规则，多一条又何妨?”

他们带走了海丝忒，留杰伊抱着艾尔娜在外等着。理论上，一个女人被迫与自己刚出生的婴儿分开，都会自愿招供更多信息的，但杰伊不知道他们为什么要多此一举，他们是读心者，只需像开瓶器那样打开他们的思想，一切就都知道了。也许，他们纯粹是故意折磨人。杰伊再次确定了，在这个古怪的星球，不存在强暴行为，他只希望，布拉斯在大规模屠杀的同时，千万别把这种地球概念也传播开去。

历经挣扎反抗后，他们又回到了邦城。艾尔娜似乎饿了，大声号哭起来，杰伊发现，那些看守和自己一样，对哭闹心烦意乱。有时，怀里的小地懒可爱得令人心颤，但有时……有个说法叫，自己孩子拉的屎不臭，可惜艾尔娜并不是杰伊的孩子。

杰伊打量着房间，想知道什么样的人会把它装饰得这么鲜艳，而自己留下的遗迹却是一地的血渍。

门打开了，一个清透的年轻男声喊道："杰伊·阿克罗伊德，真是太惊喜了，我早该想到，我的祖父在宴会上凭空消失，一定是你干的好事。"

布拉斯走进来，身后跟着杜尔格，他还是一贯的阴郁沉闷，身上挂满武器，活像棵末日灾难圣诞树。杰伊一口气憋在胸腔里，半呻吟半尖叫地喊了声，几乎下意识地想把艾尔娜藏到椅子下。他挤出个比哭还难看的笑，站起来。

布拉斯还是标志性的一身黑，只不过紧身衣换成了高档点的高领夹克，黑色高帮靴跟上嵌满钻石，夹克的衣袖和前胸的宝石更多，组成军人风格的带状图案，长长的发辫里也编进了大把钻石，垂落在肩头，脸上镶的钻石和黑玉闪闪发光，把他的眼神映衬得有如毒蛇的凝视。那一副运筹帷幄、志得意满的神情，实在让人不敢相信他还只有十六岁。

杰伊等着挨打，没想到迎来的却是一个热情洋溢的紧紧拥抱。"杰伊，亲爱的，我的老朋友，你怎么样？"

陡然听到英语，杰伊瞬间忘了害怕，也忘了自己目前的危险处境。“几句话可说不完。”

“你在邦城做什么？”

杰伊的大脑飞速运转，想起了那句古老格言：掺进足够真相，谎言就成真了。他忖道，布拉斯不是读心者，自己应该能骗过他，只希望不会有哪个读心者来检验他的说辞。

于是他开口说道：“我跟这位女士好上了，而她跟伊卡赞出了点问题，他们想阻止我再与她会面，可我……”说到这，他停下来耸了耸肩。

但布拉斯对海丝忒毫无兴趣。“还记得亚特兰大那个兴奋的夜晚吗？”

他坐到椅子上，像是陷入了对往事的追忆。但杰伊的表情就不怎么好看了，因为对他来说，那几乎是他度过的最可怕的夜晚。

“别这样，杰伊。”布拉斯说道，“那个夜晚，我学到了很多。我的祖父试图对我心理分析，说我的人生轨迹在那个晚上已经确定，从那时起，我就非常、非常感激你们。”他笑得迷人极了。“看看吧，从一个备受惊吓的青少年，变成星球统治者，这结果真不坏，不是吗？”

布拉斯突然从花枝招展的塔基斯人变成了“活力四射”的少年，杰伊只觉得心情像在坐过山车，不禁在心里紧紧抓住了安全杆。布拉斯站起身，围着杰伊转了几圈，目光投向婴儿，杰伊只得强压下不安。布拉斯从他怀中一把夺过艾尔娜，孩子哭得越来越响。

“多么漂亮，多么好看的小宝贝啊！”布拉斯探寻似的看着杰伊。

“她是海丝忒的宝宝，她的丈夫甩了她，然后在空袭里死了，这就是为什么她不想留在伊卡赞那个伤心地的原因。”杰伊连珠炮似的说着，觉得自己像个白痴。

“真的吗？”

杰伊忙不迭地点头。

“可我不这么想。”布拉斯把尖叫的孩子抱到肩头，“我们读取了你的海丝忒，所以我知道这是我的女儿。”

杰伊偷偷抬起手指，但布拉斯立即侵入了他的大脑。他的手停在了腰间，动弹不得。

“读他！”布拉斯给队长下令。杰伊立刻觉得，自己的头皮似被耙子耙开，两条意念触须在脑子里肆意搅动，不留一点思考空间。头痛得像要爆炸，终于，一切结束了，只留下失败内疚的苦涩，萦绕在心头。对孩子，还有远方的塔基扬，杰伊都觉得抱歉极了。

“杰伊，非常感谢你把女儿带给了我，就凭这点，你和你的女朋友都是我尊贵的客人。但我担心，你会把我的女儿瞬移走，所以，即使我非常痛苦，也不得不——”布拉斯微微笑了笑，耸耸肩，惋惜似的叹了口气，“毁了你的能力。”

布拉斯向队长吩咐了几句。杰伊拼命挣扎，额上渗出豆大的汗珠，但一切都是徒劳，他甚至觉得布拉斯就想看到他这样。不过折磨一个已经被囚的人，似乎没太大快感，只见布拉斯拧了拧眉，杰伊突然顺从地走到桌旁，把手掌摊开在石头桌面上。布拉斯伸出手，杜尔格递上一把刀，又长，又锋利，又邪恶。

也许布拉斯的确很喜欢杰伊——虽然杰伊自己并没看出来。刀重重砍下，右手食指应声而落，像被喷涌的血花冲下似的，还在桌上弹跳了好几下。杰伊惨叫起来。刀再次落下。

♥♦♣♠

第三十七章

从拉拉娜出来后，缇西安就抛弃了女性服装，不过除了她自己，没人注意到她的变化。可矛盾的心情不断拉扯着她，既恼怒又烦躁。现在穿回长裤和皮靴，却浑身不自在，就像刚到拉拉娜的那几周里，不得不努力适应各种饰品和裙子。

舞会前三天，她的套房迎来了络绎不绝的亲友，显然他们发现了她着装的改变。首先是马克随口问了句“你打算穿什么参加舞会?”，接着塔伊要求她穿上合适的服装，扎博甚至下了命令，缇西安当然是暴怒地拒绝，表示自己绝不屈从，而所有一切到了萝克莎拉娜这达到了顶峰——她干脆直接地用灵巧的双手缝了件礼服。

这是条非常美丽的长裙，层层叠叠的衬里，大大的曳地裙摆，斑斓绚丽的色彩，最惊艳的是，配套的还有条项链，一直深深垂到胸间，露出肩膀和大片脊背。

“哇哦，你看起来美极了，朋友。”马克赞叹不已，缇西安却瞪着全身镜里的自己直皱眉。

“连续几个月穿得像个土耳其人，现在谁都习惯了我穿女装。吉娜，把蕾丝围巾给我取来。”吉娜拿过围巾，缇西安把它围在肩头，遮住裸露的肩背。

“啊，别这样。”马克叫起来。

“闭嘴!”

门铃柔和地响起来，一名守卫看了看，然后打开门，萝克莎拉娜在两名贴身护卫的陪同下，走了进来，绕着缇西安挑剔地打量了一圈。

“很漂亮，但这个不行。”她一把摘下缇西安的胸花，再扯掉围巾。

“你在做什么？难道你认为看到我的胸，贸易大师就会神魂颠倒，从而忘了自己的目的？”

“不，我只是不想看到好好的漂亮裙子，被假正经给糟蹋了。”拉娜给缇西安精心梳起的发髻别上一枝花。

又一阵门铃响起，塔伊的头伸了进来。“我要去召集小商贩了。”他看着缇西安点点头，“很不错，搭配点珠宝就更好了。”

没等缇西安狠狠回敬他，塔伊就离开了。马克在一旁发出可疑的声音，似乎是拼命憋住的笑声。“你有什么高见吗？”缇西安问，语气甜蜜得令人毛骨悚然。

“啊，我得戴上手套，你知道的，那种很长很长的。”

门铃再度响起。“灵神啊！难道我这成了中央大厅吗？”缇西安忍无可忍，“是不是我还应该装上旋转门？”

扎博走进来，缇西安拎着裙摆转了一圈。“您还满意吗，大人？”

扎博吻了吻萝克莎拉娜的脸颊，对缇西安说道：“你跟往常一样美丽可爱，芬迪。”缇西安穿着这件金红交织的礼服，确实美艳惊人。扎博又看看马克。“还有你，看起来也很是……出众。”

这个评价也很中肯。马克穿着长长的浅蓝色燕尾服，鲜红的马甲一直垂到膝头，完美凸显他惊人的身高和瘦削，他的下身则是蓝色及膝短裤，猩红色长袜，以及绿色的及踝靴。

扎博清清喉咙，看向缇西安，突然紧张起来。见他如此，缇西安也不禁紧张了起来。

“几个星期前，我把你母亲的珠宝给了你，你拒绝了。”扎博从衣服内袋里掏出个扁平的长盒子，“我希望这一次你别再拒绝，这场舞会你应该打扮得体，像个伊卡赞的公主。”

缇西安死死盯着盒子，蓝色和橘黄的盒身上，有朵月光石雕成的花朵。汹涌的回忆涌来，压得她喘不过气，她似乎看见了小时候的自己，坐在母亲萨拉的膝上，沾满泥巴的鞋子弄脏了母亲的裙子，但她丝毫不在意，只是握着缇西安的小手，摩挲着那些漂亮的宝石，说它们是飞船之泪。现在缇西安早已明白，飞船不会流泪，而自己会。

她接过盒子打开它，戒指、耳环、项链、手镯，闪闪发光，令人目眩。她拈起一条缀着五条流苏的珍珠颈链，皱起眉。

“等等。”她唤道，扎博正欲离开，闻言停在了门口，“弄错了，这些不是她的。”

扎博没有回头。“没弄错，是你的，我特意命人为你定做的，戴上吧，为了我。”

缇西安跌回椅子，一句话也说不出，只是愣愣地盯着关上的门。

萝克莎拉娜从她木然的指尖拿过颈链，戴在她的项间。

“可还尽兴?”扎博问道，递给宝艇和缇西安一人一杯冰镇“茜拉玛[1]”。

缇西安接过饮料，表示了感谢。窗户雾蒙蒙的，她恍然觉得他们像是困在了挤满人群的房间。窗外的花园覆盖了厚厚的雪，她发现跟一个贸易大师交谈，真是身心俱疲，即使对方彬彬有礼，风趣迷人，她心底还是克制不住地冒出阵阵寒意，不断提醒着她，眼前的是他们的敌人。

“尽兴之至。”宝艇说道，“我正在对比上一任贸易大师的记忆和我自己的。”

“八千年的记忆了。”扎博尖锐地提醒他。

---

① silamum，茜拉玛，一种气泡水果冷饮。

“塔基斯变化大吗?”马克问。

“也大也不大。科技上来说，他们进步了很多。”宝艇看了会儿舞池中央的复杂舞蹈，接着说道，“但他们的家族牵绊更加古板，以前家庭之间的流动要频繁很多。他们依然是勇士文化，披着文明的外衣。”

“你的意思是，我们并不文明?”扎博问道。

“我只是说表面看来的确如此。”

“为什么?”缇西安问。

“你们的最高忠诚，靠个人之间的誓言维系，通常还是你们本氏族族人之间，这就是原始社会的最显著标志。”

“但非常适合我们。”扎博说。

“是吗?”贸易大师沉吟道，“你们从未真正尝试建立长期而广泛的盟约，进行探索，开发殖民项目。”一名塔以基仆人经过，宝艇把空杯子放到举着的空托盘上。“好了，我想现在该谈谈交易了。”

“你不会放弃，不是吗?”扎博说道，“那就没什么好谈的，我不会回去。”

“如果你没有履行对我的承诺，那你大肆吹嘘的塔基斯式荣誉就是个笑话。”

“实不相瞒，你还不够格接受我的誓言。”

马克突然打了个响指。“我终于明白了，你们提醒了我，我想到了意大利文艺复兴，沙特阿拉伯，还有日本武士道，这些事物的特征你们都有一点，但你们最像的，是意大利黑手党。”

扎博和贸易大师一头雾水，但缇西安面露微窘，因为她知道马克说的是对的。她笑起来。“哦，灵神啊，那我是什么? 黑手党公主?”

“还是火星黑手党公主。”马克补充道，也笑起来，“简直可以拍一部好莱坞大片了。”

“瑞伊斯，我并不想发动战争。”宝艇开口了，“但是——”

缇西安突然有了主意。“宝艇，当找到我表兄时，他在一艘将死的飞船里飘荡，生命补给正随着他的飞船‘地狱猫’流失，因此他不得不签订合约，这是强迫，不合情理，也不合法。”

“不，这不是强迫，强迫指的是，我用枪指着你，说你要是不签我就杀了你。他的悲惨处境并不是我造成的。”

“但当时情势的确于你有利?”缇西安问道。

“当然，这就是交易。”

“哦，美国的企业公司，比起你们来都显得仁慈了。”马克忧伤地摇摇头，“或许你们不知道这些。”

宝艇皱眉问道：“你从哪里来?”

“我，我是个地球人。”

“真有意思。”

贸易大师沉思起来，见状扎博说道：“我不想惹麻烦，现在我无力与你开战，这也不是什么秘密，所以你要怎样才会离开？金钱？珠宝？灵药?”

“你们的现金对我毫无用处，你们的珠宝、药品我们也可以合成。”宝艇沉吟道，“我需要一名飞行员。”

“我不能强迫我的子民为你服务，我可以给你一名塔以基。”

宝艇摇头。“我需要一名读心者。”

“艺术如何?”缇西安提议，“我们的艺术独一无二。”

“我比较喜欢个人服务或房产。”

“那你注定要失望了。”扎博说道，挽住缇西安的胳膊，带着她离开了。他们沉默地走了好一会儿，扎博说道：“表妹，谢谢你为我说话，我有点惊讶，但还是谢谢你。”

“但很抱歉没起到作用，他们真是一群最可怕的野蛮人。”

扎博专注地凝视着缇西安，目光似有重压。紧张之下，缇西安赶紧转移话题：“你知道，除了你的篡权，这间屋子是我最耻辱的回忆之一。”

“又想感谢我?”

“那是自然。”

“跟六十年前一样吗?”扎博问。

“差不多。”

“好吧，让我看看可以补偿你点什么。”扎博弯了弯腰，消失在人群里。缇西安倚在墙上，注视着跳舞的人群，这时马克终于找到了她。

“我发现，裙子发出的声音带给了我感官愉悦。”缇西安摇摇头，“它唤起了我童年对母亲的记忆，我能记得的，只有她的香味，还有华丽衣裙的细碎声响。”

“真是浪漫美好的画面，医生……也许我不该说，但扎博好像，真的——”

“我知道，而且我发现，我现在的意念信号，都充满了少女的忧伤。”她抬起头看着马克，“马克，我需要个理疗师，我正在失去我的灵魂，失去自我。”她寻求安慰似的紧紧环住自己。

熟悉的音乐响起，她从自怜自伤里回到现实，很快反应过来这是什么旋律。翠艾瓦和潘达莎拉如同两只俯冲的鹦鹉，急急奔到她身边，一边一个，架着她来到宴会厅中央……

“去吧。”潘达莎拉说。

“他在等你。”翠艾瓦说。

“你会不相信自己眼睛的。”潘达莎拉低声说。

“他做了什么?”其余几个异口同声地问道。

缇西安心中警铃大作，率先跑在前头。扎博确实已经候在那了，见她到来，灰色的眸中掠过一丝兴味，掏出一双水晶高跟鞋。他敲敲鞋跟，顿时空中溢满甜蜜的音乐。缇西安连连后退，踩到了裙摆，一个趔趄，倒在身下堆叠的衣裙上。

扎博俯身看她，面露微笑。“缇西，你又像个小傻瓜了。”

“不！”缇西安奋力推开他，“哦，别这样！”

“看这次，你能不能跳完整支‘水晶之花’，不出一点洋相。”说着，扎博脱下了她的舞鞋。

“你在摆弄我的鞋子，打乱了音乐。”

扎博握拢水晶鞋的鞋跟，奏出一串渐高的旋律。“这次没打乱了。”他把鞋套上缇西安的脚。

“我已经忘了这支舞。”缇西安看着他，两双灰色的眼睛紧盯着彼此，“而且，我不知道女子部分的怎么跳。”

扎博给她穿上另一只鞋，扶着她站起来。“交给我就好，我会领着你跳的。”

潘达莎拉和茜尔卡一人一边，把她的裙子提高，便于行走。

“你们今晚看别人跳舞，看得够久了。”茜尔卡说。

“自己也该尽尽兴。”潘达莎拉加了一句。

她俩轻轻推了推缇西安，把她推向扎博。鞋跟敲击在镶木地板上，仅仅只是行走，奏出的旋律也十分优美动听。缇西安的心紧张得似乎缩成了一团。

塔基斯的所有舞蹈都十分艰深，舞步极其复杂，但比起“水晶之花”来，都不值一提，因为这支舞曲从头到尾都没有伴奏的管弦乐，全靠舞者舞动的鞋跟奏响。

男舞者的鞋跟在地板上敲击出一个音符，水晶鞋尖再敲出另一个，而女舞者的高跟则需敲出五个渐次拔高的音符，与之相和。舞者之间心意相通，配合天衣无缝，舞步与旋律完美结合，方能成功跳完整支舞蹈。

扎博和缇西安候在舞池一旁，等待音乐回到开头。缇西安紧张不已，不停地回想舞步旋律的方位。

“别紧张，你是个很出色的音乐家，只需用耳朵听就好了。”扎博安慰她。

“还得用脚。”缇西安焦虑地答道。扎博牵着她，走到舞池中央。

起初，音乐的旋律节奏成了她最大的担忧，渐渐地，她的舞步越来越明快，越来越精确。在一次复杂的侧身中，扎博弯下腰，轻轻吻了吻她的手腕，她飞快地闭上眼，踩错了一个节拍，漏跳了一步。

“啊，糟糕！”

“没什么，就一个拍子。”

“整支舞就乱了。”缇西安悻悻地说。

“水晶之花”起源于乡村的民间舞，历史学家推测，它原本是一支属于春天的舞蹈，用来庆祝生命复苏，万物欣欣向荣，庆祝花花草草、男男女女，都充满旺盛蓬勃的生命力。在乡间，它的隐喻就是交欢，一代代的扎尔玛伊尔戈对它进行了改良，但依然保留了原始的狂野奔放。缇西安还是个年轻男子时，非常喜爱这支舞，因为用来试探女伴的意愿兴趣，它实在再精准不过了。

指尖轻触，手腕紧贴，耳鬓厮磨，唇角相依，扎博身上的麝香和男子气息笼罩了她，渐渐地，她自己都没意识到，注意力已从音乐舞蹈上移开，转而从学术角度在心里分析：男子如果比女子高的话，的确低下头就能一亲芳泽。她的思绪一直围着自己的小发现转悠，汹涌强烈的渴望冲刷着全身，无论情感还是身体，都渴望得到一个亲吻。

我应该停下不跳了，现在就离开，这该死的荷尔蒙！

音乐不停地响起，他们不停地舞动。扎博棱角分明的白皙脸庞近在咫尺，缇西安突然发现，他上唇的皮肤比脸上其他部位的更白。*灵神啊！他真的剃了胡须！*扎博的手紧紧握着她，现在到了最后一段，每一次擦身，他的嘴唇都轻轻掠过她的樱唇。最后，他的亲吻终于来了，哦，这是个尖锐直接的试探，直白地检测女人究竟对男子有没有兴趣，检测……

扎博抓着她，而她自己似乎也没有要逃走的念头。扎博把她紧紧拥在怀里，低头吻住了她。一个长长的深吻，一直延续到最后一个节拍。音乐戛然而止，扎博微微直起身，汗水小溪般淌下，打湿了凌乱的鬓角，星星点点地缀在前额，把几缕浅金色的发丝沾在狭长的脸上，而他灰色的眼里闪动着某种神色，那是……

难怪女人总想从我们身边逃走。现在他那双眼里的饥渴，好似择人而噬的兽。

缇西安开始后退，扎博伸出手拦住她，她一把推开，逃离了舞池，鞋跟在地板上敲出狂乱的音符，议论风暴般在人群中响起。她又搞砸了，又一次在家族舞会上闹出个“经典”场面。

腰侧针扎似的微微一疼，她终于喘着气停下脚步。身后的脚步声越来越近，她的心提到了嗓子眼——是来救她的吗？来人个子很高，但还不够高，金发耀眼，但并不是她期待的金色，有什么在逼近，不是安全，是危险。正向她走来的，不是马克，是扎博。

缇西安再一次靠在了墙上。扎博双手插进孔雀尾羽般的衣服口袋，靠在走廊的另一面墙上。他俩隔着三英尺的距离，凝望着彼此。

“难道你不认为，我们应该……做点什么吗？”

缇西安立即摇头，惊惧不已。扎博狂躁地把手插进头发，喊道：“灵神啊！你真是要把我折磨疯了！”

“这太疯狂了，你恨我！”

“不，我只是不希望你挡住我的路，但现在我们之间的障碍已经消除了！”

“什么障碍？阻挡你凌辱我的障碍？你向来都擅长这个，谢谢你，你已经凌辱我很久了！”

扎博紧紧抓住她的肩，吼道：“你的话太多了，缇西，你总是这么多话！”

缇西安抬眼看着他，眼里的惊惧震撼了扎博，他慢慢地松开手，抱着胳膊，重新靠在对面的墙上。

“对不起，我吓坏你了，抱歉。”

过了很久，他们只是注视着彼此，谁也没出声。

“我怎么可能做到与你共眠？怎么可能？你根本想象不到，我受的伤有多深，连我自己都不明白。”缇西安喃喃道。

“让我来治愈你吧。”

缇西安爆发出难以置信的大笑。“治愈我？性意味着信任，也意味着脆弱，甚至有点像死亡。而我，怎么敢信任你？”

扎博的嘴角弯起微笑，但怎么也掩盖不了眼底深切的绝望。“那就把它看成一种升华吧，我会利用这种折磨，把你驱逐出我的脑海。”

缇西安细细地打量着扎博，迟疑地笑了。“这有用吗？”

“只有先祖知道了。”

“你是个优秀的情人吗？”

“最优秀的那种。”

“所有男人都这么说。”缇西安哂道，“我自己以前就说过。”

她蹬蹬身后的墙，往前走去，径直走到扎博跟前。眼对眼，鼻贴鼻，气息缠绕，呼吸相闻。她伸出手，拈起他的下巴，拉下他的脸庞，吻了上去，然后又回到墙边，靠墙站着。晚礼服上没有口袋，她把手埋进褶皱里，凝视着扎博。读心者之间可以分享很多话，但此刻，他们都保持了沉默。

“好吧。”缇西安开口道，“那请证明这一点。”

他们纠缠了一个小时。摸索，亲吻，抚触，缇西安紧张又笨拙，扎博的前戏堪称完美，可依然徒劳，每一次他尝试进入她时，恐惧就会卷土重来。缇西安躺在扎博的床上，泪水混着汗液，流进散乱的鬓发。扎博温柔地擦拭着，问道：“缇西，还记得你第一个玩物吗？”

缇西安从心底的痛苦中惊醒，她撑起身子，看着盘腿坐在床尾的扎博。“记得，萝克莎拉娜挑选的，父亲还面试了她。”

“你从她那里学会了该怎么做?”

“是的。”

“你那时多大?”

“十四。”

“她教了你些什么?”

“大概有一千种姿势吧。”

“不是这个，你的玩物，教你的第一课，也是最重要的一课，是什么?”

“性是一种精神境界。”缇西安缓缓答道。

“没错，你在布拉斯手中遭受的，不是性，是暴力。”扎博在她身旁躺下。他的肌肤凉意沁人，轻轻贴着她。他抓起她的手，放在自己的下身上。“现在，你是在跟我做爱，怎么做会让男性缇西安喜欢，你就怎么对我吧。在你开口之前，我不会碰你，现在，你不是无权无势，在这张床上，缇西，我一切听你安排。”

缇西安犹疑地伸出手，开始探索他的身体。扎博无助地躺在她身下，任她摆布。她跪坐在他张开的双腿间，居高临下地俯视他，主导权在握的快感渐渐蔓延了全身，她喜欢这种感觉。很快，在她精心温柔的触摸下，扎博的热情越来越高涨，自己这具“借”来的女性躯体也立即感受到了他的兴奋。

嘴唇突然发干，缇西安开口说道:“现在，扎博，抚摸我吧。”

扎博伸出修长的食指，点了点自己的太阳穴，又点了点缇西安。“首先，碰碰我这里吧，缇西。”

情感上缇西安本能地想退缩，但身体纹丝未动。读心者之间的缠绵，是彻底的分享，在地球上的五十年，塔基扬一直是单方面输出，现在与扎博，终于有了灵肉的彻底交融。她向他敞开了自己的思想，也读到了他的，他的思想里没有一丝暴力，只有满满的鼓励和快乐。有一瞬，扎博把自己下体的感觉传过来，让她感受到自己的愉悦，接着，他开始温柔地抚摸她，轻轻夹住她的乳尖。快感袭来，她立即也把自己的感受分享给了他。

在感官带来的极致欢愉里，恐惧烟消云散。等她享受了所有美好后，他才放纵自己尽情释放。等他的低吼渐渐淡去，缇西安这才开心地笑起来。

“怎么了?”扎博抚着她的胸脯，呢喃道。

“感觉……很奇妙，灵神啊!”她在扎博身下扭动，钻出来走进浴室。

回来的时候，扎博盖在被子下，掀起了被子一角。缇西安钻进去，蜷在他的身旁。

“怎么了？你想要什么？怎么又露出那种表情了?”扎博关切道。

“再来一遍吧。”

过了很久很久，她听到扎博问道：“感觉怎么样?”

缇西安双手枕在脑后，指尖轻轻抚过床头的雕花。房里馥郁袭人，“辛纳拉香木①”燃烧散出的芬芳与欢爱的味道相互交织。她调皮地看了扎博一眼。

“想知道我的感觉？男人真正的意图永远就只有这个。”

扎博把枕头在背后垫高，有些出神，然后盯着躺在身侧的缇西安说道：“你真是最恼人的塔基斯人。”

缇西安翻过身，手肘撑住身体，甩了甩头发，偏头看了看床头柜。“你什么时候点了‘斯柏加②’?”

扎博伸向床边，随着一阵嘎吱嘎吱的冰块撞击声，他取过一瓶气泡酒。“点了好一会儿了。”

“我那时应该正在睡觉。”

---

① cinara wood，辛纳拉香木，一种香料木，气味类似檀香与蜂蜜的混合。

② spetza，斯柏加，一种气泡甜酒。

“必须承认……我把你累坏了。”

缇西安看着他，接过酒杯。

“感觉如何？你是唯一一个有两种体验的人。”

“‘洛美瑞忒[①]’呢？”

“他们是自欺欺人，依靠外科手术和激素疗法罢了。而你，你是个真正的女人。”

缇西安向上托了托自己的胸说道：“这里是。”又指了指太阳穴，“这里不是。当然，多个器官比一个器官更有说服力，我发现作为一名女人，生活更为艰难。那些悲观、脆弱让我害怕，不过这或许只是我刚成为女人时的感受。”她停下来，抿了一口甜甜的气泡酒。

“我想，从生物学角度来说，性别的影响比我们以为的还要更大。男人只需贡献五分钟，女人却要在拉拉娜里待上十四年，直到孩子长大成人离开。这些大部分你都能理解，这是读心者的优势。”

“我进行一场性爱，是出于自己的虚荣心。就像看着镜子似的，我通过女伴的愉悦反应，知道了自己表现多么出色。”

扎博毫不掩饰的坦率，令缇西安吃了一惊，她开始带着新的敬意，重新打量起他来，同时心里还有点愧疚。

“你是对的，我此前从未想过，但你完全说对了，我以前也是这样。灵神啊，我们男人真是傻气到家了。”她往扎博身边窝近了点儿，扎博伸出手环住她的肩头，说道：“你会是一个绝佳的情人，你很清楚男人喜欢什么，并能运用这些取悦你的伴侣。”

“会是？”

“你的感觉是对的，只是目前还有点保守。”

“强暴留下的阴影实在太大。”缇西安干巴巴地说。

“我认为，技巧上的处子要重要得多。”

---

① lawmerates，洛美瑞忒，指变性的塔基斯男性或女性。

“你对贞操的看法倒是挺新颖。”

扎博似乎来了劲，越说越兴奋。“事实上，你比所有的处子还要更像个处子，你没有自己的性体验，你是在这里，在我的床上，我的怀里体验到这些的。你此前从未体验过任何男人——”

“只体验过几百个女人。”缇西安打断他，又生气又好笑。

音乐响起，扎博坐起身，身体掠过一阵颤抖。缇西安知道他接收到了某个意念召唤，这时塔伊走进门，缇西安突然害羞起来，拉过被子一直盖到了下巴。

“瑞伊斯，请原谅我的唐突，但我们收到了布拉斯发来的秘密加急信息。”塔伊平素的镇定自若此刻轰然崩落，他看了看缇西安，“我想，你最好……也听听。”

♥♦♣♠

第三十八章

扎博按下全息台的键盘，布拉斯的影像出现在众人眼前。只见他坐在旺雅旺德的接见室，膝头躺着一个婴儿，王座下方坐着杰伊和海丝忒，他们眼神空茫，神情迟钝，显然正遭受着严酷的精神控制。

马克一见之下，只觉头脑有如重击，过了好一会儿，才反应过来自己看到听到了什么。杰伊那双拥有强大能力的双手铐在腿上，砍断的手指好似残留的树桩，粗糙的伤口仿若一张张尖叫的小嘴。

“想要回她吗，祖父？过来接她吧，我给你三天时间，否则她就会死，我会把她切成一片片、一块块，再送给你。”

话语清晰无比，一字字传入马克耳中。马克抓着缇西安的肩，双手钳子般攥得铁紧，自己也不知道，究竟是想搀扶她，还是想依靠她来支撑自己的身体。

影像闪烁几下后，消失了。“你还想再听一遍吗？”塔伊问。

扎博摇摇头。“不用了，我们已经知道了最重要的信息。”

缇西安小心翼翼地站起身，似乎稍有不慎，她脆弱不堪的自持就会土崩瓦解，掉落一地。马克忠心耿耿地跟在她身后。

“你不能去那里！”扎博大叫起来。

“你说对了，我不会去的。”

马克似乎终于清醒过来，明白了当前的情势，劝诫道：“医生，艾尔娜——”

“我失去了她！即使我去了，布拉斯也不会让她跟我见面！”

马克想到斯普劳特被福利院的人拖走时的情景，想到关着她的那座灰蒙蒙的监狱，但他还是救出了她，即使牺牲了一个女人的生命。缇西安看着他一脸难以置信的愤怒，迅速委顿下去。

“那要是他杀了她怎么办？”马克问。

“他不会立即动手的。”扎博耸耸肩，“再说，失去个婴儿没什么，你可以造出更多。”

缇西安点点头。“表兄，你的话很伤人，但的确是事实，现在我可以告退休息了吗？”扎博挥挥手表示同意，于是她和马克一起离开了。

一回到自己的卧室，缇西安就立即取出了朱比给她的意念屏蔽锁，抬起头看着马克。马克恍然觉得，自己在她脸上同时看到了希腊神话里亲手杀子的美狄亚，蛇发女妖美杜莎，以及威尔士神话里掌管重生的女神凯丽德温。她紧紧抓住马克，压低的声音里透着压抑不住的狂热。“我们今晚就动身，我想‘行者’一定能帮上忙。”

“假装向布拉斯投降？”

“对。”

“没那么简单。”

“但还是要尽力一试。”

马克双手捂住嘴，喊道：“太可怕了，可怜的杰伊。”

“稍等一会儿。”杰伊喃喃道。

他们被押送着丢进了一间豪华套房，门在身后锁上了。杰伊努力挪到墙边，背靠着墙，滑坐到地上。眼前飞舞的黑点渐渐褪去，但他十分清楚，黑点很快又会卷土重来。他努力回忆着，试图想起上一次睡过去的情景。

海丝忒站在身旁看着他，心不在焉地拍着艾尔娜裹着襁褓的小屁股，孩子正在大哭。又发生了什么吗？杰伊想，因为海丝忒看起来似乎要哭了。

“该死，我的手伤得这么严重。”杰伊说道，心底有些难堪，自己的声音如此粗哑。

急促的脚步声响起，杰伊笨拙地在地上摸索，黑点又开始在眼前肆虐。门锁转动了两下，塔基扬——哦不——凯丽走了进来。

“我是凯丽·詹金斯，这是我的房间，你们可以跟我待在一起，但必须保证不会试图逃跑，否则门就会重新锁上。”他转身看着海丝忒，“我能看看我的孩子吗？”

海丝忒询问似的看了看杰伊，杰伊耸耸肩。“让他看吧，反正也跳不了舞。”

凯丽接过艾尔娜，完好的左手托着她金红色的小脑袋，右手的义肢则托在她的身下。他长长的红发垂下，围住了婴儿，奇迹般的，艾尔娜停止了哭泣。

“意念沟通。”海丝忒看着杰伊大惑不解的眼神，解释道。

“作用不会太久。”凯丽说，“我告诉她我是‘母亲’，但她知道我不是塔基扬。”他突然冷峻地笑了。“你们有没有听过意念甜果？我给她的就是。”

那名旺雅旺德的叛徒进来时，正是傍晚，扎博正与一名玩物肆意寻欢。

“她走了。”

扎博推开女孩，皱眉道：“你在胡说什么。”

拜塔姆抓住他急切地摇了摇。“她带走了一匹‘勒尔[1]’，从陆路走的，但风暴很快就要来了。”他的每个字都咬得无比重，好像老师在向一名愚钝不堪的学生费力解释。

---

① l’lail，勒尔，一种用于骑行的动物。

“她真混蛋！她答应过我的，这是要逼疯我吗？我真应该像杀只小狗崽那样杀了他！”扎博大吼，话语支离破碎，语调尖锐高亢，试图控制自己狂乱的心绪。

“那你为什么要和一个替身做爱呢？”拜塔姆问，指着一旁吓坏了的拉布。扎博看看他，又看看玩物女孩，她长长的头发精心染成了白金色，像极了女性缇西安的模样。

“先祖诅咒你。”

扎博骑在“舒俱克斯[1]”上，风雪狂暴地击打着他的脸，他只能勉强看清身下坐骑的翅膀尖。舒俱克斯是雪山猛禽，可以循体温追踪猎物。扎博与自己护卫的意念交织成网，紧密相连。他在努力利用自己的天赋，搜寻熟悉又狂躁的意念信号，但总是受到阻碍——她在躲避他，并且竖起了自己的灵盾。现在，他俩就像两个躲猫猫的小孩，从指缝里偷偷窥视彼此。

可她却紧紧吸引着他，犹如磁石吸引着铁屑。这意味着什么？很可能什么也没有，他心中充满的，只有强烈的想杀了她的渴望。灵神啊，天气太冷了，杀个人或许能暖和点。

终于，舒俱克斯感知到了她的体温，开始收拢双翅，准备来个致命的俯冲。它的尖喙张开，翅尖的利爪也已探出……但扎博看着他们，杀戮的念头突然消散，舒俱克斯感受到了他的动摇，不情不愿地收起了自己嗜血的欲望。

勒尔却不知道扎博改变了主意。他们都听到了舒俱克斯翅膀扇动的声音，犹如夺命的惊雷，通常猎物只有机会听到一声。勒尔开始疯狂地闪躲狂奔，缇西安不得不像根芒刺，紧紧搂住它那长长的弯脖子，而马克·梅多斯早已被甩到地上，正努力试图从雪地上站起来。

---

① shujukis，舒俱克斯，一种大型高山猛禽，常被驯服用以载人。

舒俱克斯在暴雪中落下，巨大的翅膀带出猛烈的气流，积雪纷纷从蓝针似的树枝上掉下。一落到地上，这些猛禽就变得笨拙可笑，庞大的身躯臃肿不堪，只靠翅端小得可怜的爪子来支撑身体。

扎博从风雪中走来，梅多斯正准备吞下药粉，却被一把抓住，橘黄色的药粉洒在雪地里，犹如点点血迹。他顿时僵住了，明白当着这么多精神控制者，反抗都是徒劳。

缇西安还在自己惊恐不已的坐骑上挣扎，扎博一把抓住勒尔的耳朵，可怜的动物就一动不敢动了。他看着缇西安，她总算还知道穿上适合翻山越岭的衣服，套上长裤、高帮靴和皮大衣，给绑在勒尔背上的包裹里塞进自热帐篷。她的牙齿不停地打颤，不知是因为寒冷，还是出于恐惧，扎博希望是后者，但这个念头让他既高兴又低落。矛盾的心情逐渐平复，转为安宁和感激——幸好找到她了。很快，他心底又涌上想狠狠掐死她的冲动。

“你为什么总要折磨我？我不让你去，难道你不知道为什么吗？”扎博吼道，可自己知道这并不是真实想法，真正想问的，怎么也说不出口。

“拜托了。”缇西安张了张嘴，但很快闭紧了嘴巴，明白说什么都没用。

扎博转向马克・梅多斯。“她有护卫，有朋友，根本不需要以身犯险，干些愚蠢的傻事！”

“朋友彼此爱护，互相帮助，如果有第二次，我还是会毫不犹豫这么做的。”马克说道，语调里的郑重，给他平添了几分高贵。

“你们希望得到什么结果？旺雅旺德远在半个世界之外，而且途中到处都是军队，你们冒着暴风雪，骑在勒尔的背上，能做些什么?!”

缇西安答道：“我知道灵能情报局会盯着每个站台，我们只需穿过瑟安尼斯，到玛兹塔里克就好办了，那里有一班列车。”

“你以为布拉斯的情报人员不会通知他？你带着个巨人似的傻高个，沿途不会有人注意到你们？”

缇西安只是耸耸肩，扎博现在觉得脚指头都冻得失去了知觉。

“赫利，带着我的舒俱克斯，还有这个爬地人一起回去。我将和缇西安公主一起，骑着勒尔在黎明时分回去。”

“大人，你俩都留在山上……宗族——”

“形势就更好了，因为我俩都冻成了冰柱。”扎博打断他，接着说道，“我的命令已下，你们动身吧。”

扎博目前至少庆幸一件事，跟聒噪的杰伊不同，马克知道抗争无望时，就会服从，他最后看了缇西安一眼，见她点了点头，这才小心翼翼地爬上舒俱克斯。猛禽排成一列，摇摇晃晃地走到空地上，活像一群挂在升降机上的肥胖老人。紧接着，它们一只接一只地起飞了，翅膀扇出巨大的气流，托举着它们轻而易举地飞上天空。

扎博取下自热帐篷，按了按上面的键盘，帐篷打开了，伸出固定锚钉钉在地上，开始散发热量。接着他绑住勒尔的腿，再把包裹背在肩头，缇西安只静静地注视着这一切。

“我希望你准备了食物，我没多少时间浪费在晚餐上。”说着，扎博拉下帐篷顶，帐篷门往后翻卷着打开，他弯腰钻了进去，但缇西安还是一动不动。

“你为什么这么做？”

扎博叹口气，直起身。“在风雪交加的山上，我实在想不到更隐秘的地方可以商量事情了。”

“什么事需要这么隐秘？”

扎博做了个邀请的手势。“进来就知道了，首先，我不想继续待在风雪里，等着我的蛋蛋冻成铁蛋。”

“我现在也好不了多少。”

“那就进来，别待在外面！”

扎博为他俩做了晚餐，真是太棒了，因为缇西安的厨艺实在叫人不敢恭维，更别指望她能做一顿野餐了。她忙着铺好床铺，然后揉着膝盖，看着扎博搅拌“辛诺汤[①]”。

“你为什么留下来？”缇西安问道，“没有侍卫，没有朋友，还离开了宗族？”

扎博尝了口汤，却被烫到，他嘶了声，继续搅拌。“我要找个机会，避开他们那些爱打听的意念，跟你好好谈谈。”

“听起来不是什么好事。”

扎博舀了碗汤，递给缇西安，她小口地啜饮，说道：“唔，真好喝，谢谢，你又多了项长处。”

“我有很多长处——”

“但除了这个，我能想到的，只有打仗和谋算。”缇西安干巴巴地说道。

“你这张嘴真是刻薄，要是幽灵炮能像你这样，会威力倍增的。”

“为什么男人面对女人的羞辱，反应总这么激烈？”

扎博把碗放到一旁，手脚并用爬到缇西安身旁。“或许是因为，男女每一次言语交锋，都只是性爱的可怜替代品。”说完，他吻向缇西安。

“不要。”

“为什么不？我技巧高超，还是你害怕了，担心自己开始喜欢这种感觉？”

“你做梦。”

扎博的手抚过她胸前的衣服，她的乳尖迅速有了反应。“你在紧张，你掩盖不了的。”扎博呢喃道，吻着她的头发。

---

① sinau soup，辛诺汤，一种豆类熬制的汤，具有浓烈柑橘香味。

缇西安推开他。“扎博，去找个‘玩物’吧。”

“但我有个更好的建议，嫁给我。”

“这是冬季综合征……发疯，我早该料到的。你刚才说什么？”

“我的办法再好不过了，我们两支血脉争夺了三代，现在我掌握了宗族，而你想夺回它，嫁给我，我们一起分享，争夺也终止了。”

“首先，你犯了最基本的错误，我并不想要宗族掌控权，其次，我已经不再是个塔基斯人了，我是个泥地爬虫，爬地人，还是个混种，你要跟我一起养育后代吗？”

“你自己也说了，时代在改变，我们将在我们宗族开个先例。”

“那你去娶个塔以基吧，也好过娶一个外星人，我现在都没有自己的族系，对我们的孩子，对伊卡赞，都毫无优势，仅仅只是个读心者……我们所有的孩子都会被测试，然后发现基因不足，再被阉割掉。”

“那布拉斯呢？他就是地球人与塔基斯人混血的产物，看看他的能力吧，说不定我们也可以这么幸运。”

“再造一个布拉斯？多么可爱的想法。”

“你说了这么多，但有一件事你并未提及。”扎博说道。

“什么？”缇西安问。

“你没有说‘不’。”

“我说的每件事，都是在说‘不’。”

“不，你说的每件事，都是在说我不能娶你的理由，但我根本不在乎。”扎博猛地站起来，头撞上了帐篷，他又猛地坐下来，“我爱你。”

他冲过来紧紧抱住她，剧烈的情绪甚至擦伤了她的意念。他说的都是事实，想到这点她害怕起来，赶紧关上了自己的灵盾。她想起了布莱思，想起了科迪，男性的思想和女性的躯体激烈交战，把她撕成两半。她陷入了彻底的迷乱，在汹涌的感情旋涡里，沉沦。

他，或者她，爱过，也被爱过，但从未与一名读心者相爱过。这不是肉体与肉体碰撞摩擦，而是灵魂与灵魂的震颤共鸣，他们的思想犹如两张砂纸，狠狠地摩擦彼此，甚至有些痛楚，但这样彻底的、毫无间隙的亲密，是任何一个地球人，也是任何一个塔以基，永远都无法感受到的。

她的泪水潸然而下。“如果你爱我，就应该帮我重回自己的身体，而不要因此责怪我……”她的声音越来越低，哽在喉咙里，再也说不出来。

“不，如果你变回去了，我就失去了所有。”

缇西安转过脸，看向别处。他的需求伤害了她，迷惘困惑在身体里横冲直撞，她撤下灵盾，扎博迅速读出了她的心情，紧紧地抓着她的肩，但说出的话再度给了她一个沉重的打击。“你没看出来吗？现在这样才是对的。连续七个女孩，没有儿子，也没人希望有。我以为万无一失，但你出生了。你还是个孩子时，我很喜欢你，但你的性别让我痛恨。现在一切完美，我可以拥有你，照顾你。”

“这不是爱，是占有。”缇西安把头发拨到身后，“你知道爱的最佳定义是什么吗？”她轻柔地引用了一句格言：“‘爱是把对方的幸福看得跟自己一样重要。’我跟你一起不会幸福的，扎博，而且我知道你最终也不会，我们都知道这是欺骗。”

扎博只是盯着她，过了好一会儿，他站起身，穿上厚厚的皮大衣。“保险起见，我会把两头勒尔都带走，然后派人来护送你。”他碰了碰帐篷，帐篷门再次翻卷着打开，风雪迅速冲进来，“而且，我的护卫对我，恐怕已经不再仅仅出于信誉，而是发自内心的效忠。”

缇西安垂下头。“我不会再试图逃跑了。”

“你之前也这么说。”扎博犹疑道，“短短时间……不可能，变化这么大。”

他的情感知觉洪水般淹没了她。汗湿缠绕的四肢，柔婉舞动的唇舌。这些感官记忆就发生在几天前，现在他通通从脑海里引出来，传送给了她。然后他走了，缇西安一个人坐在渐渐融化的雪地里，痛哭失声。

“难道我没教过你吗?”

但布拉斯一脸乖戾，就像个阴鸷的叛逆男孩，杜尔格真想抓过他的脸，就近砸在墙上。“也许那些议论都是真的，你疯了。”

两名女子在镶了金砖的浴缸里戏水，池子里的水一直盖到了下巴。她们一个是丰腴的塔以基美人，另一个是端庄的“至纯者”美人，都是布拉斯的妻子。这也是布拉斯在社会改造计划中，打破的习俗传统之一。宗族的凶难预言家都说，一旦扎尔玛伊尔戈与人混种，他们的历史也就到头了。但现在看来，这点小小的怪念，比起布拉斯最近的怪异举措来，简直微不足道。

“滚出去!”布拉斯咬牙切齿地喊道。

两名女子慌忙地爬起来跑开了，在镶嵌瓷砖上留下两串湿湿的脚印。杜尔格盯着塔以基女子颤动不休的浑圆臀部，因为要是看那位灵主女士的话，会被她的父亲、兄弟和叔舅狠狠教训一番，极有可能是毒打一顿。

布拉斯从五英尺高的浴缸里站起来，甩了甩头，四散的水珠打湿了杜尔格的制服。他抬起胳膊，杜尔格赶紧用浴巾裹住他。现在他恢复了冷静自持，脸上看不出丝毫波动，但杜尔格看到他这副模样，只觉得胃部紧缩得发疼，说害怕似乎不确切，更多的是警觉。

布拉斯还是不发一言，慢慢踱回了卧室。杜尔格觉得脸上有些挂不住，原本坚守的立场似乎也削弱了，但他还是打破了沉默。

“您对小王子的所作所为，实在太过分了。您对您祖父的私人恩怨，本来够您消遣的了，并且也带来了许多满意的结果，但现在我们所做的，已经远远偏离了这个小目标。阻碍我们率领旺雅旺德一统塔基斯的，只有伊卡赞而已。”

布拉斯的手指在床头柜的抽屉间划过，找出一个打火机，啪的一声打着了火，吸了一大口毒品，回味良久，再徐徐吐出。

“我吩咐过你，再给我找支空军，但你没做到。”

“耐心点儿，再过一年，就能征服伊卡赞了。”

“不！”布拉斯尖厉地大叫，“我现在就要！‘网络’能帮我办到，他们会卖给我一支舰队，还提供康迪基为我们服务。”

“那您答应给他们什么呢？”

“伊卡赞。”

“对您还没有拥有的，就许诺给‘网络’，那您将永远无法拥有。这其中的矛盾难道您没有看出来吗？”

“我是伊卡赞的继承人，对此‘网络’无法否认，所以我当然可以把它送出去。‘网络’会夺取伊卡赞，这下祖父就真的头疼了。等‘网络’和伊卡赞打起来，就轮到我们坐收渔利了。”

杜尔格觉得天旋地转，整个世界仿佛都颠倒了。他努力聚拢破碎的思绪，说道：“如果您真这么做了，我们的联盟将土崩瓦解，我们曾经的盟友，只会变成我们的敌人。”他的声音极其温和，但话里的紧张焦虑已到了极点。

“我要娶塔以基时，拜塔姆在那呱呱乱叫，但很快扎夫罗尔就加入了我们。我允许塔以基杀了‘至纯者’时，泽卡尔说我的联盟会瓦解，但并没有。后来我让军队进攻平民，你们都说会完蛋，但现在，三十一座宗族里，我们要么通过征服，要么签订合约，已经控制了二十七座。这一次，我想你们也全都是胡扯。”

“‘网络’不一样，八千年前他们是我们的死敌，这也是为什么我们培育灵识飞船，修建空间站，拒绝大面积的殖民地，都是为了保护我们不受‘网络’的奴役。我不会任由您这么做的。”

布拉斯的手指又在抽屉间划动，不过这次掏出的是把手枪——

.44口径蟒蛇转轮手枪，他从地球上带来的。杜尔格始料未及，子弹射向他时，还在说个不停，劝诫布拉斯。他瞪着枪，惊异万分，狼狈地闪躲，但子弹已经撕裂了他的腹部。

如果是个普通塔基斯人的话，此刻早已倒下，但杜尔格勉力支撑起身子，呻吟着捂住伤口，鲜血缓缓地从指缝流出。

“我想这样打不死你，但可以让你闭嘴，不是吗?”布拉斯得意扬扬地笑了，“在你离开去看医生之前，愿意向我起誓，对我表示绝对服从吗?”

杜尔格一动不动，也没有采取措施平息伤口的剧痛。一切都是他自作自受，他背弃了自己的主人，释放出一头魔鬼，带到了塔基斯。现在无论是活……还是死，他都要吞下自己亲手酿就的苦果。

♥♦♣♠

第三十九章

“巴兹来报说，‘网络’要求获得合约站以外的领土使用权。”塔伊说道。这时并联电梯门打开了，把马克和缇西安送进了国防部大厅。

塔伊一只手按着胸前的突起，似乎想把指挥所的噪声都隔绝在外，不过这是不可能的，因为接收器深植在骨头中。但缇西安十分理解他的举动，指挥所实在太嘈杂了，发号施令的、询问的、回答的，这间球形大厅充斥了各式各样的吼叫。扎博大步从身旁经过，战甲悬在腰间，传令兵紧紧跟在他身后，想给自己的主人披上衣服。

“读给我听!”扎博叫道，把一堆金箔推到缇西安手中，然后看向塔伊，“驳回！叫他们停下来!”一片喧闹中，他大吼道。

缇西安飞速浏览了一遍，抬起头看向马克，他正越过她的肩膀读着她手里的文件。“你能看懂?”

“能。布拉斯把伊卡赞卖了，从‘网络’手里买了飞船，现在‘网络’正试图夺取伊卡赞的控制权。”

“但他们提出了反对，并占据了所有的站台空位。”塔伊冲扎博大声答道。

“祝贺你，缇西。”扎博怒气冲冲地掉头看着缇西安，“你把他们都带来了，你——”

“我想，如果他们与你之间，没有什么未完成的交易，不需要继续与你商议，就会不择手段地加紧掠夺。所以，我们都别太自以为是了，行吗，扎博?”缇西安顿了顿，努力理清混乱的头脑，但有时纷乱的思绪反而会带来灵感，她突然有了主意，“他这次太过分了。”她轻轻说道，几乎是在自言自语。

扎博没留神她说了什么，转过头对塔伊吩咐道：“塔伊，你现在受命去指挥飞船前往旺雅旺德，我来对付进攻伊卡赞的那些。”

说着，他急匆匆地转身穿过国防部大厅，缇西安连忙喊道：“我跟你一起!”

“不可能，你不在我的考虑范围内。”

“拜托了，这是我的家，我的世界，让我保卫她。”

“缇西安堪称模范飞行员，甚至比你……更优秀。”出乎意料地，塔伊居然支持她。

“‘王子’缇西安之所以是个非凡的飞行员，是因为他有非凡的意念力，而现在的她几乎是个盲灵者，我不会放任她待在一艘激烈作战的飞船上的。”他握着缇西安的肩，推着她转了个圈站到大厅中央，“你好好待在这里，安全地待着。”

缇西安转身看着他。“这里并不安全，如果你战败，‘网络’就会占据这里，那时我们还是要战斗，都会死。但至少，让我跟你死在一起。”

雪山那晚过后，他们再没说过一句话。但现在，不管是说出来的，还是未宣之于口的，都清清楚楚地传到了每个人的耳朵中和意念里。

“你能做什么?”扎博看着她，问道。

“谈判，我们需要援助。”

“表妹，你希望得到谁的帮助？在塔基斯，我们已经一个盟友都没有了。”

“一个小时前，的确是这样，但现在……我觉得我们能找到很多盟友。萨昂、艾拉、坦德，以及任何一个不是被旺雅旺德征服，而是签订了合约的宗族，去联系它们的瑞伊斯。”

“你想说什么？”塔伊问。

“就在刚才，布拉斯让自己和珍贵的盟友之间，产生了巨大的嫌隙，我们要做的，就是加速他们之间的分裂。结盟对付伊卡赞是一回事，但把塔基斯最可怕的敌人引进来，又是另一回事了。”

“或许有用。”塔伊慎重地考虑了一会儿后，表示赞同。

“肯定有用。”马克也说道。

扎博低头凝视着她，微笑道：“我爱你。”缇西安的脸上迅速飞起两朵红云，“现在跟我来吧。”

“我也去。”远行队长突然喊道，见众人都看着他，他不安地扭了扭，活像一只度假人潮中的小狗，“星光会与不安分的俘虏战斗到底的。”

扎博的星际飞船“追星号”的舰桥中央，塔基斯全息图缓缓转动，每一颗卫星、每一座站台、每一架武器台都仔细地标注了出来。“网络”的星际飞船是颗巨大的黑曜石圆球，在他们观看的时候，突然分裂成了四十颗一模一样的小球。

缇西安在扫描仪前弯下腰来。“这是战舰，他们拙劣地模仿了我们的驱逐舰。”

扎博一面通过灵识飞船与其他船长保持联系，一面用传统的密集光束和激光脉冲连接系统发送命令。全息图上的伊卡赞飞船显示为白色的小星星，现在分成了两颗。

无需赘述萨昂和艾拉的援助过程，他们的飞船已经来了，好似两只优雅的萤火虫，一蓝一绿地闪烁在全息图上，现在的全息图像极了一团毛线球。缇西安猜想这些图案应该遵循了某种秩序，但下意识地想回避这个问题。也许这就是为什么，扎博最终成了一名军事领袖，而她成了一名研究科学家的原因吧。

这时飞船传来了轻微的意念震动，告诉她已经与坦德的瑞伊斯伊姆金取得了联系，她迅速对伊姆金描述了他们目前的窘境。

列祖列宗在上，我十分同情王子，呃，公……呃，缇西安。这些不是“网络”那些慢吞吞的拖船，装满了所谓的灵药和医学奇迹，用来卖给轻信盲目的爬地人。这是“网络”的星际飞船，专门用来战斗的星际飞船！而你那个孙子，是个彻头彻尾的疯子！

伊姆金向来有种天赋，能在一个句子里，把显而易见的事实重复说上三四遍。

当然，他现在要把我们卖给“网络”。

但我要是背弃他，他会紧追不放的。

“网络”，布拉斯，我，你选哪个?

众神在上，我肯定选你，你在伊卡赞培育了一脉强大的先知者。

你想要一个吗?

多谢。

成交。

得确保她很漂亮。

我们不会以其他方式来培育她们。

那好，我现在就来。

缇西安切断了意念连接，转而仔细研究军事策略图。我们现在需要给坦德标注另一种颜色了，她想道，扎博接收到她的思绪，问道：“你说服他们了?”

“是的。”

“伊姆金有没有索要我们的家族珍宝作为报酬?”扎博哼道，担心坦德趁机狮子大开口。

“只要一个新娘。”缇西安答道。

“不可能，只要一个新娘? 接下来肯定还要我们珍贵的土地，财富——”

“以及生命。”缇西安打断他。

扎博冲她眨眨眼，缇西安反应过来，自己刚才说的，不是塔基斯的思考风格。

“我想时间到了，梅多斯。”扎博唤道。

马克点点头，掏出一只小药瓶，里面装满了明黄色的药粉。

缇西安伸手握住他的手腕，轻声道：“万事小心。”

“别担心。”马克局促地拍拍她的手，吞下了药粉。

星光比马克·梅多斯还要巨大得多，构筑这样庞大的躯体，需要数量惊人的物质，最简单的办法，就是从周围吸收各种分子。舱内起了一阵猛烈的旋风，绕着中央的人影飞速转动，光子笔、没戴稳的手套、所有没系牢的物件，都卷入狂风的旋涡里。缇西安站立不稳，往前踉跄了几步，扎博抓住她，把她抱在胸前。数秒后，一切都平息下来。

星光身形宏伟，穿着黄色的紧身衣，巨大的胸膛上，镶钻太阳图案熠熠生辉。在他面前，所有塔基斯人都成了小人国的居民。他挺起胸，愤怒地打量着舰桥，方正的下巴动了动，似乎想说什么，又似乎在想找谁来说。最后，他可怕的注视落到了缇西安身上。*逃不掉的，缇西安无奈地想，自己总是成为别人的说教对象，扎博的、杰伊的、行者的、科迪的、塔伊的……*

“真是受宠若惊，医生。每次我被召唤出来，都是出了什么紧急事件，要么是你的行为所致，要么就是你那些贪得无厌的亲戚作祟。这一次，要不是为了把塔基斯平民从‘网络’资本主义的奴役下救出，打碎套在他们身上的枷锁，我不会伸出援助之手，但是——”

“不，你会。”缇西安打断他。

星光似乎受到了打击，不过很快又恢复了。“我觉得我有责任指出一点——”

扎博扶着缇西安坐到舰桥的椅子上，问道：“他还要说多久？他到底还会不会去战斗?”

但星光丝毫不受影响，继续说下去。“……如今你们当中出现了敌人，完全是你咎由自取，你自私地想要抛弃现下的女性身躯，但是，在你残忍无情地掠夺了那么多女人后，能坦然接受女性生活的话，那将显示多么伟大的勇气——”

缇西安发现，自己现在已厌倦了愧疚的感觉。她走到星光身边，抓住他巨大的胳膊，长长的指甲陷入他的肌肤，把他拽了下来，然后用空余的那只手抽了他一耳光，满意地看到他白皙的脸颊上出现了五道鲜红的指印。星光绿色的眼睛蓦地瞪大了，滔滔不绝的演讲顿时变得结结巴巴，无穷无尽的话语仿佛从楼梯上摔下的小孩，哽在了他的喉咙里。

“闭嘴！去战斗!”

缇西安都懒得再多看他一眼，径直向自己的座位走去。几分钟后，一台控制仪传来了咯吱声，她扭头看去，只见“追星号”显示出这样的画面：星光面朝塔基斯星球，吸收了足够的能量后，把双臂收拢在身侧，变成一道黄色的光柱，一支光之长矛，射向战斗航线。

“现在。先生们，女士们，让我们追随他那英勇无畏的战斗吧。”扎博说道，半闭上眼睛，投入与飞船的深度联系中。

如果缇西安也打开自己的意念，偶尔也能听到各种各样的思想碎片，都是舰长和他们的飞船沟通时飘出来的，不过就像在听音乐大混合，钢琴与小号同奏，爵士共军乐齐飞，声音根本毫无意义。她注视着全息图，密切关注战局的变化。此时全息图已经把星光也加了上去，用一颗明亮的黄色小星星表示，他正战得不亦乐乎。

艾拉的军事指挥官祖伊甚至用祖先的冰冻蛋蛋来起誓，问这是何方神圣。一名伊卡赞的机组人员骄傲地回答，说是接受了伊卡赞“强能”改造的服役人员之一，但很快她就在缇西安严厉的目光下涨红了脸。

其实她的闲聊也没什么可指摘的，现在机组人员需要做的，就是摘下帽子，静候佳音。目前为止“追星号”还没遇到连续性的打击，所以也没什么需要修补的，而武器也不需要手动操纵。唯一能表明他们在战斗的，就是幽灵炮弹出弹回时传来的轻微震动。

塔基斯的空战，是舰长和他们的飞船尽情翱翔的疆域。有时较大规模的巡航会建立“意念战术网”，将三到四名灵能者与一艘飞船的意念紧密相连，使战力更强大。不过团结一致并非塔基斯的风格，所以普遍来讲，培育的飞船都还是只效忠一名飞行员。

全息图上，一颗白色星星闪烁两下后，熄灭了。缇西安不禁打了个寒战，她希望“追星号”如实显示战斗，而不是像电子游戏这样。不过随即她就反应过来，飞船这样做，是为了不让舰队人员分心，所以很可能只有扎博能真正地“看”到战况。但她还是忍不住担心，想知道马克现在是否安全。

她紧盯着全息图，忽然发现，原本属于“网络”的驱逐舰“追星号”开始追逐一些四散的黑色小水滴模样的东西。是某艘伊卡赞飞船的打击吗？她急切地看着扎博，而他的面色极其严峻。

“他们放出了七名黎巴赫组成的兵团！”扎博喊道，闻言全体舰队人员立即戴上自己的头盔。

这是所能想到的最坏的消息了。那些金属斗士可以把自己的躯体变成微型飞船，里面载着康迪基，实施凶狠的连续打击，并修复自身损伤。也就是说，现在“网络”那方，有七名“星光”助阵，而且是没有血肉的机甲“星光”。

幽灵炮快速连续地射击，缇西安的靴底和撑在控制台上的手掌都感受到了震颤。突然，“追星号”猛烈震动了一下，一阵剧痛袭来，击弯了她原本就脆弱不堪的灵盾。她翻了个身，努力忍住胃里翻江倒海般的难受，要是呕吐在战甲里就不好了。

全息图显示出目前的战况：白色星星表示“追星号”，紧挨着它的是一对迅速逼近的黑色圆盘，用来表示黎巴赫斗士，黄色星星表示星光，现在他陡然改变了方向，越过“追星号”和黎巴赫的拦截，飞了回来。

幽灵炮开始射击，一名黎巴赫颤抖片刻后，继续逼近。“追星号”的火力变得更加密集，缇西安站立不稳，摔到了地上，其他十八名舰队人员中，大部分也被震倒在地。

“追星号”遭到了致命重创，缇西安感受到了它传来的难以忍受的剧痛，忍不住尖叫起来。飞船内部的墙面、地板变得黏腻不堪，一排长凳突然长出，困住了一名舰队人员，他的鲜血与飞船的分泌物混合在了一起。

天花板下起了岩浆般炽热的白雨，缇西安抬起头，发现一道光柱切开了飞船的外壳，顿时飞船内部维持的重力大大降低，她开始向上飘去，此时飞船顶部另一个地方也翻卷着打开了。扎博一把抓住她，推向远处的一堵墙，她拼命蹬着靴子，死死抓紧了墙，然后回头向上看去，只见黎巴赫斗士噩梦般的身影飘来，遮蔽了闪烁的星辰。

塔基斯依然保留了古老的习惯，在兵器柜里放满了旧式武器，用来击退入侵者，因为在自己的灵识飞船里，发射连续的光柱，或使用高能弹射武器是不妥当的。但现在“追星号”已经快死了，所以舰桥上的塔基斯舰队人员纷纷打开了激光武器，铺天盖地的光柱暴雨般泼向了进犯的黎巴赫。

但黎巴赫的外壳把激光都反射了回去，美丽的死亡灯光秀变得更加绚烂，也更加致命。又一名舰队人员号叫着倒下，显然，用激光武器来对付黎巴赫不是个好主意，但缇西安看着眼前长着无数只手脚的球形怪物，觉得用剑来砍也毫无作用，于是她取出一枚自力推进的榴弹，塞进激光步枪的副枪管中，然后开火。

榴弹给了黎巴赫致命一击，它在飞船中部爆裂开来，那景象真是赏心悦目。缇西安的头盔迅速变暗，以保护她的视力不在爆炸强光下暂时失明。榴弹并未射穿黎巴赫的盔甲，但击断了它紧扣在飞船上的五只肢体。缇西安无心欣赏自己的战果，现在她正扛着好几架武器枪管，而他们目前的处境，就如同困在桶里的鱼。

剩下的舰员纷纷启动自己的喷汽推进器，冲向黎巴赫，但黎巴赫把他们都提了起来，缇西安不禁想到了快速移动的灭虫器。

就在此刻，星光来了。他飞到黎巴赫身旁，聚起已经大大增强的力量，伸出一根手指，插进黎巴赫的一个光学元件，把他从星球上吸取的能量注射了进去。

效果震撼至极，火花在黎巴赫保护壳的每一个关节、每一处接缝上噼啪作响，它装在身体顶部充当头颅的武器塔爆成了千万片，而星光早就十分明智地飘到了几百米开外。黎巴赫的球状身躯轰然炸开，强光射得眼睛都睁不开，装甲外壳犹如片片破碎的花瓣，四处散落，坚硬的机甲碎片中，混杂着康迪基工人柔软的身体碎块。

幸存的舰员纷纷从破碎的舰桥中挣脱，欢呼喜悦回荡在缇西安的脑海，再四散开去。

别高兴太早！扎博简短有力的命令传来，还有一只！

仿佛感受到了扎博的召唤，另一只黎巴赫从飞船背上缓缓站起。与此同时，一道光束裂成无数光点，回到星光身体里。这一次，黎巴赫有备而来，速度与已经光速移动的星光不相上下。星光直直射出能量束，但黎巴赫快速避开，能量束只是擦过了它锃亮的红色外壳，没有造成任何损伤。接着它疯狂地发起攻击，像个托钵僧似的转动不休，疯狂地向星光开火。星光的生物能量场把这些都吸收了进去，但到了第四回合，也是最后一次进攻时，他的光芒明显黯淡下来。

观战众人都想帮忙，无奈他们的速度实在太快，根本无法瞄准。扎博飞在打斗外围，只要看到任何有可能是天线或者武器的突起物，就快速且有条不紊地射击。缇西安是一名出色的射击手，但她没有受过自由落体状态下的搏击训练，不知道如何利用武器射出的反弹力，进行下一次攻击。

一名舰员灵光一闪，发出了意念呼救，并同时通过电台喊出了“救命”。星光和黎巴赫还在鏖战，互相朝对方射出激光和能量束。突然，黎巴赫旋转着，伸出一条长长的肢体，尾端长着利爪，抓向扎博。扎博反应十分机敏，迅速避开，可惜还不够快，爪尖钩到了他的战甲，一股白气迅速飘到空气中，不过几秒后就停下了，战甲很快进行了自我修复。

缇西安用意念对船上的武器扫描了一遍。飞船已经死了，现在内部一片漆黑，她打开手里的灯，摸索着走过走廊，来到武器库。武器库的箱子前堆满了飞船分泌物，已经结成了冰，她掏出激光炮把这些东西割开，打开箱子，拖出一枚触发雷，然后返回了战场。

星光和黎巴赫还在胶着，以一种古怪的姿势扭作了一团。黎巴赫试图把眼前的血肉怪物碾死，星光的两条手臂则紧紧抓住了缠在身上的肢体，牙关紧咬，脸红得像要滴血，使出了自己所有百变王牌的力量，终于挣开了黎巴赫的缠绕，躲到了一旁。能量场明明灭灭，光芒又黯淡了许多。没给他喘息之机，黎巴赫的另一条金属手臂像发狂的鞭子，狠狠抽过来，卷住了星光的脚踝。他任由黎巴赫把自己拖到跟前，趁机伸手在它的“头”上按了一下，把自己的能量注了进去。

“打它的腹部！”扎博大喊，“他们的大脑深埋在内部体腔里。”

缇西安不知道星光有没有听到，也许他接收到了扎博的意念。这时，在左上方，她瞥到了一艘塔基斯飞船。

*装甲部队来了，她想，不过太晚了。*她在胸前攥紧了扁平的触发雷，悄悄地从黎巴赫的“后下方”向它靠近，心里不住地祈祷：列祖列宗保佑，扎博已经打坏了它的感知原件。现在这个怪物变形严重，只能勉强辨认出它是个半机械半生物体，而它的全副心神，都紧盯着重创了自己的星光。

近了，更近了，现在离它只有三米远了。缇西安关上自己的喷汽推进器，让惯性推着自己前进。脑海里突然传来一阵恐惧，那是扎博发出的，他看到了缇西安，正要警告她离开，但喊叫冲到嘴边又硬生生压了下去，显然黎巴赫也在监视他们的动静，于是他的惊叫变成了意念大喊，像是脑海里响起的一下打嗝。

缇西，我真想杀了你！

缇西安飞速地摸索着手中的圆盘，终于在一侧找到了刻在上面的文字，犹如一柄双刃剑，上面写着：此面对敌。

没有警告，只有排山倒海般的痛苦和恐惧淹没了她，是星光！他发出了担忧到极点的意念信号，但转瞬即逝。她眨了眨泪水模糊的双眼，看到黎巴赫摇摇晃晃地站着。她伸出戴着手套的手指，摸了摸它那闪亮的外壳，然后把聚能弹药塞到它的一侧，确定塞稳后，立即发动喷汽推进器，全力后退。她已经在最短的时间里，装好了导火线。

黎巴赫还能移动的一只手臂摸到了弹药，于是伸出另一只手，试图移除它，但星光挡开了他的手。弹药点燃了壳里的空气，引发了惊天动地的爆炸，黎巴赫的盔甲四分五裂，在爆炸冲击波的推动下，远远地滚了开去。

扎博和幸存舰员赶紧围到星光身旁，现在他软绵绵地飘浮着，能量场已经完全熄灭，他和宇宙的真空之间空空荡荡，没有任何防护。缇西安想冲扎博大吼，让他做点什么，但知道他什么也做不了。

飞船的涡轮墙滑了上去，门闸旋转着打开，舰员们把濒死的星光拖到了船上。

外舱门刚关上，缇西安就摘下头盔，对星光进行心肺复苏。他原本是左臂的部位已经没有了，变成了一个大洞，腿挂在身上，只靠皮肤和几缕纤维组织维系。他身上并没有什么血迹，冰冷的真空冻住了血液的流动。

“呼吸，呼吸啊！”缇西安喃喃着，一遍又一遍地按压他的胸口。她见过太多陌生人死去的场景，此刻明白，自己正在失去他。

但她不愿承认，哽咽着，再一次把嘴唇按在了星光唇上。奇异的触感传来，她直起身，惊恐万状地看到，星光的血肉正如高速播放下的腐烂画面，飞速地分解、消失。

缇西安猛地转过身，扎博一把抱住她，他的怀抱令人心安，她把脸埋进他的胸膛，忽然感到他的身体僵硬了起来。

“灵神啊！”

她回过头，发现分解已经停止，现在躺在气闸地板上的，是马克·梅多斯。内舱门打开了，两名舰员举着急救药箱跌跌撞撞地跑出来，身上的铃铛也焦急地响个不停。

是坦德。缇西安想着，打开了药箱，充满感激地心道，谢谢你，伊姆金。

不用客气，现在让你的表兄上来吧，我们还要继续消灭“网络”的飞船。

扎博上了船。缇西安给马克的伤口包上压迫绷带，绷带绑上之前，她甚至看到了肠子里闪烁的微光。

她继续进行心肺复苏，抬高马克的脖子，清理他的喉咙，一次次地进行人工呼吸。终于，颈部的脉搏跳动了起来，鲜血也开始从伤口缓缓流出。

一个小时后，一切都结束了。伊卡赞人和他们的新盟友回到了伊卡赞的飞船本营，聚在一起商议计划。扎博来到医疗院寻找缇西安，发现所有的病床和复原泡都装满了伤员。

马克也躺在一枚复原泡里，缇西安正在检查上面的数据。马克全身赤裸，悬浮在营养胶质里，他形销骨立，就像一具万圣节的骷髅。

“我以为他死了。”扎博说道。

“已死的肉不会再生。”缇西安简短地答道。

“但我们都看到星光死了。”

“星光不是马克。”

“那他到底是什么？”

“我怎么知道？”

“你是病毒专家。”

闻言，缇西安心头涌起万千说不清道不明的复杂情感，于是她转移话题，问道：“这场小小的胜利，我们付出了什么代价？”

“六十艘飞船，一百二十三名舰员，但我们重创了他们，这群虫豸在接下来的数周里，都要忙着修建新的飞船了。”

“他们还会卷土重来？”

“恐怕是的。”

扎博张开双臂，缇西安投入了他温暖的怀抱。

♥♦♣♠

第四十章

“缇西，你有什么看法?”

缇西安正像只猫咪，蜷在瑞伊斯议政室沙发的一角。她刚才的确走神了，估算日子，现在地球上正是圣诞节，不知道艾尔娜看到圣诞树，还有圣诞老人时会有什么反应？她还有机会看到这些吗？会不会因为自己母亲的连累，已经死了？现在距离布拉斯的最后期限，已经过去两天，她的心头突然掠过悲伤和愧疚，自己最终还是把家园摆在了孩子之前。布拉斯扬言说会把艾尔娜切成碎块，但目前为止并没有什么碎块寄来，或许他的威胁也就只是说说而已。

这样想下去不会有结果，于是她停止胡思乱想，站了起来。议政室里的其他人都看着她，目光既好奇又尊敬。

“好吧，我并不是太懂军事，不过你提议孤立布拉斯、切断旺雅旺德的运输线，并袭击他们的陆军，听起来很不错。”

“但是呢？你的所有表扬，我都听出了‘但是’。”塔伊说道。

“我们可以轻松获胜，也可以轻易输掉战争。那些你不在意的数字，都是可能会伤亡的人数，这些数字代表的，都是活生生的人。”

“不过是些塔以基罢了。”艾拉的军事总指挥官祖伊轻蔑地说。

“没错，但他们的人数远远超过了我们，而且布拉斯还给予了他们权力，让他们觉得自由来之不易，而我们，就成了夺走他们自由的反动分子。一个认为自己失去了所有的人，会拼死一战的，就像被逼到绝路的獾……哦不，‘赞加比尔’[1] 一样。”她用一种与獾类似的塔基斯动物打了个比方。

“那我们应该怎么做？我们得恢复正常秩序。”

伊姆金——唯一一个够胆色敢真正踏入伊卡赞领土的瑞伊斯，听到这话时摇了摇头，缀在浓密胡须里的铃铛轻轻地响个不停。

“不可能了，不管我们乐不乐意，布拉斯都已经永远改变了我们的社会，除非把每个五岁以上的塔以基都杀了，不然他们绝不会忘记这段历史的。”

“没有他们，就没了经济。”萨昂宗族的奎安德轻声哼道。

“选择性地进行记忆擦除？”祖伊建议道。

缇西安再一次确信，大部分军事人员都很愚蠢。不等她作出回应，扎博发话了。

“这个星球上，有七亿人口，你愿意自动请缨，来担此重任吗？”每个字都透着淡淡的嘲讽，祖伊不由得涨红了脸。

“那我该做些什么？”

缇西安扯下头上的宝石发梳，又神经质般地插回去，侍女精心梳好的发髻弄得乱七八糟，扎博眼看着这一切，脸上的肌肉不禁抽搐起来。

“我们还是要占据一个道德制高点，借此来谴责布拉斯，他给塔以基的那些特权，我们也许以同样的承诺，但对那些塔以基和我们都热爱的文化，一定爱护珍视。”

“说得很好，缇西。”扎博说道，“但社会秩序的建立，只能等战争结束后才能实施。”

♥

“你不喜欢打猎，对吗，杰伊？”

---

① zanjabiil，赞加比尔，一种类似獾的动物。

布拉斯瞟了一眼长度惊人的激光枪管，然后射了一枪，五十码外的草地上，有只美丽的生灵正在吃草，听到枪声猛地向空中逃去，但立即坠落在地。杰伊发现，它的身上还拴着链子，看到这他一阵反胃，吃下的早餐似乎要吐出来了。

“不喜欢，我不喜欢枪。”

“这是一杆很漂亮的枪。”

布拉斯把枪递给杰伊，但他只是漠然地瞟了一眼。枪托上嵌了块手工打磨的骨片，雕刻成别致的塔基斯小动物，还镶嵌了宝石作为眼睛。

“当一柄手杖或许不错。”杰伊伸出光秃秃的手掌推开它，“如果说错了别见怪，我认为，打猎不过是给动物们一个运动的机会罢了。”

“不不，打猎的重点就是杀戮。如果你够诚实，就没法否认这一点。如果不是，就可以说些什么追逐的刺激，或者胡扯些别的。但我不是个伪君子，我知道，我喜欢杀戮。”

“一个诚实的精神病，我喜欢。”尽管知道不明智，杰伊还是忍不住从牙缝里挤出了这句话。

枪管晃来晃去地指着他，杰伊的神经顿时绷紧了。

“啧啧，杰伊啊杰伊。”布拉斯说道，“你真是个有趣的人，不过有趣得过了头。我现在开始认为，比起我来，你更喜欢我的祖父。但不是这样的，对吗，杰伊？我们是这么要好的朋友。”他的声音如此甜蜜，如此温柔，也如此……疯狂。

杰伊清清喉咙，说道：“是的，我们是真正的朋友。”

布拉斯皱着眉，手淫般上下撸着枪管。“我或许太心急了，不该早早砍了你的手指，如果还留着它们，就可以把你送回去，让你把我祖父瞬移过来。塔基扬真让我头疼，就是她毁了我的联盟。”

“我想，恐怕是你自己惹出来的，是你把‘网络’招来的。”

“杰伊，不要让我怀疑你对我的忠诚。”

“等你和‘网络’打完仗，这个星球上什么也不会剩下。”

布拉斯冲杰伊愉快地笑了笑。“没错，但迟早祖父会来的，那个小淘气会把她吸引过来的。”

“你终于意识到那孩子的重要了，真高兴。”

“我突然想到，当着塔基扬的面杀了她，我会更快活的。”

布拉斯把脸挨近枪管，开始瞄准。杰伊转过身，朝宫邸走去。枪声在身后响起，又一只动物死了。

“你们伊卡赞最终会统治一切。”

缇西安顿时停下来，紧盯着拜塔姆。“你说什么？”

拜塔姆指了一圈，说道：“你看看这些，这是拉拉娜，但现在成了军队医院。大部分宗族都古板透顶，宁可灭亡也不愿丢掉传统。而你和你的表兄，却整个儿颠覆了它们，所以，你们会活下来——并且成为最后的赢家。”

缇西安把宽敞的日光室打量了一圈。这里有男性，是些受伤的士兵，也有净过身的女性，都来自九个敌对的宗族，正在与伊卡赞的孩童玩闹，而伊卡赞的女性在与他们闲聊，并精心护理着他们。

“翠艾瓦说，伊卡赞有个狡猾的阴谋，要突袭其他宗族的基因库，但她向来喜欢开玩笑。”

“但很可能成真，我只希望，不需要强制性地与盲灵者们生育后代。”拜塔姆说道。

“这的确是个难以克服的偏见，我自己都做不到，但恐怕我们必须克服，而且这也是有利的，如果‘网络’没来得及生事阻挠，所有塔基斯人都将拥有意念力，而不是只有一小部分人拥有，那时‘网络’就不可能是我们的对手。”

“原谅我，缇西安，我太老了，当不了店主，我还是继续当一个无所事事的摆设吧。”

他们离开拉拉娜，继续准备医疗器具。缇西安加快了脚步，拜塔姆不得不大踏步跟上她。

“你十分挂念你的地球人。”

“是的。”

“我什么忙也没帮上，是吗?”拜塔姆问。

“你尽力了，但你给了我太大压力，你想从我这得到太多了。”

“对不起。”

“没什么对不起的。”

作为伊卡赞的英雄，马克被安置在夏克兰以前的房间里。缇西安降下复原泡，努力不去回想上一次降下复原泡的情形。最后一滴营养液流干后，萝克莎拉娜走了进来。

缇西安把马克身上擦拭干净，温柔地取下呼吸器，取过一条柔软的干毛巾擦擦他的脸。他蓝色的眼睛睁开了，茫然地眨着。缇西安微笑着拿来眼镜，架在他的鼻梁上。

“欢迎回来，马克，我真想你。”

“我们都很想你。”萝克莎拉娜说道，扶着马克坐起来。

马克张了张嘴，发出粗嘎的声音，他把嘴张得更大了，却发出了更多毫无意义的噪声。他惊恐地瞪着缇西安，缇西安大惊失色，慌乱地看着萝克莎拉娜。

她急急奔到监视器旁进行医疗检查，现在马克的声音更加恐慌了。

“没有大脑受损迹象，声带也没有受伤，究竟怎么了?”

萝克莎拉娜捧起马克的脸，开始意念扫描。在她的安抚下，马克平静了许多，但蓝眼睛里依然充满了痛苦和茫然。他垂下眼，发现自己浑身赤裸，顿时脸红得像要滴出血来，拜塔姆赶紧拉过条毛巾，盖住他的隐私部位。

“真奇怪，他似乎失去了语言控制能力，并没有物理损伤，但他就是无法把声音组合成完整的句子。”

“星光是个诗人，最擅长操控词语。”缇西安缓缓说道，“或许，他所受的致命伤——”

“死的究竟是什么？”拜塔姆问，“他们究竟是谁？”

“我也不知道。我曾推测，‘百变王牌’让他展现了自己不同的人格，但我一直没找到实际证据。”

“直到现在。”萝克莎拉娜说道。

她的手指穿过他的长发，一路滑下，在胸膛上轻拢慢捻。她长长的指甲上镶嵌了宝石，图案与脸上的相映生辉。

“我真高兴您来我这，大人。”

凯丽叹了口气，摊开在床上。他发现，自己现在无论身体还是情感，都适应了阴茎的存在。现在它已经软了下来，耷拉在大腿上。

“性冲动真是件可怕事儿，而且我想，男人的要远远强于女人。而且这个人——”他拍拍胸，“显然性欲非常旺盛。我并不想跟你睡觉，但你知道我一定会的，事实上我也的确这么做了，我根本克制不了不去想你。”

蒙娜拉的手继续往下，抚摸着他。“用你哪个思想来想我？女孩的，还是男人的？”

凯丽翻了个身，凝视着妻子美丽的脸。“我其实是个女人，你不会为此感到苦恼吗？”

“为什么要苦恼？只要能给我带来好处，我就愿意和你睡觉，不在乎你究竟是男是女。”

“你们塔基斯人真是古怪。”

“我们很现实。”蒙娜拉坐起身，把红银相间的头发撩到身后，从桌上拿过一把剪刀，“帮我编下辫子。哦对了，不管对象是谁，性交都令人愉悦。”

“蒙娜拉，我没办法帮你。”凯丽举起装了义肢的右手。

“我总是忘记，我们得让你的手重新长出来。”蒙娜拉说道，开始轻快熟练地编起发辫来。

“我想，布拉斯不会让我太好过的。”凯丽说道。

他的妻子露出个微笑。“布拉斯也许无法一直担任旺雅旺德的瑞伊斯。”

凯丽立即瞪着她，警告说：“耶稣啊，你说话当心点。”

“对于塔基斯的权力游戏，布拉斯玩得并不高明。他没有意识到间谍的妙处，现在他的宠物莫拉克也帮不上他了，他缺少敏锐的军师。”

凯丽咬着嘴唇，说道：“杜尔格总是说，布拉斯不够敏锐。”

“的确如此。”蒙娜拉剪掉发尾的头发，笑了，伸出手抚摸着凯丽的脸颊，“那个地球人——”

“杰伊？”

“是的，他是你朋友吗？”

“现在是了。”

“那我带上他，还有他的塔以基女人和孩子，出去散散心。我发现，我们敬爱的瑞伊斯，总喜欢折磨在他眼前晃悠的事物。”

凯丽艰难地吞咽了一下，胸腔似有柄铅锤，沉重无比。“他……会立即找些什么来折磨吗？”

“恐怕今天早上就有。”

“你为什么要向我示警？为什么要关心我？”

“因为我是个旺雅旺德，我的血脉可以追溯到七千年前，但现在这个私生子，这个混种，正在毁掉我们独一无二的生活。”

凯丽想起了自己辍学来到纽约之前，历史老师讲述了内战前南方人是如何把奴隶制合法化的，但他并不想把这些说给蒙娜拉听，因为刚才她对自己十分友好。

“但我并不是个塔基斯人。”

“亲爱的，我不在乎你的思想，你的身体才最重要，你现在拥有的基因，可以传给我们的孩子，我们将统治旺雅旺德，如果再精明点，说不定还可以统治更多。”

◆

“这是胜利的景象，胜利的声音，胜利的气息，太棒了，是不是?”伊姆金大叫着，吐了口唾沫。

缇西安看着地上那团黄白的浓痰，刺鼻的烟味和皮肉的焦臭冲击着她的感官，胃里一阵翻腾，吃下去的早餐又涌到喉头，她强忍着压了下去。

“这不是我们的错。”她说道，不过听起来十分没底气。

“我没说是我们的错，不过讽刺的是，我们只有摧毁黎拉的都城，才能拯救她。”

他们奋战了数周，最后终于取得了进展。缇西安坚持把那一天叫作“诺曼底登陆日”，因为两者实在很相似。被旺雅旺德征服的宗族充当了它的军事缓冲区，现在，盟军首次将力量渗透到此。但她有点儿郁闷，因为只有面对外敌——“网络”和布拉斯时，这支争吵不休的团队才会团结一心，一致抗敌，不过好歹还是团结起来了，或许所有的毁灭都还是会带来点好结果，比如现在，“最高联盟指挥”的成员们都试着抛下彼此的骄傲、成见、敌意、嫉妒，寻求共识。以前的塔基斯，各宗族都只顾自己门前雪，而现在，他们也开始有所行动，去帮助其他的塔基斯人，不得不说这真是极大的转变。

不幸的是，他们第一个“拯救”的宗族，就被布拉斯撤退的军队夷平了，解放联盟的每个人都备受打击。

扎博的鞋尖划过烧焦的草丛。“布拉斯在这里，只有他亲自指挥，这座城市才会被毁得如此彻底。”他竭力想为他们挽回点面子，可惜只是徒增悲叹罢了。

“你还是确定，我们不应该与旺雅旺德正面对战吗?”缇西安低声问道，但扎博转了转鞋跟，走开了。

“还有什么分歧吗?”伊姆金问道。

拜塔姆见缇西安不想回答，于是替她说道：“缇西安夫人认为，我们应该直击老巢，给布拉斯瑞伊斯一个……迎头痛击。”说完他耸了耸肩。

“缇西安夫人是对的，现在挡在我们和旺雅旺德之间的，还有很多城市，以及魔渊自己的军队。如果布拉斯打算把塔基斯焚为焦土，我们就必须停止亦步亦趋，而要反击，把他包抄起来围攻。”

“相信扎博吧，我不能——”缇西安说道，突然脑海里响起了飞船的大喊：敌人入侵！

她和拜塔姆迅速奔跑，寻找躲避的地方。黎拉的解放者陷入了巨大的恐慌，四散奔逃，飞船也纷纷窜到了天上。缇西安还想问问灵神，自己的医疗队都去哪儿了。“入侵的敌人”终于来了，不过是两艘旺雅旺德的飞船，盟军的飞船警告似的射了几枪，只见那两艘飞船盘旋一会儿后，收起了幽灵炮。现在每个人都松了口气，战战兢兢地继续之前的事情。

缇西安和拜塔姆交换了一个眼神，拜塔姆懒洋洋地说道：“我家的亲戚，真有意思，他们说不定会给我来封信。”

扎博、塔伊以及伊姆金已经与五名旺雅旺德贵族开始了深谈，扎博新旗舰的舰桥上挤满了人。缇西安手脚并用，毫不留情地挤开人群，往前走去。

说话的人叫泽卡尔，拜塔姆用意念告诉缇西安，他是最先对布拉斯表忠的人之一，现在他正在哭泣。

拜塔姆靠近缇西安，悄声说道：“那些闪闪发亮的，一定是珍珠。”

我的妻子，女儿，姐妹，都死了，都离我而去了。

泽卡尔诉说着自己的不幸，在场的灵主们都深受触动，像风刮过高高的松林，他们都不安地骚动起来，因为从泽卡尔的脑海里，看到了死亡和毁灭。

画面变得更加触目惊心。他们看到，布拉斯从黎拉撤回了旺雅旺德，他对被迫撤兵耿耿于怀，即使已经把黎拉夷为了平地，心中嗜血的渴望也未有分毫平息，回到旺雅旺德后，他发现妻子们都已被毒死，于是血洗了整个拉拉娜都，只有几个孩子幸存了下来。

艾尔娜！

泽卡尔立即注意到了缇西安，他改用声音说道：“你的孩子很安全，爬地人和他的女人预先得到了示警，屠杀开始之前，就已经逃走了。但是妻子们……”他的声音再度哽咽，“所有的妻子……包括我的妻子……都被杀了。”

“我”的妻子也被杀了吗？缇西安想，听到艾尔娜安然无恙的消息，她神经松弛下来，感到一阵晕眩，然后她意识到，自己力量微弱的灵盾又把她的思绪漏了出去，在场众人都感受到了，想到这她不禁一阵羞赧。

塔伊抬起眉毛看着她。“她没死，所以‘你’还是已婚。”

“哦，那太好了。”缇西安说道。

“有证据表明，就是蒙娜拉夫人毒死了布拉斯的妻子们。”泽卡尔说道。

“或许，她想以一种体面的方式，来投靠伊卡赞。”塔伊沉吟道。

扎博把话题引回现实。“你告诉我们这些，想得到什么？”他坐在一张突出的椅子上，漫不经心地晃着一条腿。

“把宗族还给我们，把我们从那个魔鬼，那个杂种手中解救出来。”泽卡尔说道，话里燃烧着刻骨的仇恨。

“这是你们自己选择的魔鬼。”扎博轻柔地说。

缇西安走出人群，众人的目光都投在她身上，但她毫不在意。“数年前，你们攻打了我的宗族，我的父亲因此成了个活死人，所以我认为，遇上布拉斯，是你们活该。”

“表妹。”扎博安抚地唤道。

“现在他们来寻求我们的帮助，但我觉得他们得付出代价。”

“如果我们帮了你这个小忙。”扎博说道，“旺雅旺德必须成为伊卡赞的从属宗族。”

他们正欲拒绝，但一转过头，透过舱门看到了外面的满目疮痍，而这座废墟曾是那样的繁华。

泽卡尔耸耸肩，点了点头。

♥♦♣♠

第四十一章

“我们一旦进去——”

“可这是个真正的诡计，不是吗?”塔伊问道。

“但现在有一群叛变的旺雅旺德在这里。”扎博反驳道。

“听起来不错，但他们要怎么把我们弄进去?”塔伊摇摇头，“守卫森严，想要空袭都绝无机会，还指望派遣突击队去破坏周边防御……”塔伊意味深长地留下半截话。

扎博抚了抚鬓角，斜倚在椅子上。“我们需要点儿计策。”

缇西安从沙发上走下，站到扎博身后。“就像特洛伊木马。”

扎博读懂了她的意思。“对，我们需要一艘旺雅旺德飞船，里面还得有他们认识的旺雅旺德人。”

“而且不能是叛徒。”塔伊低声说。

缇西安把头发拢到脑后。“据情报，布拉斯根本不再踏出旺雅旺德半步……他只见杜尔格，听他汇报战况。”

“那由谁来假扮杜尔格?”塔伊问，“扎博体型高大，但还没魁梧到杜尔格那个地步。”

“这个任务交给‘宇宙行者’。”缇西安说。

“见鬼的谁是‘宇宙行者’?”塔伊问。

“梅多斯的另一个‘朋友’，最有用的那个。”扎博答道，“他可以把我们带进去。”

“那样就要遇到真正的麻烦了。”塔伊说。

“但我们还有别的选择吗，芬迪?”缇西安问道，“你也见过布拉斯的能耐，难道你想一个城市一个城市地去攻打他吗?他现在已经腹背受敌，我了解他，他甚至想抓住凯丽、杰伊——”

“还有你的女儿。”扎博挑眉，接过她的话说道。

“没错。”缇西安干脆地答道，“他们都会有危险，所以我们必须停下没完没了的战争，直接抓住他。”她顿了顿，看着扎博。“你会抓住他吗?”

他俩盯着彼此，然后扎博柔声说道：“我再次重申我的提议。”

“那我再次表示拒绝。只要你保证，给我想要的，我就离开，永远不回来。求你了，扎博，让我回家。”

扎博伸出食指，抵住她的脸颊。“我保证，我会为你抓住他。”

“这样再好不过。”塔伊说，“但那个爬地人还坐在私人护理所里，不能说话，吃饭都必须靠精神操控才能完成。”

“我们得让他恢复。”缇西安说道。

“怎么做?”

“不知道，但必须想点办法。”

他们来到马克的病床前。萝克莎拉娜正在为他读书，见缇西安和扎博进来，她关上了书本。缇西安发现，马克的床边摆满了鲜花、糖果，以及孩子们的礼物，比如彩色画片，心爱的玩偶什么的。看来，在拉拉娜的那段日子，马克给所有人都留下了深刻印象，大家，尤其是孩子，都十分想念他。

孩子们非常喜欢这个地球人，喜欢他惊人的身高，平易近人和幽默风趣。塔基斯的父亲通常都很严肃，只有孩子们长大到“有趣”的时候才会放下点架子。而他们定义的“有趣”，通常得到孩子长到六七岁，可以教他们骑马、滑冰、滑雪和舞蹈，在此之前，一切孩童与成人之间的有效沟通，都只发生在母亲和孩子之间。但马克非常喜欢小不点们，也很有耐心，乐意欣赏他们的画作，陪他们玩闹，倾听他们讲述自己天真的理想。

萝克莎拉娜看着缇西安手里的医药箱，眉头拧成了一团。“这是要做什么？”

“我来试验我的理论。”

“在马克身上试验？哦，不行，你只需给他点时间。”

“但我们没时间了。”扎博说。

“梅兰忒已经有进展了。”萝克莎拉娜继续争辩道。

扎博看着马克，他封闭在自己荒芜的精神世界里。“真的吗？”他问。

“我想马克的痛苦，不仅是因为失去了星光，还因为内疚。”缇西安说，“他的理论认为，他拥有的这些‘朋友’，其实都是独立的人，是从另一个维度‘偷’来的。我想，把跃闪杰克召唤出来，说不定能安慰到马克。”

“你疯了吗？你知道这有多大风险吗？马克跟我解释过，其他任何人吃了那些药粉，都会死。你又怎么确定，失去了星光后，他再吃药粉就没事？万一他也死了呢？”

“我的确不知道，拉娜。”

“布拉斯已经全线溃败，再多一点点耐心，就能攻下旺雅旺德。你为什么要拿马克来冒险？”

“因为每过一天，溃败带给布拉斯的折磨就越大，他手里的四条生命就越危险。”

“就算不考虑缇西安想见到朋友、夺回身体、救出女儿的私心，我们每夺取一场胜利，都要付出惨重的代价。”扎博说道，“只要能尽快结束这一切，我愿意牺牲任何人。”

萝克莎拉娜盯着他们看了很久，然后起身让到一旁。“有时真痛恨我们自己，对我们来说，没有任何人、任何事让我们珍视。”

“宗族，芬迪。”扎博柔声说，“宗族一直是我们的挂念。”

“见鬼去吧！宗族都是人组成的，但我们总是忘了这一点。好吧，如果非这么做不可，你们就杀了他吧。”说完，萝克莎拉娜远远地走到一堵墙边。

缇西安取出一小瓶橘色的粉末，看到它，马克凹陷的眼里，闪过一丝警惕。

“马克，如果没有把握，我不会这么做的。”缇西安轻柔地说。

王牌伸出颤抖的手，摸了摸剩下的三瓶黄色粉末。萝克莎拉娜突然像头暴怒的野兽，冲了过来，一把抓起药瓶，朝墙上砸去。药瓶砰地爆开，玻璃碴和粉末四处飞散。

“啊，多么夸张！”扎博慢悠悠地说道，“不打算解释一下吗？”

“不要这些，不要这些黄色的粉末，我是只觉得……这些会杀了他。”

缇西安浑身颤抖，她抱住自己，无助至极，看着拉娜。“你对跃闪了解多少？”她的姐姐摇了摇头。

见她俩都犹豫不决，扎博下了决心，他用意念控制马克，让他吞下了那些橘色粉末。

一团火包围了马克。

霎时，病床被火焰吞没。扎博边咒骂着，边连连后退，举起手挡在脸前，以缓解炽热的高温。萝克莎拉娜尖叫着抓起一条毯子，想冲上去把火扑灭。缇西安一把抓住她，喊道：“等等！”

马克的身躯在火焰中变得焦枯……然后，他开始吞噬火焰，火光跳跃着，越来越弱，最后全部消失。

当最后一点火星熄灭，时尚先生跃闪杰克大剌剌地躺在床单余烬里，双手枕在脑后。

“我讨厌医院。”跃闪站起身，说道，“你希望我踢踢梅多斯的屁股？没问题，让我们单独待会儿，尽管我不像死去的那个一样，会吟诗作赋，但劝说别人的本事大着呢。”他抬头看着萝克莎拉娜。“你也别继续守着了，行吗？你陪着我打点滴已经够久了。你所做的，让我想起了生命和爱情，不是吗？”

缇西安和扎博难以置信地瞅了瞅对方，而萝克莎拉娜向跃闪伸出手，说道：“我很乐意。”

一个小时后，马克变回了自己，他突然有种不祥的感觉，跃闪似乎做了非常邪恶的事情。记忆一点点回到脑海，这时他发现自己赤身裸体地躺在病床上，萝克莎拉娜就蜷在身边，他现在确信记忆是真实的了。

他猛地坐起来，身上的毯子滑下，他赶紧拽回重新盖上。“他到底做了什么？”他喊道，身体突然僵住。

萝克莎拉娜冷静地把头发撩到身后，手肘支起身子，凝视着马克的脸。“他非常擅于说服人。”马克张口结舌，骇然地看着她。

他的浴袍和睡衣在地上扭成一团，他一把抓过，想盖着毯子把它们穿上。但他手忙脚乱，根本没办法穿上去，因为萝克莎拉娜的手穿过他的臀下，又把睡衣拉到了脚踝。

“需要帮忙吗？”马克磕磕巴巴地说出几个词，“别再失语了。”萝克莎拉娜抓起袍子，又扔到地上。“跃闪精神上……很疲倦。我喜欢整个的马克，而不是某个部分。现在，把你的睡衣脱掉，告诉我，我有多美。”

无视她的抗议，马克用手和唇，代替了言语，给了她期待的答案。体内小宇宙的各个部分都在欢呼，兴高采烈地旁观着这一切，交头接耳地议论，属于星光的那一部分，却只有空虚和疼痛，只是不再那样难以忍受。

过了很久很久，马克抓过衣服穿上，萝克莎拉娜坐起身，把头发甩到背上。

“谢谢你。”她说道。

“我才该谢谢你。”

但萝克莎拉娜对他的感激只是耸了耸肩。“马克，既然你又能说话了，拜托你，劝劝我那刚愎自用的弟弟，我担心她会害死自己。”

失眠成了常客，到后来大量的酒精也不管用了。蒙娜拉建议吃点药片，于是凯丽委婉地问她，自己救了她的命，而她是不是打算用引诱他吸毒过量来作为回报，但他的妻子只是给了他一个神秘莫测的微笑，看到她的笑，凯丽立即过来找杰伊·阿克罗伊德了。

“就算布拉斯不杀我，她也会。”

“动机是什么?”杰伊理智地问。

“你是对的，她的动机……似乎不充分。”

“而布拉斯还是喜欢折断你的翅膀。”

“问题是，我正在长毒刺，我现在的力量太强大了。”

这是事实，而且他自己也吓到了。在那血腥惨烈的一天，孩子尖叫着，女人一个个死去，而他，挡在了布拉斯和蒙娜拉之间。

狂怒下的布拉斯完全灭绝了人性，他的脸狰狞扭曲，眼睛失去了焦距，疯狂地瞪视。凯丽和他对峙着，犹如两头发情的雄牡鹿，谁也没向对方挪动一步，而力量却如同两块坚硬的钢铁，狠狠碰撞。凯丽已不再是一年前那个整日提心吊胆的少年，跨越节那晚，塔基扬简单地教了他一些意念使用诀窍，从那以后他一直在学习。

只用了一个打击，他就逼退了布拉斯。布拉斯渴望鲜血，而糊满他双手及前额的显然远远不够，既然动不了蒙娜拉，他转而寻找其他弱小的猎物。最后，他含糊不清地咒骂了他的“祖父”，离开了。凯丽发现，原本塔基扬拥有的足以制住布拉斯的“德力”，已经转移给了自己——占据了塔基扬身体的惊恐入侵者。

“我的英雄。”蒙娜拉唤道，双手搭上他的肩。

凯丽对她的虚情假意恶心至极，于是告诉她说，真该让布拉斯杀了她，这样她完美的计划就休想得逞，可蒙娜拉只是大笑，凯丽明白过来，对塔基斯人来说，死亡根本微不足道。蒙娜拉已经实现了她的计划，布拉斯的妻子以及她们的孩子都死了，而布拉斯因此实施的血腥复仇，只会使自己在旺雅旺德的亲信与他反目，因此蒙娜拉离掌控旺雅旺德又近了一步。

“你不喜欢我，但你需要我。”凯丽离去前，他的妻子丢下了这句话。

夜晚的时光十分惬意。小月“缇安娜[1]”把它的肚皮擦过连绵的山顶，很快就落了下去。凯丽独自跟自己的声音、记忆、恐惧，还有朋友待着。他似乎想起了什么，又取下一瓶酒。

现在到了真正无望的绝境。杰伊几乎每晚都会做噩梦，睡觉的一半时间都会从床上摔落，这已经很糟糕了，但更糟糕的是，另一半时间，他总是冷汗淋漓。他的手触目惊心，鲜红的痕迹布满双手，而布拉斯不允许医生来为他做检查。凯丽曾在农场待了很长时间，知道感染是什么情况，于是和海丝忒一起，把杰伊的双手浸在滚烫的水里，可红痕还是持续蔓延，一直伸向手腕。杰伊刺激过度，至今还无法接受失去了手指的事实，要是再让他知道手掌也要失去，他会有什么反应？而且，要找谁来实施截肢手术呢？

凯丽颤抖了一下，又喝了一口酒。不，他得想个办法，带着所有人逃出去，否则他们都会死在这里。在一个信息网覆盖了整个星球的世界，想要审查封锁新闻是不可能的。布拉斯尝试过，但流言还是悄然而起，散播着他们的溃败和巨大伤亡。每传来新的惨败，布拉斯那双深暗眼里的疯狂，就燃烧得更猛烈几分。

凯丽唯一在握的王牌，是离他极其遥远的飞船宝宝。当旺雅旺德

---

① Tiana，缇安娜，塔基斯双月中较小的一轮。

的飞船本营遭到伊卡赞的袭击时，她的新主人忙于驯服她服从自己的意志，并不在本营，从而逃过一劫。偶尔，凯丽还能收到宝宝的思想火花。即使远在星球轨道的数千里之外，飞船还是害怕不已，不敢有任何行动。

“医生。”凯丽向着夜空大喊，“你最好快点赶来，我在努力保护大家，但不知道还能撑多久。”

缇西安刚把话说完，马克就摇头道：“别找我，朋友。”

“那我还能去找谁？祈祷吗？”缇西安的声音带了一丝怒气，尽管并不想发火，她还是克制不住，“没有你，我们无法成功。”马克还是不吱声。“那杰伊呢？”

她继续劝诱：“艾尔娜呢？”

“我不想参与到杀人行动中。”

“这是突袭，不是战争。”

“但还是会有人死亡。”

“是……但我们现在不阻止布拉斯的话，最终会有更多的人丧命。”

“这不是解决问题的方式，以暴制暴只会催生更多的暴力，我们必须阻止的，是‘网络’。所有的苦难，累积在一起，杀死了星光。”

“我们现在的行动也能阻止‘网络’，我来是希望你自愿加入。”缇西安柔声说，“所以别再指责我了。”

“我的一部分死了！”

“那你真是幸运！只是一部分？我失去了所有！”

马克走到一旁，躲开她的怒火，不与她争执。“暴力永远解决不了问题。”

“听听这愚蠢不堪、懦弱至极的话！没错，斯普劳特被赶出少管所，阻止‘恶意’，把我从火箭堡救出来，还有你刚才提到的对抗

‘网络’，这一切都痛苦难当。但至少，你的身体和你的思想还都是一体的！”

马克转过身看着她。“是的，我害怕了！我已经失去了一个朋友，你还想让我再失去一个吗？”

“我现在只需要‘行者’，他那么谨小慎微，一定不会让自己陷入危险的。”

“你无法断言我的遭遇。”

“你说得没错，我不能，你也无法想象我身上发生了什么。”

马克快步走开，停在梳妆台前，手指拂过那些粉刷、别针、梳子、瓶瓶罐罐和各色小盒，然后盯着镜子里自己略显猥琐的样貌看了一会儿，双手狠劲搓了搓脸，似乎想把所有悲伤都搓走。

“我再也理解不了诗歌了，现在它们在我眼中就是一堆词语的组合，我以后再也无法写诗了。”

缇西安自己还没反应过来，话语就冲口而出，仿佛她的嘴和思想有了自主意识。“这算哪门子悲剧，你以前读过星光的诗吗？”他俩的目光在镜中相遇，马克震惊地瞪大了眼，缇西安满是愧疚，忙不迭地说道：“哦，灵神啊，对不起，我只是——”

马克却大笑起来，干涩粗哑的声音连珠炮似的从他喉咙里传出，整个身体都剧烈震动起来，缇西安惊慌失措地瞪着他。

“你是对的，耶稣啊，你是对的，那些诗蹩脚极了。”

“哦，马克。”缇西安走过去，双手环住他的腰，脸贴上他的胸膛，“我真是爱你这个样子。”

“当一切结束，你也回到了属于自己的地方——”

“你一定会回去的，马克，我发誓。”

一间地下室。两端各有一扇门，中间是粗糙的禁闭墙。每个水泥煤渣隔间里，都关着一张尖叫的嘴。地板响起了声音，她赤裸的身躯顿时变得冷汗涔涔，如堕冰窖。布拉斯来了，足音一下下敲在地上，有如重锤，她的骨头似乎都化成了水。一扇门打开了。扎博往里窥探，手还拧在门把上。

“这是解脱。”他欢快地说。

缇西安瞥向另一扇门。足音越来越近。

“那是痛苦。”一张血淋淋的嘴说道，是科迪的声音。

“是死亡。”另一个声音，是布莱思。

“最后一次机会。”扎博说道。

“我做不到，我需要更多时间！”缇西安叫起来。

黑暗中响起轻柔的呼吸，她陡然惊醒，立即摸向床头的激光手枪。熟悉的气息传来，她蓦地放松，重新躺到枕头上。

“你在这做什么？”

“回应你的呼唤。”扎博走到床沿，坐了下来。

“抱歉，做噩梦了。”

“先祖在上，缇西，你能不能稍微学点意念控制？你就像一只失去了双亲的‘拉尔①’。”

“我没有想到……你会听到。”缇西安绞着床单，“我也没有意识到……我需要你。”

“好啦，我现在在这里了，还需要我吗？”

缇西安张开双手。

“你真是高效率。”她说道，看着扎博飞速脱掉自己的衣服，钻进被窝，躺在她身旁。

“练习了很久。”

他们吻着彼此。几分钟后，缇西安躺下来，叹道：“虽然不十分确定，但考虑到塔基斯的一天比地球要短，我想明天就是我待在这个

① ral，拉尔，一种产奶反刍动物，皮毛极其柔软细腻，是纺织的上好材料。

身体里的一周年了。”

“对不起，我没办法帮你在明天结束前回到自己身体。”

“我没要求这个，只是聊天。”

“那就别聊这个了。”

于是她重新躺下，扎博温暖的体温笼住了全身。她听到雪花轻轻落在窗户上，而此刻在南半球的旺雅旺德，正是夏天。她想到了杰伊、海丝忒、艾尔娜，还有凯丽，有时她觉得自己似乎能感觉到他。

扎博细细地亲吻她，抬起脸来说道：“我会想你的。”

她不想假装自己没听懂。“你还是可以拥有我。”

“不，我俩都迷恋女孩。”

“的确如此。”

他覆到她的身上，膝盖顶开她的大腿，看着她的脸笑了。“但我想你不可能很快就忘了我的。”

“不会，而且我也会想念你。”

♥♦♣♠

第四十二章

空袭警报响彻旺雅旺德上空。凯丽有一瞬间的犹豫，不知该冲到杰伊、海丝忒和孩子身旁，还是跑出去看个究竟，但很快就做了决定，跑到了外面。

墙上的炮台已全部打开，炮弹远远地射向夜空，织出密集的火力网。七艘飞船在地面射来的炮火中左冲右突，围攻一艘俯冲闪避的旺雅旺德飞船。

凯丽一把抓住一名奔逃的士兵。“发生了什么?”

“伊卡赞。”

现在战况变得十分有趣。凯丽看到一艘伊卡赞飞船击飞了旺雅旺德飞船的脊骨，随即地面炮台又奉上了重击，把脊骨送去见了先祖。他试着做了一点意念探测，却发现上空的灵能犹如一潭死水，他明白，这是一种战场技术，用来干扰意念沟通，但在目前的情况下十分有利。

他突然转身，拔腿就向旺雅旺德的宫邸跑去。

“灵神啊，罗万。”缇西安对身后紧追不放的伊卡赞飞船舰长叫道，“你不会真要把我们给打下去吧。”她气喘吁吁地说。旺雅旺德飞船又遭到一波攻击，跌跌撞撞地飞着。

扎博没空回应她，全神贯注地盯着飞船，努力使被俘的飞船保持航向。已变成杜尔格模样的宇宙行者坐在全息屏幕前。

“口令。”旺雅旺德的一名国防官问。

吞噬了旺雅旺德舰长灵魂的“噬魂者”答道：“斯大林。”低沉的男子声音从女性面孔上发出，真是令人毛骨悚然。

缇西安瞪着噬魂者空茫的双眼，打了个寒噤，迅速扭过头。“噬魂”是一种可怕的天赋——如果这种怪异的能力也能称为天赋的话。她知道扎博培养的精英队伍里肯定会有一个。噬魂者通常寿命不长，身心同时遭受的重压会在几年内摧毁他们的灵能。缇西安觉得，即使发现谁有这种潜能，自己也绝不会训练他，或许这就是为什么扎博能当上伊卡赞的瑞伊斯，而她不行。

国防官没有回答，仿佛过了几千万年，他终于开口道：“准备降落，请快一点，杜尔格·波·布拉斯请回答。”

行者除了能化为虚无，还能幻化为别人的模样，但不能拥有那个人的声音和记忆。缇西安的心悬了起来，全身僵硬。但行者只是哼了一声，所幸对方认为这是个典型的莫拉克式回答，没再多问。飞船颠簸个不停，猛地平缓下来，落地了。他们下了飞船，此时特工的情报传来：真正的杜尔格只带了三十名士兵，因此他们一行也要把原本的五十人缩小到三十人。

扎博的精锐部队个个都是灵能者，现在他把他们召集起来，组成了意念战术网，还烧毁了俘获的旺雅旺德飞船外壳，防止它发出警报，但情势依然严峻。他们迅速聚集，缇西安把手按在佩枪上，脸上粘着珠宝的地方阵阵发痒，她竭力使自己忽视这种难受。如果有人走近检查，他们很快就会露出破绽，所以只能祈祷他们不需要在此地逗留太久。不过，队伍中的确有名真正的旺雅旺德贵族——拜塔姆坚持与他们同行。

飞船的外舱门旋转着打开。“计划真的可行吗？”缇西安悄声问道，“二十九名男女与一名地球人组成的刺杀小队，去袭击一整座旺雅旺德宗族。”

“很可能不行。”扎博低下头，冲她咧嘴笑道，“不过要是成功，我们就是传奇。”

“那你想不想活着的时候听到这个传奇？我一直觉得，死去的英雄是个自相矛盾的概念。”

扎博搂住她的脖颈，抬高她的头。“犹豫了？”

缇西安垂下眼睫。“一点点。”

“现在打退堂鼓，有点儿晚了。”扎博说道，拇指轻轻摩挲着她的嘴唇。

“是的。”

“最后一次碰碰运气吧。”扎博温柔地安慰她，俯身想给她一个轻吻。

缇西安伸出手指，按住他的嘴唇。“我想我们最好还是戒掉这种行为。”

扎博被她的话刺伤，但他立即耸耸肩，装出满不在乎的自信。“别太相信你的决心，我向来能给女人带来不小的影响。”

舱门打开了，他走下楼梯，缇西安在他背后柔声说道：“你的表妹就深受你的影响。”

“我们快走！”

杰伊抬起头看着凯丽。“你兜里是装了把枪，还是只想来看看我？”

凯丽吃惊地看着口袋的隆起，再看向杰伊。杰伊把“伊桑①”推到一边，扯下凯丽的腰带，掏出枪，他光秃秃的手掌竟惊人地灵敏。

“永远，”他把枪凑到凯丽鼻端，强调道，“永远不要把枪藏在裤子前部，否则很容易打到你不想失去的东西，你要是把它打掉了，塔

① ysan，伊桑，一种苦味热饮。

基扬准会抓狂，而且我不确定，塔基斯人是否有本事重新长一个老二出来。现在，能说说出了什么事吗？你跑得跟《第一滴血》里的兰博似的。”

“有人来救我们了。”

杰伊四处看看，警报已经停了。“真的吗？”

“真的。”

“没骗我?!”

“没有!”

“你怎么拿到枪的？”

“打晕了一个守卫。”

“太好了。”

凯丽指了指太阳穴。“用这个放倒的。”

杰伊叹了口气。“我想说几句，你知道怎么用枪吗？”

“知道一点。”

“那好，你记住大致瞄准离我比较远的地方射。你的计划是什么？”

“逃出这里，一直跑，直到他们找到我们。”

“不停地移动，会让他们更难找到我们的。”

“布拉斯会更难。”

一听到这个反社会年轻人的名字，杰伊立即触电般弹起来。“你的计划太绝妙了，我爱死它了。”他冲到卧室门口，喊道，“海丝，我们的苦难到头了。”

海丝忒抱起艾尔娜。“意思是我们要离开这了？”

杰伊指指身后。“兰博说是的，他说船队已经来了。”

“是‘网络’的船队吗？”海丝忒问。

“不是，他们是……总之别担心。”

“是谁来了，已经很明显了。”凯丽站在门口，轻声说道。

他们悄悄地溜到了走廊里。

计划很简单，塔伊率领大部队一举拿下旺雅旺德的国防中心，迅速开辟道路，方便伊卡赞的飞船前来营救。扎博、缇西安和行者直捣瑞伊斯议政室，生擒布拉斯。目前一切顺利，他们一行顺利进入了旺雅旺德宫邸，甚至都没人多看他们一眼，拜塔姆走在前面，领着他们前往瑞伊斯议政室。

“杜尔格”消失了。

马克·梅多斯一脸警惕地站在走廊中央，现在他们的刺杀小队由拜塔姆、他以及二十八名灵能者组成，而大厅里已经有人注意到他们了，正往这边走来。

“哦，糟糕。”马克嘟囔道，“我给行者穿了短袖，这样变回我的时候衣服就不会束手束脚了，现在我得变矮一点。”高高的王牌掏出瓶银蓝相间的粉末。

“没用的。”扎博说道，“他们其中一个已经启动了警报，我们的小计策已经被识破了。”

马克把药瓶放回口袋，又掏出另一瓶吞下，然后那个韩国王牌——月光女侠出现在众人眼前。

“真迷人。”扎博说道，“只是除了展现魅力，你还能做别的吗?”月光女侠走进暗影，消失前回了他一句：“本事大着呢。”

“好了，我们准备。”塔伊喊道，“出击！真遗憾，我刚发现自己非常渴望活得长一点，当上阿杰伊兹。”他摇摇头，叹了口气。

“坦德宗族在一个岛上，对吗？我真想像淹耗子那样把他们淹死。”布拉斯从背后松开手，转身盯着全息屏幕，“必须得有办法对付他们，弄个海啸什么的。”他胡乱挥着手。“总之做点什么。”

杜尔格此刻远在旺雅旺德五百英里之外，收到盟军进攻的消息，他的心情变得异常沉重。他强打精神，回答布拉斯的提问。“或许可行，大人，但这样大面积的海潮有点困难。”

“他们背叛了我，杜尔格，他们必须付出代价。”

“您的焦土政策让我们在艾拉遭到了猛烈的反击，对了，坦德宗族十分富有，如果把它变成一块空荡荡的土地，我想也不是您想要的。”

“我很富有，我不在乎。”

杜尔格的耐心消耗得一点不剩，他咬咬牙道：“有人会在乎。”

“但他们什么狗屁都不是，我才是最重要的，我才是塔基斯的征服者!”

“您有点言过其实了。”话一出口，杜尔格就意识到自己越界了，看着布拉斯气得发白的鼻翼，知道回去又有一顿苦头吃了。

有人走进了布拉斯的议政室，站在全息屏幕范围之外，只见布拉斯扭头看向左侧，杜尔格听到有个声音汇报说：“入侵者已经渗透宗族内部，而且军队袭击了我们的国防中心。”

布拉斯猛地转身盯着全息屏幕，咬牙切齿地喊道：“杜尔格，该死的你快回来，把他们赶出去!”

这个魔鬼之前总是忽视他，现在终于记起，自己是保证他安全的关键了。杜尔格鞠躬行礼，直起身时却发现面前空无一物，布拉斯已经切断了联系。

杜尔格对一名扎尔玛伊尔戈下达了命令，飞船开始往回飞，而他陷入了思索。自己一手造就的局面，还能支撑多久？比起原先预料的，缇西安王子和前主人扎博瑞伊斯要聪明得多，而布拉斯的喜怒无常更是超出了想象。“我们从胜利的口中抓取了失败。”他想到了这句地球谚语，是他从一个在“宇宙南瓜”食品店用餐的学生那听来的。

一丝疼痛悄然漫上心头。他想起了那个男人，用他生平从未感受过的善意对待他，还想起了那个打败了他的女人，她把人生还给了他，并且给予了他尊重。

“似乎骑兵正朝小巨角[①]河进发。”杰伊说道。令人心悸的警报声响彻宫邸，军队来来回回地在过道上奔跑。他看向凯丽。“将军，现在怎么办?”

凯丽正像匹受惊的马一样不停地晃头，突然他停住了，眼神空茫，指着一个方向说道：“这边。”

他们在宫邸里奔跑时，没有任何人多他们一眼，杰伊正暗自庆幸，忽然僵住了：他们又回到了自己的套房。

“哦，上帝啊！这很好玩吗，亲爱的？围着宫邸深夜慢跑?”

“别这么刻薄。”地球人的语言像团粪便打中了杰伊。他教了海丝忒一点英语，现在听到这句话真是羞愧极了——她学得真该死的好。

“他们会在这里与我们会合。”凯丽简单地答道。

这时艾尔娜已经醒了，发出既像哭又像笑的滑稽声音。他们三人穿过房门，跑进去，缇西安和拜塔姆已经等在那了。

缇西安箭步冲向海丝忒，从她手里接过艾尔娜，艾尔娜的小拳头结结实实地打在自己母亲的下巴上，咯咯地笑了。凯丽倒在拜塔姆怀里，接受他深情地抚慰。似乎大家都在拥抱，于是杰伊也抱住了海丝忒，等他抬起头时，发现凯丽和缇西安抱在一起，中间夹着艾尔娜。

“那个小孩真是碍事。”杰伊对海丝忒说，然后看着其他人说道，“我不想打破爱的盛宴，但你们有法子把我们弄出去吗?”

---

① 小巨角河战役，发生在1876年6月25日的蒙大拿州小比格霍河附近，美军和北美势力最庞大的苏族印第安人之间的战争，被称作是“最惨烈的”美军与印第安人之间的战役。最终以印第安人获得胜利而结束。

他们切断了旺雅旺德通往宫邸的输电干线，但备用发电机却启动了。刺眼的应急红光填满房间和过道，把塔伊、扎博和月光女侠钉在原地。他们三人正站在三条过道的交会处，再转过一道九十度急转弯，沿着左厅走十米，就到了最后一个入口，通往地下综合楼和防御中心。但旺雅旺德的军队已经封死了另外两架楼道和六台电梯，他们不得不穿过一条无遮无挡的过道，冒着莫拉克守卫的枪林弹雨，跑下一条楼梯。

塔伊把一枚榴弹塞进发射器，扔进大厅，及时地在右边墙上炸开了一个大洞，毁了一幅昂贵的壁毯。见状，扎博看着塔伊，挑了挑眉。

“好受点了？”

“一点点，他们入侵伊卡赞时，烧毁了我在拉米尔的海景房。”

巴兹的声音从后排传来。“等待围攻军队的到来，我屁股都等凉了。”

“找个什么裹一裹。”扎博愉快地喊道。

“我手头现在什么也没有。”

塔伊看着扎博。“你别浪费时间和我们待在一起，你最好去找出布拉斯，留我们在这里战斗。一旦抓住布拉斯，他们就会视我们为解放者，立即停止开火。”

巴兹的喊叫又从身后传来。“我提醒过了……一股猛烈的火力正向我们扑来。”

“医生身边现在没有任何守卫，我不会杀人，所以就让我去保护她吧。”月光女侠提议道。

扎博有些犹豫，塔伊催促道：“我们现在一团糟，我想，毁灭性打击即将来临时，有序地撤退是十分明智的。”

“但我们必须拿下国防中心。”扎博反驳道。

“我将很荣幸为您效劳，大人。”塔伊换上公事公办的谦卑口吻，说道，“但现在有十五个莫拉克怪物守在楼梯口，最坚固的盔甲也挡不住他们，而我又不像王牌那样刀枪不入——”

“好吧，叔叔，我明白了。”

他们顾不上仪态，赶紧整理队伍，冲过一条过道，再奔向左侧的另一条。激光炮呼啸着在楼梯间扫射，擦着他们的脚踵飞来飞去。

杜尔格率领部下赶回旺雅旺德，刚一落地就接到报告说，此前过来的一艘旺雅旺德飞船上就有他。啊，宇宙行者，杜尔格迅速反应过来。报告还说，宫邸突然遭到袭击，守卫还在反击。杜尔格仔细检查了与入侵者有实际接触的人员报告，并读取了情报人员的意念，发现伊卡赞似乎并未派遣军队，而且守卫已经打倒了十一个入侵者。

杜尔格奔到布拉斯的议政室，准备保护他，却收到条既古怪又不合情理的命令：活捉剩下的入侵者。这个男孩已经失去了冷静，全部心神都只锁定在他的祖父也来了的消息上。但杜尔格觉得不大可能，认为入侵的应是自己的前主人——胆大包天的扎博，因此他发现自己面临一个棘手的问题：如何进行这次抓捕，因为任何作用明显的手段，比如催眠瓦斯，扎博肯定早就预料到了。

紧接着布拉斯又扔出颗重磅炸弹。“去凯丽的套房，把我的小孽种带来。”于是，一名塔基斯最优秀的军事精英被派去在宫邸里四处游荡巡逻，而杜尔格带着一支小分队，前往凯丽的房间，监守一个三个月大的婴儿。

刚到杰伊他们套房的门口，一个纤细的身影从影子里滑出，一只手掌紧紧压住杜尔格的胸膛，顿时他觉得呼吸困难，恐惧渗透了全身。

“似乎我总是要保护医生免受你的伤害。”月光女侠伊希斯风铃般美妙的声音响起。

杜尔格用余光瞟到一柄枪举了起来，他猛地一把抓住枪管，狠命压下，激光柱在大理石地板上射穿了一个十英寸的大洞。

“你抛弃了我！”杜尔格吼道，声音尖锐刺耳得自己都认不出。

“我从未想过如此。”月光女侠温柔悲伤地说道，“也许现在说已经太迟，也没用了，但我还是想说，对不起。”他俩站在原地，又盯着彼此看了好一会儿。

杜尔格身后的部下紧张地移动着，他们当中没有一个灵能者，所以月光女侠暂时是安全的。杜尔格心头浮起微妙的困惑，自己都未曾察觉。保护她，还是杀了她？迷茫涟漪般拨弄着他的神经和肌肉，荡漾在身体深处。

月光女侠屈屈膝盖，把子夜般漆黑的长发甩到身后。“如果我们必须打一架的话，就开始吧。”说完，她摆好架势，等着杜尔格的进攻，却只愿自卫，不愿伤害他。

记忆刻骨铭心，甚至眼前的一切都变得模糊起来。过往的场景一一浮现，犹如一个清醒的梦，游走在内心阴暗的角落。在宇宙南瓜食品总店和有机熟食店里，杜尔格在擦桌子，斯普劳特骑在他的肩上，发出欢快的尖叫，马克手忙脚乱，想为饭店唯一的客人做一块豆腐汉堡。而凌驾于所有记忆之上的，是快乐——他曾经那样快乐。

士兵堵住了大厅的去路，激光枪管还躺在手里，杜尔格突然一把从士兵手里夺过枪，猛地举起来朝身后射击。痛苦恐惧的叫喊回荡在空中，剩下的士兵没命地在过道里跑了起来，杜尔格追在他们后面，泪流满面，边跑边不停地开枪。她急促的脚步在身后响起，犹如影子的舞蹈。杜尔格拼命地跑，想远远地逃离她……和曾经的记忆。

“发生了什么？”杰伊问。

“我也不知道。”缇西安小心翼翼地向大厅张望，“外面死了很多旺雅旺德士兵。”

“好兆头。”拜塔姆说。

“如果知道是谁杀了他们就更好了。”

“他们的敌人就是我们的朋友，对吗?”杰伊伸出光秃秃的手掌，重新把门关上。

“在塔基斯，情况往往没这么简单。”拜塔姆说。

缇西安在房里走来走去，哄着怀里的孩子，海丝忒拧紧自热奶瓶的瓶盖，把它递给缇西安。“就我个人而言，”海丝忒说道，“我觉得自己像件遗漏的行李，希望很快有人过来传唤我们。”

“但搞不好是布拉斯。”凯丽说。

“我们不能在这干等，要是能走出大门，就有机会跑到开阔的乡村去。”缇西安说。

“如果按计划进行，你们打算怎么离开?”海丝忒问。

“拿下国防中心，召集我们的飞船。”缇西安把奶嘴塞进艾尔娜的小嘴巴里，尽管现在处境危险，她还是忍不住微笑了。婴儿啪地睁开眼睛，美丽的海蓝色双眸中，闪烁着聪慧的光芒。

“那为什么不这么做?”凯丽问。

“防卫装置的设计，就是识别敌军飞船的基因标识，在入口就摧毁它们。”

凯丽来回踱步，不安地绞着一缕红发。“那已经被捕的飞船呢?也会摧毁吗?”

“先把基因标识摧毁，再植入人工基因标识。”

“这样读取的时候就是旺雅旺德的飞船了?”

“是的。”

“那我们召唤宝宝吧。”闻言，所有人都十分惊讶，面面相觑，凯丽下意识地说道，“我一个人做不到，不过你可以教我，当她听到你的召唤后，医生，她会立即飞来的。”

“你可以重新训练她吗?”拜塔姆问。

缇西安放下奶瓶，把一缕头发拨到耳后，艾尔娜抗议地哭叫起来。“我们可以试试。”她答道，把奶嘴塞回嗷嗷待哺的女儿嘴里。

伤势异常沉重，有一次他回头望了望，发现一条腿的大腿部分全部烧焦了。他在鲜血横流的地板上四处乱爬，想找回断掉的肢体，也许找到了，他们就有办法重新接回去。但很快他反应过来，自己已经神志错乱，快要死了。他想在死之前找到她，想知道自己最后这件事有没有做好。杜尔格拖着身子，爬上楼梯，鲜血和焦臭皮肉的气味堵满了喉咙，几乎要噎死他。他把头靠在楼梯边，稍作休息。

靴子踩过他的手指，咯吱作响。杜尔格抬头咆哮起来，抽回手，抚摸着指关节，瞪着黑洞洞的枪管。

“不!”是她的声音。

士兵忙乱地跑开，脚步声震得天响。

一个声音叫道。“国防中心安全，大人。”声音又变成了小男孩的声音，补充道，“他们都死了。”

柔软的手轻轻抚上他的脸。杜尔格的双臂紧张地绷紧了，在他倒下去时，月光女侠抱住了他。鲜血从背上的伤口汩汩流出，浸透了她的紧身衣。

她发丝的芬芳似乎也沾染了他身上的死亡气息。“我倒向了……你……我倒向了……你。”

“我知道，嘘，现在不要说话。”她泣不成声。

“没人……会为……一个……莫拉克……流眼泪。”他抬起脸，看着她美丽的面庞，“请给我……你的原谅。”

月光女侠含泪点了点头，俯下身，温柔地吻了吻他的嘴唇。

像塔基斯飞船这样庞大笨重的东西，究竟怎么做到轻盈扭动的？杰伊对此百思不得其解。但现在宝宝就在快乐地扭摆，外壳的褶皱和轮辋闪烁着炫目的光芒，浅紫和琥珀色的光辉沿着背上的脊柱流动，灿烂无比，把她巨大的影子投在地上。

“走吧。”缇西安说道，“宝宝知道该怎么做，她会把你们都带到合约站的。”她轻轻地吻了吻孩子的头顶，把她塞到海丝忒怀里。“告诉她，永远别忘了，我爱他。”

“你怎么打算?”杰伊问。

“我必须找到布拉斯。”

“我跟你一起。”凯丽自告奋勇。

拜塔姆清清喉咙，说道：“对旺雅旺德的继承权，我勉强能扯得上点关系，现在是时候宣示了，所以你们走吧，不用带上我。”

“你可能没注意到，那堆砖石柱子里的人都在自相残杀。”杰伊说，“我真不认为，现在是发动政治运动的好时机。”但拜塔姆只是歉意地耸了耸肩。“你们为什么都想扎堆当英雄?”杰伊抱怨道。

“正如你所疑惑的，现在没什么你能做的，杰伊，走吧!”缇西安下了命令。

杰伊犹豫了一会儿，海丝忒抓着他的胳膊，拽着他上了楼梯。飞船旋转着关上闸门，冲上了天空。

杰伊蹒跚着坐到椅子上。“啊，该死。”他突然叫道，“他们都会死的，而我俩，又要带着这小孩了。”

那扇门敞开着，流露出一种漫不经心的傲慢，扎博饶有兴致地看着它，同时也明白，尽管是个疯子，布拉斯仍拥有强大到可怕的“德力”，仅单枪匹马，他就整个儿颠覆了塔基斯的社会面貌，并且缇西安认为永远不可能回到原样了，不过扎博还是希望有所转圜。

然后他突然醒悟过来：这扇门是个引诱，就像蜘蛛的诱饵，背后的陷阱专为缇西安而设。好吧，他会大吃一惊的，扎博不无得意地想。他本来有点惊讶，自己轻易改变了缇西安对布拉斯的追捕，但现在明白了原因并且感到庆幸，就生物角度而言，自己比缇西安的优势大多了，因为拿艾尔娜当诱饵的确是个好计策，这样缇西安就没办法与布拉斯对立，但自己可以。

没有任何事物，能减轻扎博对门槛后那个人的痛恨。有两次，在缇西安狂乱不安的睡梦里，他读到了她的恐惧，都是布拉斯加诸她的。现在，到这个魔鬼付出代价的时候了。

扎博走进了门。

布拉斯转过身，暗紫色的眼珠惊讶地瞪大了一瞬，然后猛地伸手去抓桌上古老的地球武器，扎博趁机发起意念进攻，切实地击中了布拉斯，可惜只发出了一击，转眼就被布拉斯反攻。但这一击，也足以使扎博穿过房间，攫住布拉斯的手腕。杀掉布拉斯很容易，但活捉他就不那么容易了。现在，布拉斯不仅猛击扎博的身体，还狂攻他的意念。在他的攻势下，扎博根本毫无还手之力，只能调动所有的意念力，勉力支撑。

布拉斯灼热的呼吸喷在扎博脸上，他们的意念彼此纠缠，所有的记忆都在对方的思想里袒露无遗。横亘在他们中间的，是缇西安。两股思想——柔情深爱和强奸暴行互相拧结，狠狠击向对方。

布拉斯咧开嘴，狞笑起来。“难道不是我教会了她如何取悦你吗?”他悄声说道。

狂怒席卷了扎博，就在这个瞬间，他的凝聚土崩瓦解，布拉斯乘隙侵入了他的思想。扎博孤注一掷，筑起死结，奋力把私生子的意念挡在门外。布拉斯要想打破这道灵盾，就必须杀了他。意念的角力僵持不下，但身体的搏击就快得多。

房里一片死寂，只有彼此粗重的呼吸，他们激烈地交战，争夺桌上那把枪。

旺雅旺德的宫邸内，是怪异的宁静。

凯丽和缇西安去过布拉斯的私人领地，却只找到一具被杀害的拉布尸体，浑身赤裸，横在鲜血浸透的床上，长长的红色卷曲假发歪斜着，遮住了眼睛。见此情景，凯丽和缇西安的心头都掠过一丝不适。

他们继续寻找，急促的脚步声回荡在大理石墙壁间。快到门口时，听到了一声枪响，木片随之四处飞溅，紧接着传来一声痛苦的呼叫。缇西安扶住门框，扫视各个角落，往门里看去。

布拉斯和扎博缠斗成一团，像在跳一支古怪的死亡华尔兹，他俩的手都紧紧抓住一支.44口径的马格南手枪。鲜血从扎博大腿流下，伤口皮肉翻卷，触目惊心。要是打中了骨头，骨头非得粉碎不可。不过他还站着，既证明了他的反应敏捷，也证明了布拉斯枪法欠缺。

他俩跌跌撞撞地后退，枪管一时指向这边，一时指向那边。见缇西安也举起了枪，扎博闷哼一声，扭住布拉斯的手腕向后重重一掰，紧紧地攥住了他。一声凄厉得耳膜都要撕裂的大叫过后，鲜血混合着脑浆从布拉斯的头上迸出，他的前额上，赫然印着一个圆圆的黑洞。

凯丽尖叫起来，叫声混合着枪响余波，在空气中震荡。扎博松开布拉斯，尸体轰然倒地，缇西安心头忽然泛起奇异矛盾的悲伤，她抓住尸体的肩，用力晃了晃，尸体破碎的头颅在地板上撞击。

“不！你不能死！你不能死！你不能死！”

凯丽走到她身旁，把哭泣的塔基斯人拥到怀中，滚烫的眼泪打湿了他的脖颈。缇西安瞪着扎博，神情像极了美杜莎。“你食言了。”她声音轻柔，但每个字都尖锐如碎裂玻璃的边缘。

“我别无选择。”

这时，意念呼唤号角般响起——是议会召唤，他们满脑子都装满了旺雅旺德阿杰伊兹发来的谈判邀请。

♥♦♣♠

第四十三章

“好吧，我当不了旺雅旺德的瑞伊斯了。”拜塔姆欢快地说。

“你很想当吗?”缇西安心神恍惚，随口问道。

艾尔娜躺在怀中，传来阵阵暖意。她现在只想和自己的孩子静静待着，谁也别来打扰，不知道孩子那纯粹真挚的爱，能不能重新唤起她的情感。

现在正值黎明前，最灰暗冰冷的时刻。缇西安精疲力竭，可怎么也睡不着。她心绪翻腾，脑海中一遍遍回放着夜晚的一切，不停地回想、分析，迷失在周而复始的“要是”“如果”里。

然后她想到了飞船。即使对缇西安这样虚弱的灵能者来说，目前的景象也嘈杂不堪。伊卡赞的飞船都在高歌胜利，连老迈的飞船也从飞船庄园飞了出来，犹如巨大的蝴蝶，在伊卡赞宫邸上方盘旋飞舞。一片眼花缭乱的喜庆欢腾中，有一个小小的不和谐音符——宝宝，她读到了凯丽和缇西安的难过，唱出了他们的悲伤。

“也不是很想当。”拜塔姆继续说下去，“但你得承认，这的确是个好办法。其他所有瑞伊斯竞争者都在忙于战争，在这个荒谬的时刻我提出请求，是给议会一个机会，让他们从布拉斯的掌控中解脱出来，又不需要真正向伊卡赞投降。尽管实际上我们还是成了伊卡赞的邦属宗族，但好歹保住了颜面。”

“你做得很好。”

“对你的遭遇，我很抱歉——”

“我也是。”缇西安站起身，走向自己的套房，拜塔姆觉得自己得到了她的暗示。

“等你休息好了，我们来想办法解决你的问题。”

“我想说，你面临的问题更棘手。我的思想在一个地方，身体又在另一个地方，可能三人行是唯一的解决办法。”

“那我们可能会吓坏凯丽。”

门在身后关上，缇西安靠在雕花木门背后，瘫倒在地，身躯不停地发抖。她温柔地把艾尔娜放到婴儿床上，然后箭步冲向卫生间，把胃里本就所剩无几的东西吐得干干净净。敲门声传来，她从马桶前抬起头，边漱口擦嘴，边听守卫询问来人。原来是马克，她叹口气，回到客厅。

“你现在有时间吗？”马克问。

她发出个像笑又像呻吟的奇怪声音。“一直都有空。”她又笑起来，“变不回我自己的模样，我是不会回去的。”

马克忧虑地走过去，用瘦骨嶙峋的手捧住她的后脑勺。“你冷吗？”

“是的，很冷，但你，应该不冷。”

马克心事重重，走回沙发，颓然坐倒，双手夹在膝盖间，紧紧握着。“杜尔格死了，他倒向了……”远行队长拍拍自己的胸膛，“我。不知道这对一个莫拉克有什么影响。”

“我可以肯定，肉体的痛苦极其短暂，因为他死得很快。”缇西安自己也没料到，说出的话这么刻薄。

马克抬头忧伤地看着她。“整件事都是我的错，我抛弃了杜尔格，不然布拉斯永远想不到来塔基斯。现在布拉斯死了，杜尔格也死了，而你困住了，而且——”

缇西安紧紧抓住马克的肩，手指深深陷入他的皮肉，马克不禁微弱地痛叫了一声。

“别犯傻，我现在没精力来开解你的傻气。我浪费了五十年，终日深陷内疚不能自拔，你别干同样的傻事。我现在的境地，是因为我自己看错了布拉斯，判断失误，跟你没半点关系。至于杜尔格……没错，你是抛弃了他，但并不是恶意，也不是有意。非要说有什么错的话，就是对他不够了解。”她松开马克，往后梳着头发，动作带着绝望的愤怒和困惑，“我不知道我说了什么，如果我的话还有意义的话，我想重点就是，别浪费时间在内疚上，你想要我的原谅吗？你已经得到了，你并不需要，但你已经得到了。”

马克站起身，伸出胳膊环住她。“对不起，我帮不了你。”

“我爱你，马克，但看在灵神的分上，你走吧。”

马克吻吻她的头顶，离开了。缇西安唤来吉娜，伺候自己沐浴。很长一段时间里，她只是把自己浸泡在温热的水里，划着水面，让侍女给头发和身体打上香皂。吉娜圆润的手指刚解开她缠绕在脖子上的发结，一阵急促的敲门声就响起了。

“快点洗完吧！”缇西安沉入水中，冲掉头发上的皂沫，再浮出水面，像猎狗那样甩开水珠。吉娜擦干她的身体，她套上睡衣睡袍，前去迎接最后一位访客。

来的是凯丽，她像个吓坏了的孩子，把头埋在缇西安的膝头，缇西安抚摸着他杂乱的卷发。

“我们保住了旺雅旺德，他们想让我留在那，让我继续扮演你。”凯丽的声音透着绝望。

“无论从哪个角度看，你的确是。”缇西安唤来吉娜，“你要来一杯伊桑吗，缇西安王子？”

“不！你得想点办法！”

“恐怕我也没什么主意。”但凯丽对她的全然信任，打开了她的思绪。不管此刻有多么厌恶思考，她的大脑还是转动了起来。过了好一会儿，她缓缓说道：“布拉斯并不是这个宇宙里唯一的‘传心者’，对吗?”

“我们回家？再找一个?”凯丽急切地问。

缇西安悲伤地笑了。“似乎也不管用。”

“不，很有用，我们现在就动身。”

守卫站在卧室门口，报告说：“蒙娜拉·泽克·梵布里安·泽克·阿纳公主来了。”

“哦，天啊。”凯丽呻吟道。

“祖宗啊。”缇西安叹道。

“是你的妻子。”蒙娜拉纠正道，她穿过守卫，关上门，看清了房里的情形：凯丽坐在缇西安脚边的地板上，头靠在她的膝盖上，而缇西安的手指缠绕着他的发丝，“如果你俩都不是我丈夫，我就真的困惑了。”蒙娜拉向缇西安伸出手。“我们还没见过，我是蒙娜拉，你的妻子。”

缇西安站起身，对着她的手弯了弯腰。她俩的眼神交汇，蒙娜拉快速探了探缇西安的思想。“真有趣，我们的第一次会面十分冒昧，是吗?”缇西安轻声说道。

“我想知道你究竟是个怎样的人。”

缇西安伸手在自己纤细的身躯上滑下。“现在是个美丽可怜的小东西。”

“你的思想很有趣，我希望我能爱上你的思想，但说来说去，我还是更爱那个假冒的、双腿间夹着一团肉的你。”蒙娜拉看着凯丽，“你在这里的事情结束后，到我套房来，我们要做点计划。”

说完，她盛气凌人地离去了。缇西安和凯丽瞪着地板看了足有好几分钟，然后缇西安叹道：“我想离婚。”

凯丽脸烧得通红，含混不清地嗫嚅道：“我跟她睡过了。”

缇西安拍拍他的背。“没什么大不了的，考虑到我的性欲，你这是不可避免的。”

“我能待在这吗？今晚不想跟她待在一起。”

“当然，当然，你睡床吧。”

凯丽停下了脱衣服，问道：“你不睡吗？”

“可能晚一点吧。”

“已经很晚了。”

“或许今晚，”缇西安把艾尔娜从小床上抱起，看着房外，挤出几个字，“你看到扎博了吗？”

“没有，你们去伊卡赞后，就很少见到他了。”

“意料之中。”

显然，缇西安脆弱的灵盾根本挡不住涌动的情绪，凯丽咳了咳，问道：“你会作为我，为了他留下来吗？”

“不，孩子，我爱他，但决定已经做了，去睡吧。”缇西安关上灯，又走回客厅。

现在完全是属于自己的时间了，缇西安来哺乳，她的胸脯又涨满了乳汁。她叹了口气，解开胸前的衣扣，把艾尔娜的头抱在怀里。没等孩子找到乳头，她就先温柔地笑了起来，婴儿开始吮吸时，她全身都因疼痛和柔情一起而轻颤。

几乎要睡着时，突然一道尖锐而充满敌意的审视惊醒了她，她赶紧睁开眼，却看到扎博正站在房间中央，害怕顿时转为愤怒。

“进门前应该先通报的。”

“我吩咐了你的警卫，不必要了……现在你是我的了。”

“你压根就没想过留着布拉斯。”缇西安尖刻地说。

“我说过了我会吗？”

“但你承诺了我。”

扎博耸耸肩。“你的重要，胜过了——”

“你的信誉。”缇西安接过他的话，“我很难相信，表兄，你从来都不是个多愁善感的人，我也不再是你的计划里最关键的一部分。你已经胜利了，再去找个新娘吧，我推荐蒙娜拉，因为我要回地球了，除了布拉斯之外还有别的‘传心者’。”

“不，不，不。”

艾尔娜喝饱了乳汁，打个哈欠，小拳头在空中挥舞。扎博盯着缇西安裸露的胸脯，缇西安看着他的目光，起了一阵鸡皮疙瘩。她赶紧拉下睡袍，把艾尔娜抱上肩，艾尔娜轻快地打了个饱嗝。

“她似乎心满意足。”扎博说，但缇西安没有接话，只是轻拍着孩子，看着他。扎博漫无目的地在房间里转圈，走近了她。“我一直想知道。”他突然伸手，抓住了缇西安的睡袍，掌心的灼烫炙烤着她的胸，“这究竟是什么滋味。”他的手攥得更紧了。

他的眼睛似乎变成了玻璃，透过灰色的窗户，里面是肆意横行的恐慌。他的双臂撑在缇西安椅子两端，已经熟睡的艾尔娜躺在母亲怀里，缇西安被困在椅子上，无法动弹。几乎出于本能，她抬起膝盖，顶向布拉斯的胯部。他捂着裆，蜷成一团，缇西安趁机逃出了生天。恐惧攫住了她的喉咙，她大口大口地呼吸着。脚步声从身后逼近，她立即冲到桌旁，一把拉开抽屉。他几乎已经扑到她身上，她猛地转身，把激光枪对准了他的心口。他飞快地后退，在那张他窃取来的嘴唇上勾起疯狂阴鸷的笑。

“你射不中我的，祖父，我是你回家唯一的票。”

“守卫！”

“他死了。”

她终于恢复清醒：扎博已经死了。痛苦急切地想找个宣泄口，她发出一声哀号，凄厉至极，不似人声。

“灵能者的能力真是不错，我还没怎么学会如何操控这具身体和它的力量，但我能控制你。”布拉斯的意念在逼近，缇西安的意念在绝望地抽泣，恐惧越来越近，她不禁闭上了双眼，“你在害怕，祖父。”布拉斯的声音甜蜜又温柔。“我能尝到它，闻到它，我会再一次强暴你。”

“试试看，我会把你的脑浆打出来。”

意念钳制松开了，缇西安睁开眼，看到凯丽举着枪，顶着布拉斯的太阳穴，紧绷的神经顿时松弛，她膝盖发软，恢复了神智，踉踉跄跄地走过去，抓起扔到一旁的激光枪。

“现在该你担心了，布拉斯。”凯丽说道，“她有把枪……我也有一把。我现在是个灵能者，刚才已经发出了求救信号，你又重蹈覆辙了——在这个世界，你没有一个朋友。”

缇西安逼着自己镇定下来。“你知道我们想要什么，布拉斯，你想要什么？如果我能办到，以我之骨血起誓，我会把它给你。”

“把我毫发无损地送出塔基斯，再给我足够钱财，保证我的生活。”

“然后你就会完成‘传心’？”

“对。”

“你不能相信他！”凯丽大叫。

“不，我们可以，现在周围全是他的敌人，一旦食言，他只有死路一条。他知道我一定会信守诺言，我是个塔基斯人，他很清楚怎么利用这一点。”

布拉斯嘲讽地弯了弯腰，这正是扎博惯用的动作，但扎博已经死了，而现在缇西安甚至没精力来为他悲伤。门猛地撞开，塔伊和马克冲了进来。

缇西安张张嘴，正要解释什么，忽然天旋地转，眼前事物全颠倒了过来，然后他发现自己正看着凯丽的身体，那具身体轰然倒下，艾尔娜从她怀里滑落，尖叫起来。又一阵剧烈颤动袭来，他回到了自己的身体。

♥♦♣♠

第四十四章

像是回到了阔别已久的老房子，往日的记忆温暖而又热忱，迎接他的到来。房子里多了新的划痕和凹陷，也多了新的房间。但缇西安没心思检查这些，他箭步冲到女儿跟前，抱起她急切地检视，幸好除了些擦伤、青肿，别无大碍。他抱紧女儿，越过她的头顶，目光与凯丽相会。

女孩的脸沮丧地皱成一团，表情十分滑稽，她一只手捂住肚子，既好奇又惊惶地看着缇西安。“真淘气。”她突然笑起来，“医生，我想你再也没法住到我的身体里了。”

缇西安悲伤地耸了耸肩。

布拉斯刺耳的声音响起。“我已经完成了我的交易部分，祖父，现在该你了。”

“这个混蛋几乎毁了我们的世界！我们的宗族！他杀了扎博，你还要放他走?”

叔叔的声音满是愤怒、讽刺和难以置信，缇西安背过身，说道：“我给了他我的承诺。”

“滚你的承诺!”塔伊从未丧失过风度，所以他此刻的咒骂更具威慑。

“不得不信守。”缇西安转身看着老人，“还有别的什么要跟我商议吗?”

“有，我希望你正式接过‘瑞伊斯之特[①]’。”

“不——”

“你的拒绝我不会接受，你已经逃避责任太久，就在几个月前，你还迫切地想要担任瑞伊斯。”

“情况不一样了。”

“你变得真快，不过我也有个人理由拒绝继续承担本属于你的责任重担，我不欠你和扎博的，我已经撑到了老年，现在只想休息，好好享受我的晚年。”

舅舅的脸皱纹密布，缇西安凝视着这张他敬爱不已的脸，伸出手抚摸着它。“这是凭你的能力挣来的，我真是个不知感激的混蛋，我想，我会出任瑞伊斯。”

塔伊拍拍他的肩：“得有人来收拾残局。”他向门口走去，“还得有人来率军作战。”

“我没忘记‘网络’。”

“很好，我想他们也没忘记你。”

塔伊离去后，缇西安久久地盯着门，缓缓走到桌前，陷进了椅子。这里还残留着扎博的气息，记忆浮出脑海，他的眼眶渐渐湿润了。他挺起肩膀，按了按全息台，命令接通“宝艇号”星际飞船。

几秒钟后，贸易大师的影像出现在全息台上。“啊，缇西安王子。”

“你还在处理手头的事宜，对吗?”

“那是我的工作。”贸易大师眨眨眼，“准备把我的房产移交给我了?”

“永远也别指望，接受事实吧，你们已经买下了布鲁克林大桥和佛罗里达沼泽地，而我孙子给你的，并不是属于他的东西。”

---

① Raiyis’tet，瑞伊斯之特，指瑞伊斯的地位、职权、或任期。

“这没关系，我有合约。”

“看来，你们进化出了做赔本买卖的好本事。”这句话提醒了贸易大师，他想起了扎博那份未完成的合同，皱起了眉。

“我们不会放弃的。”

“我不会割让一分一毫土地，否则我就把塔基斯变成焦土。”

“你们塔基斯人都是疯子。”宝艇温和地抱怨道，缇西安没有答话。几分钟后，贸易大师不安地动了动。“不能就这么算了，你们开了个难以容忍的先河。”

缇西安双手交握，指尖相抵，放在唇边，审视着全息台上的宝艇。“我并非不讲道理，有个合同，我想我可以履行，无需过分折损颜面，也不会损耗‘德力’。”

“我建议你最好向‘网络’预订返程票。”缇西安说，看着布拉斯关上行李箱，里面装满了金银珠宝以及塔基斯的灵药，无论用什么物种的标准判断，在银河系都是一大笔财富。“你可以预订。”布拉斯干巴巴地说。

他们现在在瑞伊斯的议政室。

布拉斯一屁股坐到椅子上。“我已经毁了你的星球。”他用愉快的语气漫不经心地说道。

缇西安只是站起身，俯视着眼前有着扎博外形的生物，思索着他的欲望，极其温和地说：“你知道，布拉斯，我是爱你的。”

“可我厌恶你。”布拉斯伸伸懒腰，笑着站起来，“知道我还在宇宙的某个地方活着，你就永远别想睡个好觉，想到这我真是开心极了。”

说完他离开了，缇西安看着他的背影，陷入沉思。

缇西安坚持马克、杰伊和凯丽陪同他一起去“网络”的飞船上，马克当然没有异议，杰伊则唱起了歌剧。“耶稣啊！那个疯子砍了我的手指，我可不想跟他待在一个星球上，更别说共处一艘飞船里了。”缇西安打断了他的喋喋不休，只是简单地告诉他，他的服务还没完，而这就是最后一项服务。阿克罗伊德听了，只好嘟嘟囔囔地抱怨，还是女性缇西安比较好。

现在他们都安静地坐在宝宝的控制舱内，看着“网络”的飞船渐渐靠近。布拉斯独自站在中央，沉重的行李箱紧紧地夹在腋下。缇西安和凯丽蜷在宝宝长出的宽大四柱床上，杰伊和马克则紧贴墙坐着。

似乎他有病会传染别人似的，缇西安想，随即意识到，布拉斯的确有病，这个房间里的所有人，没有哪个能在跟他打过交道后，还能毫发无损全身而退。

凝视着那个颀长优雅的身影，缇西安必须提醒自己，那是布拉斯。*扎博已经死了，为了实现对我的诺言，啊，灵神啊，我多么想念他！*

“网络”的飞船挤进宝宝的船闸，停靠在一条过道上。

“真够‘雄风’的。”布拉斯看着缇西安咧嘴笑道，伸出舌头慢慢地舔了舔嘴唇。

恐惧像只小动物，迅速窜遍全身。缇西安深呼吸了一口，朝船闸做了个手势。布拉斯走出去，转头发现他们都跟在身后。

“来送别？真是感人。”

“我只是确保你真的离开了。”马克说道。

“网络”的飞船未能像塔基斯的灵识飞船那样产生自造重力，因此经过过道时，每走一步，他们都觉得脚步像是黏在了太妃糖上。

黎巴赫斗士们已经在等着了，布拉斯把沉重的箱子扔给最近的那位，它的手臂飞速移动，快得几乎看不清，从半空中接住了箱子。

“我们就不说拜拜了，祖父，说再会吧，因为我觉得，我们还会再见的。看在过去交情的分上，吻别吗?”

凯丽在旁边发起抖来，缇西安只是漠然地看着他。

“扎博·布兰特——”黎巴赫开口说道。

“是布拉斯·安德鲁——”

“你违背了与‘网络’的合约，C部分第一百三十二条违约责任条款已生效。”

“你们在乱说些什么，小锡兵?”两名黎巴赫走上前，架着布拉斯的胳膊，把他抬了起来，“搞什么鬼?”布拉斯咆哮道。

黎巴赫架着布拉斯，不费吹灰之力地在过道里走远了，布拉斯一路不停地尖叫、咆哮、咒骂、询问、抗议。宝艇犹豫了片刻，问道：“你确定要这样?”

“对，毫无疑问。”缇西安答道。

贸易大师示意他们进门，几个地球人异乎寻常地安静，跟在缇西安身后走了进去。一台监视器屏幕占了房间的一整面墙，显示出一间无菌实验室，布拉斯被固定在桌上，灰色的眼睛里满是恐惧，他拼命抬起头。

“你们要对我做什么?”他惊惶地大叫。

“你将为本合同的剩余部分提供服务，监督‘扎纳科’的灌溉功能。”一名黎巴赫说道，“但保留人形躯体效率低，费用高，所以，只留大脑就够了。”

随着一阵柔和的嗡鸣声，桌子顶端伸出个无边帽似的装置，戴在了布拉斯头上。

“祖父，救救我!”布拉斯的目光从两肩之间射出，缇西安似乎可以感觉到那迷人目光中的恐惧。布拉斯看着黎巴赫，继续大喊：“我不是扎博，我不是!我‘传心’了他，偷了这具躯体，他已经死了，我是布拉斯!告诉他们!”他歇斯底里地对着天花板狂叫。似乎他也偷了扎博的意念，此刻感觉到祖父正在注视他。

“耶稣啊！他又会‘传心’的！”杰伊突然喊道。

“传到金属身躯外星头脑的生物里吗？不可能。”缇西安平静地说，“而我们，他必须看到我们才可以传到我们身体里。”

空中响起一阵高亢的吱嘎声，布拉斯号叫哭喊，尖厉刺耳的叫声根本不像人的喉咙发出的。马克像只受惊的小猫，低低哭了一声，而杰伊快要呕吐出来，凯丽抱住了缇西安的腰，不过缇西安从她脑海里读出的，满是高兴。

“我想我们应该看够了。”缇西安说道，此时布拉斯偷来的身体上，头盖骨已经被仔细地扭开了。

宝艇点点头，回到布拉斯那只沉重的箱子旁。“合作愉快，瑞伊斯，你肯定想要这个。”他递来一份合同，是布拉斯签订的，把伊卡赞割让给了“网络”。

缇西安接过合同，转身领着杰伊、马克和凯丽再次穿过了过道。

“耶稣基督！”杰伊大口呼吸着，“简直称得上艺术的复仇。”

“你的报酬。”缇西安把箱子递给侦探。

他们都回到了塔基斯，这时马克说道：“认识你这么多年，这是第一次，我真心觉得你是个塔基斯人。”

“别像个白痴！把她推开？置于何地？”

塔伊烦乱地扯着自己的头发，在房间里走来走去。缇西安看着镜子里的自己，对正在为他量体裁衣的可怜裁缝做了个鬼脸。凯丽把他的身材折腾得大腹便便，他现在觉得身躯沉重，行动笨拙，而且每块肌肉、每根纤维都在犯酒瘾。

“那如果我说，我不爱她呢？而且她是个危险的从犯？”

“旺雅旺德同意了当我们的邦属宗族，你还记得这回事吗？联姻是加固征服关系的最佳手段。”塔伊反驳道。

缇西安只是闭上眼。“你为什么做什么都一定要是对的呢？”

“年长者的美德。”

“还有件事。”缇西安说，“我跟伊姆金做了交易，许诺给他个新娘，但这是最后一次，我们绝不能再把女性当成货物财产送出去。”

“谨遵您的吩咐。”

“自从受伤的士兵回到各自的宗族后，我就明白了这点，必须重修拉拉娜。”

“当然。”

“不，我想还是废除它，好了，现在讨论完毕。”

老人走上前搂住他的肩膀。“缇西，看来这是你的经验之谈。”

“是的。”

“拉拉娜是我们最珍视的事物之一——”

“但没有任何意义，女性四岁到四十岁时，可以自由参加宗族的事务，但到了四十岁，就要结婚生育，并且失去自由，为什么她们四十岁比二十三岁更有价值呢?”

“因为她们怀孕了。”

“废除拉拉娜。”

“你这是诅咒我们的女性去死。”

“谁要杀她们了？我们现在问题重重，必须一个个解决。艾拉卡、邦城，还有黎拉已经毁于一旦，在布拉斯的焦土政策下，南半球将有大批难民，而罗达厄和哲邦宗族的至纯者几乎全死光了。”

缇西安越来越激动，塔伊突然晃了晃他侄子的手臂。“缇西，娶个妻子，就算不是蒙娜拉，任何人都好，帮助你重新意识到你究竟是谁，是什么。”

“我想要一个我想忘掉的人。”见塔伊一脸迷惑，他微笑着轻轻拍拍他的肩，“别担心，叔叔，我只是有点烦乱。”

杰伊躺在生物复原泡顶端，现在他停下动作，低头看着海丝忒。

“嘿，等我从这个酸洗槽里出来，我们就谈谈。”

“谈什么?”

“呃呃，我们。”

“我们什么?”

塔基斯人都很识趣，听到这话，奉命来检查杰伊手指再生的医生礼貌地走开了。

“你知道。”

“我什么都不知道，如果你想要我，就得来问我。”说完，海丝忒转身离开了。杰伊本想追上去，但转念一想，自己现在穿着土著人式样的围布短裤，还戴着鼻塞，模样真是傻透了。

马克找到萝克莎拉娜时，她正在收拾包裹，见他到来，挥挥手让侍女继续，自己领着马克来到套房的玻璃门廊，门廊里溢满了鲜花的芬芳。

“在忙?”

“这是忘掉烦恼的最佳途径。”

“你在烦恼什么?”马克问。

“传统和习俗能给人以奇妙的安全感。但缇西安解散了拉拉娜，我要搬去和我的丈夫住一起，那个可怜人吓得不轻，坦白说，我也是。”

“在最初的恐惧褪去之后，你们都会热爱自由的。”

“我热爱安全。”她答道，低下了头。马克发现自己正单膝跪在她的椅子上，双手环抱着她。

“我永远不会忘记你为我做的一切。”

她抚摸着他的头发，笑了。“我只是担心你不够英俊，当不了‘玩物’或者摆饰，而且你需要你的声音。”

“我永远不会忘记你。”马克说，声音有一丝颤抖和哽咽。

萝克莎拉娜倾下身，长长地、慢慢地，吻了他的嘴唇。

三个地球人住在一起。一天下午，杰伊百无聊赖地把房间里的东西从一边瞬移到另一边——检验新手指可还管用。马克突然说道：“我们得回去了，朋友，似乎，时间到了。”

阿克罗伊德的表情笼上一层悲苦，看起来十分滑稽。“你的‘水管’呢？”他飞快地问道，“难道你想就这样孤独终老吗？”

凯丽偷偷地笑了。马克看着侦探，平静地笑道：“你再生手指的时候，我已经修复了。”

“啊。”

“做个决定吧，杰伊。”凯丽说，“现在该你说出那个‘C’了——Commitment，承诺。”

“别忘了还有‘L’——”马克对凯丽说，“Love，爱，请别跟另外一个‘L’开头而且也是四个字母的词——Like，喜欢，搞混淆哦。”

“我希望你俩现在就爆炸，死于可怕的传染病。”

“你只有两个选择，杰伊。要么跟她一起回家，要么你回家，没有她。”马克说。

杰伊坐在门口的桌子前，要是情况不妙，他立即就可以撤退。现在还很早，他是饭店唯一的客人。海丝忒急匆匆地走出厨房，一见是他，不禁又仔细看了看。

杰伊从菜单前抬起头。“今天你没有乌鸦肉，对吗？”

“什么叫乌鸦肉？”

“一道菜，你犯傻的时候吃的。”

“那你一定是这道菜的行家了。”

“好了，你现在又做了一次。要是我再也不能享受你舌头粗糙的一端品尝我时带给我的爱抚，我不知道我要怎么回到地球。”海丝忒不答，只是抱着双臂，等他继续往下说，“想想，你能受得了离开你星球上的这个天堂吗？”

“我能忍受很多事。”

“忍受我呢？”

“也能尽量习惯。”

“医生。”

“怎么了，亲爱的凯丽。”

凯丽看着上了釉嵌了珠宝的雪橇，以及两匹躁动的勒尔，灰色的眼睛瞪大了。“你这是要做什么？”

“带艾尔娜出去透透气，我受够了政治的勾心斗角。”

“用雪橇？”女孩吸了口凉气。

“这是穿过雪地的极佳方式，而且比雪地车好玩多了，你要一起吗？”

“啊，上帝，好的。”

他们爬进厚厚的皮毛里，缇西安把婴儿递给凯丽。“给，你或许可以练习练习。”他犹豫片刻，把缰绳绕进戴着手套的手指，“除非你永远不想再经历。”

“他是扎博留下来的一切了。”凯丽轻柔地说道。

“那种情况下，我没有义务保留。你不了解我的表兄。”

“但我知道你爱他，爱到假装愿意继续当个女人。”

缇西安挑眉看着她。“看来我把你教得太好了。”

凯丽低头看着怀里熟睡的婴儿。“医生，我必须回地球吗？”

“我以为你希望回去。”

“我应该去哪里？做什么？我要怎么回到阿托卡，对他们解释说，我当了一年男人，住在另一个星球，还娶了个女人并且跟她上了床——”

“现在还是个未婚少女妈妈，而且能读心。”缇西安温柔地接过话。

凯丽叹道：“绝佳的影视题材，但现实生活中真烦心。”

“我完全同意。”缇西安抖抖缰绳，朝勒尔喊叫了几声，很快雪橇就嘶鸣着向前疾驰，“当然你可以留下来，塔伊当你的监护人。”

“拜塔姆已经提出了。”凯丽拍了下缇西安的肩，“别笑，他说他还没有放弃你。”

“灵神啊！”

“这是搞什么鬼?”杰伊瞪着散落在伊卡赞飞船庄园船坞里的箱子叫道。

“我把你的衣服打包了。”缇西安答道。

“那太好了，接下来七十五个万圣节行头我都搞定了。”

马克从巨大的飞船背后走出来。飞船粗糙的表面满是刻成多重折射面的水晶，看上去就像飞船身上长出的宝石花朵。马克伸出瘦长的手指，轻轻摸了摸一块水晶，它立即发出响亮高亢的奏鸣，马克的脸顿时涨红了，窘迫不已。缇西安连忙把艾尔娜塞到背后，冲上去拥抱他，告诉他：“这是礼物，别担心，‘逐日号’读出了你的赞叹，想给你个纪念。”

马克欢快地笑了，局促地朝飞船鞠了个躬。“谢谢……呃，谢谢。”

“而这些是我们给你的纪念品。”缇西安做了个手势，仆人们抬上一口沉重的箱子，与杰伊的一模一样。

可王牌摇了摇头。“我不需要报酬，朋友，有些事是因为爱去做的。”

“不要紧，拿去吧，给斯普劳特也好。”

缇西安又走向杰伊和海丝忒，再次招了招手，仆人呈上一只手提箱。“我让军队找了好几天，还是没找到瓦皮。这是个补偿，希望你能接受。”

海丝忒打开手提箱，一只“瓦内[1]”探出头来，对杰伊嘶了嘶，又缩了回去。

“你不会真把那团用羽毛牙齿伪装起来的东西当宠物的，对吗?”杰伊叫起来。

“不，我当然会。”海丝忒说着，接过箱子，满怀柔情地哄着生气的瓦内。

“引进外星动物是非法的。”

“引进外星人也是。”缇西安微笑道，“时间到了，亲爱的朋友们。”

杰伊和海丝忒走上梯子，进了飞船，一边走，一边不停地吵嘴，但谁也没松开紧握着对方的手。缇西安笑着摇摇头，注视着马克，他的眼里含满了泪水。

“你一直都知道的。”

马克飞快地眨眨眼，咳了几声，看向别处。“我知道你不会跟来，但我不知道为什么。”

缇西安努力克制巨大的痛苦，站直了身，但远远不够，马克的表情让他心碎。“我累了，马克，而且很迷惘，我想让我的手重新长出来，我不能再失去我的手——”

“总有一天，你还是会回来的，是吗?”

“我不知道。”

马克低下头，凝视着缇西安的脸庞，过了良久，他终于低声说道：“我不知道你究竟是谁了。”

---

① wanei，瓦内，一种小型家养宠物。

缇西安走到瞭望口，眺望远方寒冷的星辰，然后转过身，朝马克伸出完好的左手，马克紧紧握住了他。

“我自己也不知道。”

马克穿过船坞，走进飞船，没再回头。缇西安看着他的背影，友情和热爱溢满心房。他抱着艾尔娜退到船坞门后，注视着巨大的飞船从航道里滑过。他看了很久很久，直到最后一点影子也消失在茫茫太空。

他低下头看着自己唯一的女儿，她那海蓝色的双眸正严肃地看着自己，伸出一条胳膊，把小拳头递到他的嘴边。

“女儿，我们回家。”

♥♦♣♠